Zu diesem Buch

Für Melanie heißt es nicht »Hüte dich vor deinen Wünschen«, sondern »Hüte dich vor dem magischen Gegenstand, der deine Wünsche erfüllen soll«.

Melanie arbeitet in einem Museum, ist Single, schwanger und formuliert beim Betrachten eines schottischen Artefakts den Wunsch, ein Highlander möge ihr Herz im Sturm erobern und sie ihren untreuen Ex vergessen lassen. Sie hat allerdings nicht damit gerechnet, dass ihr Wunsch in Erfüllung gehen könnte. Durch Zauberhand in die Highlands des sechzehnten Jahrhunderts befördert, begegnet sie ihrem kilttragenden Traummann von Angesicht zu Angesicht.

Darcy Keith ist groß, gutaussehend, und der künftige Erbe des Gutshofes seines Onkels. Damit sollte er der begehrteste Junggeselle von Ackergill sein. Dem ist jedoch nicht so, da in seiner Teenagerzeit der üble Scherz in Umlauf gebracht wurde, er sei unter seinem Kilt zu großzügig ausgestattet, um ehelichen Pflichten nachkommen zu können. »Big Darcy« betreibt die Windmühlen seines verstorbenen Vaters und lebt allein auf seinem Familiengut. Er ist davon überzeugt, dass er nie heiraten wird.

Doch die Begegnung mit einer seltsam gekleideten Frau, die er vor einem Clan-Scharmützel rettet, ändert alles. Als dem Gutsherrn zu Ohren kommt, dass die Frau behauptet, durch Zauberhand nach Ackergill gekommen zu sein, wird sie der Hexerei bezichtigt. Darcy ist entschlossen, sie um jeden Preis zu beschützen, selbst wenn er sich damit für immer an sie binden muss.

Über Jessi Gage

Die amerikanische Bestsellerautorin Jessi Gage liebt es, wenn Geschichten ein glückliches Ende nehmen. Sie schätzt sich glücklich, weil sie in der Nähe von Seattle ihr persönliches Happy End mit Ehemann und Kindern leben darf.

Jessi hat die Aufmerksamkeitsspanne einer Mücke … es sei denn, sie hält einen Liebesroman in der Hand. Dann braucht man ein Megaphon, um sich bei ihr bemerkbar zu machen. Sie schreibt, was sie gerne selber liest: Liebesgeschichten.

Auf der Kontaktseite ihrer Website jessigage.com können Sie ihr eine Nachricht hinterlassen. Nichts motiviert eine Autorin mehr, ihr neuestes Werk fertigzustellen, als Nachrichten glücklicher Leser! Beim Besuch ihrer Website können Sie sich auch gleich für Jessis Newsletter eintragen, der Sie über alle neuen Veröffentlichungen auf dem Laufenden hält.

Über Barbara Grüner

Die Übersetzerin Barbara Grüner lebt in Südfrankreich in einer Gegend, die ihrer Schönheit wegen viele interessante Menschen aus anderen Teilen der Welt angezogen hat.

Sie hat ihr Studium an der Universität von Montpellier absolviert und nimmt mit Begeisterung aktiv am regen kulturellen Leben ihrer Wahlheimat teil. Da sie als Amateurmusikerin unter anderem Musik keltischer Tradition spielt, hat es ihr besondere Freude bereitet, sich für diese Übersetzung in die schottischen Highlands des Mittelalters versetzt zu fühlen.

JESSI GAGE

Aus dem Amerikanischen von

Barbara Grüner

Ich wünsch mir einen HIGHLANDER

ROMAN

Highland-Sehnsucht

Die Originalausgabe erschien 2012 unter dem Titel: **Wishing for a Highlander**

© 2017
Herstellung und Verlag: BoD – Books on Demand, Norderstedt.
ISBN: 9783744836708

Umschlaggestaltung: Damonza http://damonza.com/

Mehr über die Autorin:
www.jessigage.com

Für Shane, der bereitwillig alles liest, was ich schreibe, ohne sich dabei vor Verlegenheit zu winden. Ich danke dir dafür, mein bester Freund zu sein und mir dabei zu helfen, meinen Traum zu erfüllen.

Danksagung

Mein Dank geht an meine liebe Freundin Laura Lee Nutt, die mich von Anfang an zum Schreiben dieses Buches ermutigt hat. Ohne ihre ehrliche Kritik, ihre Unterstützung und ihre Freundschaft hätte ich es nicht geschafft. Auch den Frauen der Cupcake-Crew, Amy Raby und Julie Brannagh, möchte ich danken. Ohne meine wöchentliche Dosis an Espresso, Kuchenglasur und Tratsch wäre ich schon längst im Irrenhaus gelandet. Meiner Mum danke ich für die zahlreichen Stunden als Babysitter, die es mir ermöglichten, mir die oben genannte Dosis zuzuführen – und dafür, dass sie mir ab und zu ihr Auto lieh. Meinem Ehemann Shane danke ich dafür, dass er mich stets aufgemuntert und geliebt hat. Und zu guter Letzt danke ich Piper Denna, die diesem Buch eine Chance gab und von der ich in punkto Textredaktion so viel lernen konnte.

Kapitel 1

DER ERSTE BISSEN ihres Sandwiches beförderte Melanie in eine andere Dimension – sie hätte schwören mögen, dass das Essen während der Schwangerschaft besser schmeckte, zumindest jetzt, nachdem die Übelkeit der ersten drei Monate vorüber war. Ihre Mittagspause im überfüllten, aber sauberen Old Charleston Tea House gestaltete sich sogar noch angenehmer, als sie an die erste pikante Stelle ihres Taschenbuchs gelangte. Die Kombination verschiedener Genüsse, bestehend aus Golden-Monkey-Tee, perfekt angemachtem Eiersalat und einer köstlichen Knutschszene zwischen einer Buchhändlerin und einem rauen Schotten, entrang ihr einen verzückten Seufzer.

»Kein Wunder, dass sie schwanger ist, ohne einen Ehering zu tragen«, raunte eine der älteren Damen an einem der Nachbartische hinter vorgehaltener Hand. »Bei dem Schund, den sie da liest.«

Die blauhaarige Begleiterin der Frau warf durch die überdimensionalen Gläser ihrer Brille einen Blick auf sie. »Ein Flittchen. Zählt auf ihren dicken Busen um se einzufangen und hat dann nich genuch Grips, um se zu halten.«

Melanie knallte ihre Tasse so heftig auf den Tisch, dass sie überschwappte und die mit Spitze verzierte Tischdecke bekleckerte. Jeden Freitag war sie gezwungen, über das ständige Genörgel dieser zwei Frauen hinwegzuhören, doch sie war bisher noch nie persönlich zur Zielscheibe ihrer beißenden Kritik geworden. Sie warf ihnen über den Rand ihres Buchs hinweg einen wütenden Blick zu.

Wie zufällig schienen sich die beiden mit einem Mal brennend für den Blick von der Fensterfront auf Meeting Street herunter zu interessieren. »Entschuldigen Sie«, sagte sie übertrieben freundlich, »wollten Sie mir etwas sagen?«

Zwei Paar wässrige Augen blinzelten unschuldig in ihre Richtung. »Was hat se gesacht, meine Liebe?« Eine der Klatschtanten hielt sich die Hand hinters Ohr. Die andere rückte ihr Hörgerät zurecht.

Gretchen, ihre Lieblingskellnerin, schlängelte sich zwischen den Tischen hindurch und verstellte ihr den Blick auf die zwei. »Sie sagte, ›Hat Ihnen der Tee geschmeckt?‘. Wäre das alles für die Damen?« Gretchen griff mit einem beruhigenden Blick über die Schulter nach der ledernen Kellnertasche.

Melanie verschränkte wutschnaubend die Arme, doch sie wollte keinen Ärger stiften, da Gretchen diejenige wäre, die darunter zu leiden hätte, wenn sie ihr einige ihrer besten Kunden vergraulte.

Das Klingeln der Türglocke zeugte davon, dass die Lästermäuler endlich gingen, doch sie konnte sich nicht mehr auf ihren Roman konzentrieren. Sie gab es auf, stopfte das Taschenbuch in ihre Umhängetasche und verdrückte den Rest ihres Mittagessens, ohne es zu genießen. Sie legte ihre zwölf Dollar auf den Tisch, winkte Gretchen zum Abschied zu und schlüpfte hinaus in die Januarkälte.

Normalerweise ließ sie sich von bösen Kommentaren nicht tangieren, doch diese Bemerkungen hatten ihre schwangerschaftsbedingte Dünnhäutigkeit genutzt, um zu ihren Gefühlen durchzudringen. Was sie am meisten verletzte, war nicht die Bemerkung über ihre Brüste – mit ihrer Körbchengröße D war sie daran gewöhnt, als vollbusiges Blondchen abgestempelt zu werden. Nein, es war die Behauptung, sie sei nicht in der Lage, einen Mann zu halten. Das hatte sie doch getroffen.

Kyles letzte an sie gerichtete Worte gingen ihr im Kopf herum, als sie am Fahrradständer ankam und ihren Helm aufsetzte. *»Was willst du von mir, Mel? Ich werde mein Leben nicht ändern, bloß weil du mal deine Pille vergessen hast. Sind unabhängige Karrierefrauen wie du nicht sowieso lieber Single-Mütter?«*

»Arschloch«, zischte sie, während sie ihren knielangen Rock hochschob, um sich auf ihr zuverlässiges altes Rad der Marke Schwinn zu schwingen. Sie hatte keineswegs erwartet, dass Kyle gleich um ihre Hand anhalten würde. Aber sie fand, dass sie zumindest ein Recht auf ein bisschen Verantwortungsgefühl und Unterstützung gehabt hätte, da sie immerhin schon fast ein Jahr zusammen waren.

Doch Kyle hatte ihr lediglich Vorwürfe gemacht, und alles, was sie noch von ihm gesehen hatte, war seine feige Rückenansicht, als er vor dem, was sie gemeinsam gezeugt hatten, davonlief. Dieses neue Leben erschien ihr umso kostbarer und schutzbedürftiger, als sie entgegen Kyles Annahme keine einzige Pille ausgelassen hatte. Es war eine wundervolle Fügung, die trotz der Hürde eines kleinen, künstlich hergestellten Hormons zustande gekommen war.

Sie hatte von Kyle lediglich erwartet, seinem Kind ein Vater zu sein. Doch Kyle hatte es dann sehr eilig, eine Frau namens Becky zu heiraten, mit der er sie anscheinend schon länger betrogen hatte. Inzwischen war Kyle für sie nichts weiter als ein woanders glücklich verheirateter Samenspender, und sie stand der riesigen, wunderschönen Herausforderung allein gegenüber.

Als sie die Meeting Street zum Charleston Museum zurück hochradelte, ließ sie die Gedanken an Kyle und die sauertöpfischen alten Damen sausen, um sich Dingen zuzuwenden, die sie glücklich machten: ihren liebevollen, hilfsbereiten Eltern, ihren Freunden, Schokocremetorte, der Zuflucht eines guten Liebesromans und ihrer Vorbereitung der Ausstellung über schottische Immigranten, deren Eröffnung nächsten Freitag stattfinden sollte.

Schreck lass nach! Freitag!

Bis dahin waren es ja nur noch sieben Tage! Und es gab noch so viel zu tun! Unter anderem musste sie einen Ersatz für den Redner der großen Eröffnungsfeier finden, da Herr Professor Calderwood, ein entfernter Verwandter des berühmten Immigranten Andrew Carnegie, abgesagt hatte. Während ihre To-do-Liste ihr durch den Kopf schwirrte, schob sie ihr Fahrrad in den Ständer hinter dem Museum und machte sich drinnen an die Arbeit.

Stunden später, nachdem sie einige enttäuschende Anrufe und einen Haufen die Augen strapazierende Korrekturarbeit erledigt hatte, konnte sie sich endlich mit dem Päckchen befassen, das Dr. Calderwood per Fed-Ex geschickt hatte. Er hatte auf dem Anrufbeantworter die Nachricht hinterlassen, dass er dem Museum für die Ausstellung mehrere Artefakte aus seiner persönlichen Sammlung schicken würde, und sie hatte sich das Öffnen des Päckchens als Belohnung für die harte nachmittägliche Arbeit aufgespart.

Es enthielt fünf sorgfältig verpackte Gegenstände: das Tagebuch einer schottischen Verwandten, die sich in den 1890er Jahren in Charleston niedergelassen hatte, eine Steinschlosspistole, ein antikes Rosenholzkästchen, dessen dunkler, satt glänzender Lack sie an die wertvolle Aussteuertruhe ihrer Großmutter erinnerte, die seit alten Zeiten zum Familienbesitz gehörte, sowie zwei schimmernde *Sgian dubhs.*

Zuerst besah sie sich einen der *Sgian dubhs*, strich mit ihren behandschuhten Händen über die Fläche der Klinge und das kunstvoll verwobene Leder seines Griffs. Wenn man bedachte, dass ein Krieger des neunzehnten Jahrhunderts diesen Dolch in seiner Jacke oder im Bund seiner Kniestrümpfe getragen hatte … Ein Gefühl der Verbundenheit ergriff sie, bis sie Alans Stimme an der Tür ihres Büros aufschrecken ließ.

»Es ist schon fast sieben, Mel. Geh um Himmels Willen nach

Hause.«

Sie schob ihre Lupenbrille auf den Kopf und lächelte ihren Vorgesetzten an. »Das hier ist besser, als zu Hause zu sein. Du musst dir unbedingt ansehen, was Dr. Calderwood uns da geschickt hat.«

Er schüttelte den Kopf. »Das sehe ich mir am Montag an. Ich verspreche es dir. Sam soll in der Schule etwas vortragen, und ich bin spät dran. Es ist mir ernst. Geh heim. Du musst dich ausruhen.« Er nickte in Richtung ihres noch kaum zu erkennenden Bäuchleins.

»Ich bin schwanger, aber keine Invalide, Al.« Sie winkte seinen Tadel ab und legte den ersten *Sgian dubh* liebevoll beiseite, um sich dem zweiten zuzuwenden. »Ich gehe gleich nach Hause. Ich will nur noch schnell diese Artefakte in den Safe schließen.«

»Hm, na schön. Aber sieh zu, dass du vorher deinen Sabber von ihnen abwischst.« Er winkte zurück und verließ den Raum.

»Mmm, jetzt sind wir beide also allein«, sagte sie zu dem Messer. »Nun gut«, gab sie zu, als ihr Finger sich zu dem zweiten *Sgian dubh* verirrte, »wir sind zu dritt«. Das Tagebuch, die Pistole und das Kästchen auf dem Arbeitstisch sahen mit einem Mal ganz verloren aus. »Oh. Tut mir leid. Dann sind wir also zu sechst.«

Sie wünschte, sie könne noch an diesem Abend jedem der Artefakte die ihm gebührende Aufmerksamkeit widmen, doch Alan hatte recht. Sie brauchte Erholung. Und zu Hause warteten Tiefkühlpizza und die Hälfte einer Schokocremetorte auf sie. »Bis Montag«, sagte sie zu den Artefakten, als sie sie für den Safe auf ein mit Filz ausgelegtes Tablett legte.

Als sie das Packmaterial zusammenraffte, um es im Müll zu entsorgen, bemerkte sie am Boden des Kartons ein Blatt Papier. Sie zog es heraus und überflog es rasch. Es war ein Brief von Dr. Calderwood, in dem er erklärte, wie leid es ihm tat, nicht an der großen Eröffnung der Ausstellung teilnehmen zu können, und eine kurze Beschreibung jedes der Artefakte beifügte.

Sie konnte der Versuchung nicht widerstehen, den ganzen Brief zu lesen. Die zwei Abschnitte über das Kästchen waren besonders interessant.

Rosenholzkästchen: Es gehörte Mr. Andrew Carnegie und wurde im Oktober 1985 von meiner Wenigkeit bei einer Auktion erstanden.

Wie aus seiner Beschriftung hervorgeht, stammt das Kästchen aus den Highlands. Es besitzt einen raffinierten Öffnungsmechanismus, den nur wenige gemeistert haben, soviel ich gehört habe. Von außen ist kein Schnappverschluss zu erkennen, doch es wird vermutet, dass durch Druck auf verschiedene Punkte in einer bestimmten Reihenfolge eine innere Feder ausgelöst werden kann, um den Deckel zu öffnen. Mir persönlich ist es bisher noch nicht gelungen, es zu öffnen, und drei verschiedene Antiquitätenhändler haben sich das Kästchen angesehen und sind zu der einhelligen Meinung gekommen, dass der Verschlussmechanismus wahrscheinlich eingerostet ist.

Meine Recherchen zu Mr. Carnegie haben mir eine interessante Geschichte enthüllt. Im Freundeskreis soll er zuweilen im Scherz behauptet haben, er habe seinen immensen Reichtum »zu neun Zehnteln harter Arbeit und zu einem Zehntel schottischem Rosenholz« zu verdanken – Privatbrief von Ryan Helmsford, einem guten Freund Mr. Carnegies in seinen späteren Jahren, 1901.– Es könnte sich dabei um eine Anspielung auf das Rosenholzkästchen handeln.

Vielleicht hatte Mr. Carnegie herausgefunden, wie sich das hübsche Zauberkästchen öffnen ließ und als Belohnung war ihm sein Wunsch nach Reichtum erfüllt worden.

Amüsiert über Dr. Calderwoods augenzwinkernde Hypothese lächelnd, legte sie den Brief beiseite und nahm das Artefakt vom Tablett. Es hatte die Größe eines kleinen Schmuckkästchens, besaß anmutig abgerundete Kanten und keltische Knotenmuster darstellende Intarsien in Weißgold, und war schwerer, als man vermutet hätte. Wie in dem Brief beschrieben, war am Rand des Deckels kein Verschluss zu erkennen.

Der Aussage von Dr. Calderwoods Antiquitätenhändlern vertrauend, unternahm sie keinen Versuch, es zu öffnen, sondern drehte es vorsichtig um, um einen Blick auf seine Unterseite zu werfen. Die Beschriftung des Herstellers war nach mehreren Jahrhunderten immer noch, wenn auch nur schwach, zu erkennen. In vom Alter nachgedunkelter, brauner Schreibschrift, die sich von der helleren, rötlichbraunen Lackierung abhob, stand *MacLeod, 1542* darauf geschrieben, und darunter der Herstellungsort, *Inverness*. Der Name *MacLeod* sagte ihr nichts weiter, doch das überraschte sie nicht, da sie eher auf koloniale Artefakte des 18. und 19. Jahrhunderts spezialisiert war.

Sie drehte das Kästchen wieder um und wollte es gerade auf das Tablett zurücklegen, als sie plötzlich Lust verspürte, sich einen Spaß damit zu erlauben. Das Kästchen auf Augenhöhe haltend, formulierte sie: »Solltest du geneigt sein, mir einen Wunsch zu erfüllen, dann wünsche ich mir Folgendes: Ich möchte von einem sexy Highlander im Sturm erobert werden, wie in einem Liebesroman. Bitte«, fügte sie im Nachhinein noch hinzu.

Sie verdrehte selbstironisch die Augen. »Schön wär's«, murmelte sie, indem sie sich mit ihrem Sitz drehte, um das Kästchen auf das Tablett zurückzulegen. Durch die Drehbewegung verlagerte sich das Gewicht des Artefakts. Es fühlte sich an, als drehe sich etwas in seinem Inneren und bewege sich von einem Ende des Kästchens zum anderen. Es ließ ein sanftes Schnarren und Rattern ertönen, wie eine alte Kuckucksuhr, bevor sie schlägt. Dann sprang der Deckel auf.

Sie schnappte überrascht nach Luft. Jetzt war sie aber gespannt! Da war es seit ewigen Zeiten niemandem gelungen, das Kästchen zu öffnen, und ihr war es einfach so passiert. Was für ein Glück! Sie würde die erste sein, vielleicht sogar die erste seit Andrew Carnegie, die einen Blick hineinwerfen konnte.

Sie fühlte sich stolz. Sie fühlte sich benommen.

Ihr wurde schwindlig.

So richtig schwindlig. Als würde ihr Sitz sich immer noch drehen, immer schneller, wie auf der Walzerbahn im Freizeitpark von Six Flags. Allerdings war ihr davon im Freizeitpark nie schwarz vor Augen geworden, und sie war nie rücklings von der Walzerbahn gefallen.

Das Gefühl, sich gleichzeitig zu drehen und zu fallen, verwirrte sie und verursachte ihr Übelkeit. Sie ließ das Kästchen los, um ihren Bauch zu schützen.

Ich darf nicht fallen. Es könnte meinem Baby schaden.

Sie landete auf dem Rücken. Beim Aufprall auf den harten Holzboden ihres Büros blieb ihr nicht die Luft weg, wie sie es erwartet hätte. Der Boden fühlte sich eher an wie … federndes Gras?

Als die schwarzen Punkte sich auflösten, blickte sie in einen dunkelgrauen Himmel. Aus der Ferne durchdrang das Klirren von Schwertern und Kampfgeschrei die feuchte Luft. Als sie vorsichtig den Kopf nach rechts drehte, erblickte sie einen breiten, flachen Felsbrocken, der wie ein übergroßer, dem Umkippen naher Dominostein neben ihr aufragte. Dahinter lag ein grasiger Hügel, der mit kleineren Steinen und struppigem Gebüsch übersät war. Zu ihrer Linken wand sich ein Pfad um den Hügel, und in der Ferne konnte sie einen lichten, nebelverhangenen Wald ausmachen, der aussah, als könne man dort leicht Gespenstern begegnen oder ermordet werden. Sie hatte bei ihrer Landung nur um ein Haar ein Schlammloch verfehlt.

Das war sonderbar, da es, soweit sie sich erinnern konnte, in ihrem kleinen, engen Büro weder Gras, noch Steine, noch Schlammpfützen gab. Und noch weniger bewölkten Himmel.

Sie blinzelte wiederholt, um ihre Sehschärfe wieder auf ihr

Büro einzustellen, doch ihr Kopf spielte nicht mit. Ihre Umgebung blieb, wie sie war.

Aus dem Augenwinkel nahm sie eine schattenhafte Bewegung wahr und nahm an, Alan hätte sie fallen gehört und käme eilig gerannt, um nach ihr zu sehen. Doch es handelte sich nicht um Alan in seinem wadenlangen Wollmantel. Der Mann, der in ihrer Wahnvorstellung auftauchte, war stämmig und trug kein Hemd, sondern einen … war das ein Kilt?

Als er sie am Boden liegend erblickte, stutzte er und änderte seine Laufrichtung. In Nullkommanichts hockte er neben ihr.

Er hatte wirres schwarzes Haar und einen verfilzten Bart. Aus der Nähe sah sie, dass die dunkelgraue Wolle seines über die Schulter drapierten großen Kilts grob mit hellerem Grau meliert war, so dass er eher einer Tarnkleidung als einem schottischen Plaid ähnelte. In einer Hand hielt er einen dieser Dolche, wie sie im 16. Jahrhundert üblich waren, und der hatte frische Blutflecke auf der Klinge.

Na toll. Sie hielt seinen Anblick für die Ausgeburt eines schwangerschaftsbedingten Schwindelanfalls und schlug sich an den Kopf. Fest.

Während ihr Körper ohnmächtig am Boden ihres Büros in Charleston lag, vergnügte sich ihr Hirn damit, ihr eine Szene aus ihrem Liebesroman vorzugaukeln.

Könnte es sich bei ihm um den Helden handeln, der ihre sexuell vernachlässigte Welt aus den Fugen heben würde, und für den sie alles, was ihr lieb war, ihre Freunde, ihre Familie und ihren Job, aufgeben würde, um stattdessen heiße Nächte auf seinem Strohsack zu verbringen und ein durch das Fehlen moderner Medizin und ausnehmend salzhaltige und gemüsearme Ernährung deutlich verkürztes Leben zu fristen?

Sie verengte abschätzend ihre Augen zu Schlitzen. Den erforderlichen Bizeps besaß er. Der Felsbrocken neben ihr konnte der kräftigen Brust des Mannes nicht das Wasser reichen. Und seine Augen waren so blau, dass sie anziehend gewirkt hätten, wenn ihr Blick nicht so höhnisch ausgefallen wäre. Um als Held eines Liebesromans durchzugehen war er allerdings etwas zu behaart. Diese entfernten den Haarwuchs nämlich gewöhnlich mit Wachs, um mit ihrem Waschbrettbauch anzugeben. Und auf den schmierigen Dreck, mit dem jeder Quadratzentimeter seiner Haut bedeckt war, konnte sie auch gerne verzichten. Außerdem waren in ihren heißgeliebten Romanen die Helden immer etwas größer. Doch sie selbst war klein, also konnte sie sich für ihre 1,58 m getrost einen 1,76 m großen Helden herbeigezaubert haben.

Der Dolch legte sich an ihre Kehle und übte leichten Druck aus, der zwar ihre Haut intakt ließ, jedoch bedrohlich genug wirkte, um sie ruhig zu stellen.

Sie verdrehte die Augen. »Hey, du Tragödienheld! Bin ich kleine Frau etwa eine Bedrohung für einen so großen, starken Krieger wie dich wäre. Mach mal halblang. Wie wäre es, wenn wir direkt zu dem romantischen Teil übergingen? Ich will meine schöne Gehirnerschütterung nicht damit verplempern, sexuelle Spannung aufzubauen. Was, wenn ich aufwache, bevor wir zur Sache kommen? Obwohl es eigentlich besser wäre, zuerst zu dir nach Hause zu gehen und ein nettes Bad zu nehmen. Und vielleicht die Haare mal durchzukämmen. Wie wär's übrigens mit einer kleinen Rasur?«

Der Mann bleckte die Zähne. »Eine dreckige Sassenach-Spionin«, sagte er in rollendem Highlander-Dialekt.

»Und seltsam gewandet ist sie.« Er stieß ein verächtliches Grunzen aus. »Die englischen Mädchen sind nur für eins zu gebrauchen, und von Scharmützeln kriege ich immer 'nen verdammten Ständer« – Sprach's und schob, mit solch enganliegender Kleidung nicht vertraut, mit seiner freien Hand unbeholfen ihren Rocksaum hoch.

»Nee, wirklich?« sagte sie, wobei sie erneut die Augen verdrehte. »Du willst mich hier auf der Stelle ›nehmen‹?«

Die Anführungsstriche deutete sie mit den Fingern an. »Na

hör mal. Dass ich zu dem netten Teil übergehen will, heißt doch nicht, dass ich keine Aufwärmphase brauche. Hast du schon mal davon gehört, dass man den Ofen vorheizen soll? Jesses! Kyle hatte mehr Romantik in seinem kleinen Finger als du in deinem ganzen Körper, und das will was heißen. Dieser Scheißkerl.«

Der Mann gab es auf, ihren Rock hochschieben zu wollen, und öffnete ihn kurzerhand durch einen Schnitt mit seinem Dolch entlang ihrer Schenkel. »Hey! Das war ein hübscher Rock!«

Angst überkam sie und beschleunigte ihren Puls. Es erschien ihr zunehmend unwahrscheinlich, dass sich das alles in ihrer Fantasie abspielen sollte. Aber wahr konnte es natürlich auch nicht sein. Es sei denn, sie wäre irgendwie in eine Art von Nachstellung der Vergangenheit gestolpert, doch das feuchte, beinahe milde Klima ihrer Umgebung hatte wirklich zu wenig mit dem Charleston Museum mitten im Januar gemeinsam, als dass sie da hätte hineinstolpern können. Nein, es musste sich um eine Halluzination handeln. Eine beängstigend realistische Halluzination.

Als der Mann ihr das Knie zwischen die Beine schob und mit seiner freien Hand über ihr Oberteil fuhr, um nach ihrer Brust zu grabschen, schnappte sie empört nach Luft. Halluzination hin oder her, sie würde sich nicht gegen ihren Willen befummeln lassen.

»Nimm gefälligst deine Hände weg!«

Der Mann ließ nicht nach, sondernd knetete unter ihrem leichten Kaschmir-Pulli ihre Brust. Heißer, säuerlich stinkender Atem schlug ihr entgegen, als er sich über sie legte und sie am Boden festnagelte. »Mach keine Geschichten, Mädel. Ich brauch nur 'n paar Minuten, dann kannst du zu deinem englischen Scheißkerl und seinen romantischen Manieren zurück.«

Er stieß als deutliche Drohung seinen Dolch direkt neben ihrem Ohr ins Gras. Ihr Herz raste und schlug ihr bis in die Kehle, bis sie nichts anderes mehr hörte als den donnernden Schlag ihres Pulses.

Der Mann hielt sie mit der einen Hand am Boden, während er mit der anderen zwischen ihre Beine fuhr.

Dann lehnte er sich verwirrt zurück, um ihre Kleidung zu studieren. Sie dankte dem Himmel dafür, dass sie die dicke, baumwollene Strumpfhose trug, die es ihr ermöglichte, im Januar mit dem Fahrrad zur Arbeit zu fahren. Sie nutzte den Moment, um nach dem Dolch neben ihrem Kopf zu tasten. Als sie den Griff an ihrer Handfläche spürte, schloss sie die Finger darum und zog die Klinge aus dem Boden.

Sie wollte dem Mann eigentlich nur damit drohen, damit er sie in Ruhe ließ, doch als sie sah, dass er seine Faust ballte und ihr ins Gesicht schlagen wollte, spürte sie einen inneren Ruck. Instinktiv und ohne lange zu überlegen schloss sie die Augen und stieß mit dem Dolch zu.

Er versenkte sich in sein Fleisch. Der Schlag, vor dem sie sich hatte schützen wollen, kam nicht.

Sie öffnete ein Auge.

Auf dem Gesicht des Mannes spiegelte sich Ungläubigkeit wider. Mit beiden Händen hielt er ihre Hand umklammert, die immer noch den Dolch hielt. Gute zwei Drittel der 30 cm langen Klinge hatten die diagonal um seinen Oberkörper gewickelte Bahn Wollstoff durchbohrt und steckten in seinem Bauch.

Sie entriss ihm ihre Hand. Der Mann zog die Klinge aus seinem Bauch, worauf ein Blutstrahl ihren zerknitterten Rock bespritzte und ihren pfirsichfarbenen Kaschmir-Pullover besudelte. Der Mann kippte seitwärts und presste stöhnend die Hände auf seine Wunde.

Eine Welle eisigen Grauens schwappte über sie. Was hatte sie da getan?

Du hast dich verteidigt, antwortete ihr gesunder Menschenverstand. Doch was eben noch als notwendig erschien, sah jetzt so aus, als hätte sie es übertrieben. Sie konnte sich nicht entscheiden, ob sie weglaufen, oder dem Mann helfen sollte, und schob sich rücklings von ihm weg, bis ihr Rücken den schrägstehenden Stein berührte. Ihr Atem flog.

»Es ist nur eine Halluzination«, wiederholte sie in beschwörendem Singsang.

Ihre Sinne hatten sich allerdings gegen sie verbündet und bestanden darauf, dass dies die Realität sei. Das Blut an ihren Händen kühlte rasch ab, und auch der feuchte Boden unter ihr fühlte sich kalt an. Es roch nach Heidekraut und Wiesengras.

Hinter dem Felsbrocken hörte man immer noch Geschrei und Geächze und das Klirren von Schwertklingen. Der Mann lag am Boden und atmetet laut rasselnd ein und aus.

Das konnte keine Halluzination sein. Dazu hätte ihre Einbildungskraft nicht gereicht.

Sie war unerklärlicherweise, jedoch unbestreitbar in eine Situation geraten, bei der es sich um ein in Schottland stattfindendes Clan-Scharmützel zu handeln schien. Und aus der Kleidung und den Waffen ihres Angreifers schloss sie, dass sie sich wohl kaum im heutigen Schottland befinden konnte. Während sie noch dabei war, ihre Schreckensstarre zu überwinden und die neu gewonnene Erkenntnis zu verdauen, rappelte sich der Mann auf Hände und Knie hoch.

Zu sehen, dass er nicht tot war, ließ sie erleichtert aufatmen.

»Es tut mir leid«, sagte sie. »Ich wollte dich nicht, hm, niederstechen. Aber du wolltest mich vergewaltigen. Da musste ich mich verteidigen. Kann ich dir irgendwie helfen?« Als sie sich mit wackligen Beinen erhob, dachte sie an ihr Handy, das in Charleston auf ihrem Arbeitstisch lag. Selbst wenn sie es in der Tasche gehabt hätte, wäre die Notrufnummer hier nutzlos gewesen.

Der Mann kam mühsam wieder auf die Beine. Das Aufblitzen einer blutbefleckten Klinge lenkte ihr Augenmerk auf seine rechte Hand.

Oh Gott, der Dolch! Warum hatte sie ihn losgelassen?

»Klar kannste mir helfen«, knurrte er zwischen zusammengebissenen Zähnen. »Komm her, dann zeig ich dir, wie man jemanden absticht.« Er bewegte sich auf sie zu.

Sie schrie auf und rannte. Und stieß augenblicklich gegen eine kräftige, mit von dezent gemustertem braunem Wolltuch bedeckte Brust.

Kapitel 2

MELANIE HOB RUCKARTIG den Kopf und musste ihn in den Nacken legen, um zwei dunkelbraune Augen auszumachen, die aus einem gut geschnittenen Gesicht unter einer Mähne dunkelblonden Haars hervor über sie hinwegstarrten. Mit einer Hand hielt der Mann sie an der Schulter fest.

In der anderen hielt er ein riesiges Highland-Breitschwert. Der Ausdruck seines Gesichts verhieß ihrem Möchtegern-Vergewaltiger einen sicheren Tod.

Sie fühlte sich plötzlich ungeheuer erleichtert. Es konnte sich nur um eine Halluzination handeln.

Männer, die gleichzeitig so hochgewachsen, kräftig und gutaussehend waren, gab es nicht und hatte es nie gegeben, auf welchem Kontinent auch immer. Diese mit Airbrush gemalten Mannsbilder waren einzig auf den Covern von Liebesromanen zu sehen.

Damit war er zwingend ihrer Fantasie entsprungen. So. Das Thema konnte sie abhaken. Sie hatte sich den Kopf gestoßen und litt an einer preisverdächtigen Halluzination.

Wie beschwipst von der Freude, dass sie nicht gerade um ein Haar vergewaltigt worden war und nicht wirklich einen Mann niedergestochen hatte, gab sie dem von ihr herbeifantasierten Highlander einen Klaps auf den muskelbepackten Arm und fragte scherzhaft: »Wozu haben Sie so lange gebraucht? Es war doch wohl höchste Zeit, oder?«

Der Mann warf ihr einen zerstreuten Blick zu und stieß sie so heftig aus dem Weg, dass sie in einen stacheligen Busch stolperte. Dorngestrüpp zerkratzte ihre Hände und ihr Gesicht und hakte sich in ihren Kleidern fest.

Nun gut, das war nicht sehr heldenhaft von ihm. Selbst wenn er es nur getan hatte, um sie vor ihrem Angreifer zu retten. In Liebesromanen brachte der Held es immer fertig, eine Rettung würdevoll und ritterlich zu gestalten.

Während sie sich aus dem Busch löste, wich der dazugekommene Mann dem blutigen Dolch aus und versetzte dem Bärtigen einen Hieb mit dem Schwert. Der Krieger musste fast zwei Meter groß sein.

Der Bärtige, mit seiner kürzeren Reichweite und kleineren Waffe, hatte keine Chance gegen ihn. Er erlag zwei unbarmherzigen Stichen.

Ihr Magen zog sich vor Grauen und Mitleid zusammen, bis sie sich daran erinnerte, dass nichts von alledem wirklich stattfand.

Doch wenn all dies nicht die Wirklichkeit war, dann musste ihr Kopf so hart auf den Boden des Büros geschlagen sein, dass ihr Leben und das ihres Kindes in Gefahr waren. Sie umschlang ihren Bauch mit den Armen. *Sei bitte in Ordnung, mein Kleines. Halte durch, da drinnen. Wir werden hier schon wieder herausfinden.*

Als sie auf ihren Bauch blickte, bemerkte sie, dass sie immer noch Blut an den Händen hatte, und dass ihr Rock und ihr Pulli damit getränkt waren. Sie wünschte, dieses Blut würde verschwinden. Sie wünschte, der Schnitt in ihrem Rock würde sich schließen. Sie wünschte, sie wäre wieder in ihrem Büro und bei Bewusstsein.

Doch das änderte nichts.

Wenn dies alles in ihrem Kopf stattfand, müsste sie dann nicht in der Lage sein, es zu beeinflussen oder zumindest wie im Traum in eine bestimmte Richtung zu stupsen? Leider hatte sie keine Zeit, darüber zu sinnieren, warum ihre Wahnvorstellung sich weigerte, ihren Launen zu folgen, da der blonde Krieger auf sie zukam und ihr solche Angst einjagte, dass sie vor ihm zurückwich, bis sie mit dem Rücken gegen den Stein gepresst stand. Sein Blick loderte. Sie schluckte. Dieser Mann konnte noch schlimmer sein als der andere, der jetzt am Boden lag.

»Und mit wem habe ich es hier zu tun?« fragte er drohend mit tiefer Stimme und rollendem R. Jeder Muskel seines hochgewachsenen, kräftigen Körpers war auf Kampf eingestellt. Sein Schwert, das so lang war, dass sie es schwerlich mit einer Hand hätte heben können, hielt er auch weiterhin gezückt, ohne dabei zu ermüden. Die angespannten Muskeln seines Unterarms hielten das Gewicht, ohne zu zucken.

Sie hatte so panische Angst, dass sie als Antwort nur den Kopf schütteln konnte. Würde er sie ebenfalls beschuldigen, eine englische Spionin zu sein? Würde er versuchen, sie zu vergewaltigen?

Gab es ihn wirklich? Ihr rasendes Herz glaubte es.

Der Blick des Mannes wanderte prüfend an ihrem Körper abwärts und fixierte ihren Bauch.

Sie legte schützend die Arme über die leichte Schwellung.

»Ihr seid verletzt«, bemerkte er, ohne allzu besorgt zu wirken. Sie war dermaßen mit Blut beschmiert, dass er anscheinend gar nicht bemerkt hatte, dass sie schwanger war. Er steckte sein Schwert in die Scheide. Seine Hände griffen grob nach dem Saum ihres blutgetränkten Pullis, obwohl sie um sich schlug.

»Das bin ich nicht«, stieß sie hervor, während sie seine Hände abwehrte. »Das Blut ist nicht von mir. Hören Sie bitte auf, mich anzufassen.«

Er bewies, dass er zumindest ein Quäntchen Ritterlichkeit besaß und ließ von ihr ab, ohne ihren sanft gerundeten Bauch freizulegen. Hatte sie da ein verletztes Flackern in seinen Augen gesehen? Für eine Sekunde hätte er beinahe sensibel gewirkt. Der Ausdruck ließ ihn um Jahre jünger erscheinen. Er sah nicht älter aus als sie, mit ihren sechsundzwanzig Jahren. Vielleicht sogar jünger.

Er trat einen Schritt zurück und verengte seine Augen zu Schlitzen, wieder ganz der gestählte Krieger. »Seid Ihr Engländerin? Eine Spionin?«

Ach herrje. Nicht schon wieder!

»Ich bin keine Engländerin. Das versichere ich Ihnen. In meinen Adern fließt kein einziger Tropfen englischen Bluts.« Das war die Wahrheit. Sie hatte schottische, irische, schwedische und deutsche Vorfahren, und war diesem Umstand noch nie so dankbar gewesen.

Der Mann brummte missbilligend. »Schon möglich. Ihr hört Euch nicht englisch an. Aber schottisch auch nicht. Hab noch nie jemanden so reden hören.« Er zog neugierig die Brauen zusammen und kräuselte nachdenklich kaum wahrnehmbar die Lippen.

Sie atmete erleichtert auf. Sein Gesichtsausdruck war nicht der eines Mannes, der ihr absichtlich Schaden zufügen würde.

Er wirkte eher wie ein Mann, der sie heil durch diese Halluzination, oder was immer es auch war, bringen konnte.

Ohne Vorwarnung packte der Krieger sie und schmiss sich mit ihr in den Schlamm. Sein Körper schmiegte sich an ihren Rücken und drückte sie bäuchlings in das Schlammloch, in dem sie beinahe gelandet wäre, nachdem sie von ihrem Bürostuhl gefallen war. Ein leichtes Druckgefühl in ihrem Bauch entrang ihr ein Wimmern, als ihrer beider Gewicht auf ihrem gewölbten Leib lastete.

Sie machte sich Sorgen um das Baby und versuchte, sich freizustrampeln. »Lassen Sie mich los!«

Er verschloss ihr mit der Hand den Mund.

Stampfende Schritte näherten sich. Die Anspannung seines Körpers ließ sie vor Furcht erstarren.

Hinter dem Stein ertönten männliche Stimmen.

»Gunns«, flüsterte der Mann ihr mit heißem Atem ins Ohr. »Diese Dummköpfe wollen sich nicht geschlagen geben, obwohl die Schwerter der Keiths ihnen weit überlegen sind. Bleibt hier. Liegen bleiben und nicht bewegen.«

Sein Gewicht löste sich von ihrem Rücken. Er schlich eilig davon. Dann hörte sie ein überraschtes Brummen. Sie blickte auf und sah den honigblonden Krieger mit kampfbereiter Faust neben dem Stein stehen. Anscheinend war er drauf und dran, einem sich krümmenden, grauhaarigen Mann, der den gleichen dunklen Wollstoff trug wie ihr Angreifer, einen zweiten Schwinger zu verpassen.

»Mach, dass du nach Hause kommst, Harry«, knurrte der Krieger. »Ihr könnt nicht siegen, und es ist schon zu viel Blut geflossen.«

Ein jüngerer Mann in dunkelgrauem Wolltuch schlich in der Hocke von hinten um den Stein herum. Sie öffnete den Mund, um den Krieger zu warnen, doch er hatte den anderen bereits gehört und nahm eine Stellung ein, die es ihm ermöglichte, beide Gegner im Auge zu behalten.

»Zurück mit dir, Robbie«, sagte er mit gezücktem Schwert. »Ich bin heute Morgen nicht mit dem dringenden Bedürfnis aufgestanden, Gunns umzubringen. Aber genau das werde ich tun, wenn du nicht kehrt machst. Auf der Stelle.«

Robbies Lippen kräuselten sich, als er zuerst den toten Mann am Boden und dann sie bäuchlings im Schlamm liegen sah. »Du hast Mack umgebracht«, sagte er anklagend. »Und noch dazu auf einem dreckigen Flittchen. Dafür wirst du sterben, Big Darcy.« Er stürzte sich auf den honigblonden Krieger – Darcy – und sie kreuzten die Klingen.

Der ältere Mann zog seinen Dolch und näherte sich Darcy von hinten.

»Achtung!« schrie sie.

Darcy wich Robbies Attacke mit Leichtigkeit aus und stieß ihm sein Schwert in den Bauch.

Gleichzeitig zog er einen Dolch aus einer Scheide an seiner linken Hüfte, warf einen kurzen, aufmerksamen Blick über seine

Schulter und stieß nach hinten zu. Der Dolch schnitt den grauhaarigen Mann in den Arm. Der tänzelte rückwärts und verzog schmerzhaft das Gesicht.

»Verdammt noch mal, Robbie«, sagte Darcy zu dem Jüngeren, der zu Boden ging und seine Wunde hielt. »Warum hast du mich angegriffen?« Als der verwundete Mann versuchte, auf die Füße zu kommen, sagte Darcy, »Lass es nicht drauf ankommen, dass ich das hier zu Ende bringe. Ich will dein Blut nicht an meinen Händen haben.«

»Es ist schon zu Ende«, sagte der Grauhaarige und kam wieder näher. »Du hast meinen einzigen Sohn umgebracht, du verfluchter Keith. Du hast ihn umgebracht!«

»Ich hab diesen Gunn nicht gebeten, am heutigen Tag dahinzuscheiden!« sagte Darcy. »Bring Robbie nach Hause, vielleicht wird er es überleben. Oder bleib und kämpf mit mir, dann seid ihr beide tot. Es lohnt sich nicht, Harry.«

Harry hörte nicht zu. Er stürzte sich auf Darcy, was, nach dem wässrigen Schimmer in den Augen des älteren Mannes zu urteilen, einem Selbstmord gleichkam. Ihr drehte sich angesichts solcher unnötiger Gewalttätigkeit und vergeudeten Lebens der Magen um. Sie versuchte, sich erneut einzureden, dieser barbarische Albtraum sei das Produkt ihrer Fantasie, doch es gelang ihr nicht wirklich.

Die beiden Männer in den grauen Kilts lagen innerhalb von Sekunden tot am Boden. Mit wildem Blick und gerunzelter Stirn wandte Darcy sich wieder ihr zu. »Das hier ist nicht der richtige Ort für ein Mädchen. Kommt. Ich bringe Euch in Sicherheit.« Er begann, mit ausholenden Schritten den Hügel zu umrunden.

Meinte er das ernst? Glaubte er wirklich, sie würde ihm folgen? Nach allem, was sie gerade mitangesehen hatte?

Jetzt, wo sie wusste, wozu er fähig war?

Zu entschlossener Gewaltanwendung. Zu umgehender Dezimierung.

Zu Gnade, ehrenhaftem Verhalten und Mitleid.

Sie hatte diese Halluzination satt. Sie war zu wirklich. Zu schrecklich.

Sie versuchte, bäuchlings im Schlamm liegend wie im ›Zauberer von Oz‘ ihre Hacken zusammenzuschlagen und sich nach Hause zu wünschen.

»Es ist nirgendwo so schön wie daheim, es ist nirgendwo so schön wie daheim, es ist nirgendwo so schön wie daheim.« Sie spürte immer noch, wie kalte Feuchtigkeit durch den Stoff ihres BHs drang. Spitze Steine auf dem Grund der Pfütze bohrten sich schmerzhaft in ihre Knie. Sie verfluchte ihre wachen Sinne, die ihr bestätigten, dass sie keiner Halluzination erlag.

Sie hörte das Geschrei weiterer Männer nahen, während Darcy sich rasch von ihr entfernte. Halluzination hin oder her, wenn sie die Wahl hatte zwischen Männern in grauen Kilts, die der Meinung waren, englische Mädchen seien »nur für eins zu gebrauchen« und einem Mann in meliertem Braun, der sich um ihre Sicherheit sorgte und das Töten moralisch verurteilte, obwohl er offensichtlich sehr gut darin war, würde sie es lieber mit dem Braunen versuchen.

Sie kletterte aus dem Schlammloch. Ihre Halbschuhe machten ein schmatzendes Geräusch, als sie über die Feuchtwiese hinter dem Krieger her stapfte.

§

DARCY STIEß EINEN Seufzer der Erleichterung aus, als er hörte, dass das hübsche kleine Mädel ihm folgte. Er hätte das schmutzige, nur halb bekleidete arme Ding ja getragen, doch sie hatte ihn gebeten, sie nicht anzufassen und ließ ihn noch nicht einmal die Wunden inspizieren, die der Gunn ihrem zarten Fleisch höchstwahrscheinlich zugefügt hatte. Ihre ängstlich vorgetragene Bitte erinnerte ihn an den Grund, aus welchem er sich schon seit langer Zeit jeglicher Liebelei enthielt. Solange er es nicht versuchte, setzte er sich auch nicht der bitteren Erfahrung einer Abfuhr aus.

Er meinte, den Widerhall von Anyas Gelächter wieder zu hören. Es war das erste und letzte Mal gewesen, dass er versucht hatte, sich einer Angehörigen des schönen Geschlechts zärtlich zu nähern. Damals war er achtzehn. Gegen besseres Wissen war er Anyas ständigen Annäherungsversuchen erlegen. Er hatte sich eines Abends von ihr zu den Ställen locken lassen, wobei sein bestes Stück sich deutlich auf das geheimnisvolle verbotene Tun freute, während sein Gewissen ihn daran erinnerte, dass es Torheit war, sich zu einem Mädchen zu legen, das er nicht heiraten wollte. Doch Anyas suchende Lippen und wandernde Hände hatten seiner Denkfähigkeit bald ein Ende gemacht.

Er hatte sich mit eifrigen, zittrigen Gesten seines Kilts entledigt.

Und sie hatte nach Luft geschnappt. »Das ist zu groß für mich! Für jedes Mädel.« Angesichts seiner Verwirrung hatte sie vor Lachen geschrien wie ein Esel. »Oh, armer Darcy.« Sie hatte eine Schnute gezogen. »Das wusstest du wohl noch nicht, was? Du bist nicht für Frauen gebaut. Eher für Stuten, aber keinesfalls für Frauen.«

Von diesem Tag an wurde er überall nur noch Big Darcy genannt, und das war auch heute, sechs Jahre später, immer noch so. Er hatte gedacht, er hätte es einzig Anyas Schwatzhaftigkeit zu verdanken, dass alle anderen Mädchen ihm nur flüchtige Blicke zuwarfen und dabei hinter vorgehaltenen Händen tuschelten, so dass es inzwischen kein weibliches Wesen mehr in seinem Clan gab, dem er einen Heiratsantrag hätte machen können. Doch diese Fremde hatte anscheinend schon beim ersten Blick auf ihn erraten, was Sache war. Ihre ängstliche Bitte, sie nicht zu berühren, hatte bei ihm Wunden wieder aufgerissen, die er längst verheilt geglaubt hatte.

Och, warum ließ er sich so von seinen Erinnerungen ablenken? Jetzt galt es, eine Frau in Sicherheit zu bringen und die

Gunns vom Land der Keiths zu vertreiben, bevor noch mehr Blut floss. Zufrieden, ihre leichten Schritte in nicht allzu weiter Entfernung hinter sich zu hören, eilte er in den Wald, dem Wagen entgegen, in dem Archie immer die Verwundeten versorgte. Dort würde sie in Sicherheit sein. Dann konnte er ihre seltsame, jedoch interessante Art zu sprechen, und ihr hübsches Gesicht, das ihn so angsterfüllt angesehen hatte, wieder vergessen.

Als er ein Stolpern hinter sich hörte, drehte er sich nach ihr um. Sie war über eine Wurzel gestrauchelt und hockte auf allen Vieren im Laub. Ein unterdrückter Schrei ertönte hinter dem Vorhang ihres silberblonden Haars.

Er rannte zu ihr. Zum Teufel mit ihrer ablehnenden Haltung ihm gegenüber, so lange er stark genug war, sie zu tragen, würde er kein Mädel weinend am Boden sitzen lassen. Und welcher Mann, der sein Salz wert war, hätte nicht die Kraft, ein so graziles Ding zu tragen? Er steckte sein Schwert in die Scheide und hob sie hoch wie eine Feder.

Och, musste sie sich an seiner Brust so warm und weich anfühlen? Und warum machte es ihm so viel aus, das Blut des Gunns auf ihrem wollenen Oberteil zu sehen? Verdammt, jetzt begann sich auch noch sein bestes Stück zu regen, als er den kleinen, üppig gerundeten Körper so nah an seinem fühlte. Er biss die Zähne zusammen und rannte beinahe auf Archies Wagen zu.

Unterwegs beging er den Fehler, einen Blick auf ihr Gesicht zu werfen. Es war so glatt und schön wie polierter Opal. Ohne den ängstlichen Ausdruck und den Schlamm, der es besudelte, hätte es geleuchtet wie die Sonne.

Und er war derjenige, der sie in den Schlamm geschubst hatte, um sie vor dem Gunn zu schützen. Ihre Wangen zeigten keine Tränenspuren, doch ihre zitternde Unterlippe, voll wie eine Rosenknospe kurz vor dem Erblühen, verriet, dass sie das Weinen unterdrückte.

War es so schlimm für sie, ihm so nahe zu sein? Er

beschleunigte seine Schritte, um sie so schnell wie möglich von dieser unwillkommenen Berührung zu befreien.

»Danke«, sagte sie mit sanfter Stimme in ihrer einzigartigen, etwas langgezogenen Sprechweise.

Er nickte kurz. »Keine Sorge. Ich lasse Euch gleich in Ruhe.«

Sie runzelte die Stirn. »Wo bringen Sie mich hin?«

»Zu Archie. Er versorgt die Verwundeten abseits vom Kampfgebiet.«

»Ich habe Ihnen doch gesagt, dass ich nicht verwundet bin.«

Obwohl er ihre Besorgnis weitaus lieber etwas anderem als seiner körperlichen Nähe zugeordnet hätte, hoffte er, dass sie nicht verwundet war, sondern sich lediglich vor der Größe seines männlichen Attributs ekelte. Es erleichterte ihn, sie auf ihrer Unversehrtheit bestehen zu hören. »Aye, sei es, wie es wolle, es ist während eines Scharmützels immer noch der sicherste Ort für ein Mädel. Archie wird sich um Euch kümmern und Euch zum Laird bringen, sobald wir wieder in Ackergill sind.«

Das Mädel atmete tief ein. »Meinen Sie den Gutsherrn Ihres Clans? Welchem Clan gehören Sie an? Wohnt der Laird in Ackergill? Handelt es sich dabei um eine Burg? Oh Gott, ich bin wirklich in Schottland gelandet, oder? In welchem Jahr befinden wir uns?«

»Seid Ihr sicher, dass Ihr nicht verwundet seid?« fragte er sie. »Hat der Gunn Euch auf den Schädel gehauen? Ihr stellt so sonderbare Fragen.«

»Das mag sein«, sagte sie. »Könnten Sie sie trotzdem beantworten? Bitte!«

Er konnte es ihr nicht abschlagen, so dämlich es auch war, nicht zu wissen, in welchem Jahr und in welchem Land man sich befand. »Wir schreiben das Jahr des Herrn 1517. Es ist Frühling, falls Ihr das wissen wollt. Ich bin Darcy Marek MacFirthen Keith. Und aye, Ihr befindet Euch in den Highlands.«

Sie schloss die Augen. Ihre dichten, schwarzen, im Kontrast zu ihrem blonden Haar und ihren Augenbrauen stehenden

Wimpern flatterten auf ihren Wangen. Ein kurzer Schluchzer entrang sich ihren Lippen. Sie flüsterte: »Ich will nach Hause. Ich will aufwachen, bitte!«

»Ihr seid so wach wie man wach sein kann,« sagte er zu ihr. Sie musste sich den Schädel angeschlagen haben, wenn sie es auch nicht zugeben wollte. »Aber wenn es etwas gibt, womit ich Euch wacher machen kann, müsst Ihr es mir sagen. Braucht Ihr vielleicht einen starken Tee?«

Das Mädel begegnete seinem Blick mit ihren smaragdgrünen Augen. Er wäre beinahe gestolpert.

»Ich darf kein Koffein zu mir nehmen«, sagte sie mit einem Schniefer. »Ich hatte heute schon einen Kaffee, und mehr als einer pro Tag wäre nicht gut für das Baby.«

Schon wieder dieses Kauderwelsch. *Koffein? Kaffee? Baby?* Meinte sie ein Kind? Sie hatte kein Kind bei sich gehabt, es sei denn – ihm kam ein schrecklicher Gedanke.

»Hat der Gunn Euch Euer Kind weggenommen?«

Das Mädel öffnete den Mund, dann schloss sie ihn wieder, als wüsste sie nicht, was sie antworten solle. Schließlich sagte sie: »Wenn Sie damit den Mann mit dem Bart meinen, nein, ›der Gunn‘ hat mir nichts weggenommen, danke der Nachfrage. Ich wollte nur sagen, dass Koffein nicht gut für das Baby ist – für das Kind in meinem Bauch.« Sie bewegte sich in seinen Armen, um ihre muschelweiße Hand auf ihren Bauch zu legen.

Ach so, in ihrem Bauch. Sie war schwanger. Himmel, jetzt konnte er es bei genauem Hingucken auch sehen. Er war so mit dem Kampf beschäftigt gewesen, dass er nicht mitbekommen hatte, was er vor sich hatte. Ein wehrloses, schwangeres Mädel – nein, eine wehrlose, schwangere Frau, verbesserte er sich. Wenn sie schwanger war, musste sie außerdem verheiratet sein.

Och, und er hatte sie in den Schlamm geschubst und sich auf sie gelegt, um ihr helles, wollenes Oberteil vor den nahenden Gunns zu verbergen. Was, wenn er dabei ihr oder dem Kind Schaden zugefügt hatte? Dann müsste er ihren Ehemann dafür entschädigen. Und er würde es sich nie verzeihen.

Seine Größe hatte ihre Vorteile, wenn es ums Kämpfen ging, doch diese wenigen guten Seiten konnten die Probleme, die aus ihr erwuchsen, nicht wettmachen. Dass er der größte und stärkste Mann seines Clans war, hatte ihm mehr Ärger eingehandelt, als dass es ihm geholfen hätte. Er schluckte seine Reue darüber, wie rücksichtslos er sie behandelt hatte, herunter, und versuchte herauszufinden, zu wem sie gehörte, und, Gott bewahre, in wessen Schuld er nun eventuell stand.

»Wessen Gemahlin seid Ihr dann? Zu einem Gunn könnt Ihr nicht gehören, sonst hätte ich Euch nicht vor einem retten müssen.«

»Ich bin nicht verheiratet«, sagte das Mädchen. »Und danke für das Retten, übrigens. Ich kann nicht fassen, dass ich den Dolch einfach losgelassen habe. Wie blöd von mir!« Sie schüttelte den Kopf.

Dass sie sich bei ihm bedankte, wärmte ihm das Herz. Er hörte nicht oft freundliche Worte von Seiten der Mädchen und freute sich über alles, was kam, selbst wenn es von einer entehrten Frau kam, die unverheiratet schwanger war. Sonderbarerweise sank sie deshalb nicht in seiner Achtung. Vielleicht lag es am Schwung ihrer Augenbrauen, ihrem arglosen, weichen Mund oder ihrer Zerbrechlichkeit, er konnte sie einfach nicht verurteilen.

Es machte ihm noch nicht einmal sehr viel aus, dass sie sich vor ihm ekelte, weil er überall zu groß geraten war. Obwohl sie jetzt, wo sie miteinander redeten, anscheinend nichts dagegen einzuwenden hatte, sich in seinen Armen zu befinden. Er bemühte sich, sie zum Reden anzuhalten, um sie von ihrem Ekel abzulenken.

»Ihr habt meine erste Frage noch nicht beantwortet«, sagte er. »Wer seid Ihr? Und wo kommt Ihr her, wenn Ihr keine Engländerin seid?«

»Tja. Schwierige Frage. Gibt es eine Antwort darauf, die

mich nicht direkt auf den Scheiterhaufen oder ins Irrenhaus bringen wird?«

Wie fast alles, was sie von sich gab, klang diese Antwort eigenartig. »Ihr könntet es mit der Wahrheit versuchen«, schlug er vor, indem er seine Schritte verlangsamte, da er Archies Stimme in der Nähe hörte.

»Nein«, sagte sie rundweg. »Das könnte ich nicht. Zumindest nicht mit der ganzen Wahrheit. Wir sollten es bei meinem Vornamen, Melanie, belassen, und bei der schlichten Tatsache, dass ich fern der Heimat bin und nicht weiß, wie ich dorthin zurückkehren soll.« Ihre grünen Augen fixierten ihn. »Ich fürchte, Sie haben mich am Hals, Darcy Keith.«

Kapitel 3

ER HATTE SIE in einen Busch geschubst, in den Schlamm geworfen, sie unter seinem muskelbepackten Körper zerquetscht und war dann mit seinen baumstammartigen Beinen eilig in den Wald gestapft, so dass sie in blutbefleckten, schlammigen, mit Brennnesseln behangenen Kleidern hinter ihm herrennen musste, und sie hatte ihm das alles vergeben, weil der warme Blick seiner braunen Augen so verletzlich gewirkt hatte. Davon abgesehen spürte sie leichte, flatternde Bewegungen tief in ihrem Bauch, die ihr bewiesen, dass ihr Baby die rüde Behandlung ihres Körpers innerhalb der letzten halben Stunde bestens überstanden hatte.

Fast hätte sie sich erleichtert gefühlt.

Doch richtige Erleichterung würde sie erst dann verspüren, wenn sie herausgefunden hatte, wie sie nach Hause gelangen konnte. Sie hatte nicht viele Besitztümer in Charleston, doch was sie besaß, hatte sie sich hart erarbeitet und war stolz darauf: einige gute Freunde, eine kleine, schicke Wohnung, einen Job, der so interessant war, dass er die schlechte Bezahlung aufwog, und ein geregeltes Leben. Ihre Eltern wohnten nur fünf Autostunden entfernt in Atlanta.

Was mochte dort vor sich gehen, während sie hier war? Lief ihre Zeit ohne sie weiter, oder hatte ihr Leben noch nicht einmal stattgefunden? War sie verrückt, sich derartige Fragen zu stellen?

So sehr sie sich auch wünschte, sich in den schützenden Mantel der Verleugnung zu hüllen, wusste sie doch, dass diese Wahl ihr nicht mehr offenstand. Dieser Ort war Realität, und sie war wirklich hier. Sie war von ihrem Arbeitsplatz im Museum verschwunden, als das Kästchen sich öffnete.

Das Kästchen!

Das war es! Sie hatte sich etwas gewünscht, und das Kästchen hatte ihren Wunsch erfüllt. Das war die einzige plausible Erklärung für das Geschehene. Und wenn es in der Lage war, sie aufgrund eines dummen, halb im Scherz ausgesprochenen Wunsches um fünfhundert Jahre in die Vergangenheit zurück zu versetzen, dann konnte es sie auch daraus zurückbefördern, wenn sie nur freundlich genug darum bat.

Sie brauchte dieses Kästchen.

Sie hatte es am Felsbrocken nicht gesehen, doch sie hatte auch nicht wirklich danach gesucht.

Sie musste nach ihm suchen. Es musste dort sein. Zwangsläufig.

Sie öffnete den Mund, um Darcy zu sagen, er solle sie zurückbringen, und hatte sofort mit einem Mundvoll Tannennadeln zu kämpfen.

Er bahnte sich mit den Schultern einen Weg durch Bäume, die wie eine Mauer wirkten, und achtete nicht auf die Zweige, die sich in ihrem Haar und ihren Kleidern verfingen. Dieses blöde Kästchen. Was sie hier erlebte entsprach keineswegs ihrem Wunsch.

Natürlich war Darcy ein Prachtexemplar, aber er war kein romantischer Held. Sein Aussehen entsprach der Rolle, aber um sie wirklich spielen zu können, musste man ihm erst einmal beibringen, was Ritterlichkeit war. Die erste Lektion lautete: du darfst die Heldin nicht in Schlammpfützen werfen. Aber wer hatte schon von einer schwangeren Heldin gehört?

Sei so gut, liebes Kästchen. Mein Wunsch war nicht ernst zu nehmen. Bring mich nach Hause, bei allem, was den Schotten heilig ist.

Bevor sie Darcy bitten konnte, sie zu dem Felsblock

zurückzubringen, stellte er sie inmitten eines Kreises von sechs mehr oder weniger bekleideten und verwundeten Männern auf ihre Füße. Ein klappriger Wagen ohne Pferd nahm die gegenüberliegende Seite der kleinen Lichtung ein. Der Leistungsfähigste unter ihnen, ein drahtiger, rothaariger Mann, war emsig dabei, Wunden zu verbinden und an einem Fass im Wagen Flaschen aufzufüllen. Das musste Archie sein. Eine große Schürfwunde an einem Bauch musternd, erklärte er grinsend, dass der Verletzte nichts weiter brauchte, als eine tägliche Reinigung der Wunde mit Essig und heilenden Beischlaf mit seiner Frau. Als er aufblickte, bemerkte er ihre Anwesenheit.

»Sei gegrüßt, Big Darcy«, dröhnte er fröhlich mit rollendem R. »Was bringst du mir denn da?«

»Sieht wie ein Mädel aus«, meinte einer der Verwundeten grinsend, indem er sie von oben bis unten musterte. »Und ein hübsches noch dazu.«

»Wo hast du sie gefunden, Big Darcy?« wollte ein anderer wissen.

»In einer Schlammpfütze«, antwortete ein dritter. »Das siehst du doch.«

»Wo ist ihre restliche Kleidung abgeblieben?« fragte wieder ein anderer.

»Ist das Blut unter dem Schlamm?« fragte Archie, während er zwischen den Verwundeten hindurchwatete, bis er vor ihr stand.

Sie versuchte ängstlich, sich hinter Darcy zu verstecken, doch er spielte nicht mit und wandt sich zum Gehen. Bevor er wieder hinter der Mauer der Bäume verschwand, rief er über die Schulter: »Obwohl es aussieht, als habe sie in Blut gebadet, scheint es nicht ihr eigenes zu sein. Kümmere dich um sie, Archie.«

Damit glitt er zwischen die Stämme, während sie ihm ungläubig nachstarrte. Der ungehobelte Kerl hatte sich noch nicht einmal verabschiedet.

Trotz ihrer Erschöpfung, die sie drängte, sich zu setzen und ihrem müden, schwangeren Körper Erholung zu gewähren, schüttelte sie Archies Hand von ihrem Arm und marschierte auf die Bäume zu.

Darcy steckte noch einmal den Kopf zwischen ihnen hervor, so nah, dass sie mit den Köpfen aneinander gestoßen wären, wenn er sie nicht um 30 cm überragt hätte. »Ich hätte es beinahe vergessen«, sagte er zu Archie. »Sie ist keine Engländerin.«

Darauf verschwand er wieder, ohne sie eines Blickes gewürdigt zu haben.

»Warten Sie!« Sie schüttelte Archies Hand ein zweites Mal ab und zwängte sich durch das dichte Geäst.

»Warten Sie, Darcy!«

Er hielt inne und drehte sich zu ihr um, obwohl seine beeindruckende Gestalt es offenbar kaum erwarten konnte, sich wieder ins Kampfgetümmel zu stürzen.

»Ich muss mit Ihnen kommen«, sagte sie.

»Nein. Sie bleiben hier bei Archie und helfen ihm, sich um die Verwundeten zu kümmern.« Er machte sich mit großen Schritten davon.

Sie lief ihm nach. »Das geht nicht. Es gibt dort drüben etwas, das ich brauche. Ich hoffe zumindest, dass es dort ist. Ich muss danach suchen.« Sie holte ihn ein und versuchte, ihn am Arm zu packen, damit er langsamer ging. Seine Haut war weich wie warmer Samt, der sich über granitharte Muskeln spannte. Sie konnte der Versuchung nicht widerstehen, ihren Griff zu lockern und sanft mit den Fingern darüber zu streichen. Er war wirklich gebaut wie ein Cover Model. Doch sie hatte jetzt keine Zeit, sich an der Berührung seiner gebräunten Haut zu ergötzen. Sie musste dieses Kästchen in die Hände bekommen. Sie musste nach Hause.

Alan und die Leute, die ihr bei der Vorbereitung der Ausstellung über schottische Immigranten halfen, waren auf sie angewiesen. Ihre Freunde und ihre Familie würden vor Angst um sie umkommen. Der Alkoven in ihrer Wohnung, den sie vom

Esszimmer zum Kinderzimmer umgewandelt hatte, war nur zur Hälfte dekoriert. Sie musste ihre Pflanzen gießen.

Darcy blieb stehen und starrte auf ihre Hand, bis sie sie wegnahm. »Was habt Ihr verloren? Ich werde für Euch danach suchen. Aber Ihr bleibt hier, verstanden?«

Sie erinnerte sich daran, wie Darcy sein Schwert aus den Körpern der Männer gezogen hatte, die er getötet hatte, und wie der »Gunn« sie am Boden gehalten und bedroht hatte. Sie hatte keine große Lust, an den Ort zurückzukehren. Andererseits konnte sie unmöglich darauf vertrauen, dass dieser Krieger so gründlich wie sie nach ihrer Fahrkarte für die Rückkehr nach Hause suchen würde.

»Ich muss mit Ihnen gehen«, sagte sie beharrlich.

Darcy hob sie wieder hoch, doch diesmal nicht so vorsichtig wie zuvor, als sie über die Wurzel gestolpert war. Er schleppte sie unter dem Arm wie einen Sack Getreide, obwohl sie ihm zugestehen musste, dass er darauf achtete, keinen Druck auf ihren Bauch auszuüben.

»Ich habe nein gesagt, Ihr widerspenstiges Ding, und Ihr habt mir zu gehorchen, ob Ihr wollt oder nicht.« Er brach durch den Saum der Lichtung, stapfte an den Verwundeten vorbei und setzte sie mit fester Hand im Wagen ab. »Ein Scharmützel ist nicht der richtige Ort für eine Frau. Ich will nicht dafür verantwortlich sein, dass Ihr vergewaltigt oder getötet werdet.« Für einen Augenblick erschienen seine harten Gesichtszüge wieder sanfter. »Ich könnte Euch fesseln, aber dann wärt Ihr Archie keine große Hilfe. Wie machen wir es also, Mädel? Werdet Ihr mir gehorchen, oder nicht?«

Er versuchte, sie durch seine Körperhaltung und seine Größe zu beeindrucken, während er sie mit seinen nackten Armen festhielt. Es funktionierte nicht. Beim Anblick der köstlichen Rundung seiner unbekleideten Schulter so nah an ihrem Gesicht befeuchtete sie unwillkürlich ihre Lippen. Seine ausgeprägten Schlüsselbeine und sein sehniger Nacken glänzten vor Schweiß und er roch nach Mann und nach Pinien. Ihre Libido begann zu hüpfen wie ein lebhaftes Hündchen.

Himmel, reiß dich zusammen, Mel. Wir sind hier nicht in einem Liebesroman. Er ist nicht dein Held. Das Kästchen hat sich getäuscht. Es hat völlig danebengegriffen.

»Ich brauche es«, sagte sie, wobei sie froh war, dass ihre Stimme nicht verriet, wie attraktiv sie ihn fand. »Ich muss mit Ihnen gehen.«

»Ich hab doch schon gesagt, ich hätt' Lust, danach zu suchen, was auch immer es ist.«

Lust. So wie er das Wort mit seiner tiefen Stimme aussprach, verursachte er ihr damit Schmetterlinge im Bauch. Es kostete sie einige Anstrengung, ihre Lippen nicht zu lecken, als sie an gewisse Aktivitäten dachte, auf die sie auch Lust hätte.

Nach Hause, wiederholte sie für sich. Sie musste nach Hause. »Ich traue Ihnen nicht zu, so gründlich danach zu suchen, wie ich es tun würde. Ich werde mit Ihnen gehen.«

»Wo sind deine Stricke, Archie?« fragte er. »Die Frau weigert sich, hier zu bleiben. Ich muss sie leider an den Wagen fesseln.«

Einige der Verwundeten begannen zu kichern.

Archie antwortete: »In dem Kasten dort. Und bring mir was von dem getrockneten Moos, bevor du dein Mädchen festbindest.«

Dein Mädchen. Das beiläufig Gesagte ließ sie zusammenzucken, obwohl sie es eigentlich ganz gerne hörte.

»Sie gehört nicht zu mir«, brummte Darcy, als er im Wagen den Deckel der Holztruhe öffnete.

Sie sah mit Entsetzen, dass er ein aufgerolltes Seil herausnahm. Nachdem er Archie einen gelblichen Klumpen zugeworfen hatte, kam er zu ihr.

Ihre Libido verflüchtigte sich augenblicklich. Sie hüpfte von dem Wagen und versuchte, seinen Händen auszuweichen, die dafür, dass sie so breit waren, erstaunlich schnell zupacken konnten.

»Wagen Sie es bloß nicht, mit festzubinden! Ich muss an dieses Kästchen kommen. Es ist meine einzige Hoffnung, nach Hause zurückzukehren.«

Er streckte seinen langen Arm nach ihr aus, packte sie ohne Umstände um die Taille und schmiss sie in den Wagen zurück. Die Libido war wieder da. Ihr Körper genoss Darcys männliche Art, mit ihm umzugehen, obwohl ihre Muskeln sich dagegen wehrten.

Sich vorzustellen, er würde sie fesseln, wenn sie miteinander allein waren, das hatte schon was, allerdings nicht mitten im Wald, unter den neugierigen Blicken sonderbarer Männer. »Okay, okay«, stoß sie hervor, als er das Seil um ihr Handgelenk wickelte. »Ich laufe Ihnen nicht mehr hinterher. Bitte fesseln Sie mich nicht. Ich bleibe hier und helfe.«

Er hielt inne und beäugte sie misstrauisch.

»Ich verspreche es Ihnen«, sagte sie. »Ich werde hierbleiben und mich nützlich machen. Solange Sie mir versprechen, nach einem Rosenholz-Kästchen mit Weißgoldintarsien zu suchen, das ungefähr so groß ist.« Sie zeigte die Größe mit den Händen, wobei das Seil von ihrem Handgelenk hing. »Solange Sie mir schwören, so gründlich nach dem Kästchen zu suchen, als stünde Ihr Leben auf dem Spiel.«

In der Hoffnung, er könne nachvollziehen, wie wichtig es für sie war, und sie könne ihm vertrauen, hielt sie seinem Blick stand.

Im Kreis der Verwundeten wurde es still. Sie warteten auf seine Antwort.

Er federte ungeduldig auf seinen Fußballen, da er es eilig hatte, sich wieder in den Kampf zu stürzen, doch er hörte ihr aufmerksam zu und sagte: »Ich schwöre, dass ich das Kästchen finden werde, wenn es sich auf diesem Feld befindet.«

Die Ernsthaftigkeit seiner Antwort beruhigte sie. »Es müsste sich in der Nähe der Stelle befinden, wo Sie mich gefunden haben«, sagte sie. »Wenn es dort nicht zu finden ist, dann« – Den Rest des Satzes quetschte sie nur mühsam hervor. »Dann wird es wohl nirgends zu finden sein.« *Und ich werde für immer hier festsitzen.*

Er bestätigte mit einem Nicken, dass er sie verstanden hatte, machte kehrt und verließ eilig die Lichtung.

»Mist«, sagte einer der Verwundeten. »Ich hatte gehofft, Big Darcy würde das zappelige Mädel festbinden.«

Die anderen Männer begannen zu feixen. Bei einigen unter ihnen endete das Feixen in Schmerzlauten.

Sie warf böse Blicke in die Runde, als sie das Seil von ihrem Handgelenk abschüttelte, doch ihre finstere Miene hielt nicht lange an. Einige der Männer hatten schreckliche Wunden. Einer von ihnen trug einen Verband um den Schenkel, der mit Blut durchweicht war. Der Verband war offensichtlich nicht eng genug gewickelt, um den Blutstrom aus einer mutmaßlich tiefen Schnittwunde zu verlangsamen. Ein anderer hatte eine Brustwunde. Er grinste sie nicht an, sondern lag, von der auf- und absteigenden Bewegung seiner Brust abgesehen, völlig still da. Aus einer Wunde unter seiner Achsel schäumte rosa Blut hervor. Ein anderer Mann presste sich einen blutgetränkten Lappen an den Hals. Eine hässliche Ausbuchtung unter seiner Haut ließ auf ein gebrochenes Schlüsselbein schließen. Ein weiterer hatte eine Kopfwunde, die genäht werden musste.

Sie glitt vom Wagen und ging zu Archie hinüber. »Was kann ich tun?«

§

»ICH FÜRCHTE, SIE haben mich am Hals, Darcy Keith.«

Auf seinem Weg zurück nach Berringer's Field versuchte er, diese so hübsch langgezogen ausgesprochenen Worte zu vergessen, doch die Vorstellung, eine bezaubernde junge Frau mit üppigen Kurven auf dem Hals zu haben, deren Tapferkeit ihre kleine Statur beiweitem überstieg, erschien ihm eigentlich gar nicht so schrecklich. Doch solche Gedanken waren weder von Nutzen, noch vernünftig.Es war ihm nun mal nicht möglich, eine Frau gebührend zu ehren, indem er die Ehe mit ihr vollzog und Kinder mit ihr zeugte. Deswegen stand es ihm schlecht an, eine Frau zu begehren, und schon gar nicht eine so kleine.

Er musste zuerst seinem Clan helfen, doch sobald die Gunns von seinem Land vertrieben waren, würde er für die Frau – Melanie – nach dem kostbaren Kästchen suchen. Sie hatte gesagt, es sei ihre einzige Hoffnung, nach Hause zu kommen, und genau da wollte er sie haben. Er wollte sie bei ihren eigenen Leuten in Sicherheit wissen. Außer Reichweite seines nutzlosen Verlangens.

Vielleicht war das Kästchen alles, was sie besaß, und sie wollte es verkaufen, um sich die Reise zu ihren Leuten leisten zu können. Er wusste immer noch nicht, wer diese Leute waren, aber sie waren bestimmt keine Schotten, und er glaubte ihr, wenn sie behauptete, keine Engländerin zu sein; ihre sonderbare Sprechweise war ihm Beweis genug. Wer auch immer ihre Leute waren, es war offensichtlich, dass sie sich verzweifelt wünschte, zu ihnen zurückzukehren. Also würde er ihr dabei helfen, und wäre sie dann endlich los.

Als er auf das Feld zurückkam, wo sein Clan sich jetzt schon zum dritten Mal seit Hogmanay – und es war erst April – mit dem Clan der Gunn angelegt hatte, hatten seine Angehörigen die meisten der Eindringlinge bereits wieder über die Grenze gejagt. Alles, was noch zu tun blieb, war, ein paar böse zugerichteten Männern zu Archies Wagen zu helfen, wo sich alle versammeln würden, bevor sie nach Ackergill zurückkehrten.

Er trug den kleinen John, dem eine Schnittwunde am Arsch das Gehen erschwerte, während er mit dem freien Arm den hinkenden Gabe stützte. Nachdem er die Männer auf Archies Lichtung abgesetzt und zufrieden festgestellt hatte, dass die Frau dabei war, sorgfältig Symonds aufgeschlitzte Schulter zu reinigen, kehrte er zu dem Ort zurück, an dem er sie gefunden hatte, um nach dem Kästchen zu sehen.

Er brauchte nicht lange zu suchen. Das Ding steckte zur Hälfte in dem Schlammloch, in das er sie geschubst hatte. Er holte es aus dem Dreck und wischte es mit einer Ecke seines Plaids sauber. Es war ein schöner Gegenstand. Glänzend und glatt, mit abgerundeten Kanten und kunstvoll verwobenen Intarsien aus weißem Metall auf dem Deckel, genau wie sie es beschrieben hatte.Es würde ihr sicherlich genug einbringen, um sich davon eine Schiffspassage zu kaufen, falls sie das Wasser überqueren musste.

Er drehte das Kästchen um, um den Schlamm von seiner Unterseite zu kratzen. Eine Aufschrift wurde sichtbar: *MacLeod, 1542. Inverness.*

Er ließ das Ding beinahe fallen.

Im Glauben, schlecht gelesen zu haben, hielt er das Kästchen so, dass das Abendlicht die Unterseite besser erhellte. Er laß die Aufschrift noch einmal. Dort stand immer noch 1542.

Das Kästchen sollte demnach aus einer Zeit stammen, die um fünfundzwanzig Jahre in der Zukunft lag. Da hatte bestimmt jemand ein paar Linien eingeritzt, um die Jahreszahl zu ändern. Eine Eins in eine Vier zu verwandeln, war nicht weiter schwer. Doch die Aufschrift in glänzend brauner Tinte war *unter* dem im Laufe der Jahre gedunkelten Lack zu erkennen. Falls es sich um eine Fälschung handelte, musste sie gemacht worden sein, bevor das Kästchen lackiert wurde.

Sollte es wirklich aus der Zukunft stammen? Das war ein ebenso leichtsinniger wie auch gefährlicher Gedanke.

Er wog den Gegenstand in der Hand. In den Pubs wurden Geschichten von Frauen erzählt, die behaupteten, sie seien durch Steine wie die am Loch Stemster aus fremden Orten und aus der Zukunft hierher versetzt worden.

Er hatte diese Frau neben einem großen, aufragenden Stein

gefunden.

Er schnaubte und schüttelte den Kopf. Er hatte solchen Märchen nie Glauben geschenkt, und würde auch jetzt nicht damit anfangen. Das Kästchen war einfach eine Fälschung.Das war die einzige Erklärung. Doch es gab Leute, die lieber an die schrecklichsten Dinge glaubten, die über eine Person erzählt wurden, anstatt auf ihre Vernunft zu vertrauen.

Und der Schlimmste unter diesen paranoiden Idioten war Laird Steafan. Seitdem er seinen Sohn, Darcys Cousin, vor vier Jahren in der Schlacht von Creag Kirk verloren hatte, war Steafan nicht mehr derselbe. Er wagte es kaum noch, den Burgfried zu verlassen, aus Angst, er könne niedergemetzelt werden und Ackergill ohne einen richtigen Anführer zurücklassen. Besucher sah er nicht gerne, und steckte sie aus Furcht, sie könnten Ärger bereiten, meistens für die Nacht in den Kerker, anstatt ihnen eine warme Kammer und ein sauberes Lager zu gewähren. Doch am meisten misstraute er allem, was auch nur entfernt mit Zauberkraft zu tun hatte, und wenn Steafan jemandem misstraute, ging er hart mit ihm um.

Alles nur zum Wohle von Ackergill, sagte sein Onkel.

Für ihn sah es allerdings eher nach leichtem Wahnsinn aus.

Doch ob Steafan nun bei guter geistiger Gesundheit war oder nicht, er blieb doch der Laird, und es würde für die Frau nicht leicht sein, ihn davon zu überzeugen, dass sie mit ihrer sonderbaren Sprechweise und ihrem befremdlichen Gewand weder eine Bedrohung noch eine Last für den Clan darstellen würde; von ihrem ungeborenen Kind ganz zu schweigen. So war es besser, sie nicht obendrein in Verbindung mit einem geheimnisvollen Kästchen zu bringen. Es wäre bestimmt das Beste für alle, wenn er es vorerst bei sich behielt.

§

MELANIES PROBLEME TRATEN in den Hintergrund, während sie Archies Anweisungen zum Reinigen und Verbinden der Wunden folgte, bis er sich ihnen mit Nadel und Faden widmen konnte. Um gebrochene Knochen würde sich der Arzt in Ackergill kümmern, von dem sie annahm, dass er zu wichtig war, um sein Leben in Scharmützeln zu riskieren. Der Mann mit der Lungenverletzung wurde hinten im Wagen auf ein Lager gelegt, wo Archie sie mit leiser Stimme informierte, dass der Mann wahrscheinlich auf dem Heimweg ins Dorf sterben würde.

Wenn es Dinge gab, die ihre Gedanken von ihrer eigenen Misere ablenken konnten, dann waren es das Leiden und der Tod, die das Leben in Archies rudimentärem Feldlazarett bestimmten. Doch selbst in dieser traurigen Umgebung scherzten die Männer freundlich mit ihr und nutzten jede noch so kleine Gelegenheit, ihr in den Hintern zu kneifen. Das erste Mal war es der Mann mit dem stark blutenden Oberschenkel gewesen. Sie hatte seine blutgetränkte Bandage gewechselt und einen Verband so fest um die Wunde gewickelt, dass er zusammengezuckt war und sie gefragt hatte, ob sie ihn zweiteilen wolle. Als sie sich umgedreht hatte, um einen Streifen Leinenstoff aus Archies Lager zu holen, hatte er die Hand auf ihrem Rock um die Rundung ihres Hinterteils gelegt und kräftig daran gerüttelt. Sie war herumgewirbelt und hatte ihm eine runtergehauen. Dann hatte sie sich hastig entschuldigt, da der Mann sie mit einem Zucken daran erinnerte, wie weh ihm sein Bein tat. Die anderen Männer hatten damit weitergemacht, und inzwischen begann aufgrund der ungewohnten Aufmerksamkeitsbezeugungen ihr Hintern zu pochen und ihr linkes Auge zu zwinkern.

Weitere Männer betraten die Lichtung, sowohl Verwundete als auch »Heile«, wie Archie sie zu bezeichnen pflegte. Glücklicherweise waren die meisten Wunden der Neuankömmlinge nur geringfügig. Geringfügig nicht im Sinne des 21. Jahrhunderts, sondern insofern, dass ihnen nichts Wesentliches abgehackt worden war, und sie noch gehen konnten. Mehrere Männer bedienten sich aus Archies Verbandszeug und gesellten sich zu den schwerer Verwundeten. Aus ihrem Gelärme hörte sie heraus, dass das Scharmützel beendet war und die Keiths gewonnen hatten.

Umso besser. Wenn die Männer, die ihr begegnet waren, als repräsentativ anzusehen waren, hatte sie für die Gunns nicht viel übrig.

Sie suchte unter den annähernd zwei Dutzend Kriegern nach einem sie überragenden Kopf mit honigblondem Haar, konnte Darcy jedoch nirgends erblicken. Sie fühlte beklemmende Sorge in der Brust. Wurde er so schwer verwundet, dass er es nicht mehr zurück geschafft hatte? Warum machte ihr dieser Gedanke so sehr zu schaffen? Sie hatte den Mann gerade erst kennengelernt. Und die meiste Zeit, die sie miteinander verbracht hatten, hatte er sie geärgert.

Ein großer Mann – groß im Verhältnis zu den restlichen Anwesenden, solange Darcy nicht darunter war – betrat mit ausgreifenden Schritten die Lichtung. Er trug sein kurzes, braunes Haar und seinen Bart sorgfältig gestutzt, und rief mit dröhnender Stimme: »Gut gekämpft, Brüder. Die Gunns werden es sich zweimal überlegen, bevor sie von neuem das Land der Keiths betreten.« Siegesgeschrei ertönte aus der Runde und zerriss die Stille der feuchten Luft. »Es beginnt zu dämmern.Es wird Zeit, zu unserem *Ale* und unseren Frauen heimzukehren.« Seine Worte ernteten lautstarken Beifall, Hurras und Pfiffe. Der Mann lächelte kurz, dann blickte er in die Runde, als würde er die Männer zählen. »Wo ist Big Darcy?«

»Hier bin ich«, ertönte eine weiche, tiefe Stimme von den Bäumen her. Als zuerst ein honigblonder Kopf zwischen ihnen erschien, und dann ein glücklicherweise heiler, breitschultriger Körper, atmete sie erleichtert auf.

Seine Augen fanden die ihren und sahen schnell wieder weg. Er stapfte zwischen den Männern hindurch auf den Wagen zu, wo sie nur noch seinen Kopf aus der kleinen Ansammlung herausragen sah. Sie bahnte sich einen Weg durch die umherlaufenden Keiths, um ihn zu fragen, ob er das Kästchen gefunden hatte, doch der bärtige Mann hielt sie auf.

»Und mit wem haben wir es hier zu tun?« fragte er, wobei er sie an der Schulter festhielt. Seine eisblauen Augen sprühten vor Argwohn und verhießen Bestrafung, sollte ihre Antwort ihm nicht gefallen. Sie spürte die Bedrohung im Nacken. Dieser Mann war gefährlich.

Diese Männer sind alle gefährlich. Sei vorsichtig, Mel.

Darcy erschien hinter dem Mann, worauf sich ihre Anspannung etwas löste. »Ich habe sie hinter dem nördlichen Hügel an der Wegmarkierung von Berringer gefunden«, sagte er in einem leichten Tonfall, der die kälteste Frostschicht in den Augen des bärtigen Mannes schmelzen ließ. Er bemühte sich gleichzeitig, durch eine leicht gebückte Haltung kleiner zu wirken. »Da sie gerade einen Gunn mit seinem eigenen Dolch gestochen hatte, bin ich davon ausgegangen, dass sie auf unserer Seite ist. Sie scheint sich verlaufen zu haben und sollte eine Audienz beim Laird bekommen. Was meinst du, Aodhan, sollen wir das arme Ding zu Steafan bringen und um die Gastfreundschaft des Lairds bitten?«

»Ist sie Engländerin?« fragte Aodhan, als ob sie nicht anwesend wäre.

»Nein«, antwortete Darcy bestimmt.

»Zu wem gehört sie?« Die kalten Augen wandten sich Darcy mit größerer Aufmerksamkeit zu, als die Frage es verdient zu haben schien. Beinahe hätte sie protestiert, sie würde zu niemandem gehören, doch sie erinnerte sich gerade noch rechtzeitig daran, wo und in welcher Zeit sie sich befand.

»Sie ist weder eine Keith, noch eine Gunn. Soviel habe ich herausgefunden,« antwortete Darcy vorsichtig. »Mehr weiß ich nicht.«

Aodhan musterte sie wie einen Gaul, der zum Verkauf steht. Sein Blick wechselte von durchdringend zu beifällig, und auf seinen Lippen erschien ein Lächeln, wie ein Truthahn es erblicken mochte, bevor er zu Thanksgiving als Mahl serviert wurde. Er öffnete den Mund, um etwas zu sagen, doch Darcy stieß eilig hervor, »Ich übernehme die Verantwortung für sie«.

Aodhan warf ihm einen abschätzenden, leicht verärgerten Blick zu. Schließlich wandte er sich mit einem Grunzen ab, um den anderen Männern Befehle zuzuschreien.

Darcy stieß einen unwirschen Seufzer aus, dann wandte er sich ihr mit zusammengepressten Lippen zu. »Ich glaube, es wird besser sein, wenn du dich nicht von mir entfernst.«

Damit war sie einverstanden, obwohl er es auf eine nettere Art hätte sagen können. Dass er wie selbstverständlich zum Du übergegangen war, freute sie jedoch. »Hast du es gefunden?« fragte sie, ihn ebenfalls duzend, als sie ihm zum Wagen folgte. Die kurze, sonderbare Konfrontation mit Aodhan hatte sie schon beinahe vergessen.

Er schüttelte den Kopf und griff nach den aufragenden Stangen des Wagens, den er von seinen vorderen Stützen hob, so dass das wacklige Ding auf seinen zwei Rädern ächzend rückwärts rollte.

»Hast du es gefunden?« wiederholte sie ihre Frage mit verzweifelter Stimme. Sie wollte es ihn sagen hören. Sie würde ihre Hoffnung nicht in sich zusammenfallen lassen, ohne dass man ihr verbal bestätigt hatte, dass ihr Kästchen nicht mit ihr in die Vergangenheit gereist war.

Er setzte sich mit dem Wagen in Gang und reihte sich unter die Männer, die die Lichtung verließen. »Nein«, sagte er mit angespannten Wangenmuskeln.

Vor Schreck unfähig, sich zu bewegen, starrte sie ihm nach. Männer, die scharfe Schwaden von Blut-, Whisky- und Schweißgeruch um sich verbreiteten, drängten sich um sie, um Darcy zu folgen, der die Lichtung verließ. Schon wieder fand eine Hand zu ihrem Hintern und kniff zweimal kräftig zu. Sie begann zu laufen. Ohne auf das Kichern in ihrem Rücken zu reagieren, holte sie Darcy ein.

»Wie meinst du das mit dem »nein«? Hast du dort nachgesehen, wo du mir begegnet bist und konntest es nicht finden? Bist du sicher? Hast du auch im Schlamm gestochert?«

»Ich habe dort nachgesehen, wo ich dich gefunden habe«, sagte er kurzangebunden. »Ich habe so gut gesucht, wie ein Mann nur suchen kann und bin dennoch mit leeren Händen zurückgekommen. Es gibt leider kein Kästchen, das ich dir aushändigen könnte.« Er begegnete Ihrem verzweifelten Blick mit bedauernder Miene. »Es tut mir leid.«

Sie schloss enttäuscht die Augen. Wenn das Kästchen nicht mitgekommen war, gab es nichts mehr, woran sie ihre Hoffnung knüpfen konnte.

»Ich muss dorthin zurück und nach ihm suchen«, sagte sie und machte kehrt, um zu dem Feld zurückzulaufen.

»Es ist dort nicht«, sagte er mit fester Stimme und setzte den Wagen ab, um sie am Arm zu packen, bevor sie auch nur zwei Schritte tun konnte. Als sie ihn ansah, nahm ihr der freundliche Blick seiner Augen den Wind aus den Segeln. Er sagte die Wahrheit. Sie konnte an seinem ehrlichen Gesichtsausdruck ablesen, dass das Kästchen nicht an dem Felsbrocken zu finden war, so sehr man auch danach suchte. »Du musst mir mir kommen, Melanie. Ich muss dich zum Laird bringen, wie alle Fremden, die das Land der Keiths betreten, doch danach kümmere ich mich darum, dass du etwas zu essen und einen Schlafplatz bekommst. Ich schwöre, dass ich am morgigen Tag alles tun werde, was in meiner Macht steht, um dich zu deinen Leuten zurückzubringen.«

In Erinnerung daran, wie Kyle sie hintergangen hatte, sträubte sich ihr bei dem Versprechen zunächst das Fell, bis ihr schmerzlich bewusst wurde, dass Kyle ihr nie etwas versprochen hatte. In Wahrheit hatte noch kein Mann ihr je etwas versprochen.

Unsicher, wie sie reagieren sollte, musterte sie ihn. Ob es nun an dem beruhigenden, rollenden Tonfall lag, in dem er ihren Namen aussprach, oder an dem ehrlichen Ausdruck seines Blicks, irgendwie war sie sich sicher, dass eine Frau einem Versprechen, das Darcy Marek MacFirthen Keith ihr gab, absolut trauen konnte.

Etwas in ihrem Inneren entspannte sich.

Wenn sie auch nicht das Kästchen hatte, so hatte sie doch zumindest einen Verbündeten.

Es fiel ihr schwer, sich von dem Ort zu entfernen, an welchem die Zeit verrückt gespielt und sie in der Vergangenheit zurückgelassen hatte, doch als Darcy die Stangen des Wagens wieder aufnahm und seinen Weg fortsetzte, folgte sie ihm.

§

DARCY SCHÜTTELTE ÜBER sich selbst den Kopf, während er den Wagen zurück nach Ackergill zog. Melanie – oder Malina, wie er sie gerne in seiner Scots-Sprache nannte – trottete neben ihm her. Sie wirkte niedergeschlagen, doch die kleine Furche zwischen ihren Brauen tat ihrer Schönheit keinen Abbruch.

Die Furche hatte er verursacht, als er vorgab, ihr geliebtes Kästchen nicht gefunden zu haben.

Es stand in seiner Macht, sie wieder verschwinden zu lassen, indem er ihr Besitztum aus seinem Versteck unter Archies Heilmaterial hervorholte und es in ihre feingliedrigen kleinen Hände legte.

Doch es würde ihr nur kurz Erleichterung bringen. Wenn einer der Männer das Ding erblickte und es Steafan zu Ohren kam, sähe es schlecht für sie aus. Und er war sich nicht sicher, ob er ertragen könne, sie leiden zu sehen. Er hatte sie zwar erst vor knappen zwei Stunden zum ersten Mal gesehen, doch er spürte bereits den Drang, sie zu beschützen. Und nicht allein, weil er vor Aodhan die Verantwortung für sie übernommen hatte.

Schon als er sie zum ersten Mal erblickte, als sie mit angstvoll aufgerissenen smaragdgrünen Augen und zitternden, blutbesudelten Händen gegen ihn prallte, war sein Beschützerinstinkt erwacht. Sein Herz hatte »Sie ist mein!« gerufen, obwohl ihm klar war, dass es ihm versagt war, eine Frau sein Eigen zu nennen. Sein dummes Mundwerk hatte seinen Drang wenig später bestätigt, als er befürchtete, Aodhan könne sie für sich beanspruchen. Und Aodhan, dieser Hundesohn, hatte es ohne mit der Wimper zu zucken akzeptiert. Genau genommen hatte ein Funkeln in den für gewöhnlich so kalten Augen des *Chiftains* verraten, dass er Darcys Anspruch amüsant fand.

Als wolle er diese Vermutung bestätigen, verlangsamte Aodhan seine Schritte, um an seiner anderen Seite neben ihm herzugehen. »Sieht nicht so aus, als freue sie sich darüber, dass du Anspruch auf sie erhoben hast«, sagte der Feldherr in der alten Sprache zu ihm.

Darcy warf Malina einen Blick zu. Sie schenkte ihnen keine Aufmerksamkeit. »Ich glaube, sie weiß nicht, was es bedeutet.« Sie sprach zwar Englisch, jedoch in einer sonderbaren Form. Und sie schien sich zu sehr um ihr Kästchen zu sorgen, um sich darum zu scheren, dass er seine Absicht kundgetan hatte, sie zu ehelichen.

»Dir ist hoffentlich klar, dass Steafan euch höchstwahrscheinlich heute Abend vermählen wird, wenn du sie ihm vorstellst. Spätestens dann wird sie verstehen, was Sache ist.«

Er wandte ruckartig den Kopf und starrte Aodhan an. »Das würde er nicht tun!«

Doch Aodhans zynisches Grinsen bestätigte, was sein wummerndes Herz bereits verstanden hatte. Steafan würde es tun.

Aodhan war natürlich vierzehn Tage zuvor zugegen gewesen, als Steafan ihn zu sich bestellt und ihm angedroht hatte, eine Frau für ihn zu finden, wenn er sich bis zur Erntezeit nicht selbst eine ausgesucht hatte. »Dein Bruder stellt dich in den Schatten, Junge«, hatte sein Onkel gesagt. »Er ist verheiratet und hat ein Kind, obwohl er zwei Jahre jünger ist als du. Du bist langsam zu alt, um immer noch unverheiratet zu sein, und Ackergill kann keinen Gutsherren gebrauchen, der keine Kinder haben wird.«

»Dann nimm Edmund als Nachfolger«, hatte er geantwortet.

Es machte ihm nichts aus, die Ehre seinem Bruder zu überlassen. Edmund war ein guter Mensch und Steafan hatte Recht; mit Edmund hätte er einen Stammhalter, wohingegen er mit ihm leer ausgehen würde. Doch die ganze Debatte war im Grunde unnötig. Steafan war mit seinen gesunden fünfundvierzig Jahren noch zu jung, um sich um seinen Nachfolger zu sorgen, und nachdem er zuerst seinen Sohn verloren hatte, und dann sein Weib an gebrochenem Herzen gestorben war, hatte er kurze Zeit später ein junges Mädchen geheiratet. Ginneleah, Aodhans Tochter.

Ginneleah war junge siebzehn, und hatte noch viele Jahre des Kinderkriegens vor sich. Dass sie in den zwei Jahren, die sie verheiratet waren, noch nicht schwanger geworden war, hieß noch lange nicht, dass sie es nicht werden könnte. Steafan würde sicherlich einen eigenen Nachfolger zeugen. Dann wäre er nicht auf einen Erben aus der Familie seines Bruders angewiesen. Doch Steafan war kein Mann, der auf Hoffnung baute.

Steafan war ein pessimistischer, paranoider Kerl. Und ein Tyrann.

»Gib dein Geburtsrecht mal nicht so schnell her«, hatte er gesagt. »Weißt du noch, wie es bei Jakob und Esau war?«

Er und Edmund hatten mit Isaaks Söhnen wenig gemein, doch Steafan zu widersprechen war genauso eine Zeitverschwendung, wie einen Wallach zu Zuchtzwecken benutzen zu wollen. Es gab nur noch eine Sache, die er seinem Onkel nie gestanden hatte, und die, so hoffte er, den Gutsherren umstimmen konnte.

»Ich kann nicht heiraten, mein Ohm«, hatte er gestanden,

während Aodhan zusah. »Ich kann nicht bei einer Frau liegen.«

Zu seinem Entsetzen brach sein Onkel in Lachen aus, und ein Grinsen lockerte das eiskalte Gebaren des Feldherrn. Er war vor Scham rot angelaufen. Er hatte sich schon seit Langem daran gewöhnt, seines großen Dings wegen als Objekt der Heiterkeit herhalten zu müssen, aber das Gespött der Whiskytrinker im Pub zu ertragen, war relativ harmlos. Viel schlimmer war es, seinen Ohm und den Stellvertreter des Lairns in derartige Fröhlichkeit zu versetzen, ohne dass sie getrunken hatten.

»Das hast du doch nicht wirlich geglaubt, Junge?«, hatte sein Ohm unter lautem Gewieher hervorgestoßen.

Angesichts der betroffenen Miene seines Neffen erstarb das Lächeln auf Steafans Lippen. »Lieber Himmel, Darcy! Man muss sich doch nicht dafür schämen, etwas Ordentliches unter seinem Plaid zu haben.«

Das kannst du Anya erzählen, hatte er gedacht. Selbst jetzt noch, Jahre später, hing ihr entsetzter Gesichtsausdruck in seiner Erinnerung fest, wie eine Fliege im Spinnennetz. Es konnte das Bild nicht von sich abschütteln und war fest entschlossen, nie wieder einem solchen Ausdruck auf dem Gesicht einer Frau zu begegnen.

»Ich werde nicht heiraten, Steafan«, hatte er insistiert.

»Doch, das wirst du. Ich will dich zum Nachfolger haben und ich kann keinen Erben gebrauchen, der keine Frau hat.«

Er hatte das Amtszimmer seines Onkels schleppenden Schrittes verlassen, wohl wissend, dass er noch vor Ablauf eines Jahres verheiratet sein würde, wobei ihm das arme Mädchen, das Steafan dazu zwingen würde, jetzt schon leid tat. Doch nun – wo Aodhan ihm ins Ohr flüsterte und Malina an seiner Seite ging, leuchtend wie eine Lilie und trotz ihrer schlamm- und blutverkrusteten Kleidung nach exotischen Früchten duftend, – nun fragte er sich, ob der Himmel ihm nicht doch eine Lösung gebracht hatte, die sowohl ihn als auch Steafan befriedigen konnte.

Was, wenn Steafan sie noch am heutigen Abend vermählte? Was, wenn er das Mädchen dabehielt, anstatt ihr zu helfen, nach Hause zu kommen? Sie war bereits schwanger. Sie könnten eine Familie bilden, ohne dass er sie im Bett belästigen müsste.

Aodhans Augen blickten ihn auf einmal mit ungewöhnlicher Wärme an, während Darcy sich mit stolzgeschwellter Brust und Schmetterlingen im Bauch diese Möglichkeit ausmalte. Doch es war nichts weiter als ein Traum.

Er schüttelte den Kopf. »Ich kann sie nicht heiraten, Aodhan. Sie hat sich verirrt und will nach Hause zurück, zu ihren Leuten. Ich habe geschworen, ihr dabei zu helfen und werde mein Versprechen halten.«

»Dann heirate sie und schick sie anschließend zu ihren Leuten nach Hause. Du kannst Steafan ja erzählen, sie habe einen Blick unter dein Plaid geworfen und sei davongelaufen.« Aodhans Lippen zuckten, während Darcy seine Wangen brennen fühlte. »Steafan wird die Ehe nicht ohne deine Zustimmung annulieren können. Und du wirst verheiratet sein, genau wie er es wollte. Du wirst seine Regeln befolgt haben, also wird er dich in Ruhe lassen und dich nicht zwingen, eine weitere Ehe einzugehen.«

Darcy starrte den ränkeschmiedenden Chieftain erschrocken an. Er war immer davon ausgegangen, dass Aodhan Steafan absolut treu ergeben war. Doch was er da vorschlug, war ein verlogenes Spiel. Er schämte sich, auch nur daran zu denken.

Aodhans Augen verengten sich wieder zu eisigen Schlitzen. »Steafan lässt sich durch deine Körpergröße blenden, Junge. Dabei übersieht er, dass Edmund sich besser zum Führer eignet als du. Nur wenige Keiths können sich im Kampf mit dir messen, und du bist ein guter Müller und Geschäftsmann. Ackergill verdankt dir einen guten Teil seines Wohlstands. Aber es fehlt dir an der Skrupellosigkeit, die man braucht, um einen Clan zusammenzuhalten. Aber das alles weißt du ja bereits.«

Er nickte bestätigend. Er war nicht allzu erpicht darauf, eine

Führerrolle anzunehmen, und er mochte es nicht, als Steafans Nachfolger im Mittelpunkt zu stehen. Aodhans Intrige klang verführerisch, doch sie hatte einen Haken.

»Steafan ist kein Narr. Er will, dass ich heirate, weil ich Kinder zeugen soll. Wenn ich eine Frau heirate und sie weggeht, wird er mich in den Stock sperren, falls ich mich weigere, einer Annullierung zuzustimmen.«

»Ich werde mit ihm reden«, sagte Aodhan. »Ich könnte dich sogar decken. Heirate das Mädchen heute Abend und nimm sie mit. Bring sie in ihre Heimat. Ich werde Steafan erzählen, du seist auf der Suche nach deiner weggelaufenen Braut. Wenn du dann allein zurückkommst, wird Steafan sich eingestehen müssen, dass du einen schlechten Laird abgeben würdest, wenn du noch nicht einmal auf deine Frau aufpassen kannst. Dann wird er Edmund als Nachfolger akzeptieren.« »Es ist sowieso einerlei, da Ginnie über kurz oder lang sicherlich ein Kind haben wird. Steafan sorgt sich umsonst.«

Aodhan ließ alles so einfach erscheinen. Er könnte schon heute Abend verheiratet sein. Mit Malina. Aber dann müsste er seiner Frau helfen, von ihm wegzugehen.Der Gedanke war ihm unerträglich. »Ich kann meine Mühle nicht allein lassen«, protestierte er.

»Edmund kann sich eine Weile um sie kümmern, und ich werde ein Auge auf ihn haben. Sie wird in deiner Abwesenheit nicht zugrunde gehen.«

Darcy musterte den Feldherrn. Vom Erzählen geschmackloser Witze oder dem Austausch über Schwertkampftaktik auf dem Übungsfeld abgesehen, hatte er selten ein Gespräch mit ihm geführt. »Welches Ziel verfolgst du eigentlich?« fragte er sich laut.

Das Eis in Aodhans Augen schmolz. »Ich sehe dich nicht gerne unnötig leiden, Junge«, antwortete er und stelzte davon.

Kapitel 4

MELANIES FÜßE SCHMERZTEN höllisch. Sie war es gewohnt, viel auf den Beinen zu sein, da sie für das Museum häufig pädagogische Führungen unternahm, doch sie war nicht daran gewöhnt, mehr als eine Stunde lang auf steinigen Pfaden durch den finsteren Wald zu marschieren. Zu ihren brennenden Fußsohlen und schmerzenden Muskeln kam noch hinzu, dass ihr der Magen in den Kniekehlen hing. Ihre innere Uhr sagte ihr, dass die Zeit für das Abendbrot verstrichen war, ohne dass irgendetwas Essbares aufgetaucht war. In Charleston hätte sie aller Wahrscheinlichkeit nach inzwischen schon zwei Mahlzeiten zu sich genommen, die man als Abendessen bezeichnen konnte.

Die Frage »Ist es noch weit?« lag ihr auf der Zunge, als der Wald einer riesigen, weiten Lichtung wich, bei der es sich um einen Streifen Ackerland oder ein Torffeld handeln konnte. Hinter der Lichtung erhob sich ein sanfter, mit Kleinpächterhütten übersäter Hügel, auf dessen Spitze das Rechteck einer zweckdienlichen dreistöckigen Burg mit erleuchteten Fenstern aufragte.

»Ist das Ackergill?« fragte sie, in Vorfreude auf eine Mahlzeit und ein Bett. Es waren die ersten Worte, die sie an Darcy richtete, seit er ihr versprochen hatte, ihr bei der Rückkehr in ihre Heimat zu helfen. Seit seinem geflüsterten Gespräch in gälischer Sprache mit Aodhan wirkte er angespannt, und da es in ihrem Leben zurzeit mehr Anspannung gab als ihr lieb war, hatte sie beschlossen, sich unterwegs nicht weiter mit ihm zu befassen.

Er nickte, wobei er ihrem Blick auswich.

Als sie ihren Blick über das Dorf schweifen ließ, wurde er weit rechts von der Burg von drei turmähnlichen, mit Flügeln ausgestatteten Silhouetten angezogen, die sich wie Schachfiguren vom nächtlichen Himmel abhoben. »Ooh, sind das Windmühlen?« Seit sie im vierten Jahr des Spanischunterrichts im Gymnasium *Don Quixote* durchgenommen hatten, besaß sie eine Schwäche für Windmühlen.

»Aye.« In Darcys Stimme schwang Stolz mit, als er ihrem Blick folgte. »Das ist meine Mühle. Mein Haus steht am Meer. Dort drüben.« Er setzte kurz den Wagen ab, um mit der Hand auf die links stehende Windmühle zu zeigen, neben der ein zweistöckiges Haus dunkel und einsam am höchsten Punkt der Anhöhe stand. Jetzt, wo er das Meer erwähnt hatte, konnte sie trotz des Moschusduftes von zwei Dutzend männlichen Körpern, die dringend ein Bad benötigten, einen feinen Salzgeruch wahrnehmen.

Sie seufzte sehnsüchtig, als der salzige Duft sie an die Ausflüge an die Küste von Georgia erinnerte, die sie in ihrer Kindheit mit ihren Eltern machte. Sie versprach sich, wieder dorthin zu fahren. Mit oder ohne Kästchen würde sie einen Weg finden.

»Wunderschön«, sagte sie, voller Hoffnung und Entschlossenheit.

Darcy sah sie mit ernsthaftem Ausdruck an, dann nahm er die Griffe wieder auf und ging weiter.

»Hast du eine große Familie?« fragte sie, um zu überspielen, wie sehr dieser Blick sie aufgewühlt hatte. Ihr Hang zur Geschichte meldete sich, und wollte alles über diesen aus der Vergangenheit stammenden Krieger erfahren. Sie wollte so viel wie möglich von ihm lernen, solange es möglich war. Ihre Großmutter stammte aus den nördlichen Highlands.

Und jetzt befand sie sich hier, mitten in dem Land, dem sie

ein Viertel ihres Bluts zu verdanken hatte. Was für eine wunderbare Gelegenheit!

Darcy schüttelte den Kopf. »Meine Mutter ist schon lange tot, und mein Vater starb vor vier Jahren. Mein Bruder hat sein eigenes Cottage im Dorf, wo er mit seiner Frau lebt. Ich bin jetzt allein auf Fraineach.«

»Ich lebe auch allein«, sagte sie, ohne zu überlegen. Sie bereute es augenblicklich. In seiner Zeit lebten Frauen nicht allein. Sie lebten bei ihrer Familie, bis sie heirateten. Sei gehorchten ihrem Vater, bis es Zeit wurde, ihrem Ehemann zu gehorchen. Die Frauenbewegung gab es noch nicht einmal im embryonalen Stadium.

»Bist du eine Dirne?« fragte er leise. »Ich würde es dir nicht anlasten.«

Sie wusste nicht, ob sie ihm empört einen Schlag auf den Arm versetzen oder lachen sollte. Sie entschied sich für ein ironisches Lächeln. »Nein. Ich bin keine Prostituierte. Aber ich arbeite, um Geld zu verdienen. Da, wo ich herkomme, machen das viele Frauen.« Wie sollte sie ihm erklären, womit sie ihr Geld verdiente? »Ich arbeite in einem Museum, das ist ein Ort, an dem man sich um historische Gegenstände kümmert und sie der Öffentlichkeit zugänglich macht. Ein Museum ist ein bisschen wie eine Kirche.«

»Dann bist du also katholisch?« fragte er, offensichtlich verwirrt.

Oh, der Vergleich mit der Kirche war wohl nicht sehr geschickt. »Nein, ich habe mit Religion nichts zu schaffen. Ich wollte damit nur sagen, dass ein Museum für jeden offen ist, weißt du, für die ganze Bevölkerung. Ich kümmere mich um alte Dinge und erzähle Geschichten dazu, damit die Leute verstehen lernen, wie es früher war.«

»Aha. Du bist also Lehrerin«, beschloss er. »Das ist eine schöne Beschäftigung, wenn eine Frau arbeiten muss.«

Sie widersprach ihm nicht. Stattdessen sah sie zu Burg

Ackergill hoch, während ihr Trupp sich durch das Tal bewegte, dessen landwirtschaftliche Nutzung beeindruckend war. Vor ihnen erstrahlte der Bergfried wie ein Leuchtturm über den Hütten, von denen einige ebenfalls willkommen heißendes Licht verströmten.

Die verschmutzten Gesichter der Männer um sie her begannen freudig zu strahlen. Selbst die Verwundeten, die noch laufen konnten, hielten Schritt, als die Truppe der Heimkehrer an Tempo zulegte. Zu ihrer Verwunderung hinkte der am Schenkel verwundete Mann in unbeholfenem Laufschritt an ihr vorüber. Er hatte es tatsächlich geschafft, die geschätzten acht Kilometer mit Hilfe einer Krücke aus Archies Wagen zurückzulegen.

»Ich muss erst den Wagen zu Archies Haus bringen«, sagte Darcy, »aber das Cottage meines Bruders ist ganz in der Nähe.« Er hielt an einem Pfad an, der von dem Feldweg abzweigte und hob den Kopf, um die Heimkehrer zu überfliegen.

»Edmund!« rief er.

Eine rötlichblonde Mähne kam in Sicht, während der Trupp der Krieger sich ins Dorf verteilte.

Der Mann war ihr zuvor nicht aufgefallen, doch jetzt war seine Ähnlichkeit mit Darcy nicht abzustreiten. Edmund maß ungefähr 1,82 m, womit er im Vergleich zu allen anderen, Darcy und Aodhan ausgenommen, groß wirkte. Er war genauso muskulös wie sein Bruder, doch durch seine geringere Größe wirkte er untersetzt, während Darcy nicht nur kräftig, sondern auch schlank wirkte. Die beiden Männer hatten das gleiche, kantige Kinn, markante Wangenknochen und braune Augen, doch Edmunds Nase war dicker, hatte einen Knick und eine Blutkruste auf dem Nasenrücken.

Darcy hatte die frisch gebrochene Nase entweder nicht bemerkt, oder fand sie nicht der Rede wert.

Ohne Einleitung fragte er ihn, »Kannst du mal auf die Frau aufpassen?«

Edmund warf ihr einen argwöhnischen Blick zu. »Ist das die,

über die die Männer geredet haben?«

»Aye. Ich hab sie auf Berringer's Field gefunden. Sie gehört zu keinem Clan und steht unter meiner Verantwortung.«

Edmund sah seinen Bruder mit hochgezogenen Brauen an, dann musterte er sie lange und prüfend.

Sie schenkte ihm ein zaghaftes Lächeln. »Mein Name ist Melanie«, sagte sie, indem sie den Impuls unterdrückte, ihm auf moderne Art die Hand zu schütteln. »Ich bin keine englische Spionin«, fügte sie vorsichtshalber hinzu.

Edmund bedachte sie mit einem ironischen Grinsen. »Nun, wenn das so ist, dann kann ich Euch ja mit nach Hause nehmen, ohne mich um die Sicherheit meines Weibs und meines Kindes sorgen zu müssen.« Sich Darcy zuwendend fragte er, »Kommst du zum Abendessen, nachdem du dich um Richie gekümmert hast?«

Richie. Das war der Mann mit der Lungenverletzung, der im Wagen lag. Der Mann, dessen rasselnder Atem nach ungefähr einer halben Stunde Wegs verstummt war. Sie versuchte, nicht daran zu denken, was diese plötzliche Stille bedeutete. Es gelang ihr nicht.

»Aye«, antwortete Darcy grimmig nickend. Ohne ein weiteres Wort zog er den Wagen weiter und ließ sie mit Edmund allein.

»Hier entlang«, sagte Edmund, als er sie zu einem Steincottage führte, dessen Fensterläden die frische Nachtluft hereinließen. Goldenes Laternenlicht strömte aus ihnen heraus und man hörte ein Kleinkind schreien. Ihr mit einer Geste den Vortritt lassend, sagte er, »Wenn Ihr also keine Sassenach-Spionin seid, seid Ihr dann eine andere Art von Spionin, oder wolltet Ihr sagen, dass Ihr überhaupt keine Spionin seid?«

»Ich bin keine Spionin; weder für England, noch für irgendein anderes Land«, antwortete sie, während sie die warme, gepflegte Atmosphäre des Wohnraums in sich aufnahm, in dem ein Torffeuer brannte und ein robuster Tisch für das Abendessen des Pächters gedeckt war. Von dem Geruch nach gekochtem Fleisch und Zwiebeln lief ihr unverzüglich das Wasser im Mund zusammen. Das Kindergeschrei, das aus einem Raum mit offen stehender Tür im hinteren Teil des Cottage drang, verstummte, und das zu ihnen herüberwehende beruhigende Gurren einer stillenden Mutter machte die Atmosphäre noch gemütlicher.

»Nun, das beruhigt mich«, antwortete Edmund. »Der Laird würde mir wahrscheinlich den Arsch häuten, wenn ich Euch Gastfreundschaft böte und dann herauskäme, dass Ihr eine Spionin seid.«

Seine freundlich hervorgebrachte Bemerkung hatte für sie einen unterschwellig bedrohlichen Klang. Konnte es sein, dass er mehr als Respekt für den Gutsherrn empfand, und ihn vielleicht sogar fürchtete? Von dem Wenigen, was sie über das feudale Schottland wusste, erinnerte sie sich noch daran, dass je nach Charakter des Laird die Rechtsprechung in einem Clan von fair bis brutal repressiv ausfallen konnte.

»Was für ein Mann ist Ihr Laird?« fragte sie. Der Gedanke, diesen Mann aufzusuchen, der darauf bestand, Fremde zu befragen, bevor er ihnen Gastfreundschaft gewährte, behagte ihr auf einmal nicht mehr.

Edmund strich sich mit der Hand über den Nacken, als er sich dem Wasserbottich näherte, der vor dem Feuer am Boden stand. Sich aus seinen mit Kork besohlten Schuhen und seinen Kniestrümpfen schälend, stieg er, ansonsten voll bekleidet, in den Bottich und begann unverfroren, sich Wasser zwischen die Beine zu spritzen. Obwohl sein Kilt seine Hände verbarg, war er offensichtlich dabei, sich zu waschen, und sie errötete, als ihr klar wurde, dass er unter dem braunen Wollstoff keine Boxershorts von Calvin Klein trug. Edmund trug eine weites Leinenhemd unter seinem Kilt, anstatt mit bloßem Oberkörper herumzulaufen wie Darcy. Als er ihr antwortete, schob er die über seine Schulter drapierte Stoffbahn herunter und zog sich das schmutzige Hemd über den Kopf, um es auf einen Schemel zu werfen, der an der Feuerstelle stand.

Wow, er war genauso muskelbepackt wie sein Bruder. Sie wand die Augen von dem attraktiven und sehr verheirateten Highlandkrieger ab und blickte stattdessen in Richtung der Türöffnung, wo das mütterliche Gurren einem sanften gälischen Schlaflied gewichen war.

Edmunds Stimme wurde vom Plätschern eiligen Waschens begleitet. »Steafan ist ein fairer, jedoch argwöhnischer Mann. Er ist nicht in der Lage, Fremde so freundlich bei sich aufzunehmen, wie sein Vater es tat, insbesondere nach dem Hinterhalt in Creag Kirk vor vier Jahren. Und hier, so weit im Norden, muss er das ja auch nicht.«

Erneutes Geplantsche ließ vermuten, dass Edmund aus dem Bottich stieg. Das leise Rascheln von Stoff bedeutete, dass er sein Hemd wieder überzog. Sie drehte sich wieder zu ihm um.

»In Ackergill gibt es ungefähr so viele Durchreisende wie auf den Orkney-Inseln.Nicht wie in Inverness, wo es Wirtshäuser und Tavernen gibt. Falls dann doch einmal ein Fremder sich nach Ackergill verirren sollte, landet er mit größter Wahrscheinlichkeit im Kerker des Burgfrieds, anstatt eine Kammer für die Nacht angeboten zu bekommen. Auf diese Weise kann Steafan sichergehen, dass der Eindringling dem Clan keine Falle stellen wird.«

Als sie den warnenden Unterton in Edmunds Stimme bemerkte, lief es ihr kalt den Rücken hinunter. »Bin ich das? Ein Eindringling?«

»Steafan würde Euch vielleicht als solchen betrachten, wenn Darcy sich nicht für Euch verantwortlich erklärt hätte. Hübsch wie Ihr seid, hätte es sicher ein anderer getan, wenn er es nicht getan hätte. Nein. Man wird Euch nicht wie einen Eindringling behandeln. Doch wenn Ihr dem Clan schadet, wird Darcy dafür bezahlen müssen, und Steafan wird keine Gnade walten lassen, bloß weil er unser Ohm ist.«

Bei dem Gedanken, Darcy könne irgendeiner mittelalterlichen Bestrafung ausgesetzt werden, wurde ihr der Mund trocken. »Dann ist es ja gut, dass ich Ihrem Clan nichts Böses will. Was ist in Creag Kirk passiert, das Ihren Gutsherrn so argwöhnisch gemacht hat?«

Edmund sandte ihr einen langen Blick, dann nickte er. »Ackergill hat zwanzig leistungsfähige Männer an die Gunns und die MacBanes verloren«, antwortete er, während er auf den Raum zustelzte, in dem sich sein Weib und sein Kind befanden. »Und das nur, weil ein Sassenach-Spion die nördlichen Clans gegeneinander aufgewiegelt hatte, damit wir uns nicht an der Schlacht in Flodden beteiligten.« Er betrat den Raum und schloss die Tür.

Sie rang nach Luft. Flodden. Vor vier Jahren – das wäre 1513. Die berühmte Schlacht von Flodden Field.

Dort hatte das Land 5000 Männer, die als Flower of Scotland bezeichnet wurden, an die Engländer verloren, und auch den Befehlshaber James – war es James III oder IV? – sie wusste es nicht mehr. Sie konnte sich allerdings daran erinnern, dass fast jeder Clan in Schottland in dieser Schlacht Männer verloren hatte. Es klang plausibel, dass England Spione geschickt hatte, um einige Clans davon abzuhalten, James' Ruf zu folgen, unten an der Grenze zu kämpfen.

Damit erklärte sich auch die allgemeine Reaktion auf englische Spione, die sie gesehen hatte.

Sie hatte sich bereiterklärt, sich um die vom Museum geplante Ausstellung über Schottische Immigranten zu kümmern, weil sie mit ihren schottischen Wurzeln in Berührung kommen wollte. Das hier war jedoch etwas mehr als bloße Berührung. Es fühlte sich eher an wie eine Dampfwalze. Ein beinahe hysterisches Lachen perlte aus ihrer Kehle.

Gedämpfte Stimmen ertönten hinter der geschlossenen Tür, als Edmund seine Frau begrüßte. Als weniger als eine Minute später äußerst männliches Stöhnen das rhythmische Quietschen eines Möbels begleitete, blieb ihr der Mund offen stehen. Anscheinend hatten die Schotten des sechzehnten Jahrhunderts noch nichts vom Vorspiel gehört.

Bestrebt, das lautstarke männliche Begattungsgegrunze und das nicht weiter überraschende Fehlen weiblicher Glücksbezeugungen zu ignorieren, zog sie sich in den am weitesten von dieser Tür entfernten Bereich des Raums zurück und fand sich am Arbeitstisch neben der steinernen Feuerstelle wieder, welche die Küche darstellte. Sie wollte sich die Gelegenheit nicht entgehen lassen, sich ein spät-mittelalterliches schottisches Cottage im Detail anzusehen.

Als sie dabei war, ein scharfes Hackmesser mit von langen Jahren regelmäßigen Gebrauchs glattpoliertem hölzernem Griff ins Licht der Laterne zu halten, duckte Darcy sich unter der Eingangstür hindurch. Gleichzeitig begann Edmund zu schreien,

»Aye! Allmächtiger, Fran, nimm meinen Samen, Mädel. Nimm ihn. Aaarrghhhhh!« Dann, kaum hörbar, »Wunderbare Frau. Du bist wunderbar.«

Darcy erbleichte, als seine weit aufgerissenen Augen sich von der geschlossenen Tür des Schlafzimmers abwandten und auf sie trafen.

»Wenn ich mir das noch eine Sekunde länger hätte anhören müssen, hätte ich mich aus meiner Qual erlöst«, witzelte sie, indem sie mit dem Hackmesser wedelte. Als er seine Augen daraufhin noch weiter aufriss, sagte sie, »Ein Scherz, Darcy. Es war nur ein Scherz.« Sie legte das Hackmesser auf den Tisch und hob die Hände.

Sein Blick beruhigte sich, während seine Mundwinkel sich hoben. Er näherte sich dem Arbeitstisch und nahm die riesige Klinge in die Hand. »Nun, solange du es nicht gebrauchst, sollte ich mich vielleicht um den Braten kümmern.«

§

OKAY, SIE MUSSTE zugeben, dass sie die schottische Küche des Mittelalters vielleicht zu Unrecht schlecht beurteilt hatte.

Edmunds Frau, ein wahrer Wirbelwind mit kastanienbraunem Haar, großzügigen Rundungen und rosigen Wangen, hatte für »ihre Jungs« ein Schlemmermahl mit gebratenem Hammel, einem buttrigen runden Fladenbrot, das sie *Bannock* nannte und einem Stew aus in gewürzter Milch gekochten Zwiebeln und Algen zubereitet. Alles war perfekt gewürzt und das Mahl war sowohl lecker als auch sättigend.

»So, wo kriegen wir jetzt ein Kleid für Euch her?« fragte Fran, als sie geschäftig den Tisch abräumte und die schmutzigen Holzteller neben den noch gefüllten Badebottich stellte. »In diesen Lumpen könnt Ihr nicht vor den Laird treten.« Sie kniff in Melanies kaschmirumhüllten Arm und stutzte. Den Stoff betastend, meinte sie, »Hm, das scheinen ursprünglich aber keine Lumpen gewesen zu sein. Das ist ein feiner Wollstoff, trotz der seltsamen Farbe. Aber jetzt, mit all dem Gunnblut drauf, ist er hin. Ich werde Euch etwas von mir leihen«, sagte sie, während sie Melanie zum Bottich führte und ihr den Pulli über den Kopf zog, bevor Melanie begriff, wie ihr geschah. »Aber Ihr seid kleiner als ich und ich habe keine Zeit, einen Saum zu nähen, wenn Ihr noch vor Mitternacht zum Laird wollt. Ich nähe schrecklich langsam. Ich frage mich …«

Melanie nutzte ihre Zerstreutheit, um sich ihren Pulli zu schnappen und ihn vor ihre Brust zu halten. »Ähem, die Männer sind noch hier – «

Melanies Einwand erstarb auf ihren Lippen, als sie Darcys Blick bemerkte. Er hatte mit gesenktem Kopf mit Edmund geflüstert, bis Fran ihr den Pulli ausgezogen hatte. Jetzt starrte er sie an und nickte abwesend zu allem, was Edmund sagte. Sein Blick streichelte ihre nackten Schultern und heftete sich auf die seidigen Träger ihres BHs mit ihren kleinen Plastikclips, die ihm völlig fremd sein mussten. Ihr wurde auf einmal sehr warm, und nicht nur, weil es ihr peinlich gewesen wäre.

Fran wandte ihren energiegeladenen Blick Darcy zu. »Glaubst du, sie könnte in die Gewänder deiner Mutter passen?« fragte sie, wobei sie die Glut seines Blicks und die beunruhigende Wirkung, die er auf Melanie hatte, nicht beachtete. »Schnapp dir eins oder zwei, wenn du nach Fraineach hoch läufst. Nun, worauf wartest du noch?« fragte sie. »Raus mit dir. Du kannst dem Laird nicht mit blutgetränktem Plaid gegenübertreten.« Fran schnappte vor Darcys Gesicht mit den Fingern, bis er mit dem Starren aufhörte. Obwohl er die Frau weit überragte, ließ er sich von ihr zur Tür bugsieren, wie ein ungezogener Bengel, der aus der Küche geworfen wird, weil er vor dem Abendessen Süßigkeiten gegessen hat.

Ohne einen Taktschlag auszusetzen, nagelte Fran ihren Ehegatten mit dem Blick fest. »Und du, Edmund Alexander MacFirthen Keith, solltest dich schämen, gebadet zu haben, ohne unserem Gast das saubere Wasser zu lassen. Da du jetzt satt und sauber bist, kannst du dich nützlich machen. Geh zu Hannah und leih ein Paar Schuhe aus. Ihre Füße sind so klein wie Melanies. Dann kannst du nach Fraineach gehen und Darcy helfen.«

In der nächsten Sekunde kniete Fran vor Melanies Füßen und zog ihr die Halbschuhe aus. »Schnell jetzt. Wir müssen Euch von dieser Gewandung befreien und reinigen. Der Laird wird nicht die ganze Nacht auf Euch warten.«

Melanie unterwarf sich den praktischen Anweisungen der Frau, da sie an ihrem Leben hing, und ihr offensichtlich ein schmerzvoller Tod verheißen war, falls sie sich Fran widersetzen würde. Davon abgesehen, dass sie die Brauen hob, als sie beim Herunterpellen des Rocks mit Schwangerschaftseinsatz Melanies gerundeten Bauch erblickte, gab sie zu Melanies Erleichterung keinen Kommentar ab. Es war unangenehm genug, nackt in einem Bottich mit zimmerwarmem, gebrauchtem Badewasser zu stehen, während eine Fremde Blut und Schlamm von ihr wusch.

Sie wollte nicht noch dazu einer Schottin des sechzehnten Jahrhunderts erklären müssen, warum sie alleinstehend und schwanger war. Dass sie enthaart war, konnte Fran allerdings nicht übersehen.

»Ihr seid ja glatt wie ein neugeborenes Kind«, sagte sie stirnrunzelnd, als sie vor Melanies Schienbeinen hockte.

»Und unter den Armen auch. Wo sagtet Ihr, dass Ihr herkommt?«

»Ach, ich komme von Übersee«, antwortete sie.

»Aha, Habsburg, aye? Die Niederlande?« fügte sie angesichts Melanies ratloser Miene hinzu. »Das muss der spanische Einfluss sein. Sonderbare Leute, diese Spanier. Das hab ich immer schon gesagt.«

»Ja sicher, die Niederlande.« Warum nicht? Es war zwar gelogen, aber es würde so viel einfacher zu erklären sein als die Wahrheit. Außerdem schlotterte sie zu stark, um Erklärungen abzugeben, und Fran schien sich damit zu begnügen, missbilligend mit der Zunge zu schnalzen und abschätzige Bemerkungen über spanische Mode zu machen. Um sich von der Kälte abzulenken, unterbrach Melanie die Frau. »Der Laird will mich also sehen?«

Sie machte eine Frage daraus.

Fran gab einen kehligen Laut von sich, der einem heutigen *Mm-hm* gleichkam.

»Der Gutsherr wird inzwischen alles über das Scharmützel erfahren haben, und anscheinend haben viele der Männer ein Auge auf Euch geworfen. Da wird er Euch natürlich sehen wollen.« Ihr rollendes Geplapper hatte einen wachsamen Unterton, der Melanie an ihr vorangegangenes Gespräch mit Edmund erinnerte.

»Gibt es etwas, das ich beachten sollte, wenn ich zum Laird gehe?« fragte sie. »Ich meine, davon abgesehen, dass er Fremdlingen misstraut und Darcy bestrafen wird, falls ich dem Clan schaden sollte?«

Fran, die eine Schublade durchsuchte, erstarrte. »Darcy bestrafen?« Sie richtete sich auf und blickte sie erschrocken an. »Er hat sich nicht zufällig vor einem Älteren für dich verantwortlich erklärt?«

»Ist Aodhan ein Älterer?«

»Das ist er«, sagte Fran mit einem Augenzwinkern, das Melanie nicht verstand. Sie drapierte ein Leinentuch um Melanies Schultern und schwirrte, ein Liedchen summend, in der Hütte hin und her.

Melanie stieg aus dem Bottich, um sich vor dem Feuer zu trocknen, und sah Fran stirnrunzelnd an. »Habe ich da etwas verpasst?«

Fran machte einen Satz, als hätte Melanies Frage sie aus ihren Gedanken geschreckt. »Macht Euch keine Sorgen.« Sie sah auf Melanies Bauch herab, der unter den Falten des Tuchs hervorragte, und begann, breit zu lächeln. »Alles, was Ihr wissen müsst, ist, dass Darcy Euch keinen Schaden zufügen wird. Kommt jetzt.« Beim Gehen fröhlich hüpfend führte sie Melanie in ihr Schlafzimmer, wo auf dem zerknitterten Bett ihr Baby schlummerte, die kleinen Fäuste neben den Ohren. »Ich habe ein Unterkleid, das Ihr tragen könnt, wenn ich den Saum abschneide, aber für das richtige Gewand müssen wir auf die Männer warten. So, was machen wir nun mit dem Haar? Hochstecken, denke ich. Und einen Kranz aus Heidekraut draufsetzen. Aye. Darcy mag Heidekraut.«

Wenn Fran sich etwas in den Kopf gesetzt hatte, blieb Melanie keine Wahl, als ihr zu folgen und dem frischen Wind ihrer Energie standzuhalten. Sie bekleidete Melanie mit einem langen Unterkleid und begann, ihr Haar kunstvoll zu drehen und hochzustecken. Auch wenn der Gutsherr Steafan nicht gerade für seine Gastfreundschaft bekannt war, konnte Melanie sich nicht über die Großzügigkeit seiner Kleinpächter beklagen. Genau genommen schien Fran sich wirklich darüber zu freuen, das Melanie in den friedvollen Abend mit ihrem Ehemann und ihrem

Baby ein bisschen Bewegung brachte.

»Vielen Dank für Ihre Gastfreundschaft«, sagte sie zu Fran, als sie in dem kleinen Bronzespiegel auf der Kommode ihrem Blick begegnete. »Ich weiß wirklich zu schätzen, was Sie alles für mich tun.«

»Unsinn«, sagte Fran, deren Lächeln Grübchen auf ihre Wangen zauberte. »Das ist keine Gastfreundschaft, und wir können uns auch duzen. Du gehörst schon beinahe zur Familie.«

Kapitel 5

DARCY HATTE SCHON viele Schläge in die Magengrube eingesteckt, aber dies war das erste Mal, dass ihn der Anblick einer Frau beinahe aus den Socken gehauen hätte. Malina kam aus Edmund und Fionas Schlafzimmer und trug das beste Gewand seiner Mutter, das er oben in Fraineach aus dem Kleiderschrank genommen hatte, nachdem er sich mühevoll dazu durchgerungen hatte, Aodhans Plan umzusetzen. Das Gewand kleidete sie von der Schulter bis zum Boden in waldgrünen Samt. Es wurde direkt unter ihrer Brust von einem goldenen Band zusammengehalten, wodurch die leichte Wölbung ihres Leibs verborgen blieb. Elfenbeinfarbene Seide bedeckte ihre Arme und umspielte ihren Ausschnitt, der tief und so eng war, dass ihr fülliger Busen den Seidenstoff zu sprengen schien.

Als sie sich räusperte, merkte er, dass er auf ihren tiefen Ausschnitt und die verheißungsvollen Rundungen gestarrt hatte, die dieser vergeblich zu verbergen suchte. Er hob den Blick zu ihren smaragdgrünen Augen. Sie funkelten amüsiert.

»Anscheinend habe ich ungefähr die gleiche Größe wie deine Mutter«, sagte sie, indem sie die Spitze ihres geliehenen Schuhs unter dem Unterkleid hervorschob. Fran wuselte um sie her und zog beim Anblick des strapazierten Ausschnitts die Brauen zusammen. »Aye, Du bist ein bischen mehr – « Sie presste die Lippen aufeinander und deutete mit einer ausholenden Geste auf ihren eigenen Busen hin. »So wie ich, Liebes, so wie ich. Es sitzt knapp, aber es wird schon gehen. So wie der arme Darcy guckt, scheint es ihn nicht zu stören.«

Er bedachte seine Schwägerin mit einem finsteren Blick, dann wandte er sich ganz Malina zu. »Allerliebst«, sagte er, während seine Augen auf dem Kranz aus Heidekraut auf ihrem silbrig schimmernden Haar verweilten. »Einfach allerliebst.«

Fran kicherte.

Malina lief rot an. Sie sagte, »Du bist selber recht gut durchgestylt. Dein Onkel da, der muss ja ein ganz besonderer Mann sein, wenn alle, die bei ihm nur mal ›Hi‘ sagen wollen, sich dafür in Schale schmeißen müssen.«

Er verstand zwar nur jedes vierte Wort, das sie sagte, doch die Bedeutung war ihm klar, da sie sein bestes Hemd und das dunkelgrüne, feingewebte Plaid, das sein Ohm in Edinburgh bestellt hatte, anerkennend musterte. Steafan hatte es ihm letztes Jahr bei einer Zeremonie geschenkt, um ihn als seinen Nachfolger zu ehren. »Du wirst es an deinem Hochzeitstag tragen, und am Tag, an dem du Laird wirst, falls der Allmächtige mir keine weiteren Kinder gewähren sollte«, hatte sein Ohm gesagt.

Sein Inneres zog sich schuldbewusst zusammen. Malina ahnte immer noch nicht, dass sie im Begriff war, verheiratet zu werden. Es wunderte ihn, dass Fran es ihr nicht gesagt hatte. Er sah die Frau fragend an, doch sie drehte sich zu einem Stapel schmutziger Töpfe am Herd um und ließ ihn mit seinem Schlamassel allein.

»Ihr solltet euch auf den Weg machen«, sagte Fran mit dem Rücken zu ihnen. »Steafan wartet nicht gerne.«

Unfähig, seiner nichtsahnenden Verlobten in die Augen zu sehen, wandte er sich zur Tür. »Komm, Malina.Es wird nicht lange dauern.«

Er hörte ihre Schritte in seinem Rücken und wünschte, er würde sich trauen, ihre Hand zu nehmen, um Seite an Seite mit ihr zu gehen. Sie setzten ihren Weg auf diese Weise fort, er mit ihr im Schlepptau, bis sie an der breiten Eichentür ankamen. Ein

Prickeln in seinem Nacken verriet ihm, dass verborgene Wachen auch die geringste ihrer Bewegungen verfolgten. Da Steafan sie erwartete, würden die Wachen sie nicht aufhalten. Sie würden sich ihnen wahrscheinlich noch nicht einmal zeigen.

Doch sie konnten nicht hineingehen, ohne zuvor Edmund zu sehen. Darcy hatte ihn ein Geschenk für Malina holen geschickt, von dem er sich erhoffte, dass es ihre Enttäuschung aufwiegen würde.

»Die Burg sieht aus der Nähe größer aus«, sagte sie.

Er sah, wie sie unschuldig und neugierig an der hellgrauen Mauer des Burgfrieds von Ackergill emporblickte. Im Licht der Fackeln blitzten ihre Augen wie geschliffene Edelsteine. Ihre Wangen glühten vor Lebendigkeit. Sie war beinahe unerträglich schön, mit ihren ebenmäßigen Zähnen, die wie Perlen zwischen ihren geöffneten Lippen strahlten, und ihren langen, schwarzen Wimpern. Eine Frau, die doppelt von Cliodna gesegnet war.

Sein Herz zog sich in einer Mischung aus Stolz und Schuldgefühl zusammen.

»Es ist ein feines Landgut«, sagte er, wobei er sich umwandte, um auf dem dunklen Weg nach Edmund Ausschau zu halten. »Nicht besonders schön anzusehen, aber leicht zu verteidigen. Es hat den Keiths fast drei Jahrhunderte lang gute Dienste getan.«

»Wow, eine echte Burg des Mittelalters. Warum gehen wir nicht endlich rein?«

»Himmel, Darcy, sie sieht aus wie eine Märchenprinzessin«, ertönte Edmunds Stimme aus dem Dunkel. Er war um den Bergfried herumgelaufen und hatte ihn überrascht.

»Dafür kann ich nichts.Das hat Fran gemacht. Hast du es?«

»Aye.« Edmund händigte Darcy einen schweren, samtenen Beutel aus. Als ihr Vater noch ein Junge gewesen war, hatte er mit ihrem Großvater nach Gold geschürft. Der Großteil seiner Ausbeute war für den Bau von Fraineach und die Mühlen verwendet worden, doch er hatte jedem seiner Söhne noch einen

Teil des kostbaren rohen Minerals geschenkt, und sie versprechen lassen, dass sie es für schlechte Zeiten in Ackergills Schatzkammer aufbewahren würden.

Der Beutel, der nun wie ein Klumpen Blei in seiner Felltasche lag, würde für Malina ein kleines Vermögen darstellen, und da es sich nicht um Münzen handelte, konnte sie das Gold jederzeit als Tauschmittel benutzen, wo immer sie auch war.

Beim Gedanken, sich vom Geschenk seines Vaters zu trennen, fühlte er einen Stich im Herzen, doch er wusste, dass sein Vater ihm zugestimmt hätte. Wenn er sich nicht selbst um das Wohlergehen seiner Frau kümmern konnte, so war er zumindest in der Lage, sie und ihr Kind zu versorgen. Wenn sie vernünftig mit dem Gold umging, und das setzte er vorraus, hatte sie ein Auskommen für ihr ganzes Leben.

Sie würde ihm sicher verzeihen, wenn er es ihr gab. Das Gold, und auch das Kästchen, das oben in Fraineach in seinem Schreibtisch lag. Dann würde er Aodhans Rat folgen und sie sicher in ihre Heimat geleiten. Er würde alles für sie tun, was in seiner Macht stand, und sie würden sich im Guten voneinander trennen.

Nach seiner Rückkehr nach Ackergill würde er sie vergessen können. Er würde ihre tapferen, grünen Augen und ihr silbrig blondes Haar vergessen, das sich in eines Mannes Händen wie Seide anfühlen musste, ihre üppigen Kurven, die sich so unerwartet und vertrauensvoll an seine feste Brust geschmiegt hatten, als er sie trug, die Art, wie sie beschützend die Hände um ihren kostbaren Leib legte, und wie schön sie im Kleid seiner Mutter ausgesehen hatte.

Aye. Er würde Malina also vergessen. Wenn die Ozeane Scotia verschlingen und das Land mit seinen Hügeln, Tälern und Lochs auf den Meeresgrund ziehen würden.

»Dann mal los«, sagte Edmund. Er nahm ihre Hand und legte sie in Darcys, wie der Brautvater es getan hätte, wäre er zugegen gewesen.

Ein Gefühl des Bedauerns zerriss Darcy das Herz. Er wollte diese Frau nicht wieder loslassen. Er fühlte bis ins Mark seiner Knochen, dass sie zu ihm gehörte, jetzt und immerdar.

Doch die Berührung ihrer Hand, die so zart war wie ein Stück glattes Elfenbein, das zerbrechen konnte, wenn man zu fest zudrückte, erinnerte ihn daran, wie töricht er war, zu glauben, er könne sie behalten. Er konnte keiner Frau ein richtiger Ehemann sein, und schon gar nicht einer so kleinen. Er legte ihre Hand vorsichtig in seine Armbeuge und begegnete ihrem vertrauensvollen Blick.

»Wir lassen Steafan lieber nicht länger warten.«

§

MELANIE LIEß SICH von Darcy unter dem eisernen Fallgitter her und durch ein schweres, eisenbeschlagenes Tor ins Innere von Burg Ackergill führen. Da das Gebäude von außen so schlicht und zweckbezogen aussah, hatte sie ein ebenso kaltes und funktionales Inneres erwartet. Stattdessen betrat sie ein warmes, betriebsames Heim, das genau so gemütlich wirkte wie Edmund und Frans Cottage. An den Wänden hingen Wandteppiche, die Holzböden waren mit vielerlei Teppichen und Binsenmatten bedeckt, und goldenes Licht, das in jedem Raum und Korridor flackerte, ließ die Burg von innen viel kleiner und behaglicher aussehen, als sie von außen wirkte. Es gab für ihre geschichtsliebenden Augen genug zu sehen, um sie von dem appetitlichen Highlander an ihrer Seite abzulenken.

Er ist nicht für dich bestimmt, Mel. Er gehört hierher, und du gehörst fünfhundert Jahre in die Zukunft. Es ist wie ein Schaufensterbummel. Da gibt es auch viele anziehende Dinge zu sehen, die du nicht unbedingt mit nach Hause nehmen musst.

Doch es würde ihr sicher keine Qual bereiten, ihn mal

auszuprobieren …

Sie schüttelte den Kopf und versuchte, ihre Hand aus seiner Armbeuge zu ziehen; solange ihre Finger so nah an seinem geschwollenen Bizeps lagen, fand sie es schwierig, sich auf ihr Ziel, nach Hause zu kommen, zu konzentrieren. Doch Darcy legte seine andere Hand auf ihre, um sie daran zu hindern, sie wegzunehmen. Ihre Hand auf diese Weise festhaltend, führte er sie an einem großen Raum mit Steinfliesen und dicken Deckenbalken vorbei, in welchem gefeiert, getrunken und zu den Klängen der Fidel getanzt wurde. Das musste der große Saal sein. Sie verdrehte den Hals und versuchte, sich alle Details der Szene einzuprägen, während er sie zur Eile antrieb.

Sie konnte verstehen, dass er es eilig hatte. Wenn sie an seinen Gesichtsausdruck dachte, als er Aodhan gegenüber die Verantwortung für sie übernahm, war ihre Anwesenheit an diesem Ort ihm bestimmt genauso unangenehm wie ihr.

Obwohl sein Blick manchmal so warm schien, dass sie nicht den Eindruck hatte, ihm zur Last zu fallen, sagte sie sich, er sähe in ihr was sie in ihm sah: ein Mitglied des anderen Geschlechts, das hübsch anzusehen, doch aus unzähligen Gründen tabu war.

Deshalb hatte auch sie es eilig. Je eher sie nach Hause und aus Darcys Reichweite kam, umso schneller würden ihre Hormone sich beruhigen und alles wäre wieder wie zuvor.

Obwohl ihre Hormone eigentlich auch in Charleston nicht sehr ruhig gewesen waren. Diese wankelmütigen, durch die Schwangerschaft verrückt spielenden kleinen Kobolde hatten sie dazu gebracht, diesen dummen Wunsch auszusprechen, und man sah ja, wohin die Versuchung sie gebracht hatte. Sie schwor sich, vorläufig keine impulsiven Entschlüsse mehr zu fassen. Sie würde Ruhe bewahren, sich an diesem fremden Ort und in dieser fremden Zeit von jedem Ärger fernhalten und nach Hause zurückfinden.

Sie beschloss den kleinen Stich, den der Gedanke von hier wegzugehen ihr verursachte, nicht zu beachten. Sie wollte sich nicht daran erinnern, wie sie Fran zugesehen hatte, die sich so geschäftig und flink durch ihr Cottage bewegte, und sich gewünscht hatte, sie könne für eine Weile im 16. Jahrhundert verbleiben und sich in Geschichte wälzen wie ein junger Hund in einem Stapel frischer Wäsche. Sie wollte nicht zugeben, dass sie Fran gerne besser kennen gelernt hätte. Und dass sie auch Darcy gerne besser kennen lernen würde; viel besser!

Das hier ist kein Ferienaufenthalt.

Eher ein Albtraum. Und sie wollte daraus aufwachen. Sie hielt sich an den Worten fest, die Darcy ausgesprochen hatte, als sie Edmund und Frans Cottage verließen: *»Es wird nicht lange dauern«.*

Der Lärm und der Klang der Fidel aus dem großen Saal erstarben, als er sie über eine mit einem Teppich ausgelegte Treppe in den dritten und höchsten Stock der Burg führte. Nachdem sie einen Vorraum durchquert hatten, hielt er vor einer geschlossenen Tür und klopfte. Es kam keine Antwort.

»Geht ruhig rein«, sagte jemand hinter ihnen.

Sie wirbelte herum und sah einen Mann, der fast so breit wie hoch war – etwa 153 cm groß und an den Schultern 122 cm breit –, auf sich zuschlendern. Er trug einen langen schwarzen Bart und eine Glatze, die so sommersprossig war, dass sie das Licht der Fackeln nicht reflektierte. Seine Augen verengten sich zur Begrüßung zu freundlichen Schlitzen, doch sie hatte genug Mafiafilme gesehen, um einen Gesetzesvollstrecker zu erkennen, wenn sie einen sah. Die Lippen des Mannes wirkten hart und seine riesigen Fäuste schienen dafür geschaffen zu sein, Schmerz zuzufügen.

»Hamish«, begrüßte Darcy ihn. »Ist Steafan im großen Saal?«

»Aye. Aber er erwartet dich. Es wurde von dir geredet.« Seine Augen, schwarz wie Käfer, musterten sie, dann streckte er anerkennend die Unterlippe vor. »Schenk dir von dem guten Whisky ein.«

Darcy öffnete die Tür und sagte leise: »Hamish widerspricht man besser nicht«, nachdem er sie vor der Nase des kurz geratenen Mannes geschlossen hatte. Er begann, auf dem Webteppich vor dem Schreibtisch des Gutsherrn – einem wahren Meisterwerk aus Nussbaum, das sie augenblicklich begutachten und berühren musste – auf und abzugehen. Die Beine und Seiten des Möbels waren mit geschnitztem Blattwerk und Weinranken verziert, die mit ihrer glänzenden Eleganz ihren Fingern schmeichelten.

»Und Steafan übrigens auch nicht«, fuhr Darcy fort, ohne darauf zu achten, wie fasziniert sie von dem Möbelstück war. »Es wird wohl das Beste sein, wenn du das Reden mir überlässt. Ich will nicht, dass du meinen Ohm mit deiner Art zu sprechen misstrauisch machst.«

Sie nickte zerstreut und strich mit den Fingerknöcheln über eine schwarze Schreibfeder, die in einem silbernen Halter stand. Sie nahm ein silbernes Tintenfass mit Kristallstopfen in die Hand. Als Darcy verstummte, sah sie zu ihm auf und traf auf seinen tiefernsten Blick.

Sie hörte auf, an den Besitztümern des Gutsherrn herumzufummeln. »Na gut«, stimmte sie zu. »Ich werde nicht reden. Wie soll das hier also ablaufen? Du sagst, ›Hallo Onkel Steafan. Das ist Melanie. Sie ist keine englische Spionin und nur auf der Durchreise. Ich dachte mir, ich stelle sie dir lieber vor, damit du weißt, was in deinem kleinen Königreich vor sich geht.‹ Er sagt, ›Willkommen, Melanie-die-keine-englische-Spionin-ist. Ich wünsche dir einen schönen Aufenthalt.‹ Und dann können wir gehen, richtig? Und du bringst mich irgendwo unter, bis ich weiß, wie ich nach Hause kommen kann?« Sie fand selber, dass es zu optimistisch klang.

Er schüttelte den Kopf, als hätte ihre idealistische Darstellung ihm Kopfschmerzen bereitet. Dann erhellte Verständnis seine Züge. Sein Mund verzog sich zu einem Lächeln, doch dann legte sich ein Schleier über seine Augen. »Schön wär's, wenn alles so einfach wäre. Doch was auch immer heute Abend geschehen mag, mach dir keine Sorgen, Malina. Ich werde mein Wort halten.«

»Das weiß ich. Ich weiß, dass du ein Mann von Wort bist. Ich danke dir. Ich glaube, ich werde deine Hilfe brauchen Ohne dieses Kästchen bin ich nämlich wirklich in den A..« – würde er das Wort gefickt verstehen? »Würde ich knietief im Mist stehen und knöchelhohe Stiefel tragen«, wählte sie lieber, was ihre Großmutter gesagt hätte.

Aus seiner Brust drang ein Kichern und er entspannte sich ein wenig. Dann wurde er wieder ernst. »Mach dir keine Sorgen. Es wird alles gut.«

Die Tür öffnete sich. Sie erkannte den Gutsherrn Steafan sofort an seiner akkuraten Kleidung und seiner gebieterischen Haltung. Er trug einen waldgrünen, im echten Tartan-Stil mit Gold und Grau durchwobenen großen Kilt, der für diese geschichtliche Zeitspanne selten und äußerst modisch gewesen wäre. Er sah dem Kilt, den Darcy nach dem Abendessen angelegt hatte, ähnlich, doch anstatt den oberen Teil zu falten und um eine der Schultern zu drapieren, trug Steafan seinen wie einen Umhang, so dass der Stoff ihn in komplizierten Bahnen und Falten umspielte. Am Hals und an den Handgelenken blitzte ein gelblich-orangefarbenes Hemd aus schwerem, gefälteltem Leinen unter dem Kilt hervor. Steafans Augen hatten die gleiche tiefbraune Farbe wie Darcys, doch sie zeigten keinerlei Wärme oder Verletzbarkeit. Sein Haar war rot. Weder orangefarben, noch kastanienbraun, noch rötlich.

Rot. So tief rot, dass man darin ertrinken konnte. Sein Bart und sein Schnurrbart waren so rot, als hätte er in einer Schale Cranberrysaft geschnorchelt.

Hamish folgte Steafan in den Raum und schloss die Tür, an der er seinen Posten als Leibwächter einnahm. Steafan schritt zum Kamin, vor dem er sich in seinen Schuhen aus Rehleder breitbeinig und mit in die Hüften gestemmten Händen aufbaute, als würde er für ein Porträt Modell stehen.

Es fiel ihr schwer, nicht die Augen zu verdrehen.

»Aodhan hat berichtet, du hättest dir eine Maid gefunden, die unter einem Gunn lag«, sagte er selbstgefällig, jegliche Begrüßung übergehend.

Sie runzelte die Stirn. Seine Darstellung, wie sie gefunden wurde, gefiel ihr nicht. In Wahrheit war sie schon längst unter dem Gunn hervorgekommen, bevor Darcy diesen Stein umrundete.

»Ohm.« Darcy neigte respektvoll den Kopf. »Ich möchte dir Melanie vorstellen. Sie kommt nicht aus Scotia, doch Aodhan und die anderen sind sich darüber einig, dass sie keine Engländerin ist. Sie ersucht um unsere Gastfreundschaft.«

Steafans schlauer Blick sprang zu ihr über, worauf sie ihre Augen auf den weichen Teppich senkte, wie es sich, soweit sie wusste, für eine harmlose, fügsame Maid dieser Zeit geziemte. Nach allem, was sie über ihn gehört hatte, wollte sie ihm keinen Grund liefern, ihr zu misstrauen, und ihm als starke, unabhängige Frau des 21. Jahrhunderts entgegenzutreten, würde mit Sicherheit seinen Argwohn erwecken.

»Aodhan hat mir ebenfalls berichtet, dass du dich für sie verantwortlich erklärt hast.«

»Das habe ich«, sagte Darcy.

»Warum?« fragte Steafan.

»Weil ich dachte, dass Aodhan es tun würde, und ich nicht wollte, dass er sie bekam«, antwortete er wie aus der Pistole geschossen.

Sie vergaß ihre Rolle und warf Darcy einen scharfen Blick zu. *Dass er sie bekam?* War sie Gefahr gelaufen, dass Aodhan sie bekam? Und da Aodhan sie nicht »bekommen« hatte, würde jetzt Darcy »sie bekommen«? Sie öffnete den Mund, um zu fragen, was um Himmels willen sie verpasst hatte, doch Darcy brachte sie mit einem warnenden Blick zum Schweigen, als hätte er ihre Verwunderung vorausgesehen.

Steafan brach in herzliches Gelächter aus. Er nahm die Hände von den Hüften und verwandelte sich vom furchterregenden Laird in einen normalen Mann. »Deine Ehrlichkeit wirkt immer wieder erfrischend, Junge.« Als sein Lachen erstarb, ging er zu einem Tisch neben dem Kamin und goss zwei Gläser einer bernsteinfarbenen Flüssigkeit ein.

Indem er eines davon Darcy anbot, musterte er sie auf so unverhohlene Weise, dass sie sich seinem Blick ausgesetzt fühlte wie bei keinem anderen Mann zuvor. Sie widerstand dem Drang, die Hände schützend über ihren Bauch zu legen. Es wäre wahrscheinlich keine gute Idee, seine Aufmerksamkeit auf das zu lenken, was die hochangesetze Taille ihres Kleids verbarg.

»Ein hübsches kleines Ding bist du«, sagte Steafan mehr für sich als zu ihr. Er trank sein Glas in einem Zug und stellte es auf den Kaminsims. Dann kam er ihr so nah, dass das rauchige Aroma des Scotchs ihr in die Nase stieg.

Darcy neben ihr nippte an seinem Glas. Obwohl er gelöst wirkte, streifte sein Arm in einer ruckartigen Bewegung ihre Schulter, die seine Anspannug verriet. Steafan schien zwar gutgelaunt zu sein, doch Darcys Körpersprache teilte ihr mit, dass Steafans Stimmungen leicht umschlagen konnten.

Obwohl sie sich sehr unbehaglich fühlte, hütete sie ihre Zunge, wie Darcy es ihr befohlen hatte, und erinnerte sich daran, dass ihre Situation gefährlich für sie werden konnte. *Du darfst den launischen Laird nicht erzürnen,* wiederholte sie in Gedanken.

Steafan wandte seine Aufmerksamkeit Darcy zu. »Du bist in deinem besten Plaid gekommen, und das ist eins von Janines Gewändern.« Er zeigte mit dem Kinn auf sie. »Eins ihrer besseren. Dein Vater wäre stolz, zu sehen, wie hübsch deine Verlobte im Gewand deiner Mutter aussieht.«

Verlobt?

Bevor sie dazu kam, auf das zu reagieren, was Steafan gerade gesagte hatte, klatschte er in die Hände und wandte sich Hamish zu. »Hol Aodhan. Er ist im großen Saal. Du und er sollt die Trauzeugen sein.«

Hamish verließ gehorsam den Raum.

Darcys warnenden Griff nach ihrem Oberarm ignorierend baute sie sich vor Steafan auf und fragte »Entschuldigen Sie, aber haben Sie ›verlobt‘ gesagt?« Sie wirbelte zu Darcy herum. »Hat er verlobt gesagt? Warum sollte er das gesagt haben? Und wofür braucht er Trauzeugen?«

Darcy ließ die Schultern hängen.

Steafan kicherte. Sein Kichern hörte sich selbstzufrieden an. Gemein.

»Aye«, gab Darcy zu, dem es anscheinend schwer fiel, ihr in die Augen zu sehen. »Er sagte verlobt. Wir werden heute Abend verheiratet, Malina.«

»Wie bitte?«

Steafans Kichern wurde zu entnervendem Gelächter. Sie funkelte ihn wütend an, worauf er die Zähne bleckte. »Pass auf, Mädel. Mit mir ist nicht zu spaßen. Du kannst dir nicht erlauben, Erklärungen einzufordern. Wenn du etwas erklärt haben willst, musst du freundlich darum bitten.«

Ihr fiel die Kinnlade herunter. »Was glauben Sie eigentlich, wer Sie sind?« fragte sie, während Darcy sie hinter sich zog.

»Hör nicht auf sie, Ohm. Sie kommt von weit her und weiß nicht, wie man sich bei uns benimmt.«

Sie versuchte, an Darcy vorbeizuschauen und sah, wie Steafans Augen sich vor Wut verdunkelten. »Sie fragt, wer ich zu sein glaube, Junge. Vielleicht wird eine Nacht im Stock sie darüber aufklären. Deine Hochzeit kann warten, bis sie kapiert, wer ihr Gastgeber und künftiger Lehnsherr ist, und dass sie ihn nicht verärgern darf.«

Au weia. So viel dazu, dass sie keinen Argwohn erwecken und sich aus allem Ärger heraushalten wollte. Aber wie sollte sie reuevoll und still bleiben, wenn sie gerade erfahren hatte, dass ihr einziger Verbündeter sie manipuliert hatte, um sie in diese …

diese … Situation zu bringen, von der sie nicht einmal wusste, wie sie sie nennen sollte. Vielleicht ›die schottische Version einer Mussehe‹?

»Nein«, sagte Darcy mit knurrender Stimme. »Nicht in den Stock. Sie wird ihre Zunge künftig im Zaum halten.« Während er das sagte, warf er ihr einen warnenden Blick über die Schulter zu.

Sie feuerte ihren tödlichen Blick auf ihn ab, den sie für Situationen aufsparte, wo es für den anderen brenzlig wurde. Sie hatte sich geirrt; dies war kein Albtraum. Es war die Hölle. Sein Verrat jagte ihr einen eiskalten Schauer der Furcht über den Rücken. Darcys Hände, die sie zuvor beruhigt hatten, wirkten nun wie eine Falle auf sie. Sie wand ihren Arm aus seinem Griff, wich nach hinten aus und rannte hinter Steafans riesigen, massigen Schreibtisch, um sich vor den zwei verräterischen Highlandern in Sicherheit zu bringen.

Oder vielmehr vor den vier verräterischen Highlandern. Hamish und Aodhan kamen nämlich gerade dazu. Aodhan zog die Brauen hoch.

»Du hast ihr anscheinend gesagt, was es für einen Keith bedeutet, die Verantwortung für eine Frau zu übernehmen«, sagte er zu Darcy. Dann wandte er sich über den Schreibtisch hinweg an sie: »Seid nicht böse auf den Jungen. Wenn er es nicht getan hätte, hätte ich es getan, und Ihr hättet meinen drei Töchtern als Muttterersatz dienen müssen. Ich hätte Euch gut behandelt, Mädchen, doch Darcy wird Euch verehren.« Er winkte Darcy herbei, legte einige Papiere auf dem Schreibtisch aus und griff nach der schwarzen Schreibfeder. »Ich habe den Vertrag vorbereitet, Steafan. Du kannst anfangen, wenn du möchtest.«

Steafan grinste sie an. »Was wählst du, Maid, den Stock oder den Ehebund?«

»Den Stock«, sagte sie ohne Zögern, erleichtert, dass ihr immerhin eine Wahl blieb. Was war schon eine unangenehme Nacht im Vergleich dazu, keine Wahl mehr zu haben?

Darcy eilte um den Tisch, nahm sie bei den Schultern und

schüttelte sie. In seinen Augen stand Verzweiflung. »Das darfst du nicht tun«, flüsterte er ihr drängend ins Ohr, so dass nur Aodhan, der neben dem Schreibtisch stand, es hören konnte. »Wenn jemand in den Stock gesperrt wird, wird er nackt ausgezogen und im Hof zur Schau gestellt, damit jeder ihn auslachen und auf ihn spucken kann. Ich würde eher meinem Ohm die Stirn bieten und von Ackergill verbannt werden, als dich derart entehrt zu sehen. Lass es nicht dazu kommen, ich flehe dich an.«

Unter Darcys hartem Zugriff hatte Furcht ihr die Kehle zugeschnürt. Doch als seine Worte bei ihr ankamen, wehrte sie sich nicht mehr dagegen. Er meinte es ernst. Er würde sein Zuhause, seine Mühle, Edmund und Fran und alles, was er besaß aufgeben, um ihr eine demütigende Nacht zu ersparen.

Auch wenn er ein Lügner und berechnender Verräter war, nahm dieser Rohling anscheinend Anteil an ihrem Schicksal. Sie warf ihm einen harten Blick zu und sah Verletzbarkeit und wahre Furcht in seinen Augen. Er fürchtete um sie, und um die Konsequenzen, die ihr Verhalten für ihn haben würden.

Sie verdrängte ihr Mitgefühl, das er nicht verdiente. Er wirkte wie ein absolut ehrenhafter Mann, doch ehrenhafte Männer stellten Frauen keine Falle, damit sie sie heirateten. »Du hast mich angelogen«, zischte sie. »Du hast versprochen, mir zu helfen, nach Hause zu kommen.«

»Und das werde ich tun«, sagte er. »Erinnerst du dich nicht an das, was ich dir gesagt habe, bevor Steafan hereinkam?«

Sie konnte sich Wort für Wort daran erinnern. »*Was auch immer heute Abend geschehen mag, mach dir keine Sorgen, Malina. Ich werde mein Wort halten.*«

Malina. Dir Erinnerung daran, wie er ihren Namen augesprochen hatte, besänftigte sie. Zum Teufel mit ihrem romantischen Herzen.

»Du musst mir vertrauen«, drängte er sie.

Ihr Blick streifte durch den Amtsraum und sie sah, wie

Aodhan ihr aufmunternd zunickte. Steafan beobachtete sie mit amüsiert gekräuselten Lippen und siegreich gehobener Braue. Hamish hielt sich bereit. Seine Finger bogen sich zu grausamen Klauen, die nur darauf warteten, sie nackt auszuziehen und in den Stock zu sperren. In den Stock, du lieber Himmel! Man drohte ihr mit einer demütigenden und schmerzvollen mittelalterlichen Bestrafung. Wollte sie sich dem wirklich unterziehen, solange die Alternative darin bestand, einen umwerfend aussehenden Highlander zu ehelichen, bei dem sie in Sicherheit wäre, bis sie herausgefunden hatte, wie sie nach Hause kam?

Es hing natürlich vollkommen davon ab, ob Darcy Wort halten würde, und daran konnte sie nicht mehr glauben. Einem Mann, der in der Lage war, eine Frau in diese Situation hineinzumanövrieren, traute sie nicht zu, sein Wort zu halten, so ehrlich er auch erschien. Er wandte diesen verletzbar wirkenden Blick wahrscheinlich regelmäßig an, um Frauen schwach zu machen. Er war allem Anschein nach ein Meister der Manipulation, der sich hinter seiner vorgetäuschten Sorge um sie ins Fäustchen lachte. Und er hatte sie ausgetrickst.

»Vertrau mir«, sagte er wieder.

Sie konnte Darcy kein Vertrauen mehr schenken. Sie hielt ihn nicht mehr für ihren Verbündeten. Tief in ihrem Inneren schmerzte dieser Verlust sie. Doch in diesem Raum voller gefährlicher Männer war er immer noch der Ungefährlichste, zumindest für sie. Fest entschlossen, es ihm heimzuzahlen, falls er sein Wort brechen würde, sagte sie laut in den Raum hinein, »Nun gut. Ich heirate dich heute Abend. Ich gratuliere dir dazu, ein kleines bisschen anziehender auf mich zu wirken als der Stock.«

Darcy zuckte zusammen. Er ließ mit zusammengepressten Lippen die Schultern hängen. Bevor er sich von ihr abwandte, überkam sie flüchtige Reue, ihn so verletzt zu haben, dass Tränen in seinen Augen standen. Er hatte es wirklich toll raus, bei ihr Gefühle für sich zu wecken. Sie bekämpfte ihr unnötiges

Mitgefühl und wandte sich einem strahlenden Aodhan und einem enttäuscht wirkenden Hamish zu.

»Da hast du dir ja ein streitfreudiges Weib gefunden, Junge«, sagte Steafan. »Sie wird eine gute Keith abgeben. Komm, Mädchen.« Er hielt die Hand nach ihr ausgestreckt, während er den in sich zusammengesunkenen Darcy vor sich hinstellte. »Stell dich neben deinen Bräutigam.«

Sie stapfte wütend herbei, an die Seite des Verräters. Steafan breitete die Arme aus, wie ein Geistlicher, der sich an seine Gemeinde wendet.

»Am heutigen Abend knüpfen wir das Band der Ehe zwischen Darcy Marek MacFirthen Keith und seiner Braut, Melanie.«

Er griff nach ihrer rechten Hand, und bevor sie wusste, wie ihr geschah, nahm er einen *Sgian dubh* mit Silbergriff und machte einen schmerzhaften Schnitt von ihrem Handballen zum Daumen. Dann tat er dasselbe mit Darcy und presste ihre Handflächen aufeinander. Sie versuchte, ihre Hand herauszuwinden, doch Darcy verschränkte seine Finger mit ihren. Allem zum Trotz verursachte die Kraft seiner Finger, die sie festhielten, ein leichtes Flattern in ihrem Bauch. Sie hasste ihn dafür, so unwiderstehlich zu sein. Sie hasste ihren Körper dafür, Verlangen für ihn zu empfinden, obwohl sie den ersten Schock seines Verrats noch nicht überwunden hatte.

»Sprich das Gelübde«, forderte Steafan Darcy auf.

Darcy zögerte.

Sie sah nicht höher als bis zur Schnürung seines Hemds zu ihm auf.

»Sprich es aus, oder ich werde die Zeremonie ohne es beenden.«

Er stieß einen Seufzer aus, der sie einen Blick in sein Gesicht riskieren ließ. Er blickte um Entschuldigung heischend und verletzt auf sie herab. »Ich übernehme vor meinem Laird und meinem Clan die Verantwortung für diese Frau«, sagte er mit sanfter Stimme. »Mit meinem Körper werde ich ihren Körper schützen. Mit meinem Leben werde ich ihr Leben schützen. Alles was ich habe und bin wird ihr gehören.«

Die Aufrichtigkeit seiner Worte überwältigte sie. Für ein paar Schläge ihres Herzens vergaß sie, böse auf ihn zu sein.

Steafan sagte: »Ihr seid jetzt durch Wort und Blut aneinander gebunden. Nur der Tod wird diesen Bund brechen. Der Segen des Laird sei mit euch.« Damit ließ er ihre Hände los.

Sie staunte, wie plötzlich alles vorbei war. »Ist das alles?« fragte sie. »Wollen Sie mich nicht dazu zwingen, etwas zu sagen?«

Steafan lächelte verschmitzt. »Das war's. Du bist jetzt eine Keith.«

Sie war verheiratet. Um Himmels willen!

Eine Mischung aus Empörung und ausgelassener Freude wirbelte ihre ohnehin schon mitgenommenen Emotionen durcheinander. Wenn sie jetzt den Mund öffnete, würde sie entweder schreien oder weinen, also presste sie die Lippen aufeinander und funkelte den Mann, der dafür verantwortlich war, aufgebracht an.

Darcy zuckte die Schulter und sagte: »Ich bin ja vielleicht nur ein kleines bisschen besser als eine Nacht im Stock, aber zumindest wirst du auf diese Weise nicht nackt und in gebeugter Haltung dem Spott des ganzen Clans ausgesetzt.

»Aye«, sagte Hamish hinter ihr. »Nur Darcy wird das Privileg haben, sie so zu sehen.«

Sprachlos wirbelte sie herum, um sich Steafans Schergen entgegenzustellen.

Darcy schob sich mit geballten Fäusten vor sie. Sein Nacken lief rot an.

Sie versuchte, an ihm vorbeizulinsen, um Hamishs Reaktion mitzubekommen, doch Darcy hielt sie mit fester Hand an der Hüfte hinter sich.

Steafans schneidende Stimme durchschnitt die Luft des

Amtsraums wie Donnergrollen. »Das reicht, Hamish. Ich will in meinem Amtsraum keine Fäuste sehen. Und du sollst dich respektvoll verhalten. Mein Neffe ist verheiratet. Das habe ich mir schon jahrelang gewünscht und bin nun beruhigt, dass Ackergill von einem treuen Mann übernommen wird, falls Ginneleah mir keinen Sohn schenkt.«

Darcys Griff lockerte sich gerade genug, dass sie an ihm vorbeisehen konnte. Hamish wirkte nicht im Mindesten zerknirscht, doch seine Fäuste hatten sich gelöst. Das war schon mal ein Anfang.

Unter Darcys wachsamem Blick kam Aodhan auf sie zu und tupfte ihre Hand mit einem Taschentuch da ab, wo ihr Blut sich in einem hässlichen Geschmier mit Darcys vermischt hatte. Während er ihre Hand hielt, küsste er sie auf die Wange. »Sei unter den Keiths willkommen, Maid. Und stör dich nicht an Hamish. Der ist nur eifersüchtig.« Er reinigte auch Darcys Hand und klopfte ihm auf den Arm. »Gut gemacht, Junge. Ich wusste, du würdest trotz deiner Unentschlossenheit eines Tages heiraten, und du hast dir ein feines Weib ausgesucht. Dein Vater wäre stolz auf dich.«

Darcy starrte den Feldherrn der Keiths an, als wüchsen ihm Schlangen der Medusa aus dem Kopf. »Ich danke dir, Aodhan.«

»Ja, das wäre er«, bekräftigte Steafan. »Küss jetzt die Braut, Mann.«

»Wenn ich sie jetzt küsse, ist sie imstande, mir die Lippe abzubeißen.«

Aodhan und Hamish feixten. Steafan sagte: »Wenn sie das versucht, wirst du ihr einen Vorgeschmack davon verpassen, wie ein Ehemann seine Frau im Zaum hält.« Der Laird sah sie herausfordernd an.

Sie funkelte zurück.

»Küsse sie«, befahl er.

»Es tut mir leid, Malina«, flüsterte Darcy, als sein Gesicht sich ihr näherte. Sie musste ihm zugestehen, dass er wirklich so wirkte, als würde es ihm leid tun.

Doch weder sein um Verzeihung heischender Blick, noch seine Art, ihren Namen auszusprechen, konnte sie diesmal erweichen.

Sie reckte das Kinn vor und knurrte »Untersteh dich!«

Er hielt inne, als seine Lippen nur noch zwei Zentimeter von ihr entfernt waren. Er seufzte, und sie konnte seinen vom Scotch süß und rauchig duftenden Atem wahrnehmen. Dann drückte er ihr einen kurzen Kuss auf die Lippen.

Als er den Kopf hob, reckte sie sich und wollte ihm eine Ohrfeige verpassen. Er fing ihr Handgelenk ab. Er hatte verdammt gute Reflexe.

Steafan gluckste, während Darcys Finger sie umfassten wie eine lebende Handschelle. »Du wirst nie wieder die Hand gegen mich heben, du meine Malina«, sagte er mit ruhiger, fester Stimme.

Seine Stimme allein hätte sie bereits einschüchtern können, wenn sie nicht so völlig außer sich gewesen wäre. Doch etwas stimmte nicht mit seinem Gesichtsausdruck. Er schien ihr nicht böse zu sein, dass sie versucht hatte, ihn zu schlagen. Er sah sie bedauernd und mitfühlend an. Diesem Gesichtsausdruck traute sie nicht über den Weg. Als er jedoch den Druck seiner Hand verstärkte und sie mit flehendem Blick ansah, begann sie sich zu fragen, ob er ihr eine geheime Mitteilung machen wolle. Sie hörte auf, sich aus seinem Griff zu winden und versuchte, die Mitteilung zu entziffern, und über das hinaus, was er ihr nach außen hin zeigte, in sein Herz zu blicken.

In den Tiefen seiner Augen konnte sie unter den vielen Schichten anderer Emotionen verborgen wahre Verletzbarkeit erkennen.

Sie war sich sicher, dass es keinen noch so guten Schauspieler gab, der mit einem einzigen Blick so viel aussagen konnte. Was, wenn er ehrlich war? Was, wenn Steafan ihn genau so tyrannisierte wie sie? Was, wenn er sein Bestes tat, um eine ausweglose Situation zu retten? Er hatte ganz gewiss nicht glücklich gewirkt, sein Gelübde zu sprechen. Oh Gott, was, wenn diese Heirat ihm ebenso zuwider war wie ihr?

Warum nagte dieser Gedanke an ihrem Herzen?

Darcys Augen wollten ihr etwas mitteilen. Auf einmal verstand sie, woraus die Mitteilung bestand. *»Ich verstelle mich, um mich so zu verhalten, wie mein Onkel es will. Versteh das bitte.«*

»Kein Keith, der etwas auf sich hält, wird zulassen, dass seine Frau so mit ihm umspringt«, sagte sein Mund. »Hast du das verstanden?« In einer stummen Bitte, mitzumachen, neigte er den Kopf.

»Ich bitte um Entschuldigung«, sagte sie zerknirscht, während sie ihn wieder mit dem tödlichen Blick bedachte. »Ich werde nicht wieder versuchen, dich zu schlagen, du mein Angetrauter. Solange du nicht wieder versuchst, mich zu küssen.«

Steafan ließ einen überraschten Huster vernehmen. »Das ist eine Frau, die deiner würdig sein wird, Darcy Junge«, sagte er. »Ein Weib, das würdig sein wird, eines Tages auf Burg Ackergill zu leben.«

Darcy ließ ihr Handgelenk los und im nächsten Augenblick fand sie sich in Steafans erstickender Umarmung wieder. Er drückte ihr einen feuchten Kuss auf die Wange. Wenn sie nicht vor Schreck erstarrt wäre, hätte sie wohl versucht, ihn abzuwehren. Doch allem Anschein nach hatte sie gut daran getan, es zu lassen, da Darcys verblüfftes Staunen bewies, dass Steafan sich nur äußerst selten zu einer herzlichen Geste hinreißen ließ.

»Willkommen unter den Keiths, Maid«, sagte Steafan. »Ich bin froh, dass ich dich heute nicht in den Stock sperren musste.«

Kapitel 6

DARCYS EHEFRAU WIDER Willen stürmte aus Burg Ackergill heraus, während er wie ein gescholtener Hund hinter ihr her trottete.

»Es hat nichts zu bedeuten, Malina«, sagte er, während er ihr in die tiefe Dunkelheit der Straße folgte, die von dem mit Fackeln erhellten Rasen des Burgfrieds zu den vereinzelten Lichtern der Cottages im Dorf unten führte, wo die Leute jetzt zu Bett gingen. »Es ist nur ein Stück Papier. Auf diese Weise wird Steafan mich nicht mehr drängen, zu heiraten.«

Sie machte ein Geräusch, das einem erstickten Schrei glich, und beschleunigte ihre Schritte.

»Ich werde dir immer noch helfen, Mädchen«, sagte er, und zuckte zusammen, weil Verzweiflung in seiner Stimme mitschwang. Mit festerer Stimme fragte er, »Hast du mich gehört, Malina? Ich sagte, dass ich Wort halten werde.« Entschlossen, sich ihrem Zorn zu stellen, wie der Krieger, der er war, griff er nach ihrem Arm.

Sie wirbelte herum und zu seinem Erschrecken sah er Tränen auf ihren Wangen. Sie wischte sie sich wütend aus dem Gesicht und sah ihn nicht an.

Sein Inneres zog sich vor Reue zusammen. Och, er hatte sie doch nicht zum Weinen bringen wollen. Er hätte ihr seinen gespielten Zorn ersparen sollen, selbst wenn es Steafan verärgert hätte. »Malina – «

Ihre glänzenden Augen sprühten Funken. »Nenn mich nie

wieder so! Du Mistkerl!«

Fast wäre er angesichts ihrer Wut zurückgewichen, doch er hatte genug Gunns und MacKays gegenübergestanden, um sich von einer kleinen, hitzigen Frau nicht ins Bockshorn jagen zu lassen. »Sei jetzt still, Weib«, brummte er, und zog sie näher an sich heran. Sie würde die Aufmerksamkeit des ganzen Dorfes auf sie lenken, und noch mehr Zeugen für den Schlamassel, in den er sich selbst hineinmanövriert hatte, brauchte er weiß Gott nicht. Wenn er es sich recht überlegte, hatte er keinen Grund, wie ein reuevoller Köter um Gnade zu winseln. Es tat ihm keineswegs leid, sie und ihr ungeborenes Kind am heutigen Abend vor Steafans Stock gerettet zu haben. Es tat ihm nicht leid, sich für eine schwangere Frau, die sich in ein fremdes Land verirrt hatte, voll und dauerhaft verantwortlich zu zeigen. Er hatte nicht unbedingt mit Dank gerechnet, doch dass seine Braut ihn in ihrer Hochzeitsnacht einen Mistkerl schimpfte, gefiel ihm nicht. »Ich bin nicht gewillt, mich vor ganz Ackergill von dir schlecht machen zu lassen.«

»Oh, du bist *nicht gewillt*? Und wie willst du mich davon abhalten? Willst du mir zeigen, wie du mich im Zaum hältst, damit dein Ohm stolz auf dich sein kann?«

»Och, Weib. Ich bin nicht dein Feind.« Er warf einen schnellen Blick um sich, um sicherzugehen, dass sie nicht belauscht wurden.

»Aber mein Freund bist du auch nicht, Darcy Keith«, sagte sie in gemäßigter Lautstärke, obwohl das Funkeln ihrer Augen besagte, dass sie ihn lieber noch etwas länger angeschrien hätte. »Du hast mich betrogen. Du hast gesagt, ich müsse dem Laird nur vorgestellt werden, damit ich die Nacht hier verbringen könne. Du hast es als reine Formalität dargestellt. Es war nicht die Rede davon, verheiratet zu werden. Verheiratet! Verdammt noch mal, Darcy.« Sie schüttelte den Kopf als fehlten ihr die Worte und kehrte ihm den Rücken zu.

Ihre Beine – er hatte bemerkt, wie wohlgeformt sie waren, als er sie in ihrem kurzen Gewand gesehen hatte – trugen sie erstaunlich schnell den Hügel hinunter, wenn man bedachte, wie kurz sie waren. Seine waren länger, und das nutzte er aus, um sie zu überholen und sich ihr in den Weg zu stellen.

»Du bist nicht auf dem richtigen Weg, Melanie.« Er sprach ihren Namen absichtlich so aus, wie sie es wollte, anstatt die sanftere Version zu benutzen, die ihm auf der Zunge zerging wie ein Gedicht. »Unser Zuhause ist dort drüben.« Er zeigte auf einen von der Straße abbiegenden, ausgefahrenen Weg, der am Abhang entlang und dann zu der Steilküste hinauf führte, auf welcher sich stolz und stattlich Fraineach erhob und aufs Meer hinausblickte.

»Ich gehe zu Fran und Edmund«, sagte sie, während sie ihn umrundete, ohne ihre Schritte zu verlangsamen.

Er war versucht, sie gehen zu lassen. Vielleicht würde es ihr guttun, eine Nacht fern von ihm zu verbringen. Vielleicht würde sie am Morgen bereit sein, höflich mit ihm zu reden. Doch er konnte sie nicht so verärgert von sich gehen lassen.Es war dem Schlaf nicht zuträglich, sich zornig zur Ruhe zu legen, und bei dem Tag, den sie hinter sich hatte, konnte die arme Maid ihre Ruhe gebrauchen.

»Warte, Melanie.«

»Ich will deine Hilfe nicht. Ich will dich nicht.« Ihre Ablehnung zerriss ihm das Herz.

Da er nichts mehr zu verlieren hatte, platzte er damit heraus: »Ich habe dein Kästchen.«

Sie blieb abrupt stehen, drehte ihm jedoch auch weiterhin den Rücken zu.

»Es war genau da, wo du gesagt hattest. Im Schlamm an der Wegmarkierung von Berringer.«

Sie drehte sich langsam zu ihm um. Selbst in der mondlosen Finsternis konnte er erkennen, dass ihr Gesicht aschfahl war. »Lügst du mich jetzt an, oder hast du gelogen, als du sagtest, du hättest es nicht gefunden? Hast du jemals etwas Wahres von dir gegeben?«

Vor Ärger darüber, dass sie so unverfroren seine Aufrichtigkeit in Frage stellte, wurde sein Nacken heiß, doch er schämte sich so, dass er den Ärger nicht an ihr auslassen wollte. »Ich gebe zu, dich belogen zu haben«, sagte er. »Doch ich habe es nur getan, damit du Steafan nichts verraten konntest, wofür er dich noch vor dem Morgengrauen auf dem Scheiterhaufen verbrannt hätte.«

Sie sah ruckartig auf. »Wie kommst du darauf, dass ich etwas hätte sagen können, das mich auf den Scheiterhaufen gebracht hätte?«

»Ich habe das Datum auf dem Kästchen gesehen«, sagte er leise.

Sie blinzelte. Ihre Augen starrten ins Leere. »Das Datum«, sagte sie gedankenverloren. Dann blickte sie ihn plötzlich mit weitaufgerissenen Augen an, in deren smaragdgrüner Tiefe er Furcht erkannte. »Es ist gefälscht«, sagte sie. »Das ist alles.« Sie wischte das Problem mit dem Datum mit einer Handbewegung beiseite, doch ihr unregelmäßiger Atem verriet, dass sie zutiefst verängstigt war, und dass es da noch etwas anderes gab. War es Verzweiflung? »Wo ist es? Hast du es wirklich?«

Er nickte. Er wusste nicht, wie er dazu kam, seine Vermutung auszusprechen, die jeder Vernunft widersprach: »Du bist nicht einfach von deiner Heimat bis zu uns gewandert, nicht wahr?«

Sie öffnete den Mund, doch er hörte keinen Laut. Dass sie es nicht abstritt, kam einem Geständnis gleich. Sie war durch einen Zauber hergekommen.

Doch sie wirkte nicht wie eine Hexe. Zugegeben war er noch nie einer begegnet, doch er konnte sich nicht vorstellen, dass diese bösartigen Geschöpfe sich vor ihrer eigenen Zauberkraft gefürchtet hätten. Malina war böse auf ihn, doch sie selbst gehörte nicht dem Bösen an. Nein, er spürte eine Sanftheit in ihr, über die er gerne mehr erfahren hätte. Doch er würde über dieses faszinierende Geschöpf nicht mehr erfahren.

»Wir sollten über diese Dinge nicht an Orten reden, wo

unsichtbare Ohren uns hören könnten. Komm. Du wirst die Nacht auf Fraineach verbringen und morgen früh werde ich mein Wort halten.«

§

WÄHREND DARCY SIE den Pfad zu seinem Haus hinauf führte, drang der Salzgeruch des Ozeans stärker in Melanies Nase. Von weit unten hörte man das Geräusch der Wellen, die an den Felsen der Steilküste hochschlugen, über der sich das aus Stein erbaute Herrenhaus von Fraineach wie ein schieferner Wachposten erhob. Inmitten des Aufruhrs ihrer Gefühle erwachte nun nach Geruch und Gehör auch ihr Sehsinn bei der Vorstellung, wie atemberaubend der Blick über den Ozean hier bei Tagesanbruch sein musste.

Sie versuchte, ihr Entzücken zu unterdrücken. Sie wollte diesen Ort nicht schön finden. So wunderbar ihr die Umgebung auch erschien, so war sie doch ihr Gefängnis, und so bezaubernd sie den Mann, den sie für ihren Freund gehalten hatte, auch fand, so war er doch ihr Gefängniswärter. Bis sie das Kästchen an sich genommen hätte. Dann wäre sie die alleinige Herrin ihres Schicksals.

Es war so dumm von ihr gewesen, anderen zu vertrauen. Sie hätte selbst zu dem Feld zurückfinden und nach ihrem Kästchen suchen sollen. Von jetzt an würde sie über ihr Handeln selbst bestimmen. Sie würde nicht mehr darauf warten, dass ein Mann sein Versprechen hielt.

Die Hände zu entschlossenen Fäusten geballt, folgte sie ihm auf die malerische Steinterrasse und trat durch die Eingangstür. »Wo ist das Kästchen?«, fragte sie, nicht willens, noch mehr Zeit ihres Lebens in der Vergangenheit zu vergeuden.

Er steckte eine Laterne an, bei deren Aufflackern seine schönen Gesichtszüge abgehärmt und erstarrt wirkten. »Willst du dich nicht ausruhen? Du wärst vor Müdigkeit beinahe umgefallen, als wir in Ackergill ankamen. Und das ist mehrere Stunden her.«

»Ich werde mich ausruhen, wenn ich zu Hause bin.«

Er nickte. »Dann ist es also so, wie ich vermutet habe. Du bist durch einen Zauber hergekommen.« Das war keine Frage, also antwortete sie auch nicht darauf. Er strich sich mit der gleichen Geste des Unbehagens, die sie bei seinem Bruder Edmund gesehen hatte, über den Nacken. »Zuerst dachte ich, du wolltest das Kästchen verkaufen, um mit dem Geld eine Schiffspassage zu bezahlen. Aber du hast gar kein Wasser zu überqueren, nicht wahr?«

»Nein«, sagte sie einfach.

Er schloss die Augen und stieß den Atem aus. Er zündete eine Kerze an und nahm sie mit sich, als er das angenehme Empfangszimmer verließ, in welches sie durch die Eingangstür gelangt waren. Sie hörte seine Schritte im Nebenraum.

Ihn so niedergeschlagen zu sehen, erweckte Schuldgefühl in ihrer Brust. Sie beachtete es nicht. Darcy hatte kein Recht auf ihr Mitgefühl. Er hatte sich dazu bekannt, dass ihre Heirat ihm nichts bedeutete. Sie war nichts weiter als ein willkommenes Mittel, Steafans Forderungen zu entkommen. Wie demütigend! Und wie schmerzhaft!

Er kam in das Empfangszimmer zurück, und als er ins Licht der Laterne trat, wirkte er noch schicksalsergebener als bei dem Gelübde, das er auf Steafans Geheiß ausgesprochen hatte. Sie war drauf und dran ihm zu sagen, er solle mit seiner Schauspielerei aufhören, doch er hielt das Kästchen in der Hand und alle Gedanken, die sich um Darcy drehten, lösten sich in Luft auf, sobald sich ihr Blick auf ihr Flugticket nach Hause heftete. Sie riss es an sich, und das polierte Holz mit dem schönen Knotenmuster fühlte sich in ihren Händen an, wie ein verloren geglaubter Schatz.

»Ich will nach Hause zurück«, sagte sie zu ihm, indem sie es auf den Kopf drehte, wie sie es an ihrem Arbeitstisch getan hatte. Während sie es wieder richtig herum drehte, wartete sie auf das leise Schnarren und Rattern, das dem Öffnen des Deckels voranging.

Nichts geschah.

Sie versuchte es erneut, wobei sie sich daran zu erinnern versuchte, in welcher Weise sie das Kästchen vor mehreren Stunden in Charleston manipuliert hatte. Nichts.

Sie schüttelte es sacht, wiederholte ihren Wunsch und fügte ein zittriges »bitte« am Ende hinzu. Sie neigte es von einer Seite auf die andere. Mit jedem Versuch wurden ihre Bewegungen fahriger und verzweifelter.

»Es funktioniert nicht«, sagte sie mit einem Anflug von Panik. Sie versuchte es wieder und wieder erfolglos, während Darcy dabeistand und ihr zusah. »Es funktioniert nicht! Warum funktioniert es nicht? Ich mache es doch genauso wie zuvor!« In ihren Augen sammelten sich heiße Tränen, die zu vergießen sie sich weigerte.

»Vielleicht musst du dafür an der Wegmarkierung sein.«

Sie warf ihm einen scharfen Blick zu. »Stimmt. Der Stein. Vielleicht ist er eine Art Pforte. Vielleicht steckt er mit dem Kästchen unter einer Decke.«

»Dann komm«, seufzte er. »Bringen wir es hinter uns.«

§

DARCY SATTELTE UNTEN in den Stallungen von Ackergill sein Pferd Rand, das sein Vater ihm im Jahr vor seinem Tod in Inverness gekauft hatte. Der falbe Wallach hatte ein Stockmaß von 1,72 m und war stark wie ein Zugpferd. Er konnte Darcy weiter und schneller tragen als jedes andere Pferd, das er geritten hatte, und scheute sich nicht, bei einem Scharmützel mitzumachen. Rand zu satteln war ihm normalerweise ein

Vergnügen, doch heute war es eine schreckliche Aufgabe für ihn.

Er hatte damit gerechnet, wochenlang neben Malina herreiten zu können, wenn er sie nach Hause geleitete. Und wenn sie die See hätten überqueren müssen, hätte es vielleicht sogar Monate gedauert und wäre ein einzigartiges Abenteuer geworden. Doch er würde sich weder über Wochen noch Monate hinweg daran erfreuen können, sein Gelübde zu halten und sie zu beschützen.

Es würde höchstens eine Stunde dauern.

Es wollte ihm nicht in den Kopf, dass er sich schon so schnell von ihr verabschieden musste. Obwohl sie ihn unverhohlen ablehnte, lechzte sein Herz nach ihr wie seine Lunge nach Luft. Wenn ihr Kästchen sie mitnahm, wäre es für ihn ein Schlag, wie er ihn im Kampf noch nie erlitten hatte.

Während er mit Rand beschäftigt war, drehte und wendete seine Frau ihr Kästchen in alle Richtungen. Ihre Augen glühten vor Konzentration, als sie ihm ihre Wünsche zuflüsterte. Im orangefarbenen Licht der abgeblendeten Laterne war sie wunderschön anzusehen. Wunderschön und fest entschlossen, zu gehen. Der Gedanke, mit ihm verheiratet zu sein, war ihr so unerträglich, dass sie nicht eine einzige Nacht mit ihm unter einem Dach verbringen wollte.

Nachdem er sie angelogen und ihr die Wahrheit vorenthalten hatte, konnte er es ihr nicht verübeln. Doch er wollte nicht, dass sie von ihm ging und ihn in schlechter Erinnerung behielt. Wenn er ihr mit aller Kraft dabei half, in ihre Heimat zurückzukehren, konnte sie ihm vielleicht eines Tages verzeihen.

Malina seufzte. Es hörte sich so entmutigt an, dass er darüber seine eigenen Probleme vergaß. Das arme Ding vermisste seine Familie und seinen Beruf als Lehrerin. Vielleicht hatte sie Schüler, die sie mochte. Vielleicht wartete der Vater ihres ungeborenen Kinds auf sie. Dieser Gedanke schnitt ihm ins Herz und machte seine Gesten so fahrig, dass Rand vor Unbehagen ruckartig den Kopf bewegte.

»Ist er ein guter Mann?« hörte er sich fragen, wobei seine

Kehle sich vor Eifersucht zusammenschnürte.

Sie schreckte aus ihren Gedanken auf. »Wer?«

Er schüttelte über sich selbst den Kopf.Es ging ihn jetzt, wo er bereit war, sein Ehegelöbnis vom Tisch zu fegen wie Krümel nach dem Abendessen, einfach nichts an. Aber er hätte trotzdem gerne gewusst, was für eine Art Mann eine Frau schwängerte, ohne sie zu heiraten und für sie zu sorgen.

»Der Mann, zu dem du es so eilig hast, zurückzukehren.«

Ihre Hand wanderte von dem Kästchen zu ihrem Bauch. »Du meinst den Mann, von dem ich schwanger bin?« In ihren Augen flackerte etwas auf, das nicht direkt als Scham zu bezeichnen war. »Er hat einige gute Eigenschaften«, sagte sie mit gerunzelter Stirn.

Er fühlte, wie er einen dicken Hals bekam. Sie hatte es eilig, nach Hause zu kommen, doch dem Mann, der dort auf sie wartete, konnte sie nicht vertrauen.

Rand protestierte mit einem Grunzen und Hufstampfen gegen seine rücksichtslose Art, den Sattelgurt zu fest zu schnallen.

»Wird er wenigstens für dich sorgen?« fragte er, wobei er sich Mühe gab, Ruhe zu bewahren.

»Nein«, sagte sie. » Er hat eine andere Frau geheiratet. Aber ich brauche keinen Mann, der für mich sorgt.« Sie hob stolz das Kinn. »Ich habe einen guten Job und eine gemütliche Wohnung. Ich kann für mich selbst sorgen.«

Das Ehegelöbnis, das er ausgesprochen hatte, schmerzte ihn in seinem Inneren als hätte es Dornen. Während er Rand fertig aufzäumte, brannte ihn der Schnitt in seiner Hand. Die Stelle, an welcher sich sein Blut mit ihrem vermischt hatte, tadelte ihn dafür, sie fortgehen zu lassen.

Doch es war nicht sein Wunsch gewesen. Sie war diejenige, die fortgehen wollte.

Ihm kam eine plötzliche Idee. Was, wenn sie nicht fortgehen wollte? Wenn sie nur böse auf ihn war und impulsiv handelte?

Er ging von Rand zu ihr hinüber und fiel vor ihr auf die Knie.

Sie musterte ihn argwöhnisch. Er hasste sich dafür, dass sie ihn jetzt auf diese Weise anblickte.

»Ich werde dir diese Frage nur ein einziges Mal stellen. Willst du unseren Ehebund und den Schutz, den ich dir biete, wirklich aufgeben? Willst du wirklich in dein Leben zurückkehren, für dich selbst sorgen, arbeiten und dein Kind allein aufziehen? Ich würde dich hier bei mir behalten und mein ganzes Leben lang für dich sorgen. Ich würde dein Kind behandeln, als wäre es mein eigenes. Ich bin ein gestandener und vertrauenswürdiger Mann, obwohl ich zugeben muss, dass ich es dir gegenüber noch nicht bewiesen habe.

Bleib bei mir, Malina. Lass mich dir beweisen, was für ein guter Mann ich bin. Ich erwarte weder Liebe von dir, noch, dass du das Lager mit mir teilst. Doch ich möchte, dass du bleibst und meine Gemahlin bist. Ich will dein Gemahl sein. Befreist du mich von dem Gelübde, dir dabei zu helfen, in deine Heimat zurückzukehren?«

Er hörte lieber mit seinem Erguss auf und versenkte sich, auf ihre Antwort wartend, in die smaragdgrünen Tiefen ihrer Augen. Er legte seine Hände um ihre, die das Kästchen hielten, und fand Trost in der Tatsache, dass sie sich ihm nicht entzog.

Sie musterte ihn mit Tränen in den Augen. Hatte er Zärtlichkeit in ihnen aufflackern sehen? Doch sie war viel zu schnell wieder dem Argwohn gewichen. Och, er hatte sich ihr gegenüber so unehrlich verhalten, dass sie ihm wohl nie wieder vertrauen konnte. Vielleicht war es das Beste für sie, fortzugehen. Wenn sie ihm nicht vertrauen konnte, konnte er sie auch nicht glücklich machen.

Nach einer Weile schüttelte sie den Kopf. »Ich nehme an, dass du ein guter Mensch bist, obwohl du mich angelogen hast. Ich spüre, dass du Güte und Ehrgefühl besitzt. Jede Frau würde sich glücklich schätzen, dich zum Gemahl zu haben.« Sein Herz tat einen erwartungsvollen Sprung. »Jede Frau aus deiner Zeit«, fügte sie sanft hinzu. »Ich gehöre nicht hierher. Ich muss in meine Zeit zurückkehren. Meine Anwesenheit hier ist ein Irrtum. Dies alles ist ein riesiger Irrtum.«

Ihm brach das Herz, als er ihre Hände losließ und den schweren, samtenen Beutel aus seiner Felltasche zog. »Dann nimm dies.Es ist mein Hochzeitsgeschenk für dich. Wenn ich mein Ehegelübde nicht halten kann, soll dies meinen Namen vor dem Herrn reinwaschen.«

Sie nahm den Beutel entgegen und sah hinein. Sie riss die Augen auf. »Das ist ja Gold. Das kann ich nicht annehmen.« Sie versuchte, es ihm in die Hände zu drücken, doch er verweigerte ihr das.

»Du musst es annehmen.Es ist das Beste, das ich für dich tun kann, du meine Malina. Ich hoffe, du wirst dich an mich erinnern, wenn du davon Gebrauch machst. Ich hoffe, dass damit über viele Jahre hinweg für dich und dein Kind gesorgt ist.« Ohne ihr die Möglichkeit zu lassen, sein Geschenk abzulehnen, so wie sie ihn abgelehnt hatte, stand er auf und blies die Laterne aus. Er führte Rand aus den Stallungen und sagte, »Komm, Malina. Es wird Zeit, dich nach Hause zu schicken.«

§

IN DEN STALLUNGEN kehrte wieder Dunkelheit und Ruhe ein, als Big Darcy und die vollbusige Schlampe, die er seine Ehefrau nannte, den Stall mit seinem Monster von einem Pferd verließen. Anya schlich sich aus dem Schatten der Sattelkammer und riskierte einen Blick aus dem Scheunentor. Darcys Silhouette hob sich vom Nachthimmel ab. Er hielt die Hand geöffnet, und die Frau legte widerwillig etwas in sie hinein, das wie ein Kästchen aussah. Nachdem er die Satteltasche geschlossen hatte, half er der Frau auf das Pferd und saß hinter ihr auf. Sie ritten schweigend in die Nacht.

Sie klatschte freudig in die Hände. Sie war soeben

Augenzeuge geworden, dass der Erbe von Ackergill einwilligte, sein Ehegelübde zu brechen, indem er seiner Frau beim Davonlaufen half. Doch was sie noch mehr erfreute, war, dass der Mann, dessen Leben sie mit ihren Gerüchten zerstört hatte, als er noch fast ein Junge war, nun die Ablehnung erlebte, die er wieder und wieder ihr gegenüber gezeigt hatte, als sie zu einer jungen Frau erblühte.

Sie hatte sich unter all den jungen Männern des Clans den hochgewachsenen, gutaussehenden Darcy ausgesucht, um ihm ihre Jungfräulichkeit zu schenken. Zuerst hatte er nur gelacht, was keineswegs boshaft wirkte – er hatte nichts Boshaftes an sich –, sondern eher, als ginge er davon aus, dass sie sich mit ihren Annäherungsversuchen einen Scherz mit ihm machte. Doch sie waren kein Scherz. Sie hatte es in Wahrheit so ernst gemeint, dass seine Ablehnung Samen der Bitterkeit in ihr junges, verletzliches Herz gesät hatte, die mit der Zeit zu scharfen Dornen geworden waren. Bis sie hinter die Feinheiten des Verführens gekommen war, und ihn endlich dazu brachte, sie in den Ställen zu küssen und zu begrabschen, hatte sie keine Jungfräulichkeit mehr zu verschenken, und ihr wurde klar, dass sie es ihm anlastete. Die Rache war ihr süßer erschienen als die Paarung, auf die sie zu lange hatte warten müssen.

Als er sein Plaid abgelegt hatte, hatte sie die Gelegenheit ergriffen. Der Junge hatte in der Tat ein großes Geschlechtsteil. Nicht monstruös, wie sie es ihn glauben ließ, aber mit Sicherheit größer als alle, die sie bisher gesehen hatte.Es war beinahe schade, dass sie sich das Vergnügen untersagt hatte, sich rittlings auf eine so herrliche Männlichkeit zu setzen.

Doch zu wissen, dass es ihn so verstört hatte, dass er sich in den Jahren seither keiner anderen Maid genähert hatte, war das Opfer wert.

Jetzt war Big Darcy anscheinend verheiratet und seine Frau wollte ihn nicht. Und nicht nur das, sie bat ihn darüberhinaus, ihr beim Weglaufen zu helfen.Das war eine köstliche Neuigkeit, die sie sofort auf den Bergfried tragen musste. Steafan würde einen Wutanfall bekommen. Vielleicht würde er sogar seinen Neffen enteignen. Zu dumm, dass Big Darcy einen Bruder hatte, sonst wäre bestimmt Aodhan der nächste Anwärter für die Nachfolge des Laird gewesen.

»Da bist du ja, Mädel«, ertönte eine ihr bekannte Stimme aus dem Dunkel. Aodhan. Ihr derzeitiger Geliebter und ein einflussreicher Mann unter den Keiths.

»Du bist spät dran«, sagte sie, indem sie sich ihm mit verführerischem Hüftschwung nahte.

Er hob sie in seine starken Arme und trug sie in die dunkle Sattelkammer. »Ich hatte auf der Burg zu tun«, murmelte er, als er seinen Mund auf ihren legte. Er entschuldigte sich nicht dafür, dass er sie hatte warten lassen.

Doch das erwartete sie auch nicht von ihm. Nicht vom Feldherrn der Keiths.

»Du warst nicht zufällig mit einer Hochzeit beschäftigt?« fragte sie ihn, als er sie auf der Werkbank absetzte und in den Taschen ihrers Gewands nach ihrem Fläschchen mit Rosenöl suchte.

Aodhan zuckte zusammen. Seine Hand erstarrte. »Woher weißt du das?«

»Ich habe Big Darcy mit einer fremden Frau gesehen. Er hat sie seine Gemahlin genannt. Steafan muss sich gefreut haben, seinen Nachfolger endlich zu verheiraten.« Sie spielte mit seiner drahtigen, vom V seines offenstehenden Hemds eingerahmten Brustbehaarung und es erfreute sie, dass er es anscheinend so eilig gehabt hatte, dass er die Schnüre seines Hemds schon auf dem Weg zu den Ställen gelöst hatte.

»Aye«, sagte er bestätigend, schwieg sich über den Rest jedoch aus.

Sie mochte den vorsichtigen Ausdruck seiner Augen nicht. Er vögelte gerne mit ihr, doch er vertraute sich ihr nicht an, dieser störrische Mann.

»Wer ist sie?« fragte sie, während sie mit der Hand nach dem Gegenstand tastete, den er suchte, und ihn aus der Tasche zog.Es handelte sich um ein Fläschchen von ihr selbst hergestellten Rosenöls. Sie entkorkte es und ließ ihn daran schnuppern, erfreut, dass er entzückt die Augen schloss, um den Duft zu genießen. Aodhan war wie ein Bulle, der eine brünstige Kuh riecht. Der Verheiß auf eine Vereinigung schaltete sein Hirn aus.

Er nahm ihr das Fläschchen aus der Hand, drehte es um, benetzte zwei Finger mit dem Öl und schob ihre Röcke hoch, um es ihr zwischen die Schenkel zu reiben. Einen Herzschlag später war er bereits in ihr.

»Du hast es selbst gesehen«, stieß er brummend hervor. »Eine fremde Frau. Mach dir keine Sorgen über Darcy. Im Moment bin ich der einzige Mann, an den du denken sollst.«

»Ja«, seufzte sie und überließ sich seinen kraftvollen Stößen. Wie immer waren die ersten unangenehm, doch das Öl half. Neben den Kunden, die ihr Parfüm auf dem Markt kauften, hatte sie eine geheime Klientel, die auf ihre Duftöle aus war, welche dem Beischlaf mehr Reiz verleihen sollten. Doch das für sie selbst bestimmte Öl hatte noch andere Eigenschaften. Dank einer Dosis Chinin sorgte es dafür, dass sie nicht schwanger wurde. Natürlich war Chinin nicht billig, also behielt sie seinen Gebrauch sich selbst und einem Paar vor, das nichts davon wusste.

Doch sie konnte jetzt nicht an Steafan und Ginneleah denken, nicht jetzt, wo Aodhan wieder und wieder an die geheime Stelle in ihrem Inneren stieß. Es gab nicht viele Männer, die sie gefunden hatten, und Aodhan war bis zum heutigen Tag der einzige Geliebte, der sich solange zurückhielt, bis er die Stelle dazu gebracht hatte, sie mit einer Welle höchster Lust zu überschwemmen.

Wie zum Beweis, dass der heutige Abend keine Ausnahme bilden würde, verwandelte er sie innerhalb von Minuten in ein liebestolles, klagendes Tier. Als die Lust sie in einen wilden

Strom sog, biss sie sich in die Wangen, um nicht zu schreien und den Stallmeister aufzuwecken. Während sie sich langsam wieder der Erde näherte, dröhnte Aodhans Brummen der Befriedigung durch die Sattelkammer.

Nachdem sie beide wieder zu Atem gekommen waren, bettete er sie auf ein Lager aus Satteldecken, die er am Boden ausgebreitet hatte. »Wir müssten uns nicht so still verhalten, wenn wir verheiratet wären«, sagte sie halb im Scherz. Von all den Liebhabern, die sie gehabt hatte, war Aodhan der erste, den sie eventuell geheiratet hätte, anstatt das Ziel zu verfolgen, das sie sich vor vier Jahren gesetzt hatte. Doch Aodhan hatte sie nie darum gebeten, und sie würde nicht darum betteln.

Es gab nur einen Mann, bei dem sie so weit gehen würde, darum zu betteln. Und das war ihr Laird.

»Ach, Anya, Mädel. Still zu bleiben macht es doch umso aufregender.« Er kniff ihr in die Wange, um wie vorhergesehen ihren Wink mit dem Zaunpfahl zu überspielen. Doch es machte ihr nicht viel aus, und noch weniger, als er begann, die Schnüre ihres Kleids zu lösen und ihre Brüste mit heißen, feuchten Küssen zu bedecken. Und auch nicht, als sie die Gewissheit überkam, dass er für diese Nacht noch lange nicht damit fertig war, ihr Lust zu bereiten.

Der Laird hatte übrigens das Recht, sich seiner Frau zu entledigen, wenn sie ihm keine Kinder schenkte. Somit blieb ihr immer noch eine Chance, Steafan zu ehelichen. Solange diese Hoffnung bestand, würde sie nicht ernsthaft in Erwägung ziehen, einen anderen zu heiraten.

Kapitel 7

MELANIE HATTE SEIT ihren Reitstunden als Kind in Georgia nicht mehr auf einem Pferd gesessen. Doch der Unterricht in einer Reithalle auf einem sanften Quarter Horse hatte sie nicht auf die Angstpartie vorbereitet, auf einem Pferderücken so hoch wie das Dach eines SUV durch die Nacht zu galoppieren. Sie hielt sich mit einer Hand an Darcys Arm fest, den er ihr um die Taille geschlungen hatte, und mit der anderen an der Mähne und versuchte, nicht daran zu denken, wie gefährlich es für sie und ihr Baby sein würde, aus dieser Höhe zu fallen.

»Keine Angst, Malina«, sagte er ihr ins Ohr, während der Wind lockige Haarsträhnen aus ihrer hochgesteckten Frisur löste. »Rand wird dich nicht fallen lassen. Und ich auch nicht.«

Ihr rasendes Herz hatte daraufhin begonnen, sich zu beruhigen, und ihr Körper hatte sich in den Schutz seiner Brust, seiner Arme und seiner Schenkel geschmiegt. Sie redete sich ein, dass sie sich keineswegs an der Sicherheit seiner Umarmung erfreute. Sie hatte lediglich ihre Sicherheit einem erfahrenen Reiter anvertraut. Und die Schmetterlinge in ihrem Bauch, wenn seine Fäuste ihren Schoß streiften, waren reine Einbildung. Ein Nebeneffekt ihrer Bemühungen, nicht zu hyperventilieren.

Der Ritt nach Berringer's Field dauerte nur einen Bruchteil der Zeit, die sie am früheren Abend zu Fuß nach Ackergill gebraucht hatten. Nachdem er sein Pferd zum Stehen gebracht hatte, saß Darcy ab und wollte ihr herunterhelfen.

»Sind wir schon da?« Sie vergrub ihre Finger in Rands

Mähne.

»Aye«, sagte er. »Komm. Wir sind direkt am Markierungsstein.«

Sie blickte an ihm vorbei in die Dunkelheit und sah, wie das Mondlicht dem schief stehenden Stein eine blaue Spitze verpasste. Sie fühlte, wie sich ein Kloß in ihrer Kehle bildete, was albern war, da sie es ja eilig hatte, nach Hause zu kommen.

Sie zwang ihre Finger, Rands Mähne loszulassen und sich Darcys Händen anzuvertrauen. Er hob sie herunter.

Sie blieb vor ihm stehen. Eine gute Minute stand sie Brust an Bauch mit ihm und dachte an das Gespräch, das sie in der Scheune hatten.

Er konnte die Aufrichtigkeit seines Blickes nicht gespielt haben, als er sie bat, zu bleiben und seine Gemahlin zu sein. Und auch den Schmerz nicht, als sie es ablehnte. Wenn sein verletzlicher Blick sie noch nicht ganz von seiner Aufrichtigkeit überzeugt hatte, dann war das kostbare Geschenk, das sie tief in eine Tasche ihres Gewands versenkt hatte, ein unwiderlegbarer Beweis für sie. Er hatte ihr an die fünf Pfund rohes Gold geschenkt. In ihrer Zeit wäre es ein kleines Vermögen wert, doch zu Darcys Zeit war es ein riesiges Vermögen. Für ihn bedeutete es, dass damit für ihr ganzes Leben für sie gesorgt war, und nicht zu knapp. Sie fühlte das Gewicht auf ihrem Bein und ihrem Gewissen lasten. Sie wollte ihm diesen Schatz nicht nehmen. Es waren wahrscheinlich seine gesamten Ersparnisse. Doch wenn sie es nicht annahm, hinderte sie ihn daran, sein Gelübde auf die einzige Weise zu halten, die ihm blieb. Und das war zweifellos der Grund, aus welchem er ihr das Geschenk gemacht hatte. Er hatte sie vielleicht aus Zweckgründen geheiratet, doch das Gelübde nahm er ernst.

Sie würde seine Redlichkeit nie wieder in Frage stellen.

Das würde sie auch gar nicht können. Sie war ja im Begriff, ihn zu verlassen. Der Gedanke lag ihr so schwer auf dem Magen wie das Gold in ihrer Tasche.

Darcys Finger um ihre Taille fühlten sich angenehm an. Seine mit Leinen und Wollstoff bedeckte Brust schützte sie vor der Nachtluft. Wie schon in Steafans Amtstube gelang es ihr nicht, ihm direkt ins Gesicht zu sehen. Die Abschiedsworte, die sie ihm schuldete, steckten mit dem Kloß fest, der ihr immer noch die Kehle zuschnürte.

Ein Seufzer entrang sich Darcys Nase, und sein warmer Atem strich über ihr Haar. Er ließ sie plötzlich los und kramte in der Satteltasche, bis er das Kästchen gefunden hatte. Er legte es in ihre Hände, dann trat er von ihr zurück und klopfte sanft murmelnd den Hals seines Pferds. Suchte er Trost? Bei einem Freund, der ihn nicht verlassen würde?

Schuldgefühl nagte an ihrem Herzen. »Was wirst du tun, wenn ich weg bin?«, fragte sie. »Wird Steafan dich zwingen, eine andere Frau zu heiraten?«

»Das kann er nicht. Er wird wahrscheinlich versuchen, Druck auf mich auszuüben, damit ich den Vertrag annuliere, aber das werde ich nicht tun. Er wird gezwungen sein, mich in Ruhe zu lassen. Vielleicht wird er Edmund zu seinem Nachfolger machen.«

Sie zweifelte daran, dass Steafan irgendetwas tun würde, wozu man ihn zwang. Sie fragte sich auch ängstlich, welche Art von »Druck« er auf Darcy ausüben könne. Doch das sollte nicht ihre Sorge sein. Sie hatte genügend eigene Probleme. Ihr stand zum Beispiel eine Zeitreise bevor.

Würde ihr wieder schwindlig werden, wie in Charleston? Würde sie zu Boden fallen und ohnmächtig werden? War die Zeitreise auch nicht gefährlich für ihr Baby? Würde sie sich an Darcy erinnern, oder würde all dies wie ein Traum verblassen?

Was auch immer die Risiken waren, sie musste nach Hause zurück.

Sie schluckte den hartnäckigen Kloß herunter und sagte, »Na dann, viel Glück. Danke, dass du dich um mich gekümmert hast, solange ich hier war.« *Ich werde dich vermissen,* flüsterte ihr

Herz. Sie drehte ihm den Rücken zu und schritt zu dem aufrechten Stein, wobei sie sich dafür verwünschte, nicht den Mut zu haben, ihm als Entschädigung für all den Ärger einen richtigen Kuss zu geben.

Das Kästchen fühlte sich in ihrer Hand hart und kalt an. Sie trat in den schwarzen Schatten des Steins und wiederholte ihren Wunsch, indem sie es umdrehte. Dann wartete sie auf die Geräusche der Mechanik, die ihre Zeitreise einleiten würden.

Nichts geschah.

Tränen sammelten sich in ihren Augen, als sie es erneut versuchte, und sie wusste nicht, ob es Tränen der Enttäuschung, der Erschöpfung oder der Erleichterung waren. »Bitte« bat sie das Kästchen, wobei ihr nicht ganz klar war, worum sie eigentlich bat.

Vielleicht lag darin das Problem. Die sie umgebende Geschichte war warm und lebendig. Sie bezauberte sie durch ihre Unmittelbarkeit. Konnte es sein, dass die Faszination, die sie für diesen Ort – und vielleicht auch für einen bestimmten Mann – empfand, sie daran hinderte, einen aufrichtigen Wunsch auszusprechen?

Nein. Diesen Gedanken lehnte sie ab. Sie liebte ihre Eltern, ihre Freunde und ihren Job. Sie fand es wunderbar, eine Amerikanerin zu sein und die Privilegien des einundzwanzigsten Jahrhunderts, z. B. Frieden, Gleichberechtigung, moderne Medizin und weitere Annehmlichkeiten zu genießen. Sie musste nach Hause, daran führte nichts vorbei. Ihr Wunsch war ohne jeden Zweifel aufrichtig. Sie versuchte es von neuem, und stellte sich beim Aussprechen des Wunsches das runde, von hübsch gestyltem, schulterlangem, blondem Haar umrahmte Gesicht ihrer Mutter vor, sowie das bärtige, lächelnde Antlitz ihres Vaters, wie er die Arme für sie öffnete.

Immer noch nichts.

»Nein«, flüsterte sie unter Tränen, die auf das lackierte Rosenholz fielen. »Bitte lass mich nicht im Stich. Ich habe Angst.

Ich will nach Hause.« Das Intarsienmuster auf dem Deckel des Kästchens funkelte in der nächtlichen Dunkelheit, als sie es schüttelte.

Die letzten Samenkörner der Hoffnung glitten durch ein Sieb und wurden vom frischen Wind der Highlands hinweggetragen.

§

DARCY KONNTE SEINEN Blick nicht von Malina wenden, als sie sich über das aus Holz und Metall bestehende Ding beugte, das sich in ihre Existenz eingemischt hatte und sie ihm nun für immer nehmen würde. Er würde von der Zeit, die ihm mit ihr verblieb, keine einzige Sekunde als selbstverständlich ansehen.

Seine Fingerspitzen kribbelten bei der Erinnerung an die Kurven ihrer Taille, die immer noch schlank war, da ihr Bauch nur eine leichte Wölbung unter ihrem Gewand ausmachte. Als er sie so gehalten hatte, hatten sich die inneren Enden ihrer Brauen in einer Geste des Bereuens gehoben, das zweifellos der Eheschließung galt, zu der er sie gezwungen hatte, doch sie war die Einzige, die es bereute. Er bedauerte lediglich, dass sie nicht genug für ihn empfand, um bei ihm zu bleiben.

Ein Schluchzer drang durch die Dunkelheit. Dann noch einer. Malina lehnte sich vornüber und presste die Stirn auf den Boden.

Der Anblick tat ihm im Herzen weh. Im nächsten Augenblick kniete er bei ihr, zog sie an sich und tröstete sie mit Worten, wie sie seine Mutter gebraucht hatte, als er ein kleiner Junge war und sein Lieblingshund einem von ihm geworfenen Stock nachhetzend von der Klippe gefallen war.

»Lass die Tränen kommen, Malina. Lass sie kommen. Sie schwemmen weg, was wir nicht ertragen können.«

Ihre Schultern bebten in stillem Leid, und er wünschte sich, er könne ihr den Schmerz abnehmen. Er küsste ihre Stirn, ohne lange darüber nachzudenken. Der liebliche Duft ihres

Heidekranzes erfüllte ihn mit Verlangen, sie näher an sich zu ziehen. Doch er widerstand dem Drang und ließ sie stattdessen los. Von einem Tollpatsch bedrängt zu werden, war das Letzte, was sie jetzt brauchte.

Sein Körper begann die Berührung mit ihrem augenblicklich zu vermissen. Er schluckte beschwerlich und streckte die Hand aus. »Lass es mich versuchen. Vielleicht gelingt es mir, das eigensinnige Ding zum Funktionieren zu bringen.«

Schniefend reichte sie ihm das Kästchen. Der Ausdruck ihrer Augen war unergründlich. Sie drückten weder Hoffnung, noch Verzweiflung aus.

Er zwang seinen Blick, sich dem Kästchen zuzuwenden, und drehte es um, wie er es sie hatte tun sehen. Er drehte es, und schüttelte es sogar vorsichtig. Es wirkte nicht.

»Hat es irgendetwas Besonderes getan, als du herkamst?« Der Umgang mit ihrer Zauberkunst bereitete ihm Unbehagen, doch wenn es ihr helfen konnte, war er bereit, sich darin zu versuchen.

Sei schniefte erneut. »Ich hatte gerade die Inschrift auf der Unterseite gelesen und war dabei, es wieder umzudrehen, als es ein paar sanfte, mechanische Geräusche von sich gab, wie eine Kuckucksuhr, bevor sie schlägt. Dann sprang plötzlich der Deckel auf. Ich konnte noch nicht einmal einen Blick hinein werfen, sondern lag auf einmal hier auf dem Rücken im Gras.«

Er musterte sie. Überzeugt, dass sie ihm die Wahrheit sagte, drehte er das Kästchen um, um das Datum zu lesen, wie sie es beschrieben hatte, und drehte es dann wieder richtig herum. Es passierte immer noch nichts. Er sah sich die feine Naht genau an. Es gab weder ein Scharnier noch eine Schließe. Er versuchte, den stumpfen Nagel seines Daumens auf der Suche nach einem versteckten Haken in den Spalt zu schieben, doch sein Nagel war zu dick. Immer war alles zu groß an ihm.

Er griff nach ihrer weichen Hand und besah sich ihre sauber geschnittenen Nägel, die viel dünner als seine waren. »Versuch mal, mit dem Fingernagel hier entlang zu fahren.« Er führte ihre Hand zu der Naht und sie tat, worum er sie gebeten hatte. »Kannst du einen Widerstand fühlen? Oder irgendetwas, das nicht an seinem Platz oder uneben ist?«

Sie schüttelte den Kopf. »Es nützt nichts. Es wird nicht funktionieren.« Sie hob ihr tränenüberströmtes Gesicht und brachte mit zusammengepressten Lippen ein trauriges Lächeln zustande, das ein hohles Brennen in seiner Brust verursachte. »Es sieht letztendlich so aus, als würdest du mich nicht mehr los, Darcy Keith.«

Sein Herz tat einen Sprung. Sie würde bei ihm bleiben.

Allerdings unfreiwillig. Und ihn zu heiraten, hatte sie auch nicht gewählt. Nun ja, sie hatte es getan, jedoch nur, weil er den gleichen Druck auf sie ausgeübt hatte, den Steafan auf ihn ausübte. Dass ihr schon wieder keine Wahl blieb, war ihm unerträglich.

Seine Hände legten sich zum zweiten Mal in dieser Nacht um ihre, die das Kästchen hielten. Er rieb mit den Daumen über ihre kühle, zarte Haut. »Vielleicht sieht es jetzt so aus«, sagte er. »Aber wir werden es wieder versuchen. Wir werden zu jeder Tages- und Nachtzeit wieder herkommen, bis es klappt.« In vielen der Geschichten, die er gehört hatte tauchten an den Vorabenden von Samhain oder Beltane Frauen bei den Steinen auf. Beltane, der erste Mai, war nur ein paar Tage entfernt. Vielleicht würde der Zauber an diesem Tag wirken. »Ich werde nicht ruhen, bis du zu deinen Leuten zurückgekehrt bist.«

Sie schüttelte den Kopf und zog ihre Hände unter seinen hervor, so dass er das Kästchen hielt. »Das ist lieb gemeint. Aber ich sollte mich vielleicht nicht an der Hoffnung festklammern.« Sich auf seine Schulter stützend, kam sie auf die Beine. Ihre Haltung sank in sich zusammen. »Ich bin so müde«, sagte sie. »Ich kann heute Nacht nicht noch länger darüber nachdenken.«

»Kommst du mit mir nach Fraineach zurück und bleibst für den Rest der Nacht?«

»Nur wenn du mir versprichst, dass ich morgen ausschlafen kann.« Hatte er da einen Funken Humor aus ihrer Stimme herausgehört? Was für eine solide Frau Malina doch war. Und ihr Misstrauen ihm gegenüber ging nicht so weit, dass es ihr unerträglich erschien, die Nacht unter einem Dach mit ihm zu verbringen.

»Du kannst so lange schlafen, wie du es brauchst«, sagte er rau, denn bei dem Gedanken, dass sie in dem seit langem unbenutzten Bett seiner Eltern schlafen würde, und er in dem Raum, in dem er seit seiner Kindheit schlief, bekam er vor Aufregung Bauchschmerzen.

Och, er musste die verstaubten Leinenlaken wechseln, bevor sie sich hineinlegte. Und sie würde wahrscheinlich ein leichtes Mahl benötigen, bevor sie zu Bett ging – hatten Schwangere nicht öfter Hunger als andere? Der Drang, sich um ihre Bedürfnisse zu kümmen, machte ihm Beine. Er hob sie und ihr widerspenstiges Kästchen wieder auf Rands Sattel und galoppierte nach Hause, da er es eilig hatte, sie in Fraineach willkommen zu heißen.

Schließlich war es auch ihr Zuhause. Solange das Kästchen sie zwang, zu bleiben.

§

ANYA SCHNÜRTE IHR Kleid, strich ihr glänzendes, kastanienbraunes Haar glatt und glitt aus den Stallungen, nachdem Aodhan gegangen war. Doch sie machte sich nicht auf den Weg zu dem Cottage, in dem sie mit ihrem alternden Vater lebte. Sie nahm die Straße, die zur Burg hoch führte. Sie wollte Steafan rechtzeitig über Big Darcy berichten, damit der Laird Zeit hätte, seinem enttäuschenden Neffen jemanden auf die Fersen zu schicken, um ihn dabei zu erwischen, wie er seine Frau verleugnete.

Es war schon schmählich genug, wenn ein Mann so ein schlechter Gemahl war, dass seine Frau ihn verlassen wollte, doch so weit zu gehen, seiner Frau beim Weglaufen zu helfen, war unverzeihlich. Steafan würde ihn sicher nicht mehr als Nachfolger haben wollen, und ihr würde es leichter fallen, ihn dahingehend zu beeinflussen, dass er seine unnütze Ginneleah fortschickte und stattdessen sie zur Frau nahm.

Sie wurde durch Hufgeklapper aus ihren Gedanken geschreckt.So spät abends ritt selten jemand durchs Dorf. Sie lief auf Zehenspitzen zwischen den Cottages hindurch auf das Geräusch zu, und erblickte Big Darcy, der auf seinem riesigen Pferd zu den Stallungen hinauf ritt. Allein.

Sie schnappte nach Luft und duckte sich hinter ein Regenfass, als er an ihr vorbeikam. Was war mit seiner Frau geschehen? Sie hatte gedacht, er wolle ihr beim Weglaufen helfen. Sie hatte angenommen, dass so etwas zumindest mehrere Tage in Anspruch nehmen würde. Doch er war bereits nach zwei Stunden wieder in Ackergill zurück.

Sie nahm den Weg durch die enge Gasse, die hinter die Stallungen führte, kletterte auf eine Kiste und spähte durch ein Gitterfenster. Drinnen zündete Big Darcy eine Laterne an und blendete sie ab, so dass das gedämpfte, orangefarbene Licht gerade ausreichte, den Sattel und das Zaumzeug wegzuräumen und sein Pferd trockenzureiben.

Sie gestattete sich für einen Moment, das Muskelspiel seiner Schultern bei der Arbeit zu bewundern. Er trug immer noch das nagelneue Plaid und das feine Hemd, worin er geheiratet haben musste. Sein schulterlanges, sandfarbenes Haar war nach hinten gestrichen, so dass seine stolzen Wangenknochen und sein glattrasierter Kiefer im Licht der Laterne leuchteten. Sie konnte sehen, warum Steafan ihn zum Nachfolger bestimmt hatte. Schon vom Aussehen her war er ein beeindruckender Mann. Doch sein allzu ausgeprägtes Ehrgefühl und seine Schüchternheit würden einen schlechten Laird aus ihm machen. Außerdem hatte *sie* sich vorgenommen, Ackergills künftigen Laird zur Welt zu bringen.

Steafan würde seinen Neffen nicht mehr brauchen, sobald es ihr gelungen war, ihn zu verführen.

Auf der Suche nach einem Hinweis, was aus seiner Gemahlin geworden war, sah sie sich den Mann genau an, konnte jedoch an der Art, wie er sich um sein Pferd kümmerte, nichts Ungewöhnliches feststellen, es sei denn eine gewisse Eile bei der Arbeit. Erst als seine davonhastenden Schritte sich in der Dunkelheit verloren hatten, stahl sie sich zum Eingang der Scheune und in die Sattelkammer, um sich näher umzusehen.

Vielleicht würde sie ja einen Beweis für seinen Betrug in seiner Satteltasche finden.

Da die Sattelkammer ihr im Dunkeln so vertraut war wie ihr eigenes Schlafzimmer, fand sie Big Darcys Sattel im Handumdrehen und lüftete die Klappe der Satteltasche. In ihrem Inneren befand sich keine Waffe, sondern ein elegantes Kästchen aus Rosenholz, das mit einem breiten Rand von Intarsien verziert war, die im spärlichen Licht des Fensters silbrig schimmerten. Sie hatte nie etwas gesehen, das diesem Kästchen ähnelte.Es musste ziemlich wertvoll sein, ein wahrer kleiner Schatz. Ob er es seiner Frau gestohlen hatte? Hatte er sie eventuell dafür umgebracht?

Nein. Das ergab keinen Sinn. Er hatte es nicht nötig, zu stehlen. Seine Mühle warf gut etwas ab, und sein Haus war größer als alle anderen in Ackergill, unter Ausnahme der Burg. Er hatte seiner Gemahlin sogar einen Beutel voll Gold gegeben, wodurch Anya erst erfahren hatte, wie wohlhabend der hochgewachsene Keith war. Wenn sie als junges Mädchen gewusst hätte, wie reich er war, und dass Steafans einziger Sohn in einem Scharmützel umkommen und Darcy zu seinem Nachfolger bestimmt werden würde, dann hätte sie ihn umworben, bis er sie heiratete, anstatt ihn dem öffentlichen Spott auszusetzen.

Doch was vorbei war, war vorbei. Seit Steafans erste Frau

gestorben war, war Anya entschlossen, das Ehelager des Lairds zu teilen. Und am heutigen Abend hatte sich hier etwas Schändliches zugetragen, das sie zu ihrem Vorteil zurechtbiegen konnte. Da war sie sich sicher. Sie musste nur den Beweis dafür finden.

In der Hoffnung, das Kästchen könne einen belastenden Gegenstand enthalten, versuchte sie, es zu öffnen, doch der Deckel bewegte sich nicht. Auf der Suche nach einem Riegel oder einem Schnappverschluss drehte sie es in alle Richtungen. Doch sie konnte nichts dergleichen entdecken. Mit einem wütenden Schnauben zündete sie eine Laterne an, um das Ding näher zu betrachten. Ihr Blick blieb an einer Inschrift auf der Unterseite hängen. Sie las das Datum und runzelte die Stirn. Welcher Tischler würde sein Werk fünfundzwanzig Jahre vorausdatieren?

Während sie auf das Datum starrte, erinnerte sie sich an etwas, das Big Darcys Ehefrau gesagt hatte, und das sie sonderbar gefunden hatte. *Ich muss in meine Zeit zurückkehren. Meine Anwesenheit hier ist ein Irrtum.*

Sie hatte angenommen, dass es sich bei »in meine Zeit zurückkehren« um einen Ausdruck handelte, der in der Heimat der Frau gebraucht wurde, doch konnte es sein, dass die Frau tatsächlich aus der Zukunft kam? War sie vielleicht eine Hexe und war mit dem Kästchen durch Zauberkraft hergekommen?

Oh, bei allen Heiligen, hatte die Frau etwa versucht, Big Darcy zu verhexen, worauf er sie in Notwehr getötet hatte? Wenn er die Hexe getötet hatte, würden die Heiligen vielleicht davon absehen, den Clan der Keith dafür zu bestrafen, dass er sie in seiner Mitte aufgenommen hatte, doch falls sie noch lebte, war die Frau eine Gefahr für Ackergill. Sie musste dieses Kästchen unverzüglich zu Steafan bringen und ihn über die abscheuliche Person aufklären, die er nichtsahnend in ihrer Mitte willkommen geheißen hatte.

Ein Geräusch am Scheunentor ließ ihr das Herz bin zum Hals

schlagen. Das Kästchen entglitt ihren Händen. Sie hatte es einzig ihrem mit Rehleder bekleideten Zeh zu verdanken, dass es keinen Lärm verursachte, als es am Boden aufschlug.

Sie verbiss sich einen Schmerzenslaut, als seine Ecke auf ihren Fuß traf.

Da sie nicht dabei erwischt werden wollte, wie sie in den Stallungen herumschlich und ihren Lieblingsplatz für ihre Hurerei nicht verlieren wollte, blies sie die Laterne aus und duckte sich unter die Werkbank, wo sie sich unter den Satteldecken versteckte. Kurz darauf betrat Big Darcy die Sattelkammer. Seine schweren Schritte hielten inne, als sein Stiefel gegen das am Boden liegende Kästchen stieß. Verblüfft hob er das vertrackte Ding hoch und staubte es mit seinem Ärmel ab.

»Was machst du hier am Boden, du kleiner, hinterhältiger Teufel?« fragte er es.

Der vertraute Ton, den er dem Gegenstand gegenüber anschlug, ließ sie zusammenfahren.Man könnte fast meinen, er ginge davon aus, dass er ihn verstand.

Sie hielt den Atem an und hoffte inständig, dass sie unter den Decken nicht zu sehen war.

Sie hatte sich nie vor ihm gefürchtet, doch jetzt flößte er ihr Angst ein. Es konnte ja sein, dass er am heutigen Abend einen Mord begangen hatte. Und er redete mit einem Gegenstand, der womöglich vom leibhaftigen Teufel höchstpersönlich hergestellt worden war. Es juckte sie, sich die Hände von der Berührung des Kästchens zu reinigen, doch sie zwang sich dazu, bewegungslos liegen zu bleiben.

»Reicht es dir nicht, mir einen Haufen Ärger zu verschaffen?« fragte er das Ding. »Musst du jetzt auch noch in den Ställen herumhüpfen? Ich sollte dich in Stücke hauen und im Wald verscharren, wo du mich nicht mit Dingen in Versuchung führen kannst, die ich nicht behalten darf.«

Sie schnappte nach Luft und schlug sich die Hand vor den

Mund. Hatte er das mit seiner Ehefrau getan?

Sie in Stücke gehauen und im Wald begraben? Und was meinte er damit, dass das Kästchen ihn in Versuchung führte? Redete es mit ihm, so wie er mit ihm redete? Hatte es ihn zum Mord angestiftet?

Big Darcy erstarrte in seiner Bewegung, und sie hielt den Atem an. Himmel, ihr Herz schlug so laut, dass sie fürchtete, er könne es hören.

Der Mann wandte den Kopf in ihre Richtung. Er witterte wie ein Höllenhund, während seine Augen das Dunkel durchsuchten. Sie widerstand dem Drang, ängstlich zu wimmern.

Sein Blick glitt über ihr Versteck, ohne daran hängenzubleiben. Er drehte sich auf dem Absatz um und machte sich davon, während er das Kästchen unter das Schultertuch seines Kilts steckte und immer wieder schuldige Blicke um sich warf.

Als er gegangen war, stieß sie schnaubend ihren Atem aus. Doch die Erleichterung hielt nicht an.Steafans Nachfolger war eindeutig in Hexerei verwickelt.Es war ihre Pflicht, den Laird darüber in Kenntnis zu setzen.

Vielleicht würde er ihr aus Dankbarkeit einen Besuch seiner Schlafkammer anbieten. Sie eilte zur Burg hoch, so schnell ihre Beine sie trugen.

Kapitel 8

ANYA WARTETE IN der Bibliothek auf den Laird. Eine schläfrige Magd hatte eine einsame Kerze angezündet, die die nächtliche Dunkelheit des reich ausgestatteten Turmzimmers erhellte. Beim Klang von Steafans näherkommenden Schritten streckte sie den Busen vor und drapierte ihr Haar um ihre Schultern. Als er durch die Tür schritt, war er zwar nur mit einem Nachthemd und einem weinroten Morgenrock bekleidet, hielt sich jedoch, als trüge er sein bestes Gewand.

Sie machte einen Hofknicks, was nicht vorgeschrieben war, aber seiner Selbstgefälligkeit schmeicheln würde. »Laird Stefan, habt Dank, mich zu so später Stunde zu empfangen.«

»Sprich, Frau. Wofür musste Hamish mich aus meinem Bett holen?«

Sie trat nahe genug an ihn heran, um die rauchige Süße von Whisky in seinem Atem riechen zu können. »Es geht um Euren Neffen. Big Darcy. Ich konnte nicht schlafen, deshalb bin ich spazierengegangen und an den Stallungen vorübergekommen.« Sie tat so als sähe sie nicht, dass Steafan die Augen verdrehte, versprach sich jedoch, später darüber nachzudenken; wenn Aodhan dem Laird gegenüber ausgeplaudert hatte, dass er eine Art Abkommen mit ihr hatte, würde sie es dem stolzen Feldherrn heimzahlen. »Als ich da draußen war, sah ich ihn mit der fremden Frau davonreiten, mit der Ihr ihn verheiratet habt. Er redete davon, ihr dabei helfen zu wollen, in ihre Heimat zurückzukehren, was einem himmelschreienden Bruch seines

Ehevertrags gleichkommt! Das fand ich schon schlimm genug, doch kurze Zeit später ritt er zu den Stallungen zurück. Und zwar allein. Ohne sein Weib!«

Steafan sah sie bereits aufmerksamer an, und sie warf sich unter seinem prüfenden Blick in die Brust. »Nachdem er gegangen war, habe ich seine Satteltasche durchsucht und eine kleines, merkwürdiges Kästchen darin gefunden, das der Frau gehören muss.Es war aus Rosenholz und hatte silberne Verzierungen, was sonderbar genug ist, aber es hatte noch etwas Befremdlicheres an sich. Es trug das Datum 1542.«

Erst weiteten seine Augen sich, dann verengte er sie zu skeptischen Schlitzen.

Sie fuhr drängend fort. »Euer Neffe hat mit dem Ding geredet, als könne es ihn verstehen, und er hat es beschuldigt, ihn in Versuchung zu führen.«

Sie kam noch einen Schritt näher, nah genug, dass sie nur ihr Kinn hätte heben müssen, um ihn zu küssen. Leise fügte sie hinzu: »Ich weiß ja nicht, was das alles zu bedeuten hat, aber ich fürchte, die Frau ist eine Hexe. So, wie ich Euren Neffen kenne, hat er die Frau entweder umgebracht, weil sie böse ist, oder er wurde von ihr verhext. In jedem Fall dachte ich, Ihr solltet davon erfahren.«

Seine schönen dunklen Augen hefteten sich auf sie, während er über ihre Worte nachdachte.

Sie öffnete einladend die Lippen und sah zu ihm auf.

Mit einem großen Schritt zurück nahm er Abstand von ihr. »Unsinn«, sagte er spöttisch. »Und dafür hast du Hamish geschickt, um mich aus meinem Schlafzimmer zu holen?«

Sein verächtlicher Blick nahm ihr den Wind aus den Segeln. Ihre nächsten Worte klangen vor Ärger scharf. »Es ist kein Unsinn. Denkt nur daran, wo die Männer am Nachmittag auf die Gunns getroffen sind. Auf Berringer's Field. Dort gibt es aufrecht stehende Steine.« Sie hob die Brauen, um ihn zu überzeugen. »Ihr habt von diesen Dingen gehört. Frauen erscheinen aus dem Nirgendwo und salbadern, sie kämen aus fremden Ländern und anderen Zeiten.

Was, wenn das nicht nur dahergesagt ist? Was, wenn Big Darcys Weib eine von diesen Frauen ist, eine von diesen Hexen, die herkommen, um Unruhe unter den Leuten des Clans zu stiften? Ich habe gehört, wie sie spricht. Sie kommt weder aus Scotia noch aus der näheren Umgebung, so viel ist sicher. Habt Ihr sie überhaupt gefragt, wo sie herkommt, bevor ihr sie so bereitwillig aufgenommen habt?«

Bei dieser kaum verschleierten Anschuldigung blähten sich seine Nasenflügel. Vielleicht war sie zu direkt vorgegangen. Sie senkte zum Zeichen der Unterwerfung den Blick, damit sie nicht in Verdacht geriet, an seinem gesunden Menschenverstand zu zweifeln.Den Mann in Rage zu bringen wäre nicht von Nutzen, obwohl er in gereiztem Zustand einfach umwerfend aussah.

»Hast du das Kästchen bei dir und kannst es mir zeigen?« Er sprach so gelassen, dass sie ihm wieder in die Augen sah.

»Nein«, gab sie zu, während sie einen Schmollmund zog und die Wimpern senkte. »Big Darcy kam in die Stallungen zurück und ich hielt mich versteckt, während er das Kästchen an sich nahm. Aber er hat es sicher nach Fraineach hoch gebracht.Man müsste nur danach suchen.«

Sein zweifelnder Blick veranlasste sie, den Abstand zwischen ihnen zu verringern und ihn am Revers seines Morgenrocks zu packen. Er war drauf und dran, ihr zu glauben. Sie musste ihn nur noch ein bisschen in die richtige Richtung stupsen.

»Steafan.« Ihr Flüstern versprach intime Dinge, wenn er nur darauf eingehen würde. »Ihr könnt Big Darcy nicht als Euren Nachfolger behalten. Was auch immer mit seiner Frau geschehen sein mag, so ist doch klar, dass er Euch verraten wollte. Ihr habt ihn mit der Absicht verheiratet, dass er Kinder zeuge, doch er hat nicht einmal eine einzige Nacht mit seiner Braut verbracht. Das kann ich ihm nicht verdenken, falls er seine Frau für eine Hexe hält, doch wenn dem so ist, warum hat er sie dann nicht zu Euch gebracht, damit Ihr sie verurteilt? Warum schleicht er nachts umher und redet mit einem sonderbaren Kästchen?«

Sie ließ sein Revers los und legte ihre Hände mit festem Druck auf seine Brust. Sie konnte seine verführerische Wärme durch seinen Morgenmantel und sein Nachthemd hindurch spüren. »Wenn Ihr so gerne einen Erben hättet, warum lasst Ihr nicht zu, dass ich Euch einen von Eurem eigenen Blut schenke? Nehmt mich zur Frau, und ich schwöre Euch, dass ich Euch Kinder gebären werde.«

Er entfernte mit spitzen Fingern ihre Hände von seiner Brust und ließ sie fallen, als ekle er sich vor ihrer Berührung. Seine Lippen kräuselten sich. »Ich habe bereits eine Gemahlin, falls du es vergessen haben solltest. Ich habe dein Angebot schon vor zwei Jahren abgelehnt und habe meine Meinung seither nicht geändert. Mein Erbe soll nicht von Ackergills Hure geboren werden.«

Sie rang nach Luft, als hätte Steafan sie geschlagen. »Ihr verwechselt mich mit meiner Schwester«, zischte sie, zu verletzt, um sich unterwürfig zu zeigen, wie er es vorzuziehen schien. »Wenn ich die Männer von Ackergill frei ausprobiere, dann nur, weil sie mich begehren. Ich kann nicht verstehen, warum Ihr vorgebt es nicht zu tun. Ich könnte Euer sein, und alle anderen Männer wären eifersüchtig, weil sie nie wieder an das herankämen, was der Laird für sich beansprucht hätte.«

»Sie vögeln dich nur, weil du dich ihnen an den Hals wirfst, Frau. Du bist nicht so reizvoll wie du denkst. Du bist lediglich leicht zu haben.« Seine Worte entzündeten ein Feuer der Empörung in ihr. »So, und jetzt fort mit dir und deinem Gerede. Ehrbare Frauen sind um diese Zeit im Bett und nicht dabei, Leute in den Stallungen zu belauschen und mit wilden Gerüchten zu ihren Lairds zu rennen.«

Damit wandte er sich um und schritt aus der Tür.

Sie glühte vor Wut. Fast hätte sie eine wenig damenhafte Tirade auf den hochmütigen Mann losgelassen. Doch sie biss sich auf die Zunge. Ihre Worte würden Steafan nicht verletzen. Sie besaß ein anderes Mittel, um den Laird zu bestrafen, ein Mittel, das sie seit der Ablehnung, an die er sie so kaltschnäuzig erinnert hatte, regelmäßig angewandt hatte.

Sie eilte nach Hause und begann, eine neue Lieferung mit Chinin versetzten Rosenöls vorzubereiten. Es war wohl vorgekommen, dass sie sich schuldig fühlte, ihm und Ginneleah jedes Jahr Duftöl zukommen zu lassen, welches sie als Geschenk eines Lairds erscheinen ließ, der meilenweit entfernt wohnte. Doch wenn er dumm genug war, ein Öl zu verwenden, das er für ein hilfreiches Geschenk vom anderen Ende von Scotia hielt, anstatt die Rache einer verschmähten Frau darin zu erkennen, dann hatte er die allmonatliche Enttäuschung über die Blutung seiner Frau verdient.

Ein Lächeln kräuselte ihre Lippen, als sie die Fläschchen für die Zubereitung des Öls aufreihte.Es fühlte sich herrlich an, den mächtigsten aller Männer in ihrer Macht zu haben.

§

STEAFAN GING IN die Küche, um sich die Hände zu waschen. Es ekelte ihn, diese Giftschlange berührt zu haben, die Aodhan so gerne vögelte. Jeder Mann mit ein bisschen Verstand sollte das Funkeln der Rebellion in Anyas Augen und den selbstsüchtigen Zug um ihren Mund bemerkt haben. Sie war natürlich hübsch und so wohlgeformt, dass sie Männerherzen höher schlagen ließ, doch nur ein Narr würde seinen Schwanz in eine solche Falle stecken. Wenn diese Frau einen Mann am Haken hatte, ließ sie ihn ohne Kampf nicht wieder los. Er wollte sich nicht angeln lassen. Er wollte der Angler sein, nicht der Fisch.

Und seine Ginneleah, die war wirklich ein feiner Fisch. Aodhan hatte das Mädchen gut erzogen. Sein Körper begann vor Verlangen zu singen, als er an seine schöne junge Frau dachte. Er wäre gerne zu ihr gegangen, doch das Mädel würde um diese Uhrzeit schlafen, und er sollte es ihr gleichtun. Das würde er auch, sobald er Anyas unglaubliche Geschichte Hamish erzählt hatte.

Darcy war so ein guter Junge, dass er sich normalerweise nicht weiter darum geschert hätte, doch Anya hatte teilweise Recht. Es fiel ihm schwer, es zuzugeben, doch er hatte sich so darüber gefreut, dass sein Neffe eine Frau für sich beanspruchte, dass er sie nicht ausführlich genug befragt hatte. Er bezweifelte Anyas Behauptung, Melanie könne eine Hexe sein, doch ihr sonderbarer Akzent und ihre direkte Art machten sie verdächtig. Er hätte sich vielleicht besser über sie informieren sollen, bevor er zuließ, dass sein Neffe sie bei sich aufnahm. Dieses Versäumnis würde er alsbald ausräumen.

Er ging zu Hamishs Zimmer unter der Küche und sprach kurz mit seinem Hauptmann der Wache, bevor er die Treppe zu seiner Schlafkammer hochstieg, vorbei an Ginneleahs Zimmer. Vor ihrer Tür hielt er inne. Sein Körper verlangte nach ihr und er sehnte sich nach der Befriedigung, die er in ihren lieblichen Armen erfahren würde. Er besaß das Recht, sie aufzuwecken. Und das folgsame Mädel würde ihn willkommen heißen.

Aber er wollte sie nicht stören.

Doch er wollte sie kurz betrachten. Er sah sie nicht oft schlafen, doch wenn es geschah, verliebte er sich jedes Mal von neuem in sie. Vielleicht würde er Ruhe finden, wenn er einen Blick auf sie warf.

Er öffnete die Tür so leise, wie er konnte. Im Raum herrschte beinahe völlige Dunkelheit, abgesehen von einer dünnen Linie grauen Lichts, das durch das schmale Fenster fiel. Da seine Augen bereits an die Dunkelheit gewöhnt waren, trat er zum Bett und blickte auf seinen Schatz hinunter.

Was für schmähliche Dinge Anya sich doch ausdachte! Seine Ginneleah mochte unfruchtbar sein, doch in seinen Augen war sie absolut vollkommen. Er würde sie nie fortschicken, und vor allem nicht wegen eines Makels, für den sie nichts konnte.

Wie sie so in ihrem breiten Bett lag, sah sie so friedlich aus wie ein Engel, und bei weitem lieblicher. Ihre Haut, die wie die ihres Vaters von Natur aus gebräunt war, und durch die Nachmittage im Garten noch goldener geworden war, leuchtete selbst im Dunkel vor jugendlicher Frische.Es war schade, dass so viele Frauen ihre Gesichter vor der Sonne schützten, wie es in Frankreich Mode war. Das Leben kam von der Sonne. Und der Tod vom Schatten. Seine Ginneleah war das Leben selbst. Wunderschönes, sonniges Leben. Ihr volles, seidiges, goldbraunes Haar lag fächerförmig über ihr Kopfkissen ausgebreitet; ein Anblick, dem er nicht widerstehen konnte.

Er streckte die Hand aus und strich sanft über die weichen Strähnen.

»Steafan, bist du das?«

Verdammt. Er hatte sie nicht aufwecken wollen.

»Pssst, Mädel, schlaf weiter. Ich wollte dich nur ansehen. Ich lasse dich in Ruhe.«

Sie atmete seufzend ein, dann raschelte die Bettwäsche aus Leinen, während sie sich streckte. »Das musst du aber nicht.«

»Das weiß ich wohl. Doch ich werde es tun. Und du solltest dich schämen, so einen leichten Schlaf zu haben. Ich würde dich gerne ab und zu schlafen sehen. Es beruhigt mich.« Er küsste sie auf die Stirn und wandte sich zum Gehen.

»Mein leichter Schlaf wird ein Segen sein, wenn unten unsere Kinder schlafen und mich nachts brauchen.« Ihr wehmütiger Tonfall zerriss ihm das Herz und ließ in mit der Hand auf der Klinke einhalten.

»Aye«, sagte er in dem sanften Tonfall, den er sich nur ihr gegenüber gestattete. »Das wird wahrlich ein Segen sein.«

»Komm zu mir. Lass es uns noch einmal versuchen. Es ist beinahe eine Woche her.«

Ginneleah lag nicht so gerne bei ihm wie er bei ihr, obwohl das süße Mädchen sich nie beschwerte. Er wusste, dass er gut aussah, doch er war fünf Jahre älter als ihr Vater und hatte sich nie verleiten lassen zu glauben, dass sie die Sache als etwas anderes als ihre Pflicht betrachtete. Er sollte sie schlafen lassen, zumal es ihnen offensichtlich nicht vergönnt war, miteinander neues Leben zu erzeugen.

»Ich sollte nicht«, sagte er, doch er war bereits hart. Er würde sich von ihr zum Bleiben überreden lassen und hasste sich dafür.

»Natürlich solltest du«, antwortete sie, indem sie die Hand nach ihm ausstreckte. »Du brauchst einen Erben, und ich will dir einen schenken. Wir sollten zwischen zwei Malen keine ganze Woche verstreichen lassen. Hattest du viel zu tun? Manchmal, wenn du viel Arbeit hast, kommst du seltener zu mir.«

Er kehrte an ihr Bett zurück und ließ sich schwer auf der Bettkante nieder. Wie vorauszusehen, kniete seine Frau sich hinter ihn und umschlang ihn mit den Armen. Ihr Geruch nach Geißblatt und Kräutern besänftigte ihn.

»Aye. Ich hatte viel zu tun«, sagte er, indem er mit ihren weichen Locken spielte, die ihm über die Schulter fielen. »Und du auch. Warst du heute im Garten?« Er atmete tief ein, ließ ihren Duft nach Unschuld und Sonnenschein seine Seele streicheln.

Sie murmelte etwas Bestätigendes, während ihre Hände über seinen Kragen strichen und unter seinen Morgenmantel schlüpften. Ihre Finger zogen an den Schnüren seines Nachthemds.

Sich geschlagen gebend stand er auf, warf seine Nachtgewänder beiseite und krabbelte auf das Bett, zwischen die kühlen Schenkel seines Weibs. Er holte das Fläschchen Rosenöl aus der Schublade des Nachttischchens und runzelte die Stirn, als er feststellte, wie leicht es geworden war, seit sie es zum Jahrestag ihrer Hochzeit geschenkt bekommen hatten. Er hatte kurz nach ihrer Heirat bereits ein Fläschchen davon gesandt bekommen, mit den Glückwünschen von Laird Wilhelm Murray von Dornoch, einem Mann, dem er zwar nie begegnet war, dessen Reichtum und Ansehen jedoch in ganz Scotia geachtet waren.

Er war ein bisschen stolz darauf gewesen, dass so ein wichtiger Laird seinen Namen kannte und ihre Verbindung durch exotische Geschenke aufrechterhielt. In seiner Nachricht hatte Murray dem raren und teuren Rosenöl die Zeugung seiner sechs Söhne zugeschrieben, und die Hoffnung ausgesprochen, es möge ihm den selben Dienst erweisen. Das hatte er ebenfalls gehofft, doch es war nicht der Grund, aus welchem er das Öl mit Ginneleah verwandte und sich bereits auf das nächste Fläschchen freute, falls Murray so großzügig sein sollte, sie zu ihrem Hochzeitstag nächsten Monat wieder damit zu beschenken. Darcy war nicht der einzige Mann in Ackergill, dessen bestes Stück groß ausgefallen war, und er fürchtete, seine Frau würde ihn ohne das Öl nicht als angenehm empfinden.

Mit Darla, Gott habe sie selig, hatte er kein derartiges Gleitmittel benutzt, und sie hatte sich weitaus weniger entgegenkommend gezeigt als seine süße Ginnie. Nachdem Darla ihm seinen Sohn geboren hatte, hatte sie erklärt, sie habe ihre Pflicht als Gattin eines Lairds erfüllt und ihn nicht mehr in ihr Bett gelassen. Er hatte ihr ein oder zweimal befohlen zu kapitulieren, als ihm zur Befriedigung seines Drangs keine andere Wahl mehr blieb, als zu Frauen wie Anya zu gehen, doch es hatte ihm nicht gefallen, eine unwillige Frau unter sich zu haben.

Er würde Ginneleah nie in sein Bett abkommandieren. Er hatte allerdings das Gefühl, dass seine Frau sich ihm nie verwehren würde; demnach würde er auch nicht versucht sein, es zu tun. Wenn er auf das Rosenöl verzichten musste, würde er etwas anderes finden, um ihre Vereinigung für sie erträglich zu machen. Es gab in Inverness oder in Edinburgh sicherlich derartige Salben zu kaufen.

Doch das Problem würde sich später stellen. Gegenwärtig war noch genug von dem segenvollen Nektar vorhanden, um mehrere Vereinigungen zu vollziehen. Er benetzte zwei

Fingerspitzen mit dem nach Rosen duftenden Gleitmittel und rieb sie sanft damit ein.

»Du bist ein gutes Mädel«, sagte er, als er sich langsam, nach und nach, in ihre Enge schob.

Ihr Körper spannte sich an, als er zur Hälfte eingedrungen war, und er wusste, dass sie ein Wimmern unterdrückte.

Er hielt in seiner Bewegung inne, streichelte ihr Haar und flüsterte ihr ins Ohr. »Du bist lieblich wie die Sonnenblumen im Garten, mein süßes Mädel. So warm und sanft wie ein Sommerwind. Langsam, süße Lady. Entspann dich, dann wird es dir nicht so viel ausmachen.«

»Es macht mir nichts aus«, sagte sie in angestrengtem Tonfall, der ihre Lüge verriet. »Mach weiter.«

Er gönnte ihr einen Moment, bevor er es tat. Er mochte diesen Teil ihrer Vereinigung nicht, trotz des puren Genusses, in ihre ölige Wärme zu sinken. Zum Glück wurde es jedes Mal angenehmer für sie, wenn er begann, sich in ihr zu bewegen. Und die heutige Nacht war keine Ausnahme. Sie entspannte sich nach und nach für ihn. Ihr Körper verwandelte sich von einer geballten Faust in ein perfekt angepasstes Futteral. Ihre Gesichtszüge wurden weich. Sie schenkte ihm sogar ein zärtliches Lächeln.

Er liebte sie langsam und sanft und schwelgte im Geräusch ihres beschleunigten Atems, während sein Herz immer schneller schlug und er sich dem Ende näherte; er versuchte immer, es für sie so kurz wie möglich zu machen. Am Ende angelangt hielt er sie fest umschlungen und lobte ihre Bereitwilligkeit und ihr Entgegenkommen.

Dann ließ er sie in Ruhe und kehrte in sein eigenes Schlafgemach zurück. Nachdem er in den sanften Armen seiner Frau gelegen hatte, fühlte er sich sehr viel besser. Er konnte wieder klar denken, und in dieser Nacht gab es viel, worüber er nachdenken musste.

Gott stehe Darcy bei, wenn er wirklich seiner Frau beim Davonlaufen geholfen hatte. Gott stehe Melanie bei, wenn sie eine Hexe war. Gott stehe Anya bei, wenn er herausfand, dass sie ihn aus dem Schlaf gerissen hatte, um sich einen Scherz mit ihm zu erlauben.

Der Morgen würde die Antwort auf die Frage liefern, welche dieser Anschuldigungen den Beistand Gotttes benötigte.

Kapitel 9

MELANIE WACHTE IN einem großen, ihr unbekannten Schlafzimmer auf. Das Mobiliar war schlicht und dem Zuhause eines wohlsituierten Kaufmanns im Europa des 16. Jahrhunderts angemessen. Fraineach. Angesichts der nunmehr unwiderlegbaren Tatsache, dass sie in der Vergangenheit gelandet war, stöhnte sie auf.

»Und nicht zu vergessen, mit Darcy verheiratet«, brummelte sie, während sie mehrere Lagen warmer Steppdecken von sich strampelte. Sie hatte so viel Sarkasmus in die Worte hineingelegt, wie sie konnte, doch er passte nicht zu der beruhigenden Wirkung, die sie auf sie hatten. »Mit Darcy verheiratet«, wiederholte sie, und ihre Lippen kräuselten sich zu einem schiefen Lächeln.

Verdammt sei der ehrbare Highlandkrieger, dass sie Gefühle für ihn entwickelte! Sie würden sie gegen ihren Willen hier festhalten. Sie musste herausfinden, wie sie nach Hause kam. Wenn das Kästchen sich weigerte ihr zu helfen, konnte sie vielleicht seinen Hersteller finden. Dieser MacLeod, wer immer er auch war, würde mit der vertrackten Zauberkraft des Kästchens umgehen können. Obwohl man natürlich nicht wissen konnte, ob der Hersteller, fünfundzwanzig Jahre bevor er das Kästchen baute, bereits etabliert war. Vielleicht konnte sie Darcy dazu überreden, sie nach Inverness zu bringen, damit sie nach ihm suchen konnte.

Von ihrem neuen Plan angespornt glitt sie von dem weichen,

sauberen Bett. Sie trug immer noch das Kleid von Darcys Mutter, was seine Richtigkeit hatte, da sie sich nicht erinnern konnte, sich vor dem Zubettgehen ausgezogen zu haben. Oder ins Bett gekrochen zu sein. Wenn sie es sich recht überlegte, konnte sie sich eigentlich an nichts mehr erinnern, seit sie an dem aufrechten Stein zusammengebrochen war und sich auf Darcys Hemd die Augen ausgeweint hatte. Sie musste während des Ritts nach Ackergill zurück eingeschlafen sein. Was hieß, dass Darcy sie hoch in ihr Bett getragen hatte, ohne sie zu wecken.

Und das, wo sie gedacht hatte, es mangele ihm sehr an Ritterlichkeit. Darüber staunend, wie gründlich sie sich getäuscht hatte, zog sie Frans Haarnadeln aus ihrem Haar, kämmte es mit den Fingern und machte sich auf die Suche nach dem stillen Örtchen.

Mit seinen Außenwänden aus Stein und Mörtel und Innenwänden aus bemalten Holzlatten war Fraineach hübscher anzusehen als die meisten Häuser dieser Zeit. War der Abort im Jahre 1517 bereits in Mode, und falls dem so war, war Darcys Familie wohlhabend genug, einen zu besitzen? Sie suchte am oberen Saal entlang und öffnete die erste Tür, an der sie vorbeikam. Sie führte in ein geräumiges Zimmer, das als Lagerraum diente und in welchem mit Tüchern verhängte Möbel standen. Inmitten des Gerümpels erkannte sie ein Drahtgestell zum Nähen von Kleidern, ein Steckenpferd mit ledernen Zügeln und ein Babykörbchen, von dem die Farbe abblätterte. Hatte Darcys Mutter ihn in das Körbchen gebettet, als er ein wonniges kleines Baby war? War das Steckenpferd in Darcys Kindertagen sein Ross gewesen, mit dem er Edmund um die Windmühlen gejagt hatte, wenn sie spielten, dass er ein Scharmützel anführte?

Ein dicke Staubschicht am Boden ließ vermuten, dass der Raum seit Jahren nicht mehr betreten wurde. Der trockene, erdige Geruch der nicht benutzten Dinge erinnerte sie an das Museum. Schwere Melancholie ergriff sie, als sie die Tür hinter den vergessenen Schätzen des täglichen Lebens ins Schloss zog.

Eines Lebens, das genauso pulsierend war wie das, in welches sie zurückkehren wollte.

Weiter den Flur entlang befand sich ein kleines Schlafzimmer mit einem schmalen, akkurat gemachten Bett und einem offen stehenden Kleiderschrank, aus welchem eine Bahn waldgrünen Wollstoffs bis auf den Boden hing. Darcys Kilt für öffentliche Auftritte.

Hatte sie ihn aus dem größeren, schöneren Schlafzimmer vertrieben? Wahrscheinlich nicht. Mit seinen staubfreien Möbeln und der halbvollen Öllaterne auf dem Tisch sah dieser Raum aus, als sei er ständig bewohnt. Er musste jede Nacht hier schlafen. Der Hausherr von Fraineach hatte das größte Schlafzimmer nie bezogen. Sie wurde von einem sonderbaren Gefühl der Sympathie für ihn ergriffen, doch ihre Blase erinnerte sie daran, dass sie auf der Suche nach etwas anderem war.

Sie setzte ihre Suche fort und fand endlich, wonach sie suchte: ein kleines Zimmer mit Steinwänden, einem erhöhten Donnerbalken und einem schmalen Fenster, das Licht hereinließ. Kein Klopapier. Kein Toilettensitz. Doch nichtsdestoweniger ein willkommener Anblick.

Nachdem eines ihrer körperlichen Bedürfnisse befriedigt war, wagte sie sich nach unten, auf der Suche nach Essen, um ihren knurrenden Magen zu beruhigen. Ein schwacher Fischgeruch führte sie in eine große Küche mit zwei Steinöfen und einem zentralen Arbeitstisch, über dem verschiedene gusseiserne und kupferne Töpfe und Pfannen hingen. An einem Ende des Arbeitstisches stand ein mit Silber eingefasster Porzellanteller mit knusprigem Brot, einem ordentlichen Haufen kalter Haferflocken und einem kopflosen Fisch. Sie verschlang alles mit Ausnahme des Fischs, da sie nicht recht wusste, wie sie den Schuppen beikommen sollte, da das einzige Besteck, das man ihr hingelegt hatte, ein mit einem feinen Blumenmuster gravierter Silberlöffel war, auf dessen Griff die Initialen *J.M.K.* standen. Steafan hatte von Darcys Mutter als Janine gesprochen.

Konnte es sein, dass dieser Löffel zu den kostbarsten Besitztümern seiner Mutter gehörte?

In der vergangenen Nacht hatte er ihr versichert, dass er ihr ein guter Ehemann sein würde. Den Beweis dafür sah sie nun überall.

Sie war ihm riesigen Dank schuldig. Für seine Gastfreundschaft, für seinen ehrlichen Versuch, ihr letzte Nacht bei der Rückkehr in ihre Heimat zu helfen, und für seine Fürsorglichkeit, als sie gleichzeitig erleichtert und am Boden zerstört war, weil das Kästchen nicht funktioniert hatte.

Sie fragte sich wo er steckte und zog die Vorhänge der Stube auf, die den Blick auf einen üppig bewachsenen, grünen Hang freigaben, der sich von Fraineach bis zum Dorf hinunter erstreckte. Zu ihrer Linken schienen drei gedrungene, mit verwitterten Holzschindeln verkleidete Windmühlen mit Stoffsegeln am Gipfel des Hügels entlangzuwandern.

Die Segel zweier der Mühlen drehten sich hübsch im Wind, der an den Klippen hoch und über sie hinweg blies. Das Meer, das sie von dem Fenster aus nicht sehen konnte, brachte sich durch seinen angenehmen Salzgeruch in Erinnerung.

Eine Bewegung am Fuß einer der Mühlen zog ihren Blick auf sich. Darcy. Wieder in seinen braunen Alltagskilt und abgenutzte Knöchelstiefel gekleidet, ging er von einer Mühle zur anderen und duckte sich unter ihren niedrigen Türbögen hindurch. Hatte er etwas Schlaf bekommen, bevor er am frühen Morgen die Mühlen in Gang gesetzt hatte, oder hatte er die Nacht damit verbracht, sich um sie zu kümmern?

Ein nagendes Schuldgefühl stieg in ihr auf. Als er gestern gegen die Gunns in den Kampf gezogen war, hatte er wahrscheinlich nicht damit gerechnet, ein schwangeres Südstaatenmädchen mit einem großen Zeitproblem an den Hals zu bekommen. Und noch weniger konnte er damit gerechnet haben, sich die Nacht um die Ohren zu schlagen, um zu heiraten und sich anschließend mit seiner frisch angetrauten Frau auf den

Highlands herumzutreiben, um ihr beim Weglaufen zu helfen. Sie war nicht die Einzige, der dieses verfluchte Kästchen gehörig zugesetzt hatte. Darcy hatte ihr gestern viel geopfert. Seine Zeit. Sein Junggesellendasein. Seinen Stolz wahrscheinlich auch, als seine frisch angetraute Braut beim Gedanken daran, dass sie bei ihm bleiben musste, in heftiges Schluchzen ausgebrochen war.

Tja. Armer Darcy. Sie schuldete ihm verdammt nochmal eine Entschuldigung. Wenn sie die mit dem Dank addierte, den sie ihm ebenfalls schuldete, konnte sie genauso gut einen richtigen Kuss hinzufügen. Der Gedanke an das Fiasko ihrer Hochzeit ließ sie zusammenzucken. So hatte sie sich ihren ersten Kuss als verheiratete Frau nicht vorgestellt, und Darcy hatte sich bestimmt auch etwas anderes erhofft.

Fest entschlossen, einen neuen Anfang mit ihm zu machen, lief sie zur Tür, öffnete sie, und sah sich einem erquickenden Frühlingsmorgen und einem kleingewachsenen, finster blickenden Highlander gegenüber.

»Hamish«, stieß sie hervor, während ihre Hand zu ihrer Brust flog.

Steafans Gesetzesvollstrecker verengte seine Augen zu Schlitzen. »Guten Morgen, Mädchen.Freut mich, Euch zu sehen.« Er sah nicht erfreut aus. Er sah gefährlich aus. »Ist Darcy da?«

In ihrem Kopf läuteten Alarmglocken. Sie hatte keine Ahnung, was Steafans Gesetzesvollstrecker hier zu suchen hatte, doch er würde aus den sich drehenden Flügeln der Mühlen schließen, dass Darcy an der Arbeit war.

Mit strahlendem Lächeln sagte sie, »Was für eine Überraschung, guten Morgen! Wie schön, Euch zu sehen. Euer Tag scheint ja gut anzufangen. Ich wollte gerade zu meinem Gemahl gehen. Möchtet Ihr mich begleiten?«

Ohne auf seine Antwort zu warten, sauste sie um ihn herum und von der Veranda herunter.

Eine fleischige Hand landete auf ihrer Schulter und hielt sie zurück. »Wo ist das Kästchen, Mädel?«

Furcht verkrampfte ihren Magen. Wie konnte er von dem Kästchen wissen? Hatte Darcy ihm oder Steafan etwas gesagt?

Nein. Nein, das hätte er nicht getan. Dafür hatte er es zu sorgfältig vor ihr verborgen gehalten, damit sie seine Existenz nicht aus Versehen ausplauderte.

Sie hielt es für keine gute Idee, zuzugeben, dass sie etwas über das Kästchen wusste. Jetzt brauchte sie Darcy. »Er ist bei der Mühle, da bin ich mir sicher«, antwortete sie, ohne Hamishs Frage zu berücksichtigen. »Ich denke, ich sage ihm nur schnell guten Morgen, und dann helfe ich Euch gerne bei allem, was Ihr benötigt.«

Er ließ ihre Schulter nicht los. Er trat von hinten an sie heran und sagte ihr ins Ohr: »Was ich brauche, ist das Kästchen.« Als sie sich zu ihm umdrehte, begegnete sie einem scharfen Blick aus käferschwarzen Augen. »Ihr wisst, welches ich meine. Rosenholz. Mit silbernen Stellen. Und dem Datum 1542 auf der Unterseite.«

Ihr sank das Herz. Irgendwie hatte Steafan von der Existenz des Kästchens erfahren. Vielleicht *hatte* Darcy es ihm verraten. Schließlich hatte sie letzte Nacht versucht, ihn zu verlassen. War er nachts zu Steafan gegangen und hatte ihm alles gebeichtet? Dankten Ehemänner aus den Highlands es ihren Ehefrauen auf diese Weise, wenn sie versuchten, sie sitzenzulassen?

Nein. Als sie sich entschlossen hatte, seine Ehrbarkeit nie wieder in Frage zu stellen, hatte sie dies ernst gemeint. Es konnte nicht Darcy gewesen sein. Doch wenn Steafan von dem Kästchen wusste, wusste er vielleicht noch mehr?

Wusste er, dass sie letzte Nacht einen Versuch gemacht hatte, davonzulaufen, und dass Darcy versucht hatte, ihr dabei zu helfen? Sollte sie vorgeben, nicht zu wissen, wovon Hamish redete, oder sollte sie zugeben, etwas mit dem Kästchen zu tun zu haben?

»Wo ist es?« fragte Hamish.

»Das weiß ich nicht.« Das war die Wahrheit.

Seine Augen leuchteten zufrieden auf.

Sie hatte unbeabsichtigt zugegeben, dass sie von dem Kästchen wusste. Mist. »Ich meinte, dass ich nicht weiß, wovon Ihr redet.« Es hörte sich mehr wie eine Frage als eine Aussage an. Doppelter Mist. Sie brauchte Darcys kühlen Kopf und seine vorsichtige Ausdrucksweise. Er wüsste, was er zu sagen hätte, um den abscheulichen Gesetzesvollstrecker zum Rückzug zu bewegen.

Hamish gluckste, doch es hörte sich nicht fröhlich an. »Komm mit, Mädel. Wir werden zusammen danach suchen.«

Da seine Hand auch weiterhin ihren Arm fest umklammert hielt, blieb ihr keine andere Wahl, als ihm durchs Haus zu folgen, wo er überall nach dem Kästchen wühlte. Sie wünschte, Darcy käme nach Hause, doch soweit sie die Arbeitsmoral in den Highlands kannte, war kaum damit zu rechnen, dass er vor dem Abendessen in Fraineach zurück sein würde.

Hamish durchsuchte Küchenschränke und Kommoden, und zog sie schließlich in einen Raum, der ein Büro zu sein schien, da ein kleiner, mit Papieren und Schreibfedern bedeckter Schreibtisch darin stand. Er zog wahllos die Schubladen heraus. Eine von ihnen krachte herunter, so dass ihr Boden zersplitterte.

»Hey!« protestierte sie. »Immer langsam.«

Er hörte nicht auf sie. Er riss an einer größeren, tiefer liegenden Schublade und runzelte die Stirn, als sie sich nicht öffnen ließ. Er zog seinen Dolch, ließ sie los und brach das Schloss auf, wobei er den Rahmen der Schublade beschädigte.

Sie rannte zur Tür.

»Weißt du jetzt, von welchem Kästchen ich rede, Mädchen?« Seine Stimme ließ sie innehalten.

Sie wandte sich um und sah, wie er das verfluchte Artefakt aus der Schublade hob.

Sie sagte nichts, doch Hamish konnte ihr wahrscheinlich ansehen, dass sie sich schuldig fühlte, und das reichte ihm. Sie drückte sich durch die Tür und schrie nach Darcy. Als sie die Treppe hinunter rannte, stand ans Geländer des Vorbaus gelehnt ein Wachmann, so, dass man ihn von der Eingangstür aus nicht sehen konnte. Er packte sie mit einem Griff um die Taille und schwang sie herum.

»Aufgepasst, Glen«, rief Hamish von der Tür her. »Knebel sie, damit sie dich nicht verhexen kann.«

Sie trat und kämpfte, doch gegen Hamishs grausame Hände und die kräftigen Arme des Wachtpostens hatte sie keine Chance. Sie stopften ihr einen Lumpen in den Mund und sorgten mit einem um ihren Hinterkopf geknoteten Tuch dafür, dass er dort blieb.

»Komm«, befahl Hamish der anderen Wache. »Steafan wird die Hexe verhören wollen.« Nachdem er stirnrunzelnd das Datum auf der Unterseite des Kästchens betrachtet hatte, verwahrte er es unter der Drapierung seines Kilts. »Und er wird auch ihr verruchtes Kästchen sehen wollen.«

Er schleifte sie aus dem Haus und den Gehweg hinunter, fort von den Windmühlen.

Sie blickte sehnsüchtig auf die drei gedrungenen Silhouetten zurück und wünschte, Darcy oder einer der anderen Männer, deren Stimmen und Gelächter der Frühlingswind ab und an zu ihnen herüberwehte, möge den Kopf hinausstrecken und Augenzeugen der – was war es eigentlich, eine Verhaftung? – werden. Hamish hatte sie als Hexe bezeichnet. Hieß das, dass sie jetzt auf einem Scheiterhaufen verbrannt würde?

Sie musste jemandes Aufmerksamkeit auf sich lenken. Als ein mit Weizen beladener Wagen auf dem Weg zu den Mühlen vorbeiratterte, gab sie es auf, Schritt halten zu wollen, und ließ die Beine unter sich wegknicken. Hamish war gezwungen, langsamer zu gehen und sie zu schleppen. Sie half dem Gesetzesvollstrecker in keinster Weise und sah den Kutscher des Wagens flehentlich an. Es nützte nichts. Der grauhaarige Mann blickte resolut geradeaus, ohne das Schauspiel zu beachten.

Hamish quetschte ihre Arme und zerriss ihr Kleid am Ärmel, als er sie wieder auf die Beine zerrte. Eine ihrer Brüste quoll aus dem Ausschnitt. Offenbar scherte er sich nicht um diese erniedrigende Enthüllung, denn er preschte weiter und trieb sie zur Burg. Innerhalb von zehn Minuten war sie in Steafans Amtsstube zurück.

Der Laird von Ackergill stand ihr mit eisigem Gesichtsausdruck gegenüber, der nichts mehr von der Wärme hatte, die er in der vergangenen Nacht gezeigt hatte, als er sie auf die Wange küsste.

Ein eiskalter Schauder der Angst ließ sie erzittern.

Hamish zwang sie auf die Knie. Sie krachten so fest auf den Boden, dass sie Tränen aus ihren Augen wegblinzeln musste. Der Wächter drückte sie an den Schultern zu Boden, während Hamish Steafan das Kästchen aushändigte. Während der Laird es ausführlich inspizierte, trommelte ihr Herz in wilder Panik. Die Aufschrift auf der Unterseite besah er sich besonders gründlich.

»Sonderbar«, murmelte er. »Wie geht es auf?«

Sie schüttelte den Kopf, um anzudeuten, dass sie es nicht wisse.

Steafan stellte das Kästchen auf seinen Schreibtisch und kam ihr mit zwei großen Schritten so nah, dass sein Kilt ihre Nase streifte. Ihre Augen füllten sich mit Tränen, als er seinen *Sgian dubh* aus der Scheide zog.

Das war es dann also. Sie würde durch die Hand eines paranoiden Lairds aus den Highlands sterben. Ihre Eltern würden nie erfahren, was ihr zugestoßen war. Sie würde nie ihr kostbares Baby kennenlernen. Darcy würde sich dafür hassen, sie nicht beschützt zu haben. Sie machte es ihm nicht zum Vorwurf, doch sie kannte ihn inzwischen gut genug um zu wissen, dass er es sich selbst vorwerfen würde.

Steafan berührte ihre Wange mit der Spitze des Dolchs. »Bist du eine Hexe, ja oder nein?« fragte er sie schonungslos.

Sie versuchte, unter dem Knebel hervor nein zu sagen.

Tränen rannen ihr über die Wangen. Sich den Hals verrenkend, um an der imposanten Statur des Lairds emporzublicken, suchte sie nach einem Funken von Vernunft in seinen Augen, traf jedoch nur auf kalte Berechnung.

Ohne Vorwarnung bewegte sich der Dolch. In Erwartung des Schmerzes zuckte sie zusammen. Doch der Schmerz blieb aus. Stattdessen fiel das Tuch herunter. Sie spuckte den vollgesogenen Lumpen aus ihrem Mund, leckte sich über die trockenen Lippen und sagte: »Nein, das bin ich nicht. Ich schwöre Euch, dass ich keine Hexe bin.«

»Dann erklär mir die Sache mit dem Kästchen.«

Sie wusste nicht, ob sie ihm lieber die Wahrheit sagen oder etwas erfinden sollte. Ihr war klar, dass ihr Leben dem Mann, der stirnrunzelnd auf sie herabblickte, nicht viel bedeutete. »Es ist gefälscht«, sagte sie.

»Du lügst«, antwortete er. »Hamish.«

Der Gesetzesvollstrecker kam auf sie zu und versetzte ihr eine kräftige Ohrfeige. Der Schlag warf ihren Kopf auf die Seite und hinterließ ein taubes Gefühl auf der Hälfte ihres Gesichts.

Von der plötzlichen Gewalttätigkeit überrascht, starrte sie in Hamishs schwarze Augen.

»Erklär, was es mit dem Kästchen auf sich hat,« forderte Steafan sie erneut auf, doch sie hörte ihn kaum.

»Warum habt Ihr mich geschlagen?« fragte sie, vor Schreck erstarrt. Sie war noch nie von einem Mann geschlagen worden; sie war überhaupt noch nie geschlagen worden. Es erschütterte die Grundlagen ihres Selbstvertrauens. Sie war niedergeschmettert. Und fühlte sich alleingelassen.

Ein wesentlicher Teil von ihr schrie nach Darcy. Sie brauchte den tröstenden Schutz seiner Arme, um wieder sie selbst zu werden. »Ich will meinen Gemahl«, flüsterte sie.

»Du wirst nicht mehr lange verheiratet sein«, antwortete Steafan und nickte Aodhan zu, der den Raum betrat.

Aodhans blaue Augen sahen sie am Boden knien und

weiteten sich vor Besorgnis, bevor sie zu vorsichtiger Gleichgültigkeit überwechselten.

»Ihr Schweigen kommt einem Geständnis gleich«, sagte Steafan. »Ich werde nicht zulassen, dass ein Keith mit einer Hexe verheiratet bleibt. Bring mir den Ehevertrag, damit er mit ihr verbrannt wird.

Noch ein paar Fragen, Mädel, dann bringt Hamish dich in den Kerker, wo du bis zum Einbruch der Nacht für deine Seele beten kannst.«

§

DARCY ÖFFNETE DIE Klappe der Kornrutsche, um das Getreide auf den Mahlgang herunterzischen zu lassen. Schweiß tropfte von seinen Brauen und brannte in seinen Augen, während er hastiger als sonst arbeitete, da er es eilig hatte, nach Fraineach zurückzukehren und mit Malina darüber zu beraten, wie sie es anstellen sollten, sie in ihre Heimat zurückzubefördern. Doch in der Mühle durfte man sich nicht von seinen Gedanken ablenken lassen. Sein Plaid hätte sich beinahe in der Winde des Sackaufzugs verfangen, als er den zweiten Sack rohe Gerste zur Mahletage hochgezogen hatte. Sich zu verletzen war das Letzte, was er jetzt gebrauchen konnte. Er wollte die Frau, die sich auf ihn verließ, nicht im Stich lassen. Er war so sehr auf seine Aufgabe konzentriert, dass er Edmund, der gegen die Musik der Zahnräder anschrie, kaum hören konnte.

»Darcy! Tallock fährt gerade seinen Wagen rein! Schick die Haken runter!«

Er tat, was sein Bruder von ihm verlangte, dann kletterte er die Leiter herunter, um Tallock zu begrüßen und dem Bauern von Wick beim Abladen seiner Lieferung zu helfen. Kaum hatte er den Fuß auf den Boden aus gestampfter Erde gesetzt, kam Fran hereingeweht wie ein Wirbelwind und warf sich in seine Arme.

»Melanie«, stieß sie nach Atem ringend hervor. Als ihre Brust beim Atmen stieg und fiel, bemerkte er, dass sie ihr Baby und einen für Edmund bestimmten Sack Mehl an sich gepresst hielt. »Hamish. Er schleppt sie zur Burg.«

Sein Körper spannte sich kampfbereit an. Er wollte seiner Frau hinterherrennen, doch Edmund hielt ihn an der Schulter zurück.

»Was sind das für Geschichten, Mädchen?« fragte er, wobei er Fran aus Darcys Armen löste und in seine zog. »Mach langsam. Sag uns, was passiert ist. Warum keuchst du wie eine Stute, die zwanzig Meilen gerannt ist?«

»Als ich den Weg hochkam«, japste Fran, vom einen zum anderen blickend wie eine Wetterfahne bei sich drehendem Wind, »hab ich Hamish und Glen gesehen. Sie zogen Melanie mit sich. Ich habe mich hinter dem Wagen versteckt, damit Hamish mich nicht sehen konnte, aber ich konnte sie sehen. Sie haben sie geknebelt! Sie ist gefallen, und Hamish hat sie unsanft wieder hochgerissen und das gute Gewand deiner Mutter zerrissen, so dass die arme Melanie aus ihrem Oberteil gequollen ist. Und Hamisch trägt irgendwas Eckiges unter seinem Plaid mit sich herum. Es könnte eine Art Kästchen sein.«

Er sah rot. Hamish hatte seine Frau misshandelt! Sein Herz schlug so laut, dass er nicht hören konnte, was Fran noch sagte, nachdem sie tief Luft geholt hatte. Er überließ Fran Edmund und rannte von der Mühle weg.

»Sei gegrüßt, Big Darcy«, grüßte Tallock ihn, als er den Bauern in seiner Hast, zur Burg zu gelangen, herumwirbelte.

»Edmund wird sich um dich kümmern, Tallock«, rief er, ohne langsamer zu werden.

Sein Blick heftete sich auf die Burg. Sein Herz sackte vor Furcht in seine Magengrube, während er rannte, so schnell ihn seine Füße trugen. Seine Malina wurde wie eine Kriminelle behandelt, und das keine zwölf Stunden, nachdem Steafan sie vermählt und ihr den Schutz der Keiths gewährt hatte. Sein

Oheim war für seine Stimmungsschwankungen bekannt, doch dies war selbst für ihn ungewöhnlich. Was hatte den paranoiden Kerl dazu gebracht, sich innerhalb einer einzigen Nacht gegen Malina zu wenden?

Er erinnerte sich daran, dass Fran gesagt hatte, Hamish hätte etwas unter seinem Plaid, das die Form eines Kästchens hatte. Diese Erinnerung traf auf eine andere. Es war der leichte Rosenduft, den er letzte Nacht in der Sattelkammer bemerkt hatte, als er Malinas Kästchen am Boden liegend vorgefunden hatte.

Das Kästchen war nicht einfach aus seiner Satteltasche gefallen, wie er angenommen hatte. Jemand hatte es dort gefunden und es fallen lassen. Jemand, der sich zu sonderbaren Uhrzeiten in den Stallungen herumtrieb, nach Parfüm roch und es liebte, Unfrieden zu stiften.

Anya.

Zähnebleckend stürmte er durch die Türen der Burg und direkt die Treppe zu Steafans Amtsstube hoch, wobei er drei Stufen auf einmal nahm. Als er durch die geschlossene Tür brach, bot sich ihm ein Anblick, der seine rotglühende Wut in ein loderndes Feuer verwandelte. Glen hielt Malina fest, die auf den Knien lag, und Hamish war im Begriff, sie zu schlagen. Ihr Gesicht war tränenüberströmt und eins ihrer Augen war zugeschwollen. Als sie sich zur Wehr gesetzt hatte, war eine ihrer Brüste aus dem Ausschnitt ihres Kleids gehüpft. Der eine Ärmel ihres Gewands hing nur noch an Fäden.

Steafan hielt Malinas Kästchen in den Händen.

»Lass sie los!«, schrie er und ging auf Glen los.

»Langsam, Junge«, sagte eine Stimme hinter ihm. Aodhan. »Der Laird will nur mit deiner Frau reden. Ist das nicht so, Steafan?«

»Aye«, bestätigte Steafan. »Ich habe ihr ein paar Fragen zu stellen. Sie will mir die Fragen aber nicht zufriedenstellend beantworten, deswegen war Hamish so gut, etwas nachzuhelfen.

Noch mal, Hamish.«

Hamish ohrfeigte sie erneut, wobei seine Hand von ihrer geröteten Kinnlade bis zu ihrem geschwollenen Auge reichte.

Seine kleine Braut schrie auf, als der klatschende Laut im Raum widerhallte.

Er sammelte sich zu einem Sprung, doch Aodhan hielt ihn am Arm zurück. »Beruhige dich«, flüsterte er ihm drängend zu. »Mach es nicht noch schlimmer. Wenn Steafan von mir verlangt, dich zu fesseln, wirst du ihr nicht helfen können.«

Als Aodhans Worte bei ihm ankamen, erstarrte er. Er hörte ein gefährliches Knurren und merkte, dass es von ihm selbst kam.

»Bleib ruhig«, brummte Aodhan und bohrte ihm die Finger in den Arm. »Antworte auf die Frage, Mädchen«, sagte er zu Malina. »Antworte, und Hamish wird dich nicht wieder schlagen.«

»Wenn du nicht die Wahrheit sagst«, sagte Steafan, »nimmt er das nächste Mal die Fäuste.«

»Ich habe bereits geantwortet«, sagte sie mit fester, lauter Stimme, obwohl sie am ganzen Leib zitterte. Seine arme Malina. Er hätte sie nicht in Fraineach allein lassen sollen. Er hätte das Kästchen besser verstecken sollen. Himmel, er hätte nicht so zerstreut sein sollen, das Kästchen in den Stallungen zu lassen, wo ihm jeder hinterherspionieren konnte. Sein Wunsch, es ihr in ihrem Zuhause gemütlich zu machen, hatte ihn davon abgelenkt, zuallererst für ihre Sicherheit zu sorgen.

»Ich habe Euch die Wahrheit gesagt«, insistierte sie. »Ich bin keine Hexe und besitze keine Zauberkraft. Ich weiß nicht, wie das Kästchen aufgeht. Es gehört mir noch nicht einmal. Ich habe es für jemanden in Obhut genommen.«

Steafans Blick richtete sich auf Hamish, als wolle er ihm befehlen, weiterzumachen.

»Es gehört ihr nicht«, hörte Darcy sich sagen. »Das Kästchen gehört mir, und das Datum ist eine reine Fälschung. Da wurde ganz einfach eine Eins in eine Vier umgewandelt.« Sein Herz schlug gegen sein Brustbein, als er log, doch er tat es für Malina. Um sie vor dem Argwohn seines Ohms zu schützen.

Steafans Blick sprang zu ihm hinüber. »Du warst noch nie gut im Lügen, Junge. Hör auf, die Hexe zu verteidigen. Sie ist nichts für dich. Hätte ich gewusst, dass sie eine Hexe ist, hätte ich euch nicht verheiratet. Fäuste, Hamish.«

»Nein!« schrie er. »Ich habe gelogen, doch Malina sagt die Wahrheit.« Als Steafan den Finger hob, um Hamishs geballte Faust warten zu heißen, beeilte er sich, weiterzureden. »Ich habe das Kästchen da gefunden, wo ich auch sie gefunden hatte, auf Berringer's Field. Bei der Wegmarkierung. Sie ist keine Hexe. Das kann ich beschwören. Sie mag durch Zauberkraft hergekommen sein, doch es war nicht ihre Schuld.«

Steafan warf Hamish einen Blick zu, worauf der Rohling seine Finger lockerte.

Er wagte sich auf dem gewonnenen Terrain weiter vor. »Leg nicht wieder Hand an sie. Sie ist meine Gemahlin. Eine Keith. Du hast uns selbst letzte Nacht verheiratet, und ich werde einer Annullierung nicht zustimmen. Außerdem ist sie schwanger, verdammt noch mal. Sie hat es nicht verdien, so behandelt zu werden. Wenn du willst, dass Hamish seine Fäuste gebraucht, dann soll er sie gegen mich gebrauchen. Malina steht unter meiner Verantwortung. Ich werde mich jeder Bestrafung unterziehen, von der du meinst, dass sie sie verdient hat.«

»Schwanger?« Steafan grinste. »Sie erwartet einen Bastard? Warum sollte mich das stören? Und wirst du dich an ihrer Stelle auch einer Verbrennung auf dem Scheiterhaufen unterziehen? Das hat jede Hexe verdient, du weißt es wohl. Je länger wir ihre Anwesenheit in unserer Mitte dulden, desto mehr werden ihre bösen Geister danach trachten, uns Schaden zuzufügen.«

»Ich bin keine Hexe«, sagte Malina mit schwacher Stimme. »Oh Gott. Das kann doch nicht wahr sein.«

Sein Oheim hatte diesen Schimmer im Blick, der bedeutete, dass sein Verstand aussetzte. Das erste Mal hatte er diesen Blick nach der Schlacht von Creag Kirk gehabt, kurz bevor er einen Reisenden, dem er Gastfreundschaft gewährt hatte und der sich als englischer Spion herausstellte, mit eigenen Händen zu Tode gefoltert hatte.

Es gab kein Anwesen in Ackergill, das nach dem zwei Tage dauernden Scharmützel, das dieser Spion angestiftet hatte, keinen Toten zu beweinen hatte, die Burg nicht ausgenommen. Steafan hatte seinen Bruder, Darcys Vater, und seinen sechzehnjährigen Sohn verloren, dessen Mutter Darla kurze Zeit später an gebrochenem Herzen gestorben war. Seitdem hatte Steafan den Clan übermäßig beschützt. Jeder Bedrohung, sei sie echt oder eingebildet, wurde auf der Stelle mit Entschiedenheit begegnet, so dass Darcy fürchtete, dass auch unschuldige Männer von der Hand des Lairds gestorben waren. Doch bis jetzt wurde noch keine Frau umgebracht. Geschlagen schon. In den Stock gesperrt, auch. Und in den Kerker geworfen. Doch nun bedrohte Steafan eine Frau, die weder eine Fremde noch eine Bedrohung war. Eine Frau, die ein kostbares, verletzliches Kind in sich trug.

Eine Frau, die sein Herz veranlasst hatte, erste, zarte Triebe der Liebe sprießen zu lassen.

Er konnte antworten, dass er an Malinas Stelle auf dem Scheiterhaufen brennen wollte, doch wie er Steafan kannte, würde es ihn nicht davon abhalten zu tun, was seiner Ansicht nach getan werden musste. Der Schimmer in seinen Augen bedeutete, dass er sich nicht von seinem Vorhaben abbringen lassen würde.

Auf sein Schweigen hin sagte Steafan zu Hamish: »Sperr sie in den Kerker. Bereite den Scheiterhaufen vor und sag im Dorf Bescheid. Die Wiese von Burg Ackergill wird heute Abend vom geläuterten Geist einer Hexe erhellt werden.«

Darcy blickte über die Schulter zu Aodhan hinüber. Sie verstanden sich auch ohne Worte. Wenn Malina erst mal im Kerker war, konnte er sie nicht mehr retten. Also hieß es jetzt oder nie.

Aodhan nickte ihm fast unmerklich zu.

Er machte einen Satz nach vorn, entriss seine Frau aus Glenns festem Griff und hob sie in seine Arme. Sie an seine Brust drückend, rannte er hinaus.

Schon auf der Treppe konnte er hinter sich Steafans Geschrei und Hamishs überraschtes Stammeln hören.

Als er ins gleißende Sonnenlicht trat, war das letzte, was er aus der Burg hörte, Aodhans laute Stimme und Steafan, der schrie: »Ich verbrenne, wen ich will!«

Die Stufen der Burg hinunterhastend stieß er beinahe mit Edmund zusammen, der mit Rand am Zügel die Straße hochkam.

»Schnell jetzt«, sagte Edmund, als er ihm Malina abnahm, damit er aufsitzen konnte.

Im Sattel sitzend, zog er Malina hoch und setzte sie vor sich.

»In den Körben ist Essen und ein wenig Geld«, sagte Edmund. »Ich kümmere mich um deine Mühle, Bruder.«

Seine Brust zog sich zusammen, als Edmund Rand auf das Hinterteil klopfte. An Steafans Geschrei hörte man, dass er und die anderen die Burg verlassen hatten.

»Danke, Edmund«, rief er, als sein Pferd in vollen Galopp überging. »Nimm Fran nach Fraineach mit. Das Haus gehört dir.«

Er blickte nicht zurück, um zu sehen wie Edmund darauf reagierte. Er würde nie wieder zurückblicken.

Kapitel 10

»GUTER JUNGE«, SAGTE Darcy und klopfte Rands schaumbedeckten Hals. Bis die Sonne so weit untergegangen war, dass man keinen Galopp mehr riskieren konnte, hatte der Wallach sie in Richtung Südwest durch die Ländereien der Keiths und der Gunns bis weit in die MacBane-Hügel getragen. Darcy hatte sich von den üblichen Wegen ferngehalten, horchte und spähte jedoch aufmerksam nach etwaigen Verfolgern. Er hielt es für unwahrscheinlich, dass Steafan sie diese Nacht einholen würde, da Rand selbst mit zwei Reitern schneller war als jedes andere Pferd, von dem er gehört hatte. Doch er wollte Malina nicht in Gefahr bringen, einem auf der Pirsch befindlichen MacBane oder einem beutehungrigen Wolf zu begegnen.

Als er Rand zügelte und in ein kleines Tal an einem Bach lenkte, war alles ruhig. Während des nervenaufreibenden Ritts hatte er nicht mit seiner Frau gesprochen, doch es hatte ihn beruhigt, dass sie sich klaglos mit ihm nach vorn gelehnt und an Rands Mähne festgehalten hatte, und die Notwendigkeit ihrer Flucht offenbar verstand.

Jetzt, im Frieden der Abenddämmerung, konnte er mit ihr reden. »Malina.« Er zog sie in seine Arme zurück und versuchte, ihr ins Gesicht zu sehen. Als sie zu ihm aufblickte, zog sich beim Anblick ihres zugeschwollenen linken Auges sein Magen zusammen. Ihre Wange war rot angelaufen, die Haut spannte über der Schwellung. Impulsiv beugte er sich vor und legte seine

Wange an ihre, um sie zu trösten. »Es tut mir so leid«, sagte er, als er die Hitze der von Hamish verursachten Verletzung durch seinen Backenbart hindurch spürte. »Kannst du mir verzeihen, Mädel?«

Sie drehte sich zu ihm, um ihm ins Gesicht zu blicken. Es tat ihm in der Seele weh, dass ihn nur einer der grünen Edelsteine anfunkelte, während der andere durch die Schwellung beinahe nicht zu sehen war. »Es tut dir leid? Du entschuldigst dich bei mir? Darcy, ich bin diejenige, die sich entschuldigen muss. Ich habe – ich habe dein Leben ruiniert, nicht wahr?« Sie senkte den Kopf und schluchzte heftig. »Es tut mir so leid. Es tut mir alles so schrecklich leid.«

Er hob ihr Kinn mit dem Finger an, wollte ihr nur in die Augen sehen und ihr sagen, sie müsse sich nicht entschuldigen, doch sie kam ihm zuvor und zog ihn zu sich hinunter, um ihn innig zu küssen.

Seine Augen weiteten sich überrascht, dann schlossen sie sich vor Entzücken. Ihre Lippen waren weich und kühl wie die zartesten Rosenblätter. Ihre Hand auf seinem Nacken strich seinen Arm hinunter, wobei sie eine kribbelnde Spur auf seiner Haut hinterließ, und schmiegte sich in die Höhlung seiner Handfläche. Er schloss seine Hand um ihre. Sie war so kühl, so klein. So zart.

Sie ist mein und ich werde sie beschützen, beschloss sein Herz.

Er hatte seit sechs Jahren, seit Anya, kein Mädchen mehr geküsst. Er wusst kaum noch, wie es ging.

Er erstarrte vor Überraschung. Bis Malina ihre Lippen so einladend öffnete, dass sein Mund der Einladung nachkam, ohne seinen betäubten Verstand zu Rate zu ziehen. Er öffnete ebenfalls die Lippen und beugte sich über sie, um seinen offenen Mund auf ihren zu legen. Ihre Zungen begegneten sich in feuchter Hitze und er sah die Sterne vom Himmel fallen, um ihn mit ihrer Pracht zu umhüllen.

Er hielt sie in den Armen, eine seine Hände drückte besitzergreifend die ihre, doch nicht zu fest, und die andere legte sich um ihre Mitte, wo sie den festen Hügel umfasste, unter welchem ihr Kind heranwuchs. Das musste er auch beschützen. Er wollte sie umfassend beschützen und versorgen. Allerdings hatte er nun kein Zuhause mehr. Und kein Einkommen. Weder einen Laird, noch einen Clan. Seine Besitztümer beliefen sich auf sein Schwert, seinen Dolch, seinen Verstand und was auch immer Edmund – Gott segne ihn für seinen Weitblick – für sie eingepackt hatte. Angesichts der misslichen Lage, in welche er seine Braut mit hineingezogen hatte, lockerte er seine Umarmung und löste seine widerstrebenden Lippen von ihrem Paradis.

Malina zog ihre volle Unterlippe durch die Zähne. »Ich schuldete dir einen richtigen Kuss, mein Gemahl«, sagte sie, während ihre rechte Wange so rot anlief wie die linke. Ein winziges Lächeln erstarb so schnell auf ihren Lippen, wie es aufgetaucht war. »Und ich schulde dir ein riesiges Dankeschön. Ich danke dir, Darcy.«

»Wenn Mädchen sich auf diese Weise bedanken, werde ich mich darum bemühen, künftig noch mehr deines Dankes zu verdienen.«

Stolz wie nie zuvor hielt er ihrem Blick stand. Dann schwang er sich aus dem Sattel. Er half auch ihr herunter und sie standen sich eine Weile gegenüber, seine Hände um ihre Taille, ihre an seiner Brust. Sie kaute wieder auf ihrer Lippe, was ihn vermuten ließ, dass sie erwägte, ihm noch einmal auf ihre besondere Weise zu danken. Doch sein Schaft, der stahlhart war und unter seinem Kilt ausdrücklich nach ihr verlangte, konnte diese Art Danksagung nicht mehr aushalten. Er zwang sich, sie loszulassen, und begann, Rand abzusatteln.

»Wie kann ich dir helfen?« fragte sie mit leiser Stimme.

Er wollte unbedingt ihre Schmerzen lindern. Vielleicht würde es sie trösten, wenn er sich in der Wildnis so gut wie möglich um sie kümmerte. Er war es nicht unbedingt gewohnt, fern von

Fraineach zu leben, doch sein Vater hatte ihm beigebracht, wie man sich einen Bogen und Pfeile für die Jagd baute, und dank Edmunds Voraussicht besaß er einen Sack voll Dörrfleisch und Haferflocken. Sie würde auf ihrem Weg nach Inverness, wo er Arbeit und eine Unterkunft für sie beide finden konnte, nicht hungern müssen. Er würde nicht so gut für sie sorgen können, wie er es mit dem Einkommen von seiner Mühle gekonnt hätte, doch er war stark und leistungsfähig und bereit, jede Arbeit anzunehmen, die sie und und ihr Kind mit allem versorgen konnte, was sie brauchten.

Bis er herausgefunden hatte, wie er sie – wie versprochen – in ihre Heimat zurückbringen konnte.

»Ruh dich aus, Malina«, sagte er. »Ruh dich einfach aus. Ich kümmere mich um dich.«

§

MELANIE WOLLTE SICH nicht ausruhen. Sie fühlte die Notwendigkeit, sich nützlich zu machen, denn wenn sie stillstand, schmerzten die Verletzungen ihres Gesichts sie derart, dass sie das sinnlose Grauen, wieder und wieder geschlagen zu werden, von neuem durchlebte. Sie weigerte sich, die Erinnerungen überhand nehmen zu lassen und suchte nach einer Ablenkung, während Darcy sein Pferd trockenrieb.

Sich daran erinnernd, dass Edmund gesagt hatte, er habe Essen für sie eingepackt, warf sie einen Blick in die Satteltaschen, um ein Abendessen zuzubereiten. Als sie jedoch feststellte, dass ihr Proviant hauptsächlich aus Dörrfleisch, Feigen und Haferflocken bestand, die man entweder nicht zubereiten musste, oder deren Zubereitung ihr fremd war, runzelte sie die Stirn und versuchte, sich anderweitig nützlich zu machen. Sie machte einen Versuch, Darcys ledernen Wasserbeutel neu zu befüllen, nachdem sie ihn geleert hatte, doch er kam ihr zuvor und ging zum Bach, um es selber zu tun. Sie begann, trockene Äste für ein Feuer zu sammeln, doch er sagte ihr, sie müssten damit warten, bis sie weiter nach Süden gekommen waren.

Sie fühlte sich zu nichts nütze.

Sie war nicht dumm; sie wusste genau, dass er nicht nach Ackergill zurückkehren konnte, nachdem er sie Steafans Klauen entrissen hatte. Steafan würde wahrscheinlich sogar nach ihnen suchen lassen, damit er sie beide dafür brennen sehen konnte, ihm widerstanden zu haben. Darcy war Anwärter auf die Gutsherrschaft gewesen. Er hatte ein gut gehendes Unternehmen geführt. Er hatte ein imposantes und wohnliches Haus besessen, an welches sich Erinnerungen an seine verstorbenen Eltern knüpften. Und das alles hatte er ihretwegen verloren.

Sie war eine verdammte Bürde für ihn.

Sie besaß nichts, womit sie das, was sie ihn gekostet hatte, auch nur entfernt wettmachen konnte. Zugegeben spielte sie kurz mit dem Gedanken, dass sie sehr wohl etwas besaß, das sie ihm opfern konnte. Allerdings würde dieses Opfer kein großes sein, da sie sich unwiderstehlich zu ihm hingezogen fühlte, und das nicht nur, weil er den attraktivsten männlichen Körper besaß, den sie je gesehen hatte, sondern weil er darüber hinaus freundlich, vertrauenswürdig, ehrlich und jetzt auch noch ihr Retter war.

Doch er schien sich noch nicht einmal dafür zu interessieren. Sie hatte sich ihm sprichwörtlich an den Hals geworfen, und er hatte ihr lediglich einen einzigen Kuss gegeben – und wow, was für einen Kuss! Danach hatte er sich sowohl körperlich als auch emotional von ihr zurückgezogen. Seitdem hatte er kaum noch mit ihr geredet, davon abgesehen, dass er ihr befahl, sich zu setzen, sich auszuruhen und auch weiterhin nutzlos zu bleiben.

Vielleicht war sie nicht so ganz sein Typ. Darcy, der ein hochgewachsener, strammer Krieger war, hatte wahrscheinlich eine Vorliebe für große, langbeinige, toll aussehende Frauen, und nicht für zu kurz geratene Schwangere, die ständig gerettet werden mussten.

Was auch immer der Grund für seine Unlust war, sie mochte sich nicht mehr blamieren, indem sie ihm anbot, was nicht erwünscht war. Sie wollte den Dingen, von denen sie sich erholen musste, nicht auch noch die Beleidigung seiner Ablehnung hinzufügen. *Lass die Hände von dem gutaussehenden Highlander*, ermahnte sie sich, während er neben ihr am Boden saß und ihr Feigen und mundgerechte Streifen des Dörrfleischs zureichte.

»Wenn es nicht mehr gefährlich ist, ein Feuer anzumachen, können wir uns Porridge kochen, doch vorläufig müssen wir mit dem hier Vorlieb nehmen«, sagte er.

»Das ist in Ordnung.« Sie nahm einen Schluck Wasser aus seinem Wasserbeutel, um den würzigen Salzgeschmack des Dörrfleischs herunterzuspülen.

»Morgen werde ich ein bisschen Grünzeug sammeln. Und wir werden durch Dörfer kommen. Edmund hat uns genug Geld mitgegeben, dass wir uns ab und zu unterwegs etwas zu essen kaufen können.« Er rieb sich mit der Hand über den Nacken.

»Und ich habe immer noch das Gold in der Tasche«, bot sie an.

Er runzelte die Stirn und verzog verschnupft das Gesicht. »Das gehört dir, Malina, es ist für deine Rückkehr zu deinen Leuten gedacht. Solange du bei mir bist, werde ich dich versorgen. Vielleicht nicht so gut, wie ich es in Ackergill hätte tun können, aber du sollst keinen Hunger leiden.«

Ihr schnürte sich vor Ergriffenheit die Kehle zu. Er hatte immer noch vor, ihr bei der Rückkehr nach Hause zu helfen. Sie zog es vor, wenn er sie anflehte, bei ihm zu bleiben. Jetzt sah es aus, als habe er es eilig, sie loszuwerden. Und das war kein Wunder. Schließlich war sie nichts als eine Last für ihn.

»Ich danke dir«, sagte sie, wobei sie sich so klein und lästig fühlte wie eine Mücke. Sie schniefte, um ihre Lust, sich in Selbstmitleid zu suhlen, im Keim zu ersticken, und sagte: »Ich mag das Dörrfleisch. Und Frans Mahlzeit, zusammen mit dem Frühstück, das du mir heute Morgen hingestellt hattest, decken meinen Kalorienbedarf wahrscheinlich für die ganze Woche. Dafür hatte ich dir übrigens noch gar nicht gedankt.« Ihre Wangen begannen, sich heiß anzufühlen. »Es sieht so aus, als müsste ich dir ständig danken.«

Sie musste schon wieder an eine intimere Art und Weise denken, ihm zu danken.

Als könne er Gedanken lesen, betrachtete er sie mit sanftem Blick, den er sodann auf ihren Mund lenkte. Er musste sich augenblicklich räuspern und wandte den Blick ab. An seinem Hals stieg leichte Röte empor, was sie mit einem Lächeln quittierte.

Er konnte vorgeben, sie nicht zu begehren, doch sein Blick, den er jetzt angelegentlich auf einen völlig uninteressanten Zweig richtete, sprach Bände. Von diesem Beweis seines Interesses angestachelt, gerieten ihr Gedanken außer Kontrolle und spannen sich zusammen, sie würde ihn mit sich auf den Waldboden hinunterziehen und entdecken, welche Köstlichkeit sich unter seinem Kilt verbarg.

Schon beim Gedanken daran spannte sich ihr Körper vor Verlangen an. Und es ging dabei nicht nur um Sex. Sie mochte ihn wirklich. Sie hatte ihn sogar verdammt gern. Noch vor einem Tag hätte sie wütend darauf reagiert, zu einer Heirat mit einem Mann gezwungen zu werden, der ihr beinahe fremd war. Und heute Abend fühlte sich ihre Ehe mit Darcy an, wie ein sicherer Hafen nach stürmischer Fahrt in fremden Gewässern.

Doch ihr Hafen begann langsam, sich wie ein Trockendock anzufühlen. Und das ärgerte sie mehr, als ihr lieb war.

Sie machte die Schwangerschaftshormone dafür verantwortlich, dass sie sich um ihr Sexualleben sorgte, vor allem nach einem solchen Tag. Die Erinnerung brachte sie augenblicklich zu Hamishs Brutalität zurück, als er sie ins Gesicht geschlagen und mit jedem seiner gekrümmten Fingern verletzt hatte, als seien sie aus Stahl.

Es war schrecklich gewesen. Und hätte so viel schlimmer enden können.

Ihren Bauch umschlingend, sagte sie: »Du hast gesagt, wir würden unterwegs durch Dörfer kommen. Unterwegs wohin? Wohin gehen wir?« Sie musste mit ihm reden, oder sie würde anfangen zu weinen, ohne zu wissen, ob sie wieder aufhören könnte.

»Nach Inverness«, antwortete er. »Dort kann ich Arbeit finden. Und in einem so besuchten Ort wird es ein Leichtes sein, mich vor Steafan zu verstecken. Außerdem wurde dein Kästchen dort hergestellt.« Er runzelte die Stirn. »Oder es wird dort hergestellt werden.« Die Vorstellung schien ihn einige Anstrengung zu kosten, denn er schüttelte den Kopf. »Wir könnten vielleicht herausfinden, wie du wieder nach Hause kommst, selbst wenn wir das Kästchen nicht mehr haben.«

»Müssen wir beim dortigen Laird vorstellig werden, um uns da aufhalten zu dürfen?« Sie nahm den Wasserbeutel entgegen, den er ihr reichte. Seine Finger berührten ihre, während sie einander in die Augen sahen.

»Nein. Sie sind nicht alle memmenhafte Karbunkel«, antwortete er mit einem Augenzwinkern. Sie lachten miteinander, und wenn ihr Lachen etwas zu lang dauerte, dann nur, dachte sie, weil sie beide heute Abend etwas Frohsinn gebrauchen konnten.

»Ich weiß nicht, was das heißt«, sagte sie, als ihr Lachen erstarb. »Aber es scheint zu Steafan zu passen.« Seufzend blickte sie in den Nachthimmel. Die Wolkenschicht hatte sich verzogen und eine atemberaubende Anzahl von Sternen freigelegt. Die Luft war beißend kalt geworden. Der Geruch nach Wald und Lehm wirkte anheimelnd auf sie. Es war schön hier, doch das war ihrem heimatlosen Ehemann wahrscheinlich kein Trost. »Oh, Darcy, es tut mir so leid.«

»Sei still. Du hast nichts Falsches getan.«

Sie schüttelte den Kopf. »Es ist bereits ein Fehler, hier zu sein. Es ist alles verkehrt.« Einen Anflug von Verzweiflung niederkämpfend, starrte sie in den dunklen Wald.

Nach einer Minute des Schweigens sagte er: »Erzähl mir von deiner Heimat. Sie muss ein schöner Ort sein, wenn du so dringend in sie zurück möchtest.«

Bei den Erinnerungen, die seine Worte heraufbeschworen, kullerte eine Träne aus ihrem heilen Auge. Über ihre Heimat zu reden würde alle mentalen Stützen zunichte machen, die sie in letzter Zeit zusammengehalten hatten. »Ich kann nicht«, flüsterte sie.

Sein Arm legte sich um ihre Schultern, und sie konnte nicht anders, als sich an seine Seite zu schmiegen. Sie wollte sich den Trost dieser Berührung gönnen, selbst wenn sie nicht die Bedeutung hatte, die ihr Körper ihr gerne gegeben hätte.

»Erzähl mir von deinem Zuhause«, sagte sie. »Bitte! Erzähl mir von deinen Eltern.« Sie musste sich ablenken, wenn sie vermeiden wollte, sich nach etwas zu verzehren, das womöglich völlig aussichtslos war.

Mehrere Sekunden lang blieb er still. Dann begann er zu reden: »Meine Mutter war so groß wie du, was keine Neuigkeit ist, da du ihr Gewand trägst – ich wünschte, ich könnte es dir flicken, aber ich habe kein Nähzeug dabei. Allerdings sah sie dir nicht ähnlich, musst du wissen. Ihre Augen waren so blau wie deine grün sind, und ihr Haar war so dunkel, wie deins blond ist. Ich kann mich gut daran erinnern, wie es sich kringelte, wenn der Regen kam. Sie war Edmund und mir eine gute Mutter. Mein Vater war groß, doch nicht ganz so groß wie ich. Er hatte rotes Haar, doch es war einen Ton blasser als das seines Bruders, dem du begegnet bist.« Der letzte Teil seines Satzes klang düster, woran sie erkannte, dass er von Steafan redete.

»Mein Vater betrieb die Mühle, wie schon sein Ohm, der sie gebaut hatte, nachdem er solche Mühlen unten in Aberdeen gesehen hatte.Es ist die Mühle, die Ackergill für ein so kleines

Dorf recht wohlhabend macht«, fügte er mit einer guten Portion Stolz hinzu.

Sein Akzent wurde stärker, als er über seine Mühle redete, und sie fühlte, dass er lieber über seine Arbeit als über seine Eltern sprach. Das konnte sie verstehen.

»Ich mag Windmühlen«, sagte sie. »Aber ich weiß nicht so recht, wie sie funktionieren. Kannst du mir erklären, worin deine tägliche Arbeit besteht?«

Er machte sich an eine lebhafte, umfassende Beschreibung, die von den handgenähten Segeln über den Holzaufsatz, der in den Wind gedreht werden konnte, bis zu dem Mahlvorgang reichte, wo Weizen und Gerste in gewünschter Feine geschrotet und gemahlen wurden. Er hatte den Arm von ihrer Schulter genommen, um seine Erzählung mit Gesten zu unterstreichen. Obwohl seine Berührung ihr fehlte, erfreute sie sich an seiner Begeisterung und war froh, dass es ihr anscheinend gelungen war, ihn zeitweilig von ihren Problemen abzulenken.

Nach einer Weile entspannte er sich. Er gähnte wiederholt, was sie daran erinnerte, dass er wahrscheinlich in der vergangenen Nacht nicht viel geschlafen hatte.

»Wir sollten schlafen«, sagte sie, mit Schmetterlingen im Bauch bei der Vorstellung, in seinen Armen zu liegen.

»Du schläfst«, sagte er. »Und ich halte Wache.«

»Damit bin ich nicht einverstanden. Wenn jemand heute Nacht Wache hält, dann ich.«

Er antwortete, indem er eine Braue hob, sagte jedoch nichts, weil er erneut gähnen musste. Er rappelte sich auf und stelzte in den Wald. Sie dachte, er wolle ein erneutes Gähnen vertuschen. Doch als er wenig später mit einer Armvoll Farnblättern und Kiefernzweigen zurückkam und sie am Boden auslegte, wo sie gesessen hatten, wurde ihr klar, dass er dabei war, einen Schlafplatz vorzubereiten. Sie machte sich ebenfalls daran, weiches Blattwerk zu sammeln.

Es tat gut, zu arbeiten. Und sie würde sich noch besser fühlen, sobald Darcy seinen dringend benötigten Schlaf bekam, während sie Wache hielt und sich zur Abwechslung mal um ihn kümmerte.

»Leg dich hin, Malina«, sagte er, indem er seine Pferdedecke über den Schlafplatz ausbreitete.

Sie schnaubte. Der Mann, dem sie mangelnde Ritterlichkeit nachgesagt hatte, nahm seine Pflicht als Ehemann und Beschützer mit einem Mal etwas zu ernst. »Und wann wirst du schlafen?« fragte sie sanft. »Wenn wir morgen in vollem Tageslicht reiten, wo jeder uns sehen kann, wenn er nur in unsere Richtung blickt? Was soll ich machen, wenn du vom Pferd fällst und dir den Kopf an einem Stein anschlägst? Wer wird mich dann beschützen, hmm?«

Er runzelte die Stirn, als sei er sich der möglichen Konsequenzen zweier durchwachter Nächte nicht bewusst gewesen. Er schob die Lippen in dem nachdenklichen, völlig arglosen Ausdruck vor, den sie so an ihm mochte.

»Sind wir hier wirklich in Gefahr?« fragte sie, während sie den Blick über die Lichtung streifen ließ und sich inmitten des Dickichts eigentlich sicher fühlte. »Wir könnten beide schlafen.« Bei dem Gedanken daran, er könne seine Arme um sie schlingen und ihr Gesicht an seine nackte Brust drücken, sie könne ihn küssen, oder es könne sogar zu mehr als nur zu Küssen kommen, beschleunigte sich ihr Atem. Sie biss sich auf die Lippe, nahm all ihren Mut zusammen und beschloss, ihren Schwur, sich nicht wieder zu blamieren, einfach zu missachten. »Wir könnten uns zusammen hinlegen.«

Seine Augen weiteten sich. An seiner Kehle sah man, dass er schluckte. Dann schüttelte er den Kopf. »Nein.«

Seine Ablehnung schmerzte, doch sie tat den Schmerz als nutzlos ab. Darcy brauchte Schlaf. »Wie wäre es, wenn du ein paar Stunden schläfst, während ich Wache halte, und ich dich dann wecke, damit du über mich wachen kannst, während ich schlafe?«

Er hob ruckartig den Kopf, um es sich zu überlegen. Mit unsicherer Stimme sagte er: »Es wäre unehrenhaft für einen Mann, zu schlafen, während seine Frau über ihn wacht. Die Pflicht des Gemahls besteht darin, seinen Schatz zu beschützen.«

Ihr Herz schlug Purzelbäume. Hatte er nur in Theorie gesprochen, oder sah er sie wirklich als seinen Schatz an?

»Mir scheint, dass eine gute Ehefrau sich um das Wohlergehen ihres Gemahls kümmern sollte«, sagte sie. »Wenn wir jetzt in Fraineach wären, würde man von mir erwarten, dass ich dein Essen zubereite, nicht wahr? Und dass ich den Haushalt führe.« *Und dass ich das Bett mit dir teile*, hätte sie gerne gesagt. Sie fühlte, wie sie rot anlief, hoffte jedoch, dass die Dunkelheit es verbarg. »Warum legst du dich nicht einfach hin und lässt mich zur Abwechslung für dich sorgen? Bitte!«

Er sah aus, als wolle er sich widersetzen, doch ein erneutes Gähnen ließ ihn eine Grimasse schneiden und kapitulieren. »Lass mich nicht zu lang schlafen.«

»Okay.« *Wer weiß schon, was lang ist?*

Als er die Hände an seinen Gürtel legte, beschleunigte sich ihr Puls. Er hielt inne und starrte sie an, wie ein Reh im Scheinwerferlicht.

»Kümmere dich nicht um mich«, sagte sie. »Mach es dir bequem.«

Seine Lippen zuckten, und er legte sich in voller Montur zum Schlafen, was bei ihm hieß, in Kilt und Stiefeln. Mit Ausnahme ihrer Hochzeitsfeier hatte sie ihn nie ein Hemd tragen sehen. Nichts lag ihr ferner, als sich darüber zu beschweren, doch sie fragte sich, wie er sich warmhalten würde, wenn es noch kälter wurde.

Sobald er sich hingelegt hatte, vertiefte sich sein Atem und zeigte ihr, dass er eingeschlafen war. Sie war zwar müde, doch es war zu ertragen. Heute Nacht wach zu bleiben, sollte nicht allzu schwer sein. Sie konnte morgen vor Darcy auf dem Pferd dösen und darauf vertrauen, dass ihr Ehemann sie nicht vom Sattel fallen lassen würde.

Ihr Ehemann.

Das Wort fühlte sich richtig an. Zwar beängstigend, aber richtig.

Sie war verheiratet. Will heißen, keine Single mehr. Will heißen, Frau Keith. Will heißen, bis zu ihrem Tod an einen Mann gebunden, der alles für sie aufgegeben hatte. An einen Mann, der sie nie verlassen würde.

An einen Mann, der sich ihr nicht in den Weg stellen würde, wenn sie ihn verließe.

Mit finsterer Miene ließ sie sich an einem Felsbrocken nieder, um ihren Wachtposten einzunehmen. Sie wusste nicht, was ihr mehr zu schaffen machte: dass sie dabei war, Darcy zu verlassen, oder dass er nicht genug für sie empfand, um sie zum Bleiben zu überreden, sondern ihr sogar beim Weggehen helfen wollte.

Würde sie immer noch mit ihm verheiratet sein, wenn sie fortging? Was, wenn er eine andere Frau fände, die er gerne heiraten würde, und es nicht tun könnte, weil sein Ehrgefühl es ihm nicht erlaubte? Würde sie sich, angesichts der Tatsache, dass sie in der Vergangenheit einen Ehemann besaß, jemals wieder auf einen Mann einlassen können?

Oh Gott, wenn sie wieder zu Hause war, würde Darcy ja schon lange gestorben sein!

Der Gedanke war ihr so schmerzlich, dass ihr der Atem stockte.

Nein. Sie durfte sich von ihren Vorstellungen nicht herunterziehen lassen. Sie war nicht daran schuld, dass sie sich hier befand – okay, sie hatte diesen dummen Wunsch ausgesprochen – aber wenn sie nicht alles tat, um nach Hause zurückzukehren, würde sie die Schuld am Gram ihrer Eltern tragen. Und auch am Gram ihrer Freunde. Außerdem konnte sie nicht das Risiko eingehen, ihr Baby in einer Zeit mit dermaßen rückständigen medizinischen Praktiken zur Welt zu bringen. Wenn ihrem Baby etwas passierte, würde es ebenfalls ihre

Schuld sein.

Wie konnte sie mit sich im Reinen leben, wenn sie nicht alles daran setzte, nach Hause zu kommen?

Sie lenkte ihre Gedanken von Darcy weg und versuchte, einen Plan für ihre Rückkehr ins einundzwanzigste Jahrhundert zu erstellen, doch ihr fiel nichts ein, was sie dem bereits bestehenden Vorhaben, nach Inverness zu gehen und nach MacLeod zu suchen, hinzufügen konnte. Sie seufzte frustriert. Als die Nacht voranschritt und ihre Müdigkeit die Anstrengung, nicht an Darcy zu denken, untergrub, ertappte sie sich dabei, Pläne für eine Sache zu schmieden, die viel aufregender war als eine Zeitreise: die Verführung ihres widerstrebenden Gemahls.

Kapitel 11

DER MORGEN DÄMMERTE, es war kalt und neblig. An einem solchen Morgen hätte Melanie es sich normalerweise mit einer Tasse Tee und einem Liebesroman gemütlich gemacht, doch jetzt war sie so aufgeregt, dass sie weder das eine noch das andere allzu sehr vermisste. Im ersten Morgenlicht sprang sie auf die Füße. Sie konnte es kaum erwarten, ihren neuen Plan umzusetzen.

Im Laufe der langen Nacht, in welcher sie wachsam geblieben war, obwohl keine Gefahr bestand, war sie sich einiger Dinge bewusst geworden. Das erste davon war, dass Darcy ihr wichtig war. Das zweite, dass sie ihm wichtig war. Das dritte, dass sie verheiratet waren. Und das vierte, dass sie nicht nur mit ihm schlafen wollte, sondern es sogar brauchte. Ihre Hormone hatten monatelang nach Sex geschrien, und sie sah absolut nicht ein, warum sie ihre Bedürfnisse nicht von ihrem Ehemann stillen lassen, und sich gleichzeitig um seine kümmern sollte. Das fünfte – mit dem sie sich mehr als die halbe Nacht auseinandergesetzt hatte – war, dass sie nicht mit Sicherheit davon ausgehen konnte, wieder nach Hause zu kommen. Sie würde es weiterhin versuchen, doch sie hatte es hier mit Zauberkraft zu tun. Falls es ihr gelang, den Rückweg nach Hause zu finden – was wenig wahrscheinlich war – würde sie sich, wenn es dann soweit war, einfach damit abfinden müssen, was es für Darcy und sie bedeutete.

Doch jetzt, in diesem Moment, wo die Sonne den Nebel

durchdrang und ihr umwerfend gut aussehender Ehemann in komischer, jedoch ausgesprochen rührender Weise im tiefsten Schlaf alle viere von sich streckte, empfand ihr Herz tiefen Frieden, der nun, wo sie den Mut hatte, das Gefühl zuzulassen, ihre Befürchtungen von ihr nahm. Mit einem Gefühl der Leichtigkeit, wie sie es seit ihrer Ankunft im sechzehnten Jahrhundert, und genaugenommen seit noch viel längerer Zeit nicht erlebt hatte, schlenderte sie durch den Wald zum Bach, wo sie sich auszog, um ein eisig kaltes Bad zu nehmen.

Nachdem sie ihr Kleid wieder übergezogen hatte, sorgfältig darauf achtend, den Riss an der Schulter nicht zu verlängern, lehnte sie sich vornüber, um ihre Brüste zur Geltung zu bringen. Sie nickte beifällig beim Anblick der michweißen Hügel, die gewachsen waren, seit sie den dritten Monat hinter sich hatte, und wandte ihre Aufmerksamkeit ihrem Haar zu, das sie aufschüttelte und in lockeren Wellen um ihr Gesicht legte. Mit ein bisschen Glück würde ihr Haar von ihrem zugeschwollenen Auge ablenken, das sie nur mit Hilfe von Zeigefinger und Daumen öffnen konnte. Ihren Gemahl mit einem Auge verführen zu wollen, das wie ein interessant gefärbter Schmalzkringel aussah, war zwar eine echte Herausforderung, doch die konnte sie heute gebrauchen.

Da an ihrer Erscheinung nichts mehr zu verbessern war, machte sie sich auf den Weg zurück zur Waldlichtung. Auf halbem Weg hörte sie Darcy panisch nach ihr rufen.

»Malina! Wo bist du, Mädel? Malina!«

Sie rannte zwischen Farnkraut und Bäumen in seine Richtung, wobei sie sich im Geiste dafür in den Hintern trat, ihm Sorgen bereitet zu haben.

»Hier bin ich! Ich bin gleich da!«

Noch bevor sie Darcy erblickte, zeugte lautes Knacken und Rascheln davon, dass sich ein kräftiger und anscheinend wildgewordener Highlander seinen Weg durch den Wald bahnte. Zweige ragten aus seinem Haar. Sein Kilt war von der Schulter halb auf seinen Arm heruntergerutscht. Er atmete schwer und warf wilde Blicke um sich. Ja. Wildgeworden war der richtige Ausdruck für seinen Zustand.

»Himmel, Mädchen, ich dachte – « Er rieb sich mit der Hand übers Gesicht, wischte die Wildheit von seinen Zügen. »Was dachtest du?« Sie kam auf ihn zu. Ihn in solcher Aufregung zu sehen, weil er sich um sie gesorgt hatte, erweckte etwas Besitzergreifendes und Weibliches in ihr. »Dass ich dir in der Nacht davongelaufen wäre?«

Er wandte den Blick von ihr ab, tat so, als betrachte er den Wald. »Du hast mich nicht geweckt«, sagte er vorwurfsvoll und mehr als verärgert, als er ihr seinen Blick wieder zuwandte.

»Ich war nicht müde«, log sie. »Außerdem sahst du so süß und anziehend aus, wie du alle viere von dir strecktest.« Sie trat noch näher an ihn heran, legte die Hände auf seine Brust und vergrub ihre Finger in ihrer weichen Behaarung. Heute würde sie keine Gnade kennen. »Ich wollte mich nicht um den Anblick bringen.« Sie zog ihre Unterlippe verführerisch durch die Zähne und ließ sie wieder los. Das letzte Mal, als sie das getan hatte, war es ihm nicht gelungen, den Blick von ihrem Mund zu lösen.

»Allmächtiger!«, stieß er hervor. Ohne ein weiteres Wort umrundete er sie und hielt auf den Bach zu.

Mit einem Lächeln auf den Lippen kehrte sie zur Waldlichtung zurück, wo sie Darcys Pferd mit einem fröhlichen ›guten Morgen!‹ begrüßte.

§

WAS IN TEUFELS Namen war in seine Malina gefahren? Und war es möglich, dass sie schöner aussah, als er sie je gesehen hatte? Wie konnte das sein, wo sie die ganze Nacht kein Auge zugetan, und Hamish sie gestern so übel zugerichtet hatte? Der süße Flunsch ihres Rosenknospenmunds, der silbrig blonde Glanz ihres windzerzausten Haars und – der Himmel stehe ihm bei – die üppige Fülle ihrer Brüste, um die er seine Hände legen wollte, hatten ihn ihr zugeschwollenes Auge vergessen lassen.

Es würde ihn noch umbringen, ihr so nah zu sein, wenn sie so allerliebst aussah und ihm immer Dinge sagen musste, die ihm wie bei keinem anderen Mädchen zuvor das Gefühl gaben, ein Mann zu sein. Wenn er bloß nicht ein so groß geratener Mann wäre, wenn er ihr nur der Gatte sein könnte, den sie verdiente, dann würde sie vielleicht bei ihm bleiben.

Er stapfte durch den Bach und spritzte sich unterwegs sauber. Auf der anderen Seite hatte er gelbe Löwenzahnblüten im Gras leuchten sehen. Er sammelte ihre grünen Blätter, als Beilage zu den Feigen in seiner Satteltasche.

Als er auf die Lichtung zurückkam, stand Malina bei Rand, streichelte seine Nase und murmelte ihm Koseworte zu. Sein Pferd hielt die Augen halb geschlossen und genoss die Aufmerksamkeit, die sie ihm schenkte.

Als sie zärtlich an einem seiner entspannten Ohren zog, drückte der Kerl seinen Kopf in ihre Hände, damit sie besser an ihn herankam. Wenn Rand nicht bereits kastriert gewesen wäre, hätte Darcy es auf der Stelle besorgt.

Als sie ihn erblickte, tänzelte seine Frau mit einem betörenden Lächeln auf den Lippen auf ihn zu. Seine Augen hingen wie hypnotisiert an ihren hervorquellenden Brüsten. Das Kleid seiner Mutter war allem Anschein nach etwas zu eng für ihre Oberweite, so dass ihr cremeweißes, üppiges Fleisch sich gefährlich in ihrem Ausschnitt drängte, als würde es am liebsten heraushüpfen. Wenn er daran dachte, dass durch Hamishs rohe Behandlung eine ihrer kostbaren Rundungen der Öffentlichkeit preisgegeben worden war, empfand er einen Stich im Magen.

Zum ersten Mal in seinem Leben hegte er den verräterischen Gedanken, sein Ohm sei kein ehrenhafter Laird. Seiner ängstlichen Natur soweit nachzugeben, eine unschuldige Frau so grob zu behandeln, ging entschieden zu weit. Irgendetwas stimmte mit Steafan nicht. In ihm musste etwas zerbrochen sein, als er erst Willie und dann Darla verlor. Er wusste nicht, ob man einen solchen Fehler beheben konnte, doch um derer willen, die er in Ackergill zurückgelassen hatte, hoffte er darauf.

Aodhan hatte ihn allerdings überrascht. Obwohl er sich selbst zu Malina hingezogen fühlte, hatte er es Darcy nicht übelgenommen, sie für sich beansprucht zu haben. Der sonst so abgebrühte Feldherr hatte bewiesen, dass er ein warmes Herz besaß. Das ließ er Steafan besser nicht wissen, denn der Kerl war so verrückt, dass er versuchen könnte, es ihm entzwei zu reißen.

»Was gibt's zum Frühstück?«, unterbrach Malina sein Grübeln.

Nichts war ihm lieber, als seine Gedanken von Burg Ackergill zu lösen und auf sie zu lenken. Sie teilten ein einfaches, jedoch angenehmes Mahl und waren schon bald wieder unterwegs nach Süden. Er hielt Rand im Schritt, um dem Wallach nach dem stundenlangen Galopp des Vortags Erholung zu gönnen. Zu seinem Vergnügen und gleichzeitig zu seiner Bestürzung begann Malina, mit ihren Fingern über seine Hände zu streichen, welche die Zügel hielten.

»Ich mag deine Hände«, sagte sie. »Sie können ein Schwert führen, das breiter als ein Zaunpfahl ist und die großen Zahnräder einer Mühle bedienen, doch bei all ihrer Stärke können sie auch erstaunlich sanft sein. Es hat mir gefallen, dir beim Waschen dieser Löwenzahnblätter zuzusehen. Es war eine so delikate Aufgabe für solch große, fähige Hände.«

Ihr Lob, zu dem sich das zarte Streicheln ihrer Finger gesellte, staute so viel Emotion in seiner Brust an, dass ihm das Atmen schwerfiel.

»Außerdem können deine Hände gut trösten. Ich war neulich abends so verzweifelt. Weißt du, als mir bewusst wurde, dass das Kästchen mich nicht nach Hause bringen würde. Da hast du mich in den Arm genommen und meinen Schmerz gelindert. Und gestern haben diese schnellen, tapferen Hände mich vor etwas gerettet, das man sich noch nicht einmal vorstellen mag.« Ihre Stimme stockte, genau wie sein Herz. »Diese Hände geben mir ein Gefühl der Sicherheit.«

Es hätte ihn nicht überrascht, wenn sein Brustkorb vor Freude zersprungen wäre.

»Meine Hände waren nicht schnell genug, um Steafan dein Kästchen abzunehmen. Es tut mir leid.«

»Das ist schon in Ordnung. Ich glaube sowieso nicht, dass das Kästchen funktioniert hätte. Vielleicht funktioniert es für jede Person nur einmal. Oder es handelt nach Gutdünken. Überlasse es Steafan ruhig. Ein launenhaftes Artefakt für einen launenhaften Laird. Vielleicht wird es ihn an unserer Stelle bestrafen.«

Kichernd lehnten sie sich aneinander. Malinas Hände legten sich auf seine, und er ließ seine Handgelenke auf ihren Schenkeln ruhen. Ihre Hüften wiegten sich im Rhythmus von Rands Schritten. Ihr Körper schmiegte sich bequem an seinen. Er drückte sich hart wie ein Fahnenmast an ihre Hinterseite, doch es schien ihr nichts auszumachen.

Es schien sie überhaupt nicht zu stören.

Während sie durch ein grasbewachsenes Tal ritten, das sie einen weiten Bogen um das mittelgroße Dorf machen ließ, in dem der Großteil der MacBanes lebte, suchte er nach einem Kompliment, mit dem er sich für das revanchieren könnte, was sie über seine Hände gesagt hatte. Seine Gedanken stolperten über so viele Komplimente, dass er sich gar nicht entscheiden konnte.

Bevor er dazu kam, auch nur ein einziges auszusprechen, sagte Malina: »Du hast mich nach meiner Heimat gefragt. Wenn es dich immer noch interessiert, werde ich dir ein bisschen darüber erzählen. Aber ich warne dich. Sie ist ganz anders als deine Highlands.« Sie verstummte, als warte sie auf seine Zustimmung.

»Aye«, sagte er. »Ich würde gerne darüber hören.« Er mochte

ihre geruhsame Art zu sprechen. Er könnte sie den ganzen Tag reden hören; jeden Tag. Bis ans Ende seiner Tage.

Er hörte ihr zu, während sie von ihrem Heimatland Amerika erzählte, dessen König sie als »Präsident« bezeichnete, und von diesen mechanischen Erfindungen, die sie »Auto« nannte, und die anscheinend sowohl die Pferde wie auch die Wagen ersetzten, und wie einfach es für sie war, alle Lebensmittel, die sie brauchte, in einem einzigen Warenhaus einzukaufen, dass sie einfach den »Laden« nannte, in welchem sie mit Münzen bezahlte, die sie mit ihrem »Job« verdiente. Anscheinend war sie viel mehr als nur eine Lehrerin, vielmehr eine Hüterin historischer Artefakte. Sie redete von ihrer Familie, und es verblüffte ihn zu hören, dass es für eine junge Frau nicht ungewöhnlich war, von ihren Eltern entfernt zu leben und lange Jahre unverheiratet zu bleiben.

Während sie von all diesen sonderbaren Vorgängen und wundersamen Erfindungen sprach, nahm er die Zügel in eine Hand und umschloss mit der anderen eine ihrer zarten Hände. Er strich mit seinem Daumen über ihre Knöchel, ergötzte sich an ihrer glatten Haut und freute sich, dass ihre Finger auch nach seinen griffen, als verlange sie genauso danach, ihn zu berühren, wie er sie.

»Wo ist dein Amerika?« fragte er, indem er das kühle Sonnenlicht auf seinen Schultern und ihren reinen, einzigartigen Duft genoss, der mit seiner an Eiercreme erinnernden sanften Süße seine Lungen füllte.

»Es liegt auf der anderen Seite des Atlantischen Ozeans«, antwortete sie. »Es ist sehr weit weg, und, hm, in dieser Zeit wird es gerade erst von Europäern entdeckt. Obwohl in meiner Zeit Millionen von Leuten dort leben, die aus Europa, Asien, Afrika und von überall rund um den Globus gekommen sind.«

»Wie kommt es, dass sich innerhalb von fünfundzwanzig Jahren so viele Leute in deinem Land niedergelassen haben?« fragte er. »Sie müssen in den nächsten Jahren in Scharen an euren Küsten ankommen.«

Malina schwieg eine Weile. Sie drückte seine Hand mit nervöser Anspannung. »Es sind nicht fünfundzwanzig Jahre«, sagte sie schließlich. »Eher fünfhundert. Das Kästchen war sehr alt, als es zu mir ins Museum kam.«

Ihre ruhige Aussage verschlug ihm den Atem. »Fünfhundert«, wiederholte er. »Das Jahr, aus welchem du kommst, wäre demnach 2017?«

»Das kommt so ungefähr hin«, sagte sie in kläglichem Tonfall. »Was sind schon ein paar Jahre, wenn man von einem so großen Zeitunterschied spricht? So, wirst du jetzt ausflippen?« Sie lockerte den Griff ihrer Hand, als ginge sie davon aus, dass er sich ihr entziehen würde.

Doch er tat es nicht. Er hielt sie fest. »Ich weiß nicht, was ausflippen ist, aber ich will deine Hand nicht loslassen. Mir ist egal, ob zwischen unseren Heimaten fünfundzwanzig, fünfhundert oder tausend Jahre liegen. Ich bin froh, dich jetzt hier bei mir zu haben.«

Malina drehte sich zu ihm um und sah ihn an. In ihren Augen zitterten zurückgehaltene Tränen. »Das ist sehr lieb von dir. Ich bin – ich bin auch froh, hier bei dir zu sein.«

Ihr Lächeln zitterte. Sie sah nicht froh aus. Seine arme Malina sah aus, als sei ihr das Herz gebrochen. Und das war kein Wunder. Ihr Amerika hielt Wunder bereit, von denen seine Leute noch nicht einmal geträumt hatten. Und in ihrer Zeit lebten ihre Eltern und es ging ihnen gut. Obwohl sie nicht mit ihnen zusammenlebte, sprach sie oft mit ihnen, wofür sie einen dieser sonderbaren mechanischen Gegenstände verwendete, mit welchen Stimmen über große Entfernungen hinweg übertragen werden konnten. Sie mussten sich Sorgen um sie machen, und sie fehlten ihr schrecklich. Wenn seine Eltern noch am Leben wären, und er durch Zauberhand von ihnen getrennt worden wäre, hätte er keine Ruhe, bis er zu ihnen zurückgefunden hätte.

Er würde keine Rast haben, bis sie wieder zu Hause war. Er hatte es bereits versprochen, doch jetzt war es mehr als ein

Versprechen.

Es war sein Ziel. Er würde sie in dieser Beziehung nicht enttäuschen. Er würde sie nie wieder enttäuschen.

Als hätte der Teufel ihn gehört und wolle ihn auf die Probe stellen, trug der Wind Hufgeklapper an seine Ohren. Er ließ ihre Hand los, um die Zügel fest in beide Hände zu nehmen. Er hoffte, dass sein Pferd sich genügend erholt hatte, da es so aussah, als sei die Zeit des ruhigen Schritts vorüber. Er trieb Rand in den Trab und ritt eine kleine Anhöhe hinan, von wo aus er auf das Tal zurückschauen und sehen konnte, wer ihm folgte.

Er konnte mehrere hundert Meter entfernt fünf Reiter ausmachen, die die meiste Zeit von Buschwerk verborgen blieben. Selbst aus dieser Entfernung erkannte er Hamishs gedrungene Silhouette auf seinem Rappen. Und Gils nach allen Seiten abstehendes rotes Haar. Gil war der Mann, der seinem Vater und den anderen älteren Keiths das Spurenlesen beigebracht hatte.

»Verdammter Mist.«

»Ist es Steafan?« fragte Malina.

»Aye.Wie ich befürchtet hatte. Er hat sie auf uns angesetzt.« Er fluchte erneut. Die Tatsache, dass Steafan ihnen so viele Männer und seinen besten Spurensucher auf den Hals gehetzt hatte, beunruhigte ihn zutiefst, außerdem ärgerte es ihn, dass sein angenehmer Ritt mit seiner Frau unterbrochen wurde. »Halt dich fest, meine Malina. Es wird Zeit, zu fliegen.«

Mit einem Druck seiner Ferse und einem kurzen Befehl trieb er Rand in den Galopp. Er sorgte sich nicht darum, dass man ihn sehen konnte; wenn Gil dabei war, würden sie sowieso wissen, dass er hier war.

Jetzt mussten sie auf Rand vertrauen, und wenn er schon einem Pferd vertrauen musste, so war er froh, dass es Rand war. Doch der Wallach war nur ein einziges Pferd und er trug zwei Reiter. Er würde auf die Dauer nicht in der Lage sein, Steafans Gefolgschaft auf Distanz zu halten, und selbst wenn es ihm gelang, stand für ihn mehr auf dem Spiel, als nur gefangen zu werden. Sie würden wahrscheinlich in allen Dörfern, durch die sie kamen, verbreiten, dass er sich mit den Keiths nicht gut stand.

Dann wäre es nur noch eine Frage der Zeit, bis ganz Scotia nach einem hochgewachsenen Mann und seiner kleinen Frau Ausschau halten und Ackergill benachrichtigen würde, wenn sie gesehen wurden.Es wäre kein Leben für seine Malina, von einem Ort zum nächsten zu fliehen, und dabei ständig über die Schulter nach Hamish oder Aodhan oder Gil oder Steafan selbst Ausschau halten zu müssen.

Er überlegte, wie er es fertigbringen konnte, seinem Ohm zu entkommen, und zwar nicht nur heute, sondern für immer.

Da gab es nur eine einzige Möglichkeit, und er war noch nicht einmal sicher, ob sie funktionieren würde. Zudem gefiel ihm die Idee nicht besonders. Aber Malina zuliebe würde er es versuchen.

»Ich habe mich umentschieden«, rief er ihr durch den Wind zu. »Inverness wird warten müssen. Wir reiten nach Dornoch.«

§

»DAS SOLL WOHL ein Witz sein!« rief Melanie, als sie zu dem riesigen Schloss hoch blickte, das hinter den Bäumen hervorragte. Obwohl es innerhalb der letzten Stunde dunkel geworden war, erschien ihr das imposante Sandsteingebäude, mit seinen erleuchteten Fenstern und seinem steil abfallenden Steinfundament verblüffend vertraut. Es war ausführlich in People Magazine beschrieben worden, als sie in der Abschlussklasse der Highschool war, und während ihrer Recherchen für die Ausstellung war ihr ein neuerer Artikel über die historische Stätte untergekommen.

»Ist das nicht Skibo Castle?«

»Kennst du es?« fragte Darcy, während er Rand durch die

Stadt auf das hochaufragende Gebäude zu lenkte.

»Madonna und Guy Ritchie haben damals im Jahr 2000 dort geheiratet. Und um 1898 wurde es von Andrew Carnegie gekauft und nach Jahrhunderten der Vernachlässigung vollkommen renoviert. Sie müssen es verdammt originalgetreu restauriert haben. Es sieht genau wie auf den Fotos aus.«

»Das alles erwähnst du dem Murray gegenüber besser nicht, insbesondere nicht, dass es zu einer Ruine verkommen war.«

Sie gab ein freudloses Lachen von sich. »Keine Sorge. Mir ist nicht nach Selbstmord.«

»Außer, wenn du Edmund und Fran beim Vögeln zuhören musst.«

Jetzt musste sie wirklich aus vollem Herzen lachen, was ihr half, die im Laufe des Tages aufgestaute Anspannung loszuwerden. Wie sich herausgestellt hatte, war es ziemlich stressig, mehrere Stunden am Stück über den Hals eines Pferdes gebeugt dahinzugaloppieren, noch dazu mit einer Truppe tollwütiger Highlander auf den Fersen. Obwohl sie zugeben musste, dass sie von ihren Verfolgern keine Spur mehr gesehen hatte, seitdem sie sie in jenem Tal erspäht hatten.

»Warum Dornoch?« fragte sie, als Rand eine Steinmauer umrundete und auf eine große Scheune zuhielt. »Werden wir hier vor Steafans Handlangern sicher sein?«

»Aye, zumindest für einen oder zwei Tage. Rand hat uns durch seine Schnelligkeit einen gewissen Vorsprung verschafft, außerdem habe ich den Umweg über die Lehmhügel genommen. Sie werden nicht damit gerechnet haben, dass wir uns dann inmitten der Hügel nach Osten gewendet haben, und dort auf den Felsen hinterlassen Pferde keine Spuren.« Darcy hatte Rand auf dem roten, felsigen Gelände in den schnellen Schritt gezügelt. »Vielleicht haben wir sie gänzlich abgeschüttelt. Doch wenn Steafan entschlossen genug ist, wird er uns bestimmt irgendwann finden.«

Er ließ sie mit diesem wenig tröstlichen Gedanken allein, saß ab und führte Rand zum Eingang der Scheune, wo ein aufgeschossener Junge erschien, um sie in Empfang zu nehmen. Darcy gab ihm ein paar Münzen und befahl: »Sieh zu, dass du ihn eine Weile trocken führst. Er hat ein anstrengendes Rennen hinter sich. Und dann gib ihm so viel Hafer, wie er will.« Er half ihr herunter und klopfte dem Pferd mehrere Male fest an die schweißgetränkte Flanke. »Guter Junge, Rand. Guter Junge.«

Dann sah er sie besorgt an. »Ist mit dir alles in Ordnung?«

Ihre Beine fühlten sich gummiartig an, und ihre Knie schmerzten immer noch von der unangenehmen Behandlung in Steafans Amtsstube, doch davon abgesehen ging es ihr erstaunlich gut, wenn man bedachte, dass sie beide den größten Teil der vergangenen zwei Tage damit verbracht hatten, um ihr Leben zu rennen. »Mir geht es gut«, antwortete sie. Sie hatte es Rand zu verdanken. Sie rieb dem Pferd zwischen den geblähten Nüstern über die Nase und sagte: »Danke, Großer. Ich weiß, dass es für dich nicht einfach war.«

Das Pferd nickte müde mit dem Kopf, dann führte der Stalljunge es zu einer Koppel, um es abzukühlen.

»Was passiert jetzt?« fragte sie Darcy.

»Wir gehen nach Schloss Skibo hoch«, sagte er mit finsterer Miene. »Und werden sehen, ob die Gerüchte stimmen.«

Kapitel 12

VOM AKKURATEN RÖMERSCHNITT seines grau-weißen Haars über seinen glänzenden, mit Silber und Edelsteinen verzierten Schwertgriff bis hin zu seiner luxuriösen Gürteltasche, deren Besatz Melanie als traditionelles Kaninchenfell erkannte, kam Laird Wilhelm Murray daher wie der Inbegriff eines schottischen Kriegerkönigs. Er trug einen weinroten großen Kilt über ein ledernes Hemd drapiert, das ihm gleichzeitig als leichte Rüstung diente. Der schwere Wollstoff schwang bei jedem seiner Schritte majestätisch mit, als er die geschwungene Treppe hinabschritt. An seinem Arm ging Lady Constance Murray, die mit ihrem kastanienbraunen, französischen Renaissance-Kleid mit geschnürtem Mieder und ihrem hochgesteckten, graumelierten Haar, auf dem ein silbrig schimmerndes Diadem saß, ebenso hoheitsvoll auftrat. Ein weiter Kapuzenumhang aus Murray Plaid bedeckte lose ihren Kopf und wehte hinter ihr her.

Von der Erhabenheit ihrer Erscheinung beeindruckt, machte Melanie auf wackligen Beinen einen Hofknicks.

Laird Murrays silberblaue Augen hefteten sich auf sie. Seine Lippen zuckten. »Das war nicht nötig, Mädchen. Ein Laird ist kein König, obwohl manche so tun, als ob.« Er ging auf Darcy zu und baute sich mit den Händen im Gürtel vor ihm auf. Er musste mindestens 1,82 m groß sein.

Lady Murray blieb im Hintergrund und sah sie mit klugen, haselnussbraunen Augen prüfend an.

»Mein Hauptmann der Wache sagte mir, dass Ihr ein Keith

seid und eine Audienz bei mir wünscht«, sagte der Laird.

»Aye«, antwortete Darcy. »Ich möchte mich für die Störung entschuldigen. Wir sind gekommen, um vor Laird Steafan von Ackergill Schutz zu suchen.«

Laird Murray gab ein sehr schottisches, knurrendes Gebrumm von sich, das mehr Konsonanten enthielt, als sie es in einer einzigen Silbe für möglich gehalten hätte. »Vielleicht solltet Ihr besser mit uns zu Abend essen und mir dabei erzählen, worum es hier geht. Ich nehme an, dass Ihr noch nicht gegessen habt.«

»Wir nehmen jegliche Gastfreundschaft, die Ihr uns gewähren möchtet, dankbar an«, antwortete Darcy.

Eine rundliche, schon ältere Magd führte sie in ein wunderschön möbliertes Schlafzimmer mit einem hohen Himmelbett und doppeltem Waschgeschirr.

Darcy warf seine Satteltasche auf den Boden und lehnte sein Schwert an die Wand. Er sah sich mit in die Hüften gestemmten Händen im Raum um. »Ich hatte nicht damit gerechnet, so freundlich empfangen zu werden«, sagte er mit zusammengezogenen Brauen und nachdenklich geschürzten Lippen. Sie mochte es, wenn er diesen Ausdruck annahm. Ihr fiel plötzlich auf, dass sie über ihre nervenaufreibende Flucht ganz vergessen hatte, dass sie sich vorgenommen hatte, ihren Mann zu verführen. Wenn sie am heutigen Abend wirklich in Sicherheit waren, konnte sie sich darauf freuen, ihr Vorhaben voranzutreiben.

»Hat Laird Murray den Ruf, nicht gastfreundlich zu sein?« fragte sie, während sie zu einem der Waschkrüge trat und sich mit einem feuchten Tuch das Gesicht und die Brust wusch. Sie drückte etwas Wasser heraus, dessen klare Tropfen in die Spalte zwischen ihren Brüsten rannen.

Darcy folgte dem Rinnsal mit starrem Blick. Er schluckte hörbar und wandte sich ab. »Er hat den Ruf, seinen Clan so gnadenlos zu beschützen, wie Steafan paranoid ist.« Er legte seine Hand auf die Türklinke. »Ich gehe raus, solange du dich wäschst.«

Sie kam ihm zuvor. Sie trat mit dem frisch ausgewrungenen Tuch hinter ihn und begann, es an einem seiner staubbedeckten Arme herabgleiten zu lassen. »Mir wäre es lieber, wenn du hierbliebst.«

Da er die Klinke nicht herunterdrückte, fuhr sie fort, seinen muskulösen Arm zu waschen, wobei ihre Finger sanft über den gebräunten Satin seiner Haut strichen, die von der Kühle des Wassers erschauderte. Da sie das Tuch erneut befeuchten musste, zog sie ihn zum Waschtisch und setzte ihn auf einen Stuhl. Dann fuhr sie damit fort, den Staub von seiner kräftigen, wohlgeformten Schulter und seinem sehnigen Hals zu waschen.

Als sie an seinem zweiten Arm hinabstrich, bemerkte sie, dass seine Ohren rot angelaufen waren, und er seine Hände zu Fäusten geballt auf seinen Schenkeln hielt. Die Muskeln seiner Schulter traten hervor, als könne er jeden Moment aufspringen.

Das war nicht unbedingt die Reaktion, die sie sich erhofft hatte.

Darcy Keith verhielt sich zunehmend rätselhaft. Er fand sie anziehend und wollte sie zur Frau haben, doch er wollte keine körperliche Nähe mit ihr. So viel hatte sie inzwischen mitbekommen. Doch diese Schüchternheit passte nicht zu seiner durchtrainierten Kriegerfigur und seinem blendenden Aussehen. Man konnte beinahe meinen, er sei die Aufmerksamkeit einer Frau nicht gewohnt.

Angesichts seines Unbehagens war sie versucht, ihn einfach in Ruhe zu lassen, doch sie brachte es nicht über sich, diesen ruhigen Moment nach dem anstrengenden Ritt abzubrechen. Außerdem war es ein köstliches Gefühl, diesem muskelbepackten, wunderschönen Mann ihrer Pflege zukommen zu lassen. Doch es war ihr wichtig, dass auch Darcy sich wohlfühlte. Also begann sie, ihn mit Fragen über die Murrays von dem Gefühl der Peinlichkeit abzulenken, das ihn daran hinderte, sich zu entspannen. Gab es eine Geschichte zwischen ihnen und den Keiths? War Wilhelm ein gerechter Laird? Was bedeutete es, einen anderen Laird um Zuflucht zu bitten?

Während er ihr antwortete, wurde Darcys Hautfarbe wieder normal, und sie erfuhr, dass er herzlich wenig über Wilhelm wusste, wenn man von den Gerüchten absah, laut denen Wilhelm in schreckenerregenden Streitzügen ganze Dörfer und sogar Kirchen dem Erdboden gleichgemacht haben sollte, weil andere Clans es gewagt hatten, sich mit ihm anzulegen.

»Obwohl es wohl besser wäre, diese Gerüchte ihm gegenüber nicht zu erwähnen«, fügte er am Ende hinzu.

»Ich darf also nicht erwähnen, dass sein Zuhause zu einer Ruine verfallen ist. Und seine Streitzüge darf ich auch nicht erwähnen«, sagte sie. »Worüber kann ich denn sonst mit Laird Murray reden?«

Er schob nachdenklich die Lippen vor. »Vielleicht solltest du lieber – «

»Das Reden mir überlassen«, beendete sie seinen Satz, wobei sie schelmisch versuchte, den schottischen Akzent nachzuahmen.

Ihre Blicke trafen sich im Spiegel über dem Waschtisch. »Aye«, sagte er, während ihm ein halbes Lächeln entwischte. Sein Blick wanderte von ihrem Gesicht zu dem Riss in ihrem Kleid. Der Ärmel war fast vollständig vom Mieder getrennt, so dass der Ausschnitt gefährlich herabhing. Sie musste sich vorsichtig bewegen, wenn sie nicht wie Janet Jackson öffentliches Aufsehen erregen wollte. »Ich könnte vielleicht um Nähgarn bitten und dein Kleid vor dem Abendessen flicken.«

Es rührte sie, dass er sich Gedanken um ihr Kleid machte, wo er doch bereits genug andere Sorgen hatte. »Das ist lieb von dir, aber haben wir genug Zeit dafür? Für mich und das Kleine fühlt es sich an, als müsse es jeden Moment Abendessen geben.« Sie rieb sich den leeren Magen.

Er zuckte die Schultern, während er ihrer Hand im Spiegel folgte. »Ich weiß es nicht. Sie schicken wahrscheinlich jemanden nach uns, wenn es Zeit ist. Soll ich dir ein paar Feigen aus der Satteltasche holen?«

Sie schüttelte den Kopf. Sie würde ihren Teller leeressen, soviel war sicher, doch sie würde sich nicht wie ein Raubtier darauf stürzen. Vorläufig zumindest. Wenn sie noch eine weitere Stunde auf ihr Abendessen warten musste, konnte sie für nichts mehr garantieren. Doch was sie im Augenblick beschäftigte, war das Verhalten ihres Gemahls. Er befand sich im Haus eines mächtigen Lairds, doch es schien ihn nicht zu kümmern, ob er Wilhelm Murray beeindruckte oder verärgerte. Schenkte er ihm Vertrauen, oder war er einfach naiv?

Es war Vertrauen, beschloss sie. Sie hatte Darcy mit seinem Onkel gesehen und wusste, dass er im Umgang mit Machtinhabern nicht naiv war. Aus dem, was er ihr am heutigen Abend gesagt hatte, schloss sie, dass er während ihres Ritts ausführlich über die Begegnung mit Laird Murray nachgedacht hatte. Trotzdem fragte sie sich ängstlich, was es ihn kosten würde, sie beide vor Steafan in Sicherheit zu bringen. Laird Murray sah nicht so aus, als würde er keine Gegenleistung fordern.

Doch was auch immer ihre Zukunft für sie bereithielt, jetzt war Darcy hier bei ihr, und dabei, sich nach und nach zu entspannen. Sie stellte sich zwischen seine gespreizten Schenkel und begann, mit sanften Strichen des Tuchs über seine glatte, gebräunte Stirn sein Gesicht zu säubern.

Seine Augen schlossen sich, und sie nutzte die Gelegenheit, sich an seinem umwerfend männlichen Aussehen zu erfreuen.

Seine kräftigen Kinnladen waren von einem zimtfarbenen Stoppelbart bedeckt, da er sich mehr als einen Tag nicht rasiert hatte. Seine Nase war gerade und kräftig und von der Sonne leicht gerötet. Mit seinen stolzen, hohen Wangenknochen und seinen dichten Brauen, die einen Ton dunkler als sein dunkelblondes Haar waren, sah er genauso beeindruckend aus wie das erste Mal, als sie ihm auf Berringers Field begegnete.

Doch jetzt hatte sie keine Angst mehr vor ihm. Jetzt gehörte er ihr.

Sie konnte es kaum glauben.

Sie legte den Lappen hin und fing an, bei den Spitzen beginnend, mit ihren Fingern die windzerzausten Strähnen zu entwirren, die ihm ums Gesicht fielen. Die große Anzahl gespaltener Spitzen taten seiner majestätischen Mähne keinen Abbruch. Genau genommen verliehen sie seinem Aussehen etwas Ungezähmtes, das sie daran denken ließ, wie sein kriegerisches Äußeres über die Verletzlichkeit hinwegtäuschte, die er vor der Öffentlichkeit verbarg. Was würde sie nicht darum geben, sein Haar gewaschen und ordentlich gekämmt zu sehen, und diese Strähnen über die bloße Haut ihres Leibs und ihrer Brüste streifen zu fühlen! Sie seufzte. Sie war hin und weg von Darcy.

Nun, wenn ein Mann dich so richtig heiß macht, ist es doch umso besser, wenn es sich um deinen Ehemann handelt.

Als sie mit dem Entwirren seines Haars fertig war, waren seine Schultern völlig entspannt. Seine Hände waren nicht mehr zu Fäusten geballt, sondern lagen offen auf seinen Schenkeln. Er hielt immer noch die Augen geschlossen. Seine Lippen öffneten sich zum Ausatmen. Sie musste diese Lippen wieder auf ihren spüren.

Sie legte ihre Lippen in einem langsamen, zaghaften Kuss auf seine. Sie wollte seine Komfortzone nicht überstrapazieren. Als seine Hände sich um ihre Taille legten und er sie auf sein Knie zog, um beim Küssen die Führung zu übernehmen, wusste sie, dass sie einen kleinen Sieg davongetragen hatte.

Ihr Ehemann mochte dem Sex mit ihr abgeneigt sein, doch er schien sie gerne zu küssen. Und darin war er gut! Seine Zunge schob sich sanft in ihren Mund und streichelte ihre, immer rundherum, oben und unten. Er erkundete sie gewissenhaft und meisterhaft, wie er alles tat, was er sich in den Kopf gesetzt hatte, und sie war froh, auf seinem soliden Schenkel zu sitzen, weil

Gefahr bestand, dass ihr vor Begehren die Beine versagten.

Ein Klopfen an der Tür warnte sie gerade noch rechtzeitig, bevor die Magd mit einem Arm voll Kleider hereingeeilt kam. Darcy beendete den Kuss und war sofort wieder in Alarmbereitschaft.

Sie unterdrückte ein Fluchen.

»Der Laird hat mich beauftragt, Euch diese Gewänder für das Abendessen zu bringen, da die Euren von der Reise etwas mitgenommen sind«, sagte die Magd. Damit warf sie die Sachen auf das Bett und verschwand so schnell, wie sie aufgetaucht war.

Darcy räusperte sich. »Wir sollten nicht säumen«, sagte er, während er aufstand und sie auf ihre Füße stellte. Ohne einen Blick zurück ging er zum Bett und besah sich die Gewänder: ein Kleid aus schwerem, schokoladenbraunem, mit elfenbeinfarbenen Bändern verziertem Brokat für sie, und ein zu einem Bündel gefaltetes weinrotes Plaid und ein weites Leinenhemd für ihn. Beim Anblick des Kilts runzelte er die Brauen.

»Er will, dass du seinen Tartan trägst«, sagte sie, ihre Frustration über den unterbrochenen Kuss vergessend. Sie legte ihm mitfühlend die Hand auf den Arm, als er den Wollstoff in der Hand wog.

»Das soll etwas heißen, nicht wahr?«

»Aye«, sagte er, ohne sie anzublicken. »Es bedeutet, dass er von mir erwartet, dass ich ihm heute Abend Lehnstreue schwöre.«

»Tu das bitte nicht.« Er hatte praktisch alles für sie aufgegeben. Sie würde es nicht ertragen, wenn er ihretwegen seinen Clan dadurch aufgab, dass er sich einem anderen anschloss.

»Es wäre sehr anmaßend von mir, es nicht zu tun.«

»Und ich denke, dass es sehr anmaßend von Wilhelm ist, dich in diese Lage zu bringen.« Sie verschränkte die Arme und blickte finster auf den prächtigen Tartan. Das hübsche Kleid, das ihr angeboten wurde, sah sie noch nicht einmal an.

»Nein. Ich habe ihn um seine Hilfe gebeten«, sagte Darcy. »Dies ist, was er als Gegenleistung verlangt.«

»Er will dich? Er will, dass du dein Zuhause und deine Familie aufgibst? Und wofür? Wird er uns vor Steafans Kopfgeldjägern schützen? Wenn ja, für wie lange? Müssen wir dann für immer hier in Dornoch leben? Ich verstehe das nicht. Wenn du den Kilt anlegst, heißt das, dass du nie zu deiner Mühle zurückkehren kannst? Zu Edmund und Fran?«

»So wie die Dinge stehen, können wir sowieso nicht zurück.«

»Nein.« Sie schüttelte den Kopf. »Das kann ich nicht akzeptieren. Es muss einen Weg geben.« Sie riss ihm das Plaid aus der Hand und warf es aufs Bett. »Es ist dein Zuhause. Und Steafan verhält sich völlig irrational. Könnte er nicht zur Vernunft kommen? Irgendwann?« Sie zuckte zusammen, da sie bereits ahnte, wie die Antwort lauten würde.

Darcys sonderbarer Gesichtsausdruck bestätigte ihre Vermutung. Steafan war kein Mann, der zur Vernunft kommen würde, bloß, weil ein wenig Zeit verstrichen war.

»Du kannst Ackergill nicht einfach aufgeben. Momentan lässt sich wohl nichts machen, doch nach einer Weile könnten wir Steafan vielleicht schreiben und ihm die Sachlage erklären. Oder es könnte eine Art Gerichtsverhandlung geben. Gibt es kein Gerichtssystem für Clanstreitigkeiten? Irgendeinen Dritten, der unseren Fall beurteilen und anordnen könnte, dass Steafan uns zurückkehren lassen muss?«

»Der Laird ist der einzige Richter, den ein Clan braucht.«

»Aber er ist ungerecht.« Die Stimme ihrer Großmutter hallte in ihrem Kopf wider: *»Das Leben ist nicht gerecht, Kind. Wenn du von allen und jedem Gerechtigkeit erwartest, wird eine enttäuschte Seele aus dir, das kannst du mir glauben.«*

»Aye, aber er sieht es nicht so. Und wenn ich dem Murray mein Schwert und meine Kraft zur Verfügung stelle, kann ich sicher gehen, dass Steafan dich nicht in die Hände bekommt. Er würde sich nicht mit dem Murray anlegen.«

»Das sind Fakten, Darcy. Doch was sagt dein Herz dazu?« Sie trat vor ihn hin, so dass ihr Gesicht sich mit dem soeben erwähnten Organ auf einer Höhe befand. Sie legte ihre Hand auf sein Brustbein und sah zu ihm auf.

»Wie fühlst du dich dabei?«

Er schürzte die Lippen. »Was ich fühle, ist unwichtig.Es ist meine Pflicht, dich zu beschützen. Und die Murrays sind ein großer Clan. Dornoch wäre ein schöner Ort zum Leben. Und es ist nicht weit von Inverness entfernt. So kann ich immer noch MacLeod für dich finden.«

»Denk nicht an das Kästchen. Und denk nicht an mich. Hier geht es um dich. Dornoch mag ein schöner Ort zum Leben sein, aber es ist nicht Ackergill. Tu es nicht, wenn dein Herz dir nicht befiehlt, es zu tun. Wir können einen anderen Weg finden, uns in Sicherheit zu bringen.«

Sein Blick bohrte sich in ihren. »Dann wären wir nur noch auf der Flucht. Das ist kein Leben für eine Frau, und schon gar nicht, wenn sie schwanger ist.«

Sie war auch nicht unbedingt darauf aus, wieder auf die Flucht zu gehen, doch sie wollte nicht, dass Darcy ihretwegen noch mehr verlor. Plötzlich kam ihr eine Idee. »Vielleicht können wir Wilhelm auf halbem Weg treffen.«

§

MALINA SAH IN dem Kleid, dass der Murray ihr hatte bringen lassen, wie ein Traum aus Sahne und Seide aus.

Darcy schritt mit stolzgeschwellter Brust neben ihr her, als er sie zum privaten Esszimmer des Lairds geleitete, obwohl sein Magen sich unangenehm zusammenkrampfte, wenn er daran dachte, wie Wilhelm wohl auf sein Aussehen reagieren würde. Er hatte das neue Hemd angezogen, doch er hatte das weinrote Plaid zusammengefaltet auf dem Bett liegen lassen und trug stattdessen sein eigenes braunes.

Seine Braut und er hatten sich darüber beraten, was er dem Laird am heutigen Abend anstelle seiner Lehnstreue anbieten konnte. Er musste zugeben, dass sie ein kluges Köpfchen besaß. Wenn sie Glück hatten, würde Wilhelm zu fasziniert sein, um sich beleidigt zu fühlen.

Als sie sich der dunkelbraunen Tür näherten, die von einem kraftstrotzenden, sommersprossigen Mann mit Vorderarmen wie Keulen bewacht wurde, ließen die köstliche Düfte von geschnetzeltem *Collops* und gebratenem Moorhuhn, von würzigem Salzhering und süßem *Apfelfrushie* ihm trotz seiner angespannten Nerven das Wasser im Mund zusammenlaufen. Wenn er den Murray verärgerte und dafür an den Galgen kam, würde er dabei zumindest einen zufriedenen Magen haben.

Der Wachtposten sah kurz zu Darcys Augen hoch, und sein Gesichtsausdruck wechselte rasch von Überraschung angesichts seiner Größe zu vorsichtigem Respekt. Er senkte grüßend den Kopf und öffnete ihnen die Tür zum Esszimmer, während Darcy das entspannte Lächeln aufsetzte, das er immer verwendete, um Steafan sanft zu stimmen. Er wusste zwar nicht, ob Wilhelm auch so anfällig für Stimmungsschwankungen war wie sein Ohm, doch es konnte nicht schaden, einleitend ein entwaffnendes Verhalten an den Tag zu legen.

Der Tisch war mit Porzellantellern und Silberbesteck, schlicht verzierten hölzernen Trinkschalen, Pokalen aus Zinn und spitzenbesetzten Leinentischdecken gedeckt, die seiner Mutter gefallen hätten. Wilhelm unterbrach seine geflüsterte Konversation mit seiner Gemahlin und erhob sich von seinem Stuhl am Kopfende des sechs Personen Platz bietenden Tisches. Der Gesichtsausdruck des Lairds blieb unergründlich, als er Darcys Kleidung erblickte, doch die Lippen seiner Gemahlin kräuselten sich zu einem schwachen Lächeln. Sie wirkte nicht überrascht. Vielleicht sogar etwas erfreut.

Er hatte einen guten Grund, auf die Reaktion sowohl seines Gastgebers als auch seiner Gastgeberin zu achten, da er nicht nur Wilhelms Rücksichtslosigkeit wegen nach Dornoch gekommen war. Was ihn dazu bewogen hatte, waren eher die Gerüchte um den Ursprung dieser Rücksichtslosigkeit, die sich darum woben, dass Wilhelm seine Gemahlin, Lady Constance Murray, vor dreißig Jahren, noch bevor er zum Laird wurde, unten in Edinburgh von einem brennenden Scheiterhaufen herunter gerettet hatte.

Er hoffte darauf, dass Wilhelm und er eventuell etwas gemeinsam hatten, das den Laird für ihn einnehmen konnte. Sie liebten beide eine Frau, die der Hexerei bezichtigt worden war. Und sie hatten beide viel riskiert, um diese Frau zu beschützen.

»Hat das Plaid nicht gepasst?«, fragte Wilhelm.

»Das weiß ich nicht«, antwortete er. »Ich habe es nicht anprobiert, doch es gibt andere Dinge, die ich Euch als Gegenleistung für Eure Gastfreundschaft anbieten kann.«

»Und die wären?«, fragte Wilhelm kühl.

Lady Constance verdrehte die Augen und stupste ihren Mann mit dem Ellenbogen in die Hüfte. Der Laird wandte ihr seine Aufmerksamkeit zu, und ein einziger Blick von ihr veranlasste ihn, sich schuldbewusst an Darcy zu wenden.

»Wo bleiben meine Manieren«, sagte er. »Nehmt Platz. Speist. Und erzählt, was Euch nach Dornoch bringt.«

Der Laird setzte sich und Darcy atmete erleichtert auf, während er und Malina Constance gegenüber Platz nahmen, die ironisch lächelte.

Beim Essen erzählte er Wilhelm, wie Hamish Malina keine zwölf Stunden, nachdem Steafan sie beide vermählt hatte, fortgeholt hatte. Er unterschlug die Sache mit dem Kästchen, sondern sagte nur, sein Ohm habe einen unzulässigen Grund gefunden, Malina der Hexerei zu beschuldigen und übereilig den Befehl erteilt, sie zu verbrennen.

»Ich konnte nicht tatenlos zusehen, dass er mir nahm, was er mir gerade gegeben hatte. Sie ist die Meine und ich werde sie beschützen, selbst wenn das hieße, dass ich nie wieder nach Ackergill zurückkehren kann.« Malina warf ihm einen zustimmenden Blick zu. »Obwohl ich als Steafans Erbe hoffe, dass Ackergill nicht auf immer und ewig für mich verloren ist.« Angesichts der Art, auf die er geflohen war, rechnete er nicht wirklich damit, immer noch als Nachfolger seiner Lairdschaft zu gelten, doch es konnte nicht schaden, Wilhelm seinen Rang unter den Keiths deutlich zu machen.

Als er im Schlafzimmer das Plaid des Murray in der Hand gehalten hatte, hatten sich ihm die Nackenhaare gesträubt. Er hätte sich mit dem Murray verbunden, um Malina in Sicherheit zu bringen, doch es hätte sein Herz gebrochen, Ackergill auf immer den Rücken zu kehren. Und das hatte seine Frau erkannt. Sie hatte ihn davon überzeugt, sich die Möglichkeit einer Rückkehr offen zu halten, und so lange gebohrt, bis er sich auf die Vorstellung einließ, irgendwann mit Steafans Segen in sein Zuhause in Fraineach zurückzukehren.

Er konnte sich nur einen Weg vorstellen, dies zu ermöglichen. Es musste ohne Malina geschehen.

Er hatte geschworen, sie nach Hause zu bringen, und er wollte das Vorhaben durchführen. Wenn sie in ihre Zeit zurückgekehrt und in Sicherheit wäre, würde man ihm vielleicht erlauben, zurückzukommen, obwohl Fraineach sich ohne sie nicht wirklich wie ein Zuhause anfühlen würde. Doch er hatte kein anderes, und Malina hatte Recht. Er konnte es nicht aufgeben, ohne zuvor alles daran gesetzt zu haben, dorthin zurückzukehren.

»Wenn Ihr uns Euren Schutz gewährt«, fuhr er fort, »verspreche ich Euch ein Fünftel meines Einkommens aus der Mühle, wenn ich wieder zu Hause bin. Und solange ich dazu in der Lage sein werde, werde ich kommen und an der Seite der Murrays kämpfen, wann immer ich gebraucht werde.«

Wilhelm lehnte sich auf seinem Stuhl zurück und nippte an

seinem Wein. »Ihr plant eine Rückkehr? Glaubt Ihr, dass Euer Laird Eurer Gemahlin irgendwann vergeben wird, was auch immer sie ihm angetan hat?«

Jetzt meldete sich Constance zum ersten Mal zu Wort. »Nein. Er hat vor, ohne sie dorthin zurückzukehren. Nicht wahr?« Ihr Englisch hatte weder etwas von dem rollenden Akzent der Schotten, noch von der weicheren, kultivierter klingenden Aussprache der Engländer. Genau genommen hörte es sich beinahe so an wie Malinas. »Ihr habt vor, sie durch die Zeit zurück zu schicken.«

Kapitel 13

MELANIES PULSSCHLAG BEGANN zu rasen, als sie Constances Worte hörte. Und ihren Akzent. Sie kam aus den modernen USA. Sie wusste, was eine Zeitreise war.

Doch das Wichtigste war, dass Darcy nicht abstritt, was sie gerade gesagt hatte. Er hatte vor, allein nach Ackergill zurückzukehren. Das hieß, ohne sie!

»Darcy?«, fragte sie, das köstliche Mahl vergessend. Sie hielt sich nicht an seinen Rat, in Wilhelms Anwesenheit nicht zu sprechen. Sie hatte es nicht mehr nötig, ihren Akzent geheimzuhalten. Dafür war er Constances viel zu ähnlich.

Er wandte sich ihr mit resigniertem Blick zu. »Ich habe dir mein Wort gegeben. Und ich habe vor, es zu halten. Wir haben zwar das Kästchen verloren, aber ich werde nicht nachlassen, bis ich seinen Hersteller gefunden habe. Wenn es ihm gelungen ist, ein Kästchen mit Zauberkraft herzustellen, dann kann er noch ein weiteres machen.«

Der Gedanke, nach Hause zurückzukehren, erweckte neue Hoffnung in ihr, doch die Vorstellung, Darcy zu verlassen, tat ihr im Herzen weh. Als sie ihm ausgeredet hatte, den Tartan des Murray zu tragen, war sie davon ausgegangen, dass sie einen Weg finden würden, gemeinsam nach Ackergill zurückzukehren. Sie erschrak, als ihr bewusst wurde, dass sie während ihrer Beratung mit ihrem Mann keinen Gedanken an Charleston verschwendet hatte. Wie konnte das geschehen?

Es konnte sein, dass sie vom Anblick von Darcys nacktem

Oberkörper abgelenkt worden war, als er die breite Bahn Wollstoff, die seinen sonnengebräunten, muskelbepackten Brustkorb normalerweise fast vollständig bedeckte, abgestreift hatte. Oder es war die Schuld des gleichzeitig glühenden und schüchternen Blicks, mit dem er sie betrachtet hatte, als sie ihr zerrissenes Kleid hatte zu Boden gleiten lassen, und in dem dünnen, von Fran geliehenen Untergewand dagestanden war, bevor sie ihren Weg in das beeindruckende, zeltähnliche Gewand im Renaissance-Stil gefunden hatte. Sie hatten miteinander geredet, während sie sich ankleideten, doch ihre Blicke waren dabei über den Körper des anderen gewandert, als könne nur das Reden sie vom Küssen abhalten.

Begehren. Es war reines Begehren, ermahnte sie sich. Selbstverständlich wollte sie nach Hause. Selbstverständlich wollte sie immer noch, dass Darcy ihr dabei half.

Doch leider hatte dieser Gedanke den Beigeschmack der Lüge.

Sie schenkte ihm ein dünnes Lächeln. Sie sollte ihm dafür danken, sich derart für ihre Sache einzusetzen, doch ihre Kehle war so zugeschnürt, dass sie kein Wort herausbrachte.

Constance rettete sie, indem sie das Wort ergriff. »Dann war es bei Euch ein Kästchen, das die Zauberkraft besaß?«

»Aye«, antwortete Darcy an ihrer Stelle, ohne abzustreiten, dass sie etwas mit Zauberkraft zu tun hatte.

Er hatte anscheinend verstanden, dass solche Dinge für Constance und Wilhelm nichts Neues waren. »Aber Steafan hat das Kästchen jetzt.«

»Was nicht weiter schlimm ist«, warf Melanie ein. »Das Kästchen funktionierte bei mir nicht mehr. Wir haben es versucht, doch es funktionierte nicht.« Ihre Stimme wurde gegen Ende leiser, als Constances Blick auf ihren traf.

Diese Augen blickten etwas zu klug für ihren Geschmack, als könnten sie durchschauen, was sie sich nicht eingestehen wollte. Sie starrte auf ihren Teller und schob ein Stück Fisch mit ihrem

Löffel darauf herum.

Wilhelm sprach: »Euer Laird hat Euch also vermählt, doch dann hat er von dem Kästchen erfahren und beschlossen, dass Eure Malina eine Hexe sei und letztendlich doch keine gute Keith abgeben würde. Und Ihr habt sie ihm geraubt, bevor er ihre Strafe vollstrecken konnte.«

Darcy nickte.

Wilhelm lachte freudlos auf. »Und Ihr glaubt wirklich, dass er Euch zurückkommen lassen wird, nachdem Ihr Eurer Hexenfrau dabei geholfen habt, ihre Zauberkraft dazu zu benutzen, durch die Zeit zu reisen?«

Darcy verzog das Gesicht. »Ich hatte nicht vor, meinem Ohm zu erzählen, ich hätte ihr geholfen, Zauberkraft einzusetzen. Ich will einfach nach Hause gehen, sobald sie in Sicherheit ist, Steafan erzählen, dass meine Frau mich verlassen hat und ihn um Verzeihung bitten.«

Wilhelm zog amüsiert, jedoch skeptisch eine Braue hoch.

Constance sagte: »Ich frage mich, was Malina von alldem hält. Oder sollte ich Melanie sagen? Wo kommt Ihr her, meine Liebe?«

»Aus Charleston«, antwortete sie. »Und Sie haben Recht. Ich heiße Melanie. Melanie Burns.«

»Melanie Keith«, verbesserte Darcy sie, indem er ihre Hand nahm. »Du kannst meinen Namen für immer behalten. Er ist mein Geschenk an dich. Wenn du es möchtest.«

Sie biss sich von innen in die Lippe, um ihre Gefühle in Schach zu halten. Melanie Keith. Dieser Name gefiel ihr viel zu sehr, und die damit verbundenen Gefühle sogar noch mehr.

Wie konnte sie sich sentimentale Gedanken über Nachnamen machen, während sie mit einer Frau, die durch die Zeit gereist war wie sie, beim Abendessen saß? Mit einer Frau, die vielleicht wusste, wie sie nach Hause kommen konnte.

Mit einer Frau, die allerdings selbst nicht nach Hause zurückgekehrt war, und sie nun mit funkelnden Augen anblickte.

»Kommt, Melanie«, sagte Constance und erhob sich. »Lassen wir unsere Gemahle ihren Vertrag ausarbeiten.«

Sie blickte unentschieden von Constance zu Darcy.

»Geh nur«, sagte Darcy. »Wir sehen uns später.«

Sie drückte seine Schulter, als sie an ihm vorbeiging und verließ das Esszimmer mit Constance, die sie in einen höher gelegenen Raum mit vergoldeten Spiegeln und großer Marmorbadewanne führte, die mit ihrem Wasserhahn aus Bronze und ihren soliden Hebelgriffen erstaunlich modern aussah.

»Was mir am meisten gefehlt hat, waren warme Bäder«, sagte sie, während sie einen der Hebel umlegte. Aus dem Hahn floss Wasser, das zu Melanies Überraschung zu dampfen begann. Constance drapierte ihren Mantel über einen gepolsterten Brokatstuhl und hob den anderen Hebel zur Hälfte an. Sie zwinkerte Melanie zu. »Wilhelm besteht darauf, diesen Raum geheim zu halten, insbesondere vor dem Gesinde, dem befohlen wurde, jeden Abend von Sonnenuntergang bis Mitternacht unter einem Wassertank, der unter diesem Raum liegt, ein starkes Feuer in Gang zu halten. Wir haben endlos darüber diskutiert, ob Schottland für Warmwasserversorgung im Haus bereit ist. Ich habe für Ja gestimmt. Er befürchtet, dass es das Gewebe der Zeit aufdröseln könnte, oder sonst irgendeinen Unsinn, und ich dann folglich gar nicht mehr existieren würde. Er stellt sich vor, ich würde mich in Luft auflösen, wenn ich etwas Verkehrtes preisgebe. Er befürchtet immer das Schlimmste.. Nun, worauf warten Sie noch? Ziehen Sie ihr Kleid aus!«

Sie versuchte, es zu verbergen, doch die feinen Linien um den Mund von Lady Murray verrieten, dass es ihr großes Vergnügen bereitete, ihre kleine Oase mit ihrem Gast zu teilen. Das warme Wasser war so verlockend, dass sie sich ihres Kleids und Unterkleids entledigte, ohne sich Gedanken darüber zu machen, dass sie sich vor einer Fremden auszog. »Wie haben Sie das gemacht?«, fragte sie, indem sie die Fingers ins Wasser steckte. Die Temperatur war genau richtig. Sie ließ sich mit einem wohligen Seufzer in die Wanne gleiten, die sich um sie her füllte.

»Ich war Maschinenbauingenieurin. Vorher. Ich bin 1981 durch die Steine hergekommen. Und Wilhelm ist nicht auf den Kopf gefallen. Außerdem ist er sehr wohlhabend und bestrebt, mir jeden Wunsch zu erfüllen.«

So interessant die Sache mit dem warmen Wasser auch war, hatte etwas anderes, das Constance gesagt hatte, sie aufhorchen lassen. »Durch die Steine?«

»Aufrecht stehende Steine.« Ihre Gastgeberin setzte sich ans andere Ende der Wanne. »Wie in Stonehenge, wissen Sie? Der Steinkreis, durch den ich hier gelandet bin, steht in der Nähe von Inverness. Als ich mit meiner Schwester im Urlaub dort war, nannte man ihn den Druidentempel. In der hiesigen Zeit scheint er keinen Namen zu haben.« Sie wischte die Ungeheuerlichkeit der Zeitreise mittels uralter Steinformationen mit einer Handbewegung weg, und zog angesichts Melanies Bauches die Brauen hoch. »Ihr erstes?«

Sie nickte und rieb inmitten des dampfenden Paradieses mit den Händen über ihren Babybauch. Trotz des leichten Flatterns tief in ihrem Inneren, das sie überglücklich machte, wenn sie sich still genug verhielt, um es zu bemerken, überkam sie tiefe Melancholie. Diese Frau stammte beinahe aus der gleichen Zeit wie sie, hatte eine ähnliche Erfahrung gemacht wie sie, und tauschte sich freundlich mit ihr darüber aus, und sie konnte sich nicht davon lösen, wie sehr es sie geschmerzt hatte, als Constance gesagt hatte, »Ihr habt vor, sie durch die Zeit zurück zu schicken« und er darauf nur geschwiegen hatte.

»Es hat Sie übel erwischt, meine Liebe.«

Sie schreckte auf und merkte, dass ihre Gastgeberin gesprochen hatte, während sie mit den Gedanken woanders war. »Entschuldigung. Was sagten Sie?«

Constance lächelte ihr wissend zu. »Ich sagte, dass ich mich sehr davor gefürchtet hatte, hier zu entbinden, dass es aber gar nicht so schlimm war. Ich habe es einige Male gut überstanden.

Aber ich glaube, dass die Geburt im Moment nicht das ist, was Sie am meisten beschäftigt.«

Sie fühlte, wie sie rot wurde und lehnte ihren Kopf an den Rand der Badewanne zurück, um sich auf die Frau ihr gegenüber zu konzentrieren, anstatt an ihren Mann in einem anderen Teil des Schlosses zu denken. »Wie oft ist »einige Male«? Wieviel Jungen? Wieviel Mädchen?«

»Später. Lassen Sie uns zunächst über Ihre größte Sorge reden. Sie dachten, Sie wollten nach Hause zurück, doch jetzt sind Sie sich nicht mehr so sicher.«

Die Wahrheit der gesprochenen Worte versetzte ihr einen Stoß. Sie wollte es abstreiten, wollte antworten: »Das stimmt nicht. Natürlich will ich nach Hause!« Doch sie brachte es nicht über die Lippen. Mit betroffener Miene lag sie im Wasser und weichte ein.

Constances Lippen öffneten sich zu einem leisen Lachen. »Himmel, das kenne ich ja so gut, meine Liebe!«

»Haben Sie nach einem Weg zurück gesucht?«

»Nein«, antwortete sie leise. »Zuerst konnte ich an nichts anderes denken, aber ich hatte keine Gelegenheit dazu. Innerhalb einer Stunde, nachdem ich durch die Steine hergekommen war, wurde ich unter dem Verdacht, eine Spionin der Engländer zu sein, festgenommen.« Sie lächelten einander verständnisvoll zu. »Es hat keine Gerichtsverhandlung gegeben. Keine Gelegenheit zur Flucht. Dann kam das Wort *Hexe* ins Spiel. Ehe ich es mich versah, stand ich nackt an einen Pfahl gefesselt, mit einem brennenden Scheiterhaufen unter meinen Füßen.«

Hätte Darcy sie nicht Steafans Klauen entrissen, wäre Melanie den gleichen Tod gestorben wie der, dem diese außergewöhnliche Frau entkommen war.

Während sie mit ihrer Erzählung fortfuhr, kehrten Constances haselnussbraune Augen zu diesem Tag zurück. »Wilhelm ritt damals durch die Clan-Länder, um die Lairds über Alternativen zu unnötig grausamen Bestrafungen aufzuklären –

mein Gemahl war seiner Zeit schon immer voraus.« Sie strahlte vor Stolz und fügte mit einem verschwörerischen Augenzwinkern hinzu: »Das ist einer der Gründe, warum wir so gut miteinander auskommen.« Sie stand auf und durchwühlte einen Schrank, während Melanie versuchte, den Mann mit den menschenfreundlichen Absichten mit dem rücksichtslosen Laird unter einen Hut zu bringen, den Darcy ihr geschildert hatte.

»Nun, wie Sie es sich denken können«, fuhr Constance fort, »waren seine Ideen nicht sehr beliebt. Doch da er der älteste Sohn des Lairds von Dornoch war, ließ man ihn reden, ohne ihn jedoch ernst zu nehmen. Bis zu dem Tag, an dem er durch diese Menge ritt, meinem Scharfrichter den Kopf abschlug und mich aus den Flammen zog, wie ein Krieger der Gerechtigkeit.«

Da war es, das fehlende Stück des Puzzles. Wilhelm griff rücksichtslos ein, wenn es um Menschlichkeit ging. Der Gedanke ließ sie lächeln. Sie konnte sich vorstellen, dass Darcy ebenfalls Scharfrichter enthauptend durch Flammen reiten würde, um sie zu retten.

Constance drehte sich mit einem Arm voll gepresster Seifen, Glasflaschen, Schwämme und Luffas vom Schrank zu ihr um. »Tunken Sie ihren Kopf unter, dann wasche ich Ihnen die Haare«, sagte sie, während sie eine Flasche entkorkte.

Melanie gehorchte und ihre Augen schlossen sich, als ihre Gastgeberin ihre Locken mit den sanften Fingern einer Frau, die mehrere Kinder aufgezogen hatte, einschäumte. Mit den starken Fingern einer Frau, die sich fünfhundert Jahre in der Vergangenheit ein eigenes Leben geschaffen hatte. Der süße Duft von Geißblatt tauchte sie in noch tieferes Wohlbehagen.

»Er hat Sie also gerettet«, sagte sie, vor Entspannung nuschelnd. »Wie romantisch! Und was ist dann passiert?«

Da Constance schwieg, öffnete Melanie ein Auge. Ihre Gastgeberin lächelte auf sie nieder, offensichtlich sinnlichen Erinnerungen nachhängend. »Nun«, sagte sie, »ich fand meinen Retter *sehrrr* gutaussehend. Und Sie können sich denken, dass ich mich *sehrrr* dankbar gezeigt habe.«

Sie seufzten in Einvernehmen, und sie fragte sich, ob ihre Gastgeberin früher Liebesromane gelesen hatte.

Einen Krug warmen Wassers über ihren Kopf leerend, sagte Constance: »Wilhelms Vater hat uns die Woche darauf vermählt, und ich kam nie dazu, nach einem Weg zurück in die Tretmühle des Geschäftslebens zu suchen.« Melanie bediente sich an Seifen und Schwämmen, während ihre Gastgeberin ihr von ihren sechs Söhnen erzählte, von denen die drei ältesten bereits verheiratet waren und eigene Kinder hatten. Sie versuchte sich vorzustellen, wie Constance vor dreißig Jahren ausgesehen hatte. Sie war jetzt eine stattliche Schönheit und musste damals absolut bezaubernd gewesen sein. Und Wilhelm, der wirkte, als könne sich in einem Kampf mehr als gut behaupten, musste zu jenen Zeiten ein hervorragender Krieger gewesen sein. Welche Haarfarbe mochte er wohl gehabt haben? Bei seinen silberblauen Augen war er wahrscheinlich blond gewesen.

»Und Sie haben nie zurückgeschaut?«, fragte sie schließlich.

»Nein, niemals.« Sie räumte die Badeutensilien weg und Melanie stieg aus der Wanne und trocknete sich ab.

»Das soll nicht heißen, dass es nicht manchmal schwierig war. Ich habe um die Menschen getrauert, von denen ich wusste, dass ich sie nie wiedersehen würde. Manchmal habe ich mich dafür gehasst, noch nicht einmal versucht zu haben, einen Weg zu ihnen zurück zu finden.« Sie sah ihr mit ernstem Blick in die Augen. »Doch wenn ich daran dachte, was ich Wilhelm damit antun würde, wenn ich ihn verließe – « Sie schüttelte ihr hoheitsvolles Haupt, als sei der Gedanke zu schrecklich, um ihn aussprechen zu können.

Ihre Züge wurden weich. »Und dann bekamen wir unseren ersten Sohn. Wilhelm als Vater zu erleben hat mich verändert. Mir wurde bewusst, dass nichts anderes zählte, als wir. Unsere Familie. Die Leute, die mich vermissten, hätten es mir verziehen, dieses Glück für mich zu beanspruchen. Ich hörte mit meinen

Selbstbeschuldigungen auf und beschloss, einfach … zu leben.«

Constances Geschichte lag ihr wie ein Stein im Magen. Sie gab ihr Halt und machte sie gleichzeitig krank.

»Haben Sie sich nie darum gesorgt, dass Ihr Leben hier, ohne moderne Medizin, wahrscheinlich kürzer sein würde? Haben Sie nie an all die Annehmlichkeiten gedacht, auf die Sie würden verzichten müssen?« Selbst in ihren eigenen Ohren klangen diese Einwände trivial, wenn man die Liebe in Betracht zog, die Constance gefunden hatte.

Die ältere Frau zog zur Antwort eine Augenbraue hoch, womit sie zeigte, dass sie dasselbe empfand.

»Das mit dem warmen Wasser behalten wir Mädchen besser für uns.« Ihre Gastgeberin geleitete sie zu ihrem Schlafgemach zurück und ließ sie mit den Gedanken über das Gesagte allein.

Darcy war noch nicht zurück, also setzte sie sich vor ihren Waschtisch und kämmte ihr feuchtes Haar.

Sie wusste nicht, ob sie es fertigbringen würde, nicht mehr nach einem Weg zurück nach Hause zu suchen. Sie empfand etwas für Darcy, das war klar, und ihn zu verlassen würde sie alle beide schmerzen, doch es würde ihm letztendlich helfen. Wenn sie nicht mehr mit ihm zusammen war, könnte er nach Ackergill zurückkehren. Das ganze Abkommen, an dem er mit Wilhelm arbeitete, basierte auf der Annahme, dass man ihm erlauben würde, zurückzukehren. Mit der Zeit würde er froh sein, dass sie fortgegangen war und er sein Leben wieder aufnehmen konnte, und sie würde froh sein, nach Charleston, in das Museum und zu den Leuten zurückzukehren, die sie liebte, und die sich solche Sorgen um sie gemacht haben würden.

Doch der Weg nach Hause, wenn es überhaupt einen gab, wartete in Inverness auf sie. Vorläufig befand sie sich im romantischen Schloss Skibo im pittoresken Dornoch. Und sie hatte einen Ehemann, den sie ihren Verführungskünsten unterwerfen wollte. Darcy hatte geschworen, ihr bei der Heimkehr zu helfen. Während sie sich vom Waschtisch erhob, schwor sie sich, dass sie nicht gehen würde, ohne ihm vorher so viel Zuneigung und lustvolle Momente zu schenken, wie er es verdiente.

Mit gekämmtem Haar, das in großen Wellen trocknete, legte sie sich im Unterkleid mit dem Gesicht zur Tür aufs Bett, die Beine aufreizend angezogen, und mit einem Arm ihre Brüste umrahmend.

»Komm und hol mich, du sexy Highlander.«

§

NACHDEM ER EINE Stunde lang mit Wilhelm einen Vertrag ausgehandelt hatte, machte Darcy sich auf den Weg zurück zu dem Schlafzimmer, das man ihm und Malina zur Verfügung gestellt hatte. Sie hatten sich schließlich darauf geeinigt, dass der Murray ihnen bis zu zwei Jahre lang in Dornoch Schutz bieten würde, und dass Darcy im Gegenzug dem Murray für diese zwei und noch weitere fünf Jahre mit seinem Schwert dienen würde, mit einer Beschränkung auf vier Einsätze pro Jahr, und solange das Scharmützel sich nicht gegen die Keiths oder einen Verbündeten der Keiths richtete. Wenn er schließlich nach Ackergill zurückgekehrt sei, würde er Wilhelm bis zum Ende des siebenjährigen Vertrags ein Viertel der Einnahmen aus seiner Mühle senden. Der Prozentsatz war höher, als Darcy es sich eigentlich leisten konnte. Nachdem Steafan ihm seine dreißig Prozent abgenommen hatte, würden ihm gerade noch vierzig Prozent übrig bleiben, um die Mühle zu betreiben und davon zu leben, doch er hatte der Summe zugestimmt, weil er davon ausging, dass ein allein lebender Mann wenige Ausgaben hatte.

Es war vielleicht optimistisch, zu glauben, dass Steafan seiner Rückkehr zustimmen würde, doch er besaß einen Wert für seinen Clan, und seine enge Verwandtschaft mit dem Laird konnte ihm ebenfalls dienen. Solange Malina nicht bei ihm war, hatte er eine – wenn auch kleine – Chance, obwohl es ihn nicht überraschen würde, wenn Steafan ihn für seine Rebellion in den Stock sperren oder auspeitschen lassen würde.

Das wäre nur gerecht. Er hatte sich seinem Laird widersetzt. Doch er machte sich nicht allzu große Sorgen deswegen. Vorübergehend Schmerzen zu erleiden wäre nichts im Vergleich dazu, Malina zu verlieren. Die Wunden, von denen sein Ohm meinen könnte, dass er sie ihm zufügen müsse, würden heilen.

Malina nicht mehr zu haben wäre eine Qual, von der es keine Heilung gab.

Während er durch die großen Hallen von Schloss Skibo schritt, sah er das liebliche Antlitz und den süßen Mund seiner Frau vor sich. Würde sie ihn von neuem küssen, bevor er heute Abend seinen Schlafplatz am Boden einnahm? Ihre Küsse, ihre Berührungen und der sanfte Blick ihrer Augen, der ihn ermutigte, sich ohne Scham zu seiner vollen Größe aufzurichten, waren die Dinge, für die er leben würde, bis er sich von ihr verabschieden musste. Er würde die ihnen gemeinsam verbleibende Zeit darauf verwenden, Erinnerungen zu sammeln, an denen er sich in den kalten Nächten festhalten konnte, die ihn nach ihrer Rückkehr nach Hause erwarteten.

Er erreichte die Tür und öffnete sie leise, weil er sie nicht wecken wollte, falls sie eingeschlafen war. Doch der Raum, in dem der verlockende Duft von Geißblatt hing, war in das sanfte Licht einer abgeblendeten Laterne getaucht. Er trat ein und es verschlug ihm den Atem.

Malina lag in ihrem Unterkleid auf dem Bett und strich träumerisch mit dem Finger über die samtigen Bettdecken. Ihr Haar lag um ihre Schultern wie seidige Schnüre aus Silber und Gold. Und, gütiger Himmel, ihre Brüste quollen aus dem tiefen Ausschnitt wie Sahne, die aus einem Krug überfließt.

Während er noch stocksteif in der offenen Tür stand, griff eine ihrer zarten Hände nach dem Saum ihres Unterkleids und zog ihn hoch, um die helle, glatte Haut ihrer Schienbeine zu enthüllen. Dann die sanften Kurven ihrer Knie.

Und, Jesus, noch mehr!

»Mach die Tür zu, Darcy, und komm ins Bett.«

Die Tür zumachen, das tat er allerdings, und schottete sich außerhalb des Schlafgemachs ab, um dem Anblick zu entgehen, bei welchem sein Schwanz augenblicklich Habachtstellung eingenommen hatte. Sein verführerisches Weib hatte offensichtlich mehr mit ihm vor, als bloß zu küssen. Sie würde ihn mit dem Verlangen nach ihr noch umbringen.

Er drehte sich auf dem Absatz um und floh so schnell, wie es ohne Aufsehen zu erregen möglich war. Wohin er ging, war ihm egal. Es war nicht wichtig. Solange er nur der Versuchung entging, die seine schöne Malina für ihn darstellte.

»Darcy! Wo willst du hin?«

Sie war ihm nachgelaufen. Seine Muskeln spannten sich an, um vor ihr davonzulaufen. Doch ein Keith lief nicht davon. Ein Keith stellte sich dem, was ihm Angst einjagte, mit Mut und Würde.

Er hielt inne und drehte sich um, um sich der schrecklichsten und wundervollsten Sache zu stellen, die ihm je widerfahren war.

Ihre silbern schimmernden Augenbrauen stellten sich besorgt schräg. »Darcy?«

»Malina – « Er wusste nicht, was er ihr sagen sollte, also sagte er lieber nichts.

Sie trat auf ihn zu und nahm seine Hand. Die Berührung erschreckte ihn so, dass er ihr nicht ausweichen konnte.

»Komm, mein lieber Gemahl.« Ihr Lächeln hatte Mühe, ihren Schmerz zu überspielen. »Wenn ich die Nacht mit dir verbringen will, muss ich mich wohl lieber zusammennehmen und ruhig verhalten, anstatt dich mit meinen Verführungsversuchen in die Flucht zu schlagen. Erzähl mir von dem Vertrag mit Wilhelm«, sagte sie, indem sie ihn ins Schlafzimmer zurückgeleitete.

§

Na super, das hatte sie ja toll hinbekommen! Melanie gab sich Mühe, Darcys Ablehnung nicht persönlich zu nehmen und wickelte sich in eine Decke ein, um sich so wenig sexy wie möglich in die zahlreichen Kissen des Betts zu kuscheln. Sie hörte ihm zu, als er im Raum auf und ab ging und ihr den Vertrag mit Wilhelm erklärte. Sie war froh, dass die Unterredung so gut verlaufen war, und er sich allem Anschein nach darauf freute, irgendwann nach Ackergill zurückzukehren.

»Worüber hast du mit Lady Constance geredet?«, fragte er, mit den Händen auf den Hüften vor den zugezogenen Brokatvorhängen des Fensters stehend. Er schenkte ihr ein schiefes Lächeln, welches das Unbehagen, das zuvor zwischen ihnen entstanden war, zu bestätigen schien.

In der Hoffnung, dass er ihr nicht ansehen würde, wie peinlich ihr das alles war, erzählte sie kurz, wie Constance mittels aufrecht stehender Steine hierhergekommen war, aus einer Zeit, die ihrer nah war, und wie schnell und mit welcher Leidenschaft sie ihre Verbindung zu Wilhelm eingegangen war. Sie ließ aus, dass Constance gesagt hatte, sie habe nie zurückgeschaut, nachdem sie sich für Wilhelm entschieden hatte.

Darcy breitete den Kilt der Murrays auf dem harten Boden aus und blies die Laterne aus. Sie hörte im Dunkeln seine Stiefel auf den Holzboden fallen, einen nach dem anderen, und dann das Klicken seiner Gürtelschnalle. Das Rascheln von Stoff verriet ihr, dass er seinen Kilt auseinanderfaltete und sich darin einwickelte. Sie war noch nie auf ein Stück Stoff eifersüchtig gewesen, doch sie hätte ein ganzes Regal voll Liebesromane hergegeben, um sich anstelle des Kilts um Darcy wickeln zu können.

»Morgen wird Wilhelm mich durch Dornoch führen«, sagte er, als er sich am Boden niederließ. Seine Stimme erklang nah am

Bett, woraus sie schloss, dass er aufrecht saß.

Sie hätte die Hand ausstrecken und mit den Fingern durch sein Haar fahren können, doch sie hielt sich zurück, da sie versprochen hatte, sich zusammenzunehmen. »Er wird mir zeigen, wo ich ihm am nützlichsten sein kann, solange wir hier sind. Ich nehme an, du kannst deine Zeit wieder mit Lady Constance verbringen. Wir sollten uns ausruhen.« Nach einer Pause sagte er: »Ich danke dir, Malina. Ich bin mit dem Abkommen, das ich mit dem Murray getroffen habe, zufrieden. Und ich wäre nicht von allein darauf gekommen. Du hast einen klugen Kopf, Mädel.« Er streckte sich seufzend am Boden aus.

Als ihre Augen sich an die Dunkelheit gewöhnt hatten, spähte sie über die Bettkante zu ihrem Gemahl hinüber. Als sie sah, wie er sich erst auf die eine, dann auf die andere Seite rollte, um schließlich auf dem Rücken liegen zu bleiben, zog sie eine Braue hoch. »Liegst du bequem?«

Er machte dieses schottische Räuspergeräusch.

»Komm hoch«, forderte sie ihn auf, indem sie auf das Bett klopfte. »Ich verspreche dir, meine Hände bei mir zu behalten.«

Er antwortete nicht.

Na gut. Selber schuld.

Sie flitzte aus dem Bett und streckte sich ungeniert neben ihrem großen Highlander aus. Der weinrote Kilt konnte die Härte des Bodens nicht mildern, und ihre Hüfte protestierte, als sie sich auf die Seite legte, um ihn anzusehen.

»Was machst du da, Mädchen?« Seine Stimme klang im Dunkeln so sanft und war ihr so nah, dass sie erbebte.

Sie vergaß darüber die Härte des Bodens. »Ich habe mir immer vorgestellt, dass ich, wenn ich erst einmal verheiratet bin, endlich erfahren werde wie es ist, eine Nacht in den Armen eines Mannes zu verbringen. Kannst du mich in die Arme nehmen, damit ich erleben kann, wie es sich anfühlt? Mehr werde ich nicht von dir verlangen. Du sollst mich nur in den Armen halten.«

Er rollte auf die Seite, um ihr ins Gesicht zu sehen, und

berührte ihre Wange. »Ach, Mädchen«, seufzte er. »Wie könnte ich es dir verweigern, wenn du so lieb darum bittest? Wenn du in den Armen gehalten werden willst, sollst du deinen Willen haben. Aber der Boden ist für dich und dein Kind nicht der richtige Ort. Ab ins Bett mit dir.«

»Er ist auch für verheiratete Männer nicht der richtige Ort«, sagte sie und freute sich über ihren kleinen Sieg.

Er stieß erneut einen gefühlvollen Seufzer aus, aus dem sie nicht recht schlau wurde. Sie krabbelte unter die Decken und hielt sie für ihn auf, doch er ließ sich reichlich Zeit.

»Kommst du?«

»Aye, Mädel. Ich lege nur mein Plaid an.«

Sie unterdrückte ein frustriertes Schnaufen. Sie beschloss, sich seiner Zuneigung zu erfreuen, so gering sic auch sein mochte, und wollte ihr Glück nicht überstrapazieren, indem sie nach mehr verlangte. Ihre Hormone würden lernen müssen, sich zu gedulden; diese Verführung würde unangenehm langsam vorangehen.

Als Darcy mit bloßem Oberkörper, doch von der Taille abwärts in mehrere Lagen Wollstoff gewickelt ins Bett glitt, kuschelte sie sich in seine offenen Arme. Ihre Frustration verflog, als er sie an sich zog und die Wärme seiner Brust sie vor Zufriedenheit dahinschmelzen ließ. Sie wühlte ihre Nase in das Haar zwischen seinen kräftigen Brustmuskeln und sog den Duft nach Sattelleder und seinen dezenten, männlichen Geruch ein. Hinter ihren geschlossenen Augenlidern verdrehte sie verzückt die Augen.

Kyle hatte ihr Bedürfnis, nach ihren allzu kurzen Zusammenkünften in ihrer Wohnung im Arm gehalten zu werden, duldsam befolgt, doch er hatte sie nie lange gehalten, und er war nie auf ihre immer dringlicher werdenden Einladungen eingegangen, die Nacht mit ihr zu verbringen. Doch in Kyles Armen zu liegen, hatte sich nie so angefühlt wie dies.

Dies war … schwierig mit Worten zu beschreiben. Doch es

brachte ihr etwas ins Gedächtnis. Etwa sechs Monate, nachdem sie nach Charleston gezogen war, um den Job im Museum anzunehmen, war sie mit einer Armvoll Einkäufe in ihre Wohnung zurückgekommen und hatte plötzlich das überwältigende Gefühl gehabt, nach Hause zu kommen. Sie hatte in Mantel und Schal in ihrer Küche gestanden und ein paar Tränen vergossen, weil ihr in diesem Moment bewusst wurde, dass das Haus ihrer Eltern in Georgia sich nie wieder wie ihr Zuhause anfühlen würde.

Sie würde sich dort immer wohlfühlen. Und sie wäre dort jederzeit willkommen. Doch sie würde nie wieder Lust haben, Tag für Tag und Nacht für Nacht dort zu bleiben. Sie war erwachsen geworden. Sie war zu anderen Dingen übergegangen.

Jetzt wurde sie sich einer ähnlichen Sache bewusst, und heiße Tränen tropften auf Darcys Brust, bevor sie sie zurückhalten konnte. Sie fühlte sich bei ihm zu Hause.

Sie hatte ihn zwar erst vor knapp drei Tagen kennengelernt, doch sie fühlte in seinen Armen den gleichen, überwältigenden Frieden, den sie an jenem Abend in ihrer Wohnung empfunden hatte. Sie gehörte in seine Arme. Und wenn das wahr war, und es ihr gelang, einen Weg nach Charleston zurück zu finden, würde ihre Heimat nie wieder das sein, was sie einmal für sie war.

Sie war vollkommen verwirrt. Sie wollte nach Charleston zurück. Sie wollte bei Darcy bleiben. Der Zwiespalt ihrer Wünsche zerriss ihr das Herz.

Constance war geblieben. Und hatte nie zurückgeschaut. Doch Wilhelm hatte sie gewollt.

Darcy mochte etwas für Melanie empfinden – er mochte sich sogar zu ihr hingezogen fühlen – doch sein Leben wäre definitiv einfacher, wenn sie in ihre Zeit zurückkehrte. Er hoffte darauf, nach Ackergill zurückzukehren, und das konnte er nicht tun, solange sie bei ihm blieb.

Ungeachtet dessen, was sie wirklich wollte, wäre sie gezwungen, die Suche nach einem Weg zurück weiter zu verfolgen. Und wenn sie ihn gefunden hatte, müsste sie Darcy verlassen. Und es würde ihr das Herz brechen.

Kapitel 14

SEIT DARCY MALINA zum ersten Mal gesehen hatte, war sie ihm immer wie ein winziges zartes Blümchen erschienen. Tollpatschig wie er war, hatte er befürchtet, sie allein durch seine Nähe verletzen zu können. Doch als er sie jetzt in friedlicher Dunkelheit in einem großen, weichen Bett in seinen Armen hielt, fühlte sie sich nicht mehr so klein an. Ihr beachtlicher Größenunterschied schien im Liegen nicht mehr viel auszumachen, und die Dunkelheit verbarg das zerbrechliche Aussehen ihres zarten Körperbaus.

Sie fühlte sich robust und natürlich in seinen Armen an. Als gehöre sie dort hin. Malina passte so gut zu ihm wie ein Zahnrad, das in das andere greift. Sie bewegte ihn.

Die Haut ihrer nackten Schultern kühlte die empfindliche Innenseite seines Unterarms. Ihr Bauch, rund und fest mit dem Kind darin, drückte sich gegen die festen Muskeln seines Bauchs, und er vermaledeite den dünnen Stoff ihres Unterkleids zwischen ihnen. Ihr Atem strich über die Behaarung seiner Brust, und er wurde eifersüchtig auf die Haare, weil sie ihrem lieblichen Rosenknospenmund so nah waren. Der Duft, der nach dem Bad mit Lady Murray an ihr haftete, ließ das Bett wie eine mit Geißblatt überwucherte Laube riechen.

Er sehnte sich nach ihren Küssen wie Pflanzen sich nach dem Frühlingsregen sehnen. Würde sie ihm ihre Lippen freiwillig darbieten, wenn er ihr Gesicht zu sich anhob und sie küsste? Er glaubte, dass sie es tun würde. Angesichts der Pose, in welcher er sie am heutigen Abend vorgefunden hatte – schon bei dem Gedanken daran regte sich etwas unter seinem doppelt gewickelten Plaid – konnte er davon ausgehen, dass Malina ihm alles geben würde, wenn er danach verlangte. Und er würde es annehmen, wenn es ihm nur möglich wäre. Doch das war es nicht. Nicht, wenn er ihr nicht wehtun und sich bloßstellen wollte. Also verlangte er ihr weder einen Kuss noch irgendetwas anderes ab.

Stattdessen hielt er sie einfach im Arm, und wenn das Gefühl ihres kühlen, weichen, vertrauensvoll an ihn geschmiegten Körpers ihn in solche Spannung versetzte, dass er es nicht mehr ertragen konnte, zwang er sich darüber nachzudenken, wie es sein konnte, dass sie ihn begehrte. Sein Vater hatte ihn gelehrt, dass anständige Frauen sich außer bei sehr seltenen Gelegenheiten nicht viel daraus machten, den körperlichen Bedürfnissen ihrer Ehemänner nachzukommen, dass eine gute Ehefrau ihrem Ehemann jedoch bereitwillig ihren Körper zur Verfügung stelle, so wie der Mann sich treu und redlich darum kümmerte, ihr Nahrung, Unterkunft, Schutz und Führung zu sichern. Sein Vater hatte gesagt, nur schamlose Frauen würden sich nach der Berührung eines Mannes sehnen. »Wenn du eine solche Frau heiratest«, hatte sein Vater immer gesagt, »kannst du sicher sein, dass sie dir im Handumdrehen Hörner aufsetzt«.

Anya war eine schamlose Frau; deshalb war er ihr so lange aus dem Weg gegangen. Wenn Malina sich nach ihm sehnte, war sie dann auch schamlos? Er wollte sie nicht für schamlos halten. Mit ihrer Sanftheit, ihrem Mut und ihrer Selbstlosigkeit ähnelte sie Anya in keiner Weise. Nichtsdestoweniger war sie schwanger, ohne einen Ehemann zu haben. Vielleicht war sie in der Vergangenheit schamlos gewesen und bemühte sich nun, es nicht mehr zu sein. Vielleicht war sie aber auch gar nicht schamlos, sondern versuchte lediglich, als gute Ehefrau den von ihr vermuteten Bedürfnissen ihres Ehemanns nachzukommen.

Er musste ihr erklären, dass sie sich um diese besondere

Ehepflicht nicht sorgen musste. Doch ihre Art, sich an ihn zu pressen, deutete eher darauf hin, dass es ihr nicht um die Erfüllung ehelicher Pflichten zu tun war, sondern dass sie ihn wirklich begehrte.

Seine Malina war ihm ein Rätsel, ein liebliches, willkommenes Rätsel.

Er konnte nicht umhin, mit der Handfläche über ihr seidenweiches Haar zu streichen. Sie so zu streicheln, immer und immer wieder, erfüllte ihn mit tiefem Frieden. Seine Sorgen um seine Mühle und Steafan und darum, was Wilhelm wohl von ihm erwarten würde, schwebten auf einer Wolke der Zufriedenheit davon.

Bis er auf seiner Haut, wo ihr Gesicht an ihn gekuschelt lag, warme Feuchtigkeit spürte.

»Weinst du?«

»Nein«, antwortete sie mit von einem Schluchzer erstickter Stimme.

»So«, sagte er, »dann haben wir jetzt alle beide den anderen angelogen. Wir sind quitt.«

So verzweifelt sie auch wirkte, war ihr Herz dennoch nicht zu schwer, um ein kurzes Lachen zuzulassen. »Vielleicht muss ich einfach nur ein bisschen weinen«, sagte sie. »Aber es ist in Ordnung. Mach dir keine Sorgen. Versuch zu schlafen.«

»Ich kann nicht. Mein Vater hat mich gelehrt, dass ein guter Ehemann sich nicht zum Schlaf legt, solange sein Haushalt nicht in Ordnung und seine Frau zufrieden ist.«

»Er hört sich wie ein sehr vernünftiger Mann an. Wie der Vater, so der Sohn.«

Noch nie hatte jemand ihm so viele Gründe gegeben, auf sich stolz zu sein, wie diese Frau. »Ich tue mein Bestes, so zu werden wie er. Sag mir jetzt, was dir Sorgen macht. Ist es Steafan? Oder dein Auge? Hast du Schmerzen?«

Sie schüttelte auf seinem Arm den Kopf. »Nein. Es ist nichts Besonderes. Wirklich. Die Schwangerschaft kann Frauen etwas empfindsam machen. Das ist alles.«

»Du hast Heimweh«, riet er von neuem, ungeachtet ihrer Ausflüchte. »Fürchtest du, wir könnten den Hersteller deines Kästchens nicht finden?«

Sie schwieg einen Moment. »Das könnte wohl sein.«

»Keine Sorge. Ich werde alles daran setzen, dich sicher nach Hause zu bringen.«

»Ich weiß«, sagte sie, doch sie hörte sich dabei nicht glücklich an.

Nach langen Minuten des Schweigens, während derer er geglaubt hatte, sie sei eingeschlafen, fragte Malina: »Liegt es daran, dass ich schwanger bin? Oder zu klein?«

Sie fragte ihn nach dem, was früher am Abend geschehen war. Sein Herz krampfte sich zusammen. »Nein, Mädchen«, seufzte er. Er hob ihr Kinn zu sich an, nicht, um ihr den Kuss zu stehlen, nach dem er sich so sehr sehnte, sondern um ihr in die in der Dunkelheit feucht glänzenden Augen zu blicken. »Es gibt nichts, was an dir auszusetzen wäre. Du bist so lieblich wie eine Lilie im Morgennebel. Jeder Mann wäre stolz, dich zur Ehefrau zu haben.«

»Bist du jeder Mann?«

»Aye, Mädel. Ich bin so stolz auf dich, wie ich nur sein kann. Daran sollst du niemals zweifeln.«

»Damit werde ich leben können, nehme ich an«, sagte sie mit einem schwachen Lächeln. »Wenn du schon nicht mit mir schlafen willst, bleibt mir zumindest dein Stolz.«

Bei diesen geradeheraus gesprochenen Worten begann sein Herz zu stottern und sein Schwanz zu zucken. Er hoffte, dass das Plaid den Burschen davon abhalten würde, sie zu belästigen.

»Ich kann damit leben«, beeilte sie sich, weiterzureden, »aber es wäre einfacher für mich, wenn ich den Grund wüsste. Liegt es daran, dass ich vorhabe, dich zu verlassen?« Sie sprach die letzten Worte so leise aus, dass er sich anstrengen musste, sie zu hören.

Er fühlte sich schuldig. Sie versuchte verzweifelt, zu verstehen, warum er nicht mit ihr ins Bett wollte.

Er legte sanft die Hände um ihr Gesicht. Sein Daumen streichelte die geschwollene Haut um ihr Auge. Sie war gespannt und heiß, ein Zeichen, dass sie am Abheilen war. Malina war verwundet, weil er das Kästchen nicht gut genug versteckt gehalten hatte. Ihre Verletzung war sein Verderben. Sie zerriss ihm das Herz und er hätte alles getan, um alles wieder gut zu machen.

»Malina. « Ihr Vorname war Balsam auf seiner Zunge. Er floss so natürlich aus seinem Mund wie der Atem aus seiner Lunge. Doch es verschlug ihm die Sprache, als sein Blick über ihre vollen Lippen streifte. Sie sahen im nächtlichen Dunkel aus wie Samt.

Unfähig, ihr noch länger zu widerstehen, neigte er den Kopf und küsste sie. Als ihre Münder sich vereinten, schloss sie ihn mit sanfter Stärke in die Arme. Ihre üppigen Kurven schmiegten sich noch enger an ihn.

Als sie die Lippen öffnete, gab er sich, bar jeder Vernunft, seinen Gefühlen hin und tauchte in sie ein.

Sie schmeckte süßer als honigsüße Eiercreme mit geschlagener Sahne, und dekadenter als Dessertwein.

Ohne dass er es gewollt hätte, pressten seine Hüften sich ihr entgegen, auf der Suche nach einer Berührung, die nicht sein sollte. Doch davon wusste sie nichts. Sie erwiderte seinen Druck mit einer suggestiven Bewegung, die ihm tüchtig einheizte. Seine Begierde quälte ihn. Es verlangte ihn so sehr danach, ihr mit seinem Körper Versprechen zu machen, dass er noch tiefer in ihren Kuss eintauchte. Er wollte in den warmen Gewässern ihrer Zuneigung ertrinken und als glücklicher Mann sterben.

Seine Gemahlin löste sich atemlos von ihm. »Willst du das wirklich?«

Ihr Flüstern brachte ihn wieder zur Vernunft. Nach Atem ringend kämpfte er gegen den Wunsch an, erneut nach ihrem süßen Mund zu verlangen. Er wollte mehr von ihr. Doch er zwang sich, Abstand zu nehmen.

»Ach Mädel, was ich will, ist nicht wichtig.« Er setzte sich auf und glitt aus dem Bett. Der Verzicht schmerzte ihn körperlich.

»Es tut mir leid. Ich hätte dich nicht küssen sollen«, sagte sie eilig. »Lege dich bitte nicht wieder auf den Boden. Ich werde brav sein. Das verspreche ich dir.«

Ihr Tonfall klang so verzweifelt, dass sich sein Magen zusammenzog. Und nicht nur das. Ihm wurde plötzlich etwas klar, als er sie nicht mehr an seinem Körper spürte und wieder denken konnte. »Wir können nicht miteinander im selben Bett liegen. Ich kann dich tagsüber so viel in den Armen halten, wie du willst. Aber es wird mir nie gelingen, neben dir zu liegen und dabei Schlaf zu finden. Schlaf jetzt. Ich gehe nur ein bisschen Luft schnappen. Wenn ich zurückkomme, werde ich am Boden schlafen, und du wirst mir gehorchen und im Bett bleiben. Verstanden?«

»Bitte geh nicht. Ich wollte dir keine Angst machen.«

Bei ihren Worten musste er ein bitteres Lachen unterdrücken. »Mit Angst hat das, was ich fühle, wenn ich mit dir zusammen bin, nichts zu tun, Mädel. Und jetzt wird geschlafen!«

Er ließ sie in dem dunklen Schlafgemach zurück und fragte sich, ob es hier nicht einen eiskalten See gäbe, in dem er sich abkühlen konnte.

§

DIE TÜR FIEL ins Schloss und Melanie ließ sich auf das Bett zurückfallen. »Wie kann man nur so blöd sein!« Darcy hatte sie geküsst, und sie hatte vollkommen den Kopf verloren. Sie hätte sich schon viel früher von ihm lösen sollen. Und sie hätte ihm ihre dummen, armseligen Fragen ersparen können.

»Warum, Darcy, oh warum willst du es mir nicht machen?«, verspottete sie sich selbst. »Verzweifelter hätte ich wohl nicht klingen können.«

Die traurige Tatsache war, dass ihr Verstand sich abmeldete und ihre Hormone die Regie übernahmen, sobald er sie berührte. Möglicherweise entsprach es einem natürlichen weiblichen, schwangerschaftsbedingten Bedürfnis, Sex mit jemandem zu haben, bei dem man sich geborgen fühlt. Wie auch immer, sie musste es in den Griff bekommen, wenn sie ihn nicht vergraulen wollte.

»Denk nach, Melanie. Denk nach.« Man musste keine große Leuchte sein, um mitzubekommen, dass er am liebsten seinen Kilt von sich geworfen und sich in sie versenkt hätte. Er war hart wie Marmor gewesen, und selbst wenn sie seine Erektion nicht durch die Lagen des Wollstoffs hindurch gefühlt hätte, hätte seine unwillkürliche Hüftbewegung auf sie zu gereicht, sie über seine Wünsche aufzuklären.

Er wollte sie. Aber gleichzeitig wollte er sie nicht.

Es lag nicht daran, dass er sie nicht hübsch fand. Und es hatte auch nichts mit ihrer Schwangerschaft zu tun. Oder damit, dass sie plante, ihn zu verlassen. Woran lag es dann?

Er hatte ihr befohlen zu schlafen, doch wie sollte sie Schlaf finden, wenn sie ein so unmögliches Puzzle zusammenzufügen hatte? Wie sollte sie sich entspannen, wenn ihr seine Wärme im Bett fehlte?

Wie würde sie es überleben, ihn zu verlassen und nicht nur auf seine körperliche Wärme, sondern auch auf das tiefgreifende, herzerwärmende Gefühl, dass er immer für sie da sein würde, verzichten zu müssen?

Wenn es ihr bloß gelänge, seine Barrieren zu durchbrechen und mit ihm zu schlafen, so dass sie die erotische Erinnerung mit in ihr neues Leben nehmen konnte! Das würde ihr sicherlich helfen, wenn ihr Herz sich dann mit Eis überzöge, weil er nicht mehr da wäre.

Sie drehte und wälzte sich im Bett. Sie wollte ihm gehorchen, da sie fühlte, dass er sie nie unter seinen Kilt lassen würde, wenn sie nicht zuvor sein Vertrauen gewann. Doch ihr war so heiß, und sie war so aufgewühlt, dass es ihr nicht gelang, die Augen geschlossen zu halten, geschweige denn zu schlafen.

»Schlaf, Kindchen schlaf«, murrte sie, während sie die Decken von sich strampelte. Darcy war nicht der Einzige, der frische Luft brauchte.

Sie wickelte sich in das Murray-Plaid wie in eine Decke, schlich sich aus dem Zimmer und tappte durch die Flure von Schloss Skibo. Der üppige, mittelalterliche Dekor verlockte sie, innezuhalten und jeden Wandleuchter, jeden Spiegel und jeden Wandbehang aus der Nähe zu studieren, doch wenn sie ihren Kopf klar genug bekommen wollte, um heute Nacht noch etwas Schlaf zu finden, musste sie raus an die frische schottische Landluft.

Sie trat in die nächtliche Finsternis hinaus und atmete die klare, kalte Luft ein. In Dornoch roch es nicht nach Meer, wie in Ackergill, sondern nach Gras, Lehm und Pferden. Der Sternenhimmel erstrahlte in atemberaubender Helligkeit über ihr. Obwohl die Umgebung des Schlosses weder durch Laternen, noch durch Fackeln erhellt war und der Mond sich nur als eine dünne Sichel zeigte, konnte sie im Licht der Sterne ihre Hände, und sogar die weißen Spitzen ihrer kurzen Nägel sehen.

Es war schön hier. Bei Tage ging es in Dornoch so geschäftig zu wie in einer mittelgroßen Stadt, doch nachts herrschte die tiefe Ruhe, die man nach einem Tag ehrlicher Arbeit verdient hat.

An einen Ort wie diesen konnte man sich gewöhnen. Doch es war nicht Ackergill, mit seinem urigen Dorf, seinen am Hang liegenden Feldern und seinen hohen Klippen, die den Ozean überragten. Sie hatte zwar noch nicht einmal einen ganzen Tag in Ackergill verbracht, doch sie hatte sich bereits ein wenig in den Ort verliebt. Kein Wunder, dass Darcy so unbedingt dorthin zurückkehren wollte. Wenn sie dort aufgewachsen wäre, ginge es ihr genauso.

Sie begab sich auf einen kleinen Spaziergang ohne bestimmtes Ziel. Wie vorauszusehen führte er sie zum Tor der Scheune, da diese, abgesehen vom Schloss, der einzige Ort war, den sie bisher in Dornoch besucht hatte.

Sie trat durch die hohe Tür der Stallungen, in welchen der süße Geruch nach Heu und sauberen Pferden hing. Sie wollte Rand die Nase streicheln und ihn ein bisschen über seinen Besitzer ausfragen.

»Du bist ein ungezogenes kleines Ding. Wenn du bei mir bliebst, wäre es meine Pflicht, dir Gehorsam beizubringen.«

Sie lächelte, als sie Darcys Stimme sanft im Dunkeln poltern hörte, bis ihr auffiel, was er da gesagt hatte. Ihr Lächeln wurde verschmitzt. »Das kannst du ja mal versuchen, du langer Lulatsch. Ich bin zwar klein, aber schnell!«

»Ich bin schneller.«

Sie konnte ihn nicht sehen, doch sie hatte an seiner Stimme gehört, dass er grinste. Es juckte sie, mit ihm zu flirten und ihn zu fragen, auf welche Weise er ihr Gehorsam beibringen wollte. Indem er ihr den Popo versohlte? Indem er sie fesselte und sie mit seinen Küssen zum Dahinschmelzen brachte? Doch sie erinnerte sich gerade noch rechtzeitig an ihr Versprechen, Zurückhaltung zu üben, und wie peinlich es geworden war, als sie sich nicht daran hielt.

»Ich hätte vielleicht im Bett bleiben sollen, wie du es verlangt hast, aber ich konnte nicht schlafen. Ich habe auch frische Luft gebraucht.« Sie suchte mit dem Blick im Dunkel nach ihrem Mann, konnte jedoch nur Stalltüren ausmachen. Wenn ihm ihre Gesellschaft erwünscht wäre, hätte er sich wahrscheinlich gezeigt. Sie seufzte enttäuscht. »Nun gut, ich habe jetzt wohl genug Luft geschnappt. Ich mache mich auf den Rückweg.« Sie wandte sich zum Gehen.

»Was versprichst du dir davon, mein Bett zu teilen?« Seine Stimme ließ sie innehalten. »Du bist doch bereits schwanger.«

Auf seine Frage folgte das Quietschen einer Stalltür. Sie hörte leise Schritte auf dem gestampften Boden. Ihre Augen hatten sich an die Dunkelheit gewöhnt, so dass sie seine hochgewachsene dunkle Silhouette den Mittelgang der Scheune herunterkommen sah. Er musste nach Rand gesehen haben.

Die Frage ließ sie die Stirn runzeln. Sie hatte geklungen, als vermute er, dass sie noch andere Hintergedanken habe, anstatt ihn einfach anziehend zu finden. »Ich bin mir nicht sicher, was du damit meinst«, sagte sie vorsichtig.

»Du willst mit mir kopulieren. Warum willst du das?«

Sie verdrehte entnervt die Augen; soweit hatte sie die Frage verstanden. Was sie nicht verstand, war, dass er anscheinend ein Problem damit hatte, »ein Bett mit ihr zu teilen«.

Sie hatte es langsam satt, diese Demütigung zu schlucken. Wenn er Klartext reden wollte, okay, das konnte sie auch.

»Du siehst gut aus«, fasste sie es kurz. »Ich finde dich anziehend und wir sind verheiratet, was soll also daran verkehrt sein? Habe ich hier etwas verpasst? Wäre es nicht eher an mir, dich zu fragen, warum du nicht »kopulieren« willst? Ach, stimmt ja, das habe ich ja bereits getan. Und du hast mir keine richtige Antwort darauf gegeben.«

Er kam näher an sie heran und blieb dreißig Zentimeter vor ihr stehen, so dass sie seine Stimme jetzt von oben hörte. »Bist du eine schamlose Frau?«

Die Frage klang finster. Beinahe drohend. Und sie verwandelte ihre Demütigung in helle Wut.

»Ich bin schwanger und will mit meinem Ehemann Sex haben. Wenn das eine schamlose Frau aus mir macht, dann nehme ich an, dass ich eine bin. Stört dich das?« Sie reckte kämpferisch das Kinn vor.

»Ich frage dich nochmals. Was versprichst du dir davon? Sag die Wahrheit, Melanie.«

Dass er sie bei ihrem amerikanischen Vornamen nannte, ließ ihren Mut sinken, und seine plötzliche, unterschwellige

Feindseligkeit verunsicherte sie. Es hörte sich an, als wolle er ihr etwas vorwerfen, doch was? Gleichzeitig war sie unglaublich erregt. Ihre Augen hatten sich gut genug an die Dunkelheit gewöhnt, um sein ernsthaftes und ernsthaft gutaussehendes Gesicht sehen zu können, und seine aufragende Gestalt vermittelte ihr ein irrationales Gefühl der Sicherheit. Sein männlicher Duft nach Leder ließ ihre Lippen nach einem weiteren Kuss verlangen.

Sie wollte keine Hiebe mehr verteilen. Ihr Ärger löste sich in der Nachtluft auf, wie der Dampf eines Bechers Kakao. »Genuss«, flüsterte sie. Ihre Brüste reckten sich ihm entgegen, da ihr Atem sich beschleunigt hatte. »Das ist die Wahrheit. Ich will deinen Körper unter meinen Händen spüren. Ich will dich in mir fühlen, wenn du mich im wahren Sinne des Wortes zu deiner Frau machst. Und ich will, dass auch du Genuss erlebst. Ganz besonders du. Du hast meinetwegen beinahe alles aufgegeben. Dir Lust zu bereiten ist der einzige Weg, der mir einfällt, um dir zu danken.«

Er blinzelte überrascht. »Ich erwarte keinen Dank von dir. Dafür habe ich dich nicht aus Steafans Fängen geholt.«

Sie verdrehte wieder die Augen, doch diesmal nicht, weil sie verärgert, sondern, weil sie gerührt war. »Mensch, das weiß ich doch. Du bist so verdammt ehrenhaft, dass du für etwas so Armseliges wie meinen Dank nie etwas tun würdest. Es geht nicht nur um Dank. Ich liebe dich, du störrischer Highlander.«

Sie schlug sich die Hand vor den Mund. Aus dem streitlustigen Ding war gerade herausgeplatzt, was sie sich selbst noch nicht ganz eingestanden hatte. In Anbetracht des Schmerzes, den sie empfand, wenn Darcy ihre körperlichen Annäherungsversuche ablehnte, sah sie sich nicht in der Lage, nun auch noch die unausweichliche Ablehnung ihres Herzens zu ertragen. Zutiefst betroffen wandte sie sich ab, um davonzulaufen.

Doch seine Arme hielten sie zurück. Er hatte nicht gelogen,

als er behauptete, schneller zu sein.

»Meinst du das ehrlich, Mädchen?«, fragte er, während er sie über ihren Rücken gebeugt umschlungen hielt.

»Nein«, log sie und versuchte, seinen Armen zu entkommen. »Ich weiß nicht mehr was ich sage. Hör nicht darauf. Lass mich los.«

»Nein. Das werde ich nicht. Und ich denke, dass ein im Zorn gemachtes Geständnis ehrlicher ist als eins, das in Ruhe ausgesprochen wird.« Er drehte sie um und hob ihr Gesicht zu sich an. »Ich liebe dich auch, Mädel.« Dann küsste er sie.

Die Welt drehte sich in einem Kaleidoskop von Empfindungen. Alles um sie herum geriet ins Schwanken, doch Darcy fühlte sich unter ihren klammernden Händen solide und wirklich an. Er war alles für sie.

Sie sorgte sich nicht mehr darum, wo ihre Heimat war, und ob sie jemals dorthin zurück finden würde. Darcy liebte sie. Und sie liebte ihn. Für den Moment war das ausreichend.

Sie öffnete einladend die Lippen, wie sie es im Bett getan hatte, um ihn tiefer in sich aufzunehmen; sie wollte ihn unbedingt in ihrem Inneren spüren.

Er brach den Kuss keuchend ab und hielt sie besitzergreifend fest, jedoch mit einer Steifheit, die zeigte, dass er sich nicht sicher war, ob er ihre Einladung annehmen solle. Es war ihr nicht entgangen, dass er sie nicht frontal, sondern seitlich an seine Hüfte gepresst hielt. Er wollte sie nicht den offensichtlichen Beweis seines Begehrens spüren lassen. Sie war nicht die Einzige, die mehr von ihrem Ehepartner wollte.

Was auch immer ihn davon abhielt, sie mit seinem Körper zu lieben, ihre gerade eingestandene Liebe zu ihm stimmte sie mitfühlend. Anstatt sich auf die Zehenspitzen zu stellen und ihm einen weiteren Kuss abzuschmeicheln, sagte sie: »In Ordnung. Ich werde nicht mehr von dir verlangen, als du geben kannst. Ich werde dir noch nicht einmal eine Erklärung abverlangen. Zumindest nicht heute Abend – wenn du mit mir ins Bett zurück kommst und mich in den Armen hältst.«

»Denkst du, du kannst mit mir verhandeln?«

»Versuchen kann ich es allemal.«

»Ich weiß nicht, was ich mit dir anstellen soll.« Sein Tonfall wirkte gleichzeitig spielerisch und entnervt. »Du bist ein eigensinniges und beharrliches Ding, aber da du mich zum Lächeln bringst, kann ich es dir beim besten Willen nicht übelnehmen.« Er seufzte. Es hörte sich an, als würde er etwas herauslassen, das sich mit seinem Atem aufgestaut hatte.

»Selbst wenn du mir keine Erklärung abverlangst, werde ich dir eine geben. Ich kann nicht bei einer Frau liegen. Ich bin zu groß gebaut. Ich dachte es sei kein Problem, weil du bereits schwanger warst, und ich davon ausgegangen bin, dass wir nur eine sehr kurze Zeit miteinander verbringen würden. Ich hatte nicht damit gerechnet, dass du mich begehren könntest. Doch obwohl ich dir nicht geben kann, was du möchtest, werde ich dir alles andere geben, was ein Ehemann geben sollte, und noch vieles mehr. Das schwöre ich dir, Malina. Solange du mit mir zusammen bist, soll es dir an nichts fehlen.«

Sie starrte ihn in der Dunkelheit an. Ihr blieb vor Schreck der Mund offen stehen. Das war also der Grund, aus dem er ihre Annäherungsversuche abgelehnt hatte. Er dachte, er sei zu groß gebaut.

Meinte er damit seine Körpergröße oder sein bestes Stück?

»Was meinst du damit, wenn du sagst, du seist zu groß?«, fragte sie vorsichtig. »Meinst du, zu hochgewachsen?«

»Ich werde nicht meiner Körpergröße wegen Big Darcy genannt«, sagte er mit verschämt klingender Stimme.

Ihr Schreck stieß mit dem mädchenhaften Drang zusammen, nicht nur über das vorliegende Thema, sondern auch über die lächerliche Vorstellung zu kichern, ein Mann könne für eine Frau zu groß gebaut sein. Sie hatte ihn gefühlt – hinter sich im Sattel, und noch vor wenigen Minuten im Bett. Seine Erektion war sicherlich beachtlich, aber zu groß?

Gab es so etwas wie ›zu groß‹ überhaupt? Wenn ja, hatte sie nie davon gehört.

Seinem ernsten Tonfall nach zu urteilen, glaubte er tatsächlich daran, dass seine männlichen Attribute zu groß geraten waren, und nicht nur für sie, sondern für jede Frau. Auf einmal fand sie die Sache nicht mehr zum Kichern. Tiefe Traurigkeit überkam sie, als sie überlegte, wie er zu solch einem Trugschluss gekommen sein musste.

Hatte er versucht, mit einer Frau zu schlafen, und ihr dabei wehgetan? Nach dem zu urteilen, was sie bei Edmund und Fran zufällig mit angehört hatte, konnte diese Hypothese stimmen. Wenn alle Highlander genauso wenig wie Edmund von einem Vorspiel gehört hatten, dann konnte sie nachvollziehen, wie Darcy durch einen schiefgegangenen ersten Versuch zu dem Schluss gekommen sein konnte, da stimme körperlich etwas nicht mit ihm.

Sie wollte ihm Fragen stellen. Sie wollte ihn bitten, ihn ansehen zu dürfen, von oben bis unten, damit sie selbst beurteilen konnte, ob er »zu groß« war. Doch er hatte ihr gerade sein Herz ausgeschüttet, und wenn sie ihn sofort mit Fragen belästigte, bestand die Gefahr, dass er sich in Zukunft weniger offen zeigte.

Langsam. Sie musste langsam vorgehen.

»Danke«, sagte sie. »Ich danke dir sehr, dass du es mir gesagt hast. Es ändert nichts an meinen Gefühlen für dich. Ich hatte vorhin nicht die Absicht, es zu sagen, aber ich liebe dich wirklich. Selbst, falls wir körperlich nicht zusammenpassen. Wenn Geschlechtsverkehr nicht in Frage kommt, kann ich damit leben.« Sie bezweifelte stark, dass Geschlechtsverkehr nicht in Frage kam, doch er musste sich erst einmal akzeptiert fühlen.

Ihr Blick wurde warm, als sie sah, wie die Anspannung seiner Schultern wich und er sie erleichtert anblickte. Seine schwer auf ihren Schultern lastenden Hände fühlten sich auf einmal an wie Schmetterlinge, als seine Finger ihren Nacken hinauf streichelten. Sie schlang die Arme um seine Taille und drückte ihn fest, wobei sie sich von vorne an ihn schmiegte. Er ließ sie gewähren, und sie konnte spüren, wie er sich hart an ihren Bauch drängte.

Sie schwiegen beide mehrere Minuten lang. Schließlich räusperte er sich und fragte: »Heißt Geschlechtsverkehr das, was ich vermute?«

An sein Brustbein geschmiegt, lächelte sie. »Es heißt: sich vereinen, kopulieren.«

»Es tut mir leid, dass ich dir das nicht geben kann, Mädchen.«

»Es macht mir nichts aus. Es gibt viele andere Wege für dich, mir zu geben, wonach ich mich sehne.«

Er versteifte sich in ihren Armen. »Wovon redest du?«

Sie beachtete seine Frage nicht. »Und es gibt ebenfalls Wege für mich, dir Lust zu verschaffen. Wir müssen keinen Geschlechtsverkehr haben, um unsere Ehe zu vollziehen und uns im Bett aneinander zu erfreuen.« Sie blickte zu ihm auf und sah, dass er sie mit aufgerissenen Augen anstarrte, als hätte er nie in Erwägung gezogen, auf andere Weise als durch Geschlechtsverkehr mit einer Frau intim zu werden.

Sie hörte seinen rauen Atem in der Dunkelheit. »Man könnte meinen, du willst dich über mich lustig machen, aber du bist nicht die Art Frau, die Freude daran hat, andere zum Narren zu halten.«

»Ich werde nie versuchen, dich zum Narren zu halten. Niemals.«

»Ich kann nicht behaupten, dass ich weiß, wovon du redest, aber du hast meine Neugierde geweckt.«

»Würdest du gerne mit mir ins Bett zurückkommen, so dass wir uns gegenseitig Freude bereiten können?«

»Och, Mädchen. Du scheinst es wirklich ernst zu meinen.« Da sie zur Antwort einfach nickte, sagte er: »Woran hattest du gedacht?«

»Ich möchte meine Hände an dir gebrauchen und deine Hände auf meinem Körper fühlen.« Schon bei dem Gedanken daran, wie er ihr zartes Knöpfchen kitzelte, wurde sie feucht zwischen den Beinen. Sie stellte sich vor, wie sie ihre Hände um ihn legen und ihm zusehen würde, wie er vor Lust verging – worauf ihr Atem sich beschleunigte, und ihre Brüste vor Begehren anschwollen. »Das würde mir sehr gefallen. Und wenn wir nur unsere Hände gebrauchen, besteht auch keine Gefahr, dass du mir wehtust.«

»Und es würde dich glücklich machen?«

»Sehr glücklich sogar.«

»Jesus Maria Joseph. Du magst eine schamlose Frau sein, aber du bist meine schamlose Frau. Zeig mir, was ich mit meinen Händen tun soll, dann werde ich dir so viel Vergnügen bereiten, wie ich nur kann.«

Kapitel 15

MALINA SANK DORT, im Mittelgang der Stallungen, in seinen Armen in sich zusammen.

»Ist alles in Ordnung mit dir?«, fragte er sie, indem er sie wieder aufrichtete. Die Sorge um sie drängte die lustvolle Erregung, welche ihre kühnen Worte hervorgerufen hatte, in den Hintergrund.

»Ähem, ja. Ich habe nur Lust auf Sex.«

Das Wort kannte er nicht. »Kann ich dir irgendwie helfen?«

»Ja. Bring mich ins Bett. Auf der Stelle.«

Er trug sie aus den Stallungen und hastete zu ihrem Schlafgemach zurück. Vielleicht hatte das Kind in ihrem Leib ihr einen Schwächeanfall verursacht. Oder sie war erschöpft. Das arme Ding hatte in der Nacht zuvor ja nicht geschlafen.

Als er sie in ihrem Schlafzimmer aufs Bett legte, zog sie ihn an sich und eroberte seinen Mund mit einem Kuss, der seine Seele in Brand setzte. Sie knabberte mit ihren Lippen und Zähnen an ihm.

Ihre Hände kneteten seinen Rücken. Die sanften Geräusche, die sie dabei von sich gab, machten ihn unter seinem Kilt hart wie Eisen.

»Fühlst du dich gut, Mädchen?«, brachte er mühsam hervor, da sie nicht aufhörte, ihn zu küssen.

»Mmpf-hm«, antwortete sie, ohne ihre Lippen von seinen zu lösen. »Licht. Wir brauchen etwas Licht.«

Er fragte nicht warum; die Erleichterung, dass sie nicht krank war, und erneut aufflammendes Begehren brachten ihn so durcheinander, dass er keine Fragen stellen konnte. Also begnügte er sich damit, ihr zu gehorchen, zündete eine Laterne an und wandte sich wieder seiner entzückenden Frau zu.

Als er sich über das Bett beugte, zog sie an seinem Gürtel und sagte »Runter damit.«

Er erstarrte vor Unsicherheit.

»Auf der Stelle«, verlangte sie.

»Ich muss nicht nackt sein, um meine Hände zu gebrauchen.«

Malina gab ein Knurren von sich, ein kehliges, frustriertes Geräusch, das eher in den afrikanischen Dschungel als in die Schlafkammer einer schottischen Burg passte. »Na gut. Ganz wie du willst.«

Ihre normalerweise so zarten Hände entbehrten jeglicher Grazie, als sie ihr Unterkleid hochzerrte und ihre elfenbeinfarbenen, langen Beine und was darüber war, freilegte. »Berühr mich hier«, befahl sie. Als sie seine Hand auf die warme Stelle zwischen ihren Beinen drückte, stockte ihm vor Schreck der Atem. Er verlor den Halt und fiel auf das Bett.

Instinktiv zog er seine Hand weg. Er hatte so lange geglaubt, dass er keine Frauen vögeln konnte, dass er sich eingeredet hatte, es sei besser, die Hände von ihnen zu lassen und jeglicher Versuchung aus dem Weg zu gehen. Und jetzt bat seine Ehefrau ihn, sie an ihrer intimsten Stelle zu berühren. Wenn er sie dort berührte, würde er so sicher den Verstand verlieren, wie er bereits sein Herz an sie verloren hatte. Jede Berührung der geheimen Stellen ihres Körpers, jedes Streicheln ihres kostbarsten Schatzes würde Malina in seine Seele brennen.

Und es würde die Hölle für ihn bedeuten, sie danach fortgehen zu lassen.

Doch diese Befürchtung reichte nicht aus, von dem abzulassen, was gerade passierte. Nicht, dass seine kleine Raubkatze von einer Ehefrau ihm das erlaubt hätte. Die Gelegenheit nützend, dass er aus dem Gleichgewicht geraten war, stürzte sie sich auf ihn, legte ihn flach und spreizte seine Beine schneller, als er es von einer Schwangeren erwartet hätte. In einer einzigen, brüsken Bewegung zog sie sich das Unterkleid über den Kopf. Es flatterte zu Boden wie ein Schwan, der auf einem See landet.

»Ich lasse dir deinen Kilt. Dieses Mal. Aber du wirst zulassen müssen, dass zumindest einer von uns beiden sich auszieht.«

Er war von dem Anblick einer vollkommen nackten Frau, die kühn wie ein Hahn im Hühnerstall rittlings auf ihm saß, so geschockt, dass er ihre Worte kaum verstand. Malina sah prächtig aus. Ihr Körper war ein reines Wunder.

Ihr gerundeter Bauch enthielt das Geschenk des Lebens, ihre sahneweißen Brüste das Geschenk der Nahrung. Beim Anblick ihrer üppigen Wonnegebirge lief ihm das Wasser im Mund zusammen, doch nicht der Muttermilch wegen.

Er wollte ihre Haut schmecken und fühlen, wie ihre rosigen Nippel sich unter seiner Zunge aufrichteten. An der Stelle, wo ihre Beine zusammenliefen, schützten weiche Locken ihren fruchtbaren Boden, in welchen ein anderer Mann seine Saat gelegt hatte.

Er fühlte Raserei in sich aufsteigen.

Er griff nach ihren weichen Schenkeln. Er musste sie zu der Seinen machen. Egal wie. Er war nicht zu stolz, sich von ihr führen zu lassen.

»Zeig es mir. Sag mir, was ich tun soll.«

»Zunächst wäre eine Demonstration angebracht, denke ich.« Ohne auf eine Antwort zu warten, strich sie mit ihren Händen an seinen Schenkeln aufwärts, um das Ding zu erkunden, wegen dessen er sich geschämt hatte, seitdem er erwachsen war.

Als sie ihn unter seinem Plaid ertastete, hielt er die Luft an und wartete auf ihre Reaktion.

Die Reaktion, vor der er sich fürchtete.

»Oh, Darcy«, seufzte sie.

Er schloss die Augen, während pulsierende, heiße

Schamesröte an seinem Nacken emporkroch. Sie würde ihn wieder auf den Boden zurück schicken, weil er zu groß geraten war. Sie würde ihn vielleicht sogar auslachen, wie Anya es getan hatte. Sie würde ihre Liebe zurücknehmen, die ihm mehr bedeutete als alles andere auf der Welt.

Doch als ihre Hände begannen, unglaubliche Dinge mit ihm anzustellen, wurde ihm klar, dass sie seine Größe nicht unbedingt als unangenehm empfand. Vielleicht hatte seine Vorwarnung das ihre getan.

Er öffnete die Augen und sah, dass sie ihn mit sanftem Blick beobachtete, während sie ihre volle Unterlippe durch die Zähne zog. »Du bist perfekt. Ganz einfach perfekt.«

Ihre Worte umhüllten ihn mit einem Gefühl des Friedens, während ihre Berührung Feuer durch seine Lenden jagte. Wenn es möglich war, dass einem das Herz überfloss und man sich zu wohl in seiner Haut fühlte, dann erlebte er dies in diesem Augenblick.

»Allmächtiger«, keuchte er; seine Hände umfassten ihre Hüften und er zog sie an sich, so dass sein Plaid hochgeschoben wurde, und sie ihn streichelnd an ihren weißen Bauch presste. Seine Hüften bewegten sich ungebeten vorwärts. Er drängte sich noch tiefer in ihre Hände, wollte etwas von ihr, das er nicht benennen konnte.

»Richtig so, Baby. Komm mit mir den Gipfel stürmen. Lass los. Lass los für mich.«

Mit vor Lust schmerzendem Nacken schloss er die Augen und gab sich seiner Braut hin. In weniger als einer Minute zogen sich seine Nüsse zusammen, während die Fleischeslust in seinem Bauch anschwoll.

Er konnte das Brummen, dass seiner Kehle entwich, als flüssiges Feuer in ihm aufstieg, nicht zurückhalten. Er spritzte über ihre Hände. Sein Herz klopfte wie wild. Sein Körper fühlte sich so lebendig an wie nie zuvor, doch er schien keinen Finger mehr regen zu können.

Sie streichelte ihn sanft, als er von einer Wolke entkräftender Lust hinabschwebte. Ihre Mundwinkel hoben sich zu einem Lächeln, das bedeutete, dass es ihr Spaß gemacht hatte, ihn zu berühren. Es war ihr keine lästige Pflicht gewesen. Und es schien ihr nichts auszumachen, dass sein Samen ihren Bauch und ihre Hände bedeckte.

»Meine Malina«, hauchte er. Mehr konnte er nicht sagen, da er befürchtete, seine wacklige Stimme könne zu viel über seinen Gemütszustand preisgeben. Ihre Zuneigung und ihre Akzeptanz hatten ihn bis ins Mark erschüttert. Er war schutzlos. Er war verliebt; zutiefst und entsetzlich verliebt.

»Wenn du dich erholt hast, hoffe ich, dass du mir den Gefallen erwiderst«, sagte sie mit einem verschmitzten Lächeln.

Obwohl er bezweifelte, dass er ihr so viel Lust bereiten könne wie sie ihm, versprach er: »Ich werde mein Bestes tun, Mädel.«

§

SEIT IHRE SCHWANGERSCHAFT sichtbar geworden war, hatte Melanie ein so gutes Körpergefühl wie nie zuvor. Sie hatte schon immer üppige Kurven gehabt, doch jetzt fühlte sie sich wohl mit ihnen, anstatt sich darüber zu ärgern. Ihr Körper tat, wofür er gebaut war. Mit ihrem Kind im Leib fühlte sie sich weiblich und schön. Und selbstsicher. Das bewies sie, indem sie vom Bett zum Waschtisch tänzelte, wobei ihr bewusst war, dass Darcy jeder ihrer Bewegungen mit dem Blick folgte.

Sie wrang einen Lappen aus und wusch sich. Dann kam sie hüftschwingend, mit bei jedem Schritt hüpfenden Brüsten und stolz auf ihren runden Bauch, zu ihm zurück. Als sie seinen Gürtel löste, sah er sie bloß an, mit einem wunderbar gesättigten Blick.

Den hatte er ihr zu verdanken. Sie hatte ihm die Akzeptanz gezeigt, die ihm gefehlt hatte, und er vertraute ihr nun, vielleicht sogar mehr, als er jemals jemandem vertraut hatte. Sie war so zufrieden, dass ihr fröhlich ums Herz wurde.

Ihr Körper brannte vor Verlangen.

»Ich werde dich jetzt ausziehen«, sagte sie. Falls es ihm immer noch unangenehm war, konnte er jetzt noch protestieren.

Doch er protestierte keineswegs, sondern bestätigte sein Vertrauen, indem er die Finger hinter seinem Kopf verschränkte, womit er seinen starken Trizeps zur Geltung brachte. »Mach nur, Mädel. Ich muss mich ja jetzt nicht mehr vor dir verstecken.« Seine Stimme klang wie ein Schnurren, sanft und entspannt.

Sie grinste, während sie ihn aus mehreren Lagen braunmelierten Wollstoffs schälte. Ihr stockte der Atem, als sie seinen Kilt ausbreitete und er völlig nackt vor ihr lag. Er hatte lange, kräftige Gliedmaßen und von harter Arbeit zeugende Muskeln. Die Sonne hatte seinen Schultern und Armen einen satt schimmernden Goldton verliehen. Sein Oberkörper und sein Bauch waren nicht gebräunt; sie hatten ihre natürliche Farbe und waren mit dunkelblondem und zimtfarbenem Haarwuchs übersät, der ihre Finger zum Spielen einlud. Eine Linie dunklerer Behaarung führte von seinem Nabel zu dem dichten, sandfarbenen Büschel zwischen seinen Beinen. Inmitten des Büschels lag, etwas zur Seite gebogen und selbst in halberigiertem Zustand lang und kräftig, das wunderschönste Glied, das sie jemals gesehen hatte, inklusive derer, die sie sich erträumt hatte.

»Du bist schön«, sagte sie, und wischte ihn liebevoll und sanft mit dem Lappen sauber.

»Es freut mich, dass du nicht allzu enttäuscht bist.«

»Enttäuscht? Ich bin keineswegs enttäuscht. Ich freue mich. Ich habe einen großen, starken, gutaussehenden, leistungsfähigen Ehemann. Ich finde dich umwerfend schön. Und unglaublich begehrenswert.«

Er blickte sie skeptisch an. »Ich weiß, dass du keine Witze machst, aber ich kann nicht fassen, dass mein Körperbau dir gefällt. Wie kann das sein?«

Sie beendete die Reinigung und lächelte, als er in ihren Händen erneut dicker und länger wurde. Sie warf den Lappen zu Boden, kletterte über ihn und knabberte an seinem Ohr. »Soll ich es dir beweisen?«

Seine Hände rieben über ihren Rücken und ihr entfuhr ein Stöhnen, als sie seine rauen Finger auf ihrer Haut fühlte. »Wie kannst du so etwas beweisen? Wie kannst du mir zeigen, was in dir vorgeht, wenn du mich ansiehst?«

Sie griff hinter sich, um eine seiner Hände von ihrem Rücken zu ihrem Po zu führen, und drückte seine Fingerspitzen in die feuchte Hitze zwischen ihren Beinen.

Er zog scharf die Luft ein. »Du bist so glitschig wie die Flussalgen auf den Felsen im Bach.« Zu ihrem Vergnügen zog er seine Finger nicht weg, sondern begann, sie vorsichtig zu erkunden.

»Eine Frau wird nass, wenn sie voller Verlangen ist. So bereitet der Körper sich auf natürliche Weise auf den Geschlechtsverkehr vor.« Sie küsste ihn langsam und tief, während seine Finger sie vor Begehren erzittern ließen. »Es heißt, dass ich dich will«, keuchte sie zwischen zwei Küssen.

»Wie willst du mich, Mädchen? Sag mir, was ich tun soll.«

Sie rollte sich von ihm herunter und legte sich flach aufs Bett.

Er drehte sich auf die Seite und nahm sich die Freiheit, mit der Hand an ihrem Bauch aufwärts zu streifen und eine ihrer Brüste zu umfassen.

»Als erstes kannst du mich küssen. Hier.« Sie zog mit dem Finger einen Kreis um ihren Nippel.

Er gehorchte ihr augenblicklich. Er drückte ihr mit geschlossenen Lippen ein Küsschen auf, als würde er sie flüchtig auf die Wange küssen.

»Nein. Küss mich, wie du meinen Mund küsst. Verschling mich. Spiel mit mir.«

Seine Augen verdunkelten sich vor Verlangen. Ihren Blick

haltend, umschloss er ihren Nippel mit dem Mund und ließ seine Zunge kreisen. Sie fühlte, wie Hitze direkt von ihrer Brust in ihren Bauch schoss, und rang nach Atem.

Sie hatte gehört, dass die Nippel in der Schwangerschaft empfindlicher werden. Vielleicht lag es daran, oder daran, dass sie vor Verlangen nach Darcy beinahe verging; sein Mund an ihrer Brust fühlte sich jedenfalls besser an als alles, was sie bisher erlebt hatte.

Als er unter sanftem Saugen daran zog, rammte sie ihre Fersen in die Matratze und bog den Rücken durch. Ein unterdrücktes Stöhnen entrang sich ihrer Kehle. Gütiger Himmel, sie näherte sich dem Höhepunkt, obwohl er sich bisher nur um ihren Nippel gekümmert hatte.

Konzentrier dich, Mel. Du kannst jetzt nicht einfach kommen. Lass es andauern.

Angesichts ihrer Reaktion brummte Darcy und schloss die Augen. Er brauchte keine andere Anleitung als ihre Lustbezeugungen, und begann, ihre empfindlichen Stellen zu necken und zu reizen, bis sie sich vor Begierde unter ihm wand.

Sie musste ihn an den Haaren ziehen, damit er aufhörte. »Bitte! Du musst mich berühren. Auf der Stelle.« Sie verspürte den Drang, mehr als seine Hände zu fühlen, doch sie war so geistesgegenwärtig, es langsam angehen zu lassen.

Sie war schon immer eine Meisterin auf dem Gebiet der herausgezögerten Befriedigung gewesen, und mit Darcy Sex zu haben war eine Belohnung, für die es sich lohnte, sich Zeit zu lassen, und nicht nur um ihrer selbst willen. Sie wollte ihn auf eine Weise in die körperliche Liebe einführen, die er nie vergessen würde. Sie wollte ihn auskosten, ihn lehren, ein aufmerksamer, talentierter Liebhaber zu sein, und ihn staunen sehen, während sie ihn dazu anleitete, sie mit Augen und Händen zu entdecken.

Als sie ihn mit ihren Händen zum Höhepunkt gebracht hatte, war er ihr völlig entrückt erschienen. Es war wie Weihnachten,

Geburtstag und Sommerferien in einem für ihn gewesen. Sie konnte es kaum erwarten, seine Reaktion zu sehen, wenn sie ihm bewies, dass sie beide sich durchaus auf die Weise vereinen konnten, die er für unmöglich gehalten hatte.

Doch das hob sie für später auf. Der heutige Abend war geschmeidigen Fingern und streichelnden Händen vorbehalten.

»Wie soll ich dich berühren?«

Sie ließ einen Finger über die glatte Spitze seines voll erigierten Schafts gleiten und sagte: »Du bist hier sehr sensibel, nicht wahr?«

»Aye, Mädel«, keuchte er. »Deine Berührung fühlt sich an dieser Stelle göttlich an.«

»Ich habe eine Stelle zwischen meinen Beinen, die genauso sensibel ist, doch sie ist sehr klein. Würdest du sie gerne sehen?«

Sein Atem stockte. Er nickte mit aufgerissenen Augen. Wie sie es vermutet hatte, hatte ihr Highlander noch nie etwas davon gehört, dass eine Frau von außen stimuliert werden konnte. Sie hatte geglaubt, die Männer der Highlands hätten keinen Sinn für Romantik, doch jetzt erwies sich, dass es ihnen lediglich an Aufklärung fehlte.

Das war nicht verwunderlich. Sie hatte ihre Klitoris erst im zweiten Studienjahr im College entdeckt, und das erst, als ihre Zimmergefährtin einen Witz darüber machte, dass sie ›ihre Maus doppelgeklickt‹ habe, und Melanie sie gefragt hatte, was sie damit meinte. Sie hatte damals innerhalb einer Viertelstunde mehr von Hillary gelernt, als ihre Mutter und der erbärmliche Sexualkundeunterricht in der Highschool ihr jemals vermittelt hatten. Und als sie an jenem Abend in ihrer Koje ihren eigenen Körper erkundet hatte, hatte sie mit Erstaunen festgestellt, dass sich all die Jahre ein wunderbar funktionierender kleiner Lustknopf zwischen ihren Beinen versteckt gehalten hatte. Es war der Rosettastein ihrer persönlichen Entdeckungen gewesen.

Und jetzt konnte sie ihre Entdeckung mit ihrem Ehemann teilen.

Sie spreizte die Schenkel. Schon bei der Berührung der Luft, die ihre feuchte, pralle Muschi kühlte, stockte ihr vor Lust der Atem. Sie vergrub ihre Finger in ihren Locken und zog etwas daran, um ihre erigierte Klitoris freizulegen.

Sie forderte Darcy auf, vom Bett herunterzurutschen, damit er sie besser inspizieren konnte, und zeigte ihm mit den Fingern, wo sie am empfindsamsten war. Ihre eigene Berührung fühlte sich bereits unglaublich an, doch als er sie ablöste, ohne darum gebeten worden zu sein, ließ sie den Kopf auf das Kissen fallen und stieß einen Schrei aus.

»Ja. Genau da. Oh Gott, hör bloß nicht auf!«

Sie schloss die Augen und krallte die Hände hinter ihrem Kopf in ihr Kissen. Ihre Hüften bewegten sich auf und ab, als sei sie dabei, mit ihm zu schlafen. Sie sehnte sich danach, von ihm ausgefüllt zu werden, doch sie wusste, dass es noch schöner sein würde, wenn sie diesen Orgasmus kommen ließ und ihm später zeigte, wie er ihr noch einen geben konnte.

»Kannst du damit weiter machen und mich gleichzeitig küssen?«

Er reagierte, indem er sich an ihrem Körper emporschob und ihren Mund mit heißen, tiefen Küssen in Besitz nahm. Seine Finger blieben, wo sie waren.

»Fester«, stöhnte sie in seinen Mund, als sie fühlte, wie etwas Wunderbares in ihr anschwoll. »Schneller.«

Darcy ließ sich sehr gut führen. Eine Handvoll Sekunden später entfuhr ihr ein rauer Schrei, während Wogen wilder Glückseligkeit über sie hineinbrachen. Er schluckte ihren Schrei und stöhnte ebenfalls, als er sie neben sich erbeben fühlte.

Nach Atem ringend schob sie seine Hand von ihrem überempfindlichen Knöpfchen. »Wow. Gott, war das gut!«

»Himmel, Mädel«, sagte er mit feierlichem Gesicht. »Ich wusste nicht, dass Frauen so *fühlen* können. Du bist ein Wunder für mich.«

Er küsste sie, und sie verschmolz mit ihm. Als er sich

zurücklehnte, um sie liebevoll anzusehen, griff sie nach seinem aufrechten Glied und sagte: »Sieht so aus, als seist du für die zweite Runde bereit.«

§

MALINA LAG IM Tiefschlaf neben ihm, wunderschön nackt und kühl wie eine Lilie in seinen Armen. Er war so von ihr bezaubert, dass er nicht schlafen konnte. Vor ein paar Tagen hatte er sie noch nicht einmal gekannt, und jetzt war sie der wichtigste Teil seiner Seele. Sie hatte ihn akzeptiert, wo andere ihn lächerlich gemacht hatten. Sie hatte ihm Welten des Genusses eröffnet, von denen er geglaubt hatte, sie seien ihm verschlossen.

Sie hatte ihm in der Nacht mehr Lust verschafft als es ihm selbst in den schwachen Momenten, denen ein Mann unterliegt, gelang, und ihr Mund – gütiger Himmel, ihr Mund war die Pforte zum Paradies. Ihr mit seinen Händen und seinem Mund Lust zu schenken, erfreute ihn in gleichem Maße, wie diese von ihr zu erhalten. Einmal hatten sie sich verkehrt herum gegenüber gelegen und ihre Lippen und Zungen hatten einander erkundet und aneinander gesaugt, während ihre Hände Hüften und Pobacken umfassten; schon beim Gedanken daran wurde er wieder hart.

Sie war seine Gemahlin. Seine Geliebte. Sein Alles.

Und wenn sie ihn verließ, würde er nur noch eine leere Hülle sein.

Doch er hatte geschworen, ihr zu helfen. Er würde sie nicht im Stich lassen, selbst wenn es sein Verderben war. Er würde ihr helfen, die Zaubertricks herauszufinden, mit denen sie durch die Zeit reisen konnte, und danach würde er dem Murray dienen. Er würde den verdammten Vertrag zerreißen, Wilhelms Tartan anlegen und vergessen, dass er jemals ein Zuhause und eine liebende Familie in Ackergill gehabt hatte.

Er konnte genauso gut in Dornoch bleiben. Ohne Malina gab es kein Zuhause für ihn.

Mit wehem Herzen streichelte er ihr seidenweiches Haar und sah ihr beim Schlafen zu. Sie war der Inbegriff der Schönheit. Sie war eine Göttin. Sie war gleichzeitig rein und sinnlich. Er schätzte sich glücklich, sich um einen solchen Menschen kümmern zu dürfen, sei es auch nur für kurze Zeit.

Rastlos stand er vom Bett auf und schenkte sich Wein ein. Er ging in ihrem verdunkelten Schlafgemach auf und ab, trank den Wein und wurde sich bewusst, dass er sie so schnell wie möglich nach Hause bringen musste, denn wenn er damit säumte, riskierte er, schwach zu werden und seinen Schwur zu brechen. Seine Hände zitterten, so sehr drängte es ihn, sie zu wecken und ihr zu sagen, dass er ihr nie erlauben würde, ihn zu verlassen. Seine Lenden pulsierten vor Verlangen nach ihr, und nicht nur der beinahe unerträglichen Lust wegen, die sie ihm in der Nacht bereitet hatte, sondern weil er sich ihr so nah fühlte.

Bevor er seine Meinung ändern konnte, warf er sich sein Plaid über und nahm eine Kerze in Wilhelms Büro mit, wo sie den Vertrag ausgehandelt hatten. Der Raum war nicht verschlossen, also betrat er ihn, nahm sich Papier und einen Federkiel und zog einen Stuhl zu einem Tisch vor dem Fenster. Während er arbeitete, sickerte das schwache Licht des Sonnenaufgangs in den Raum und verlieh dem Papier die Farbe von Lavendel.

»Ich kann nicht fassen, dass Ihr bei einer so schönen Gemahlin wie der Euren lieber im ersten Licht des Tages Briefe schreibt, anstatt mit ihr im Bett zu liegen.« Wilhelm stand schmunzelnd in der Tür.

Der Laird schlenderte auf ihn zu. Er war bereits vollständig mit seinem Rüstungshemd und seinem weinroten Plaid bekleidet, das Metall seines Gürtels war auf Hochglanz poliert und jedes Haar auf seinem Kopf lag an seinem Platz. »Dasselbe könnte ich von Euch sagen«, antwortete Darcy mit einem gutmütigen

Grinsen.

Wilhelm schmunzelte. »Ach, Junge, morgens gemütlich mit seiner Frau zu vögeln ist etwas für Männer, die jünger sind als ich und nicht so viel Verantwortung zu tragen haben. Ich bin der Laird von Dornoch. Und was ist Eure Ausrede?«

»Ich muss nach Inverness«, er hielt im Schreiben inne, um Wilhelm seine volle Aufmerksamkeit zu schenken. »Aber ich kann Malina nicht mitnehmen. Mit Steafans Männern auf den Fersen ist es zu gefährlich für sie, und alleine kann ich schneller reiten. Würdet Ihr sie in Obhut nehmen, während ich unterwegs bin? Wenn ich zurück bin, werde ich Euer Mann sein, solange Ihr mich braucht und in welcher Eigenschaft auch immer.«

»Ich dachte, Ihr hättet den Wunsch, nach Ackergill zurückzukehren. Und Ihr wolltet mir ein Viertel der Einnahmen Eurer Mühle senden.«

»Ich würde gerne nach Hause zurückkehren. Doch ich glaube nicht, dass ich es jemals tun werde. Die Dinge haben sich geändert, und es hängt alles von Inverness ab.«

Da Wilhelm interessiert eine Augenbraue hochzog, führte er seine Gedanken im Einzelnen aus. »Wenn es mir nicht gelingt, einen Weg zu finden, Malina in ihre Zeit zurückzubringen, werde ich weitersuchen müssen. Das kann ich nicht von Ackergill aus tun, und es vor Steafan geheimhalten. Doch selbst wenn ich in Inverness Erfolg haben sollte, kann ich nicht zurück. Ohne Malina wäre Ackergill nicht mehr dasselbe für mich.« Er schüttelte den Kopf. Er war über sich selbst erstaunt, dass er sich einem Mann gegenüber, den er gerade erst kennengelernt hatte, derart anvertraute.

Mit einem Räuspern lenkte er das Gespräch auf Geschäftliches um. »So oder so werde ich nicht nach Ackergill zurückkehren. Ich werde Euer Mann sein, wie Ihr es gewünscht hattet. Wir werden dafür keinen Vertrag brauchen. Anstatt ein Viertel meines Werts zu beanspruchen, werdet Ihr mich vollständig haben. Ich werde Euch Lehnstreue schwören und das

Plaid der Murrays tragen.«

Ohne Malina und ein Ziel in seinem Leben, fürchtete er, vor die Hunde zu gehen. Doch wenn er sich Wilhelm verpflichtete, würde er sich zumindest gezwungen fühlen, weiterzuleben.

Er beendete den Brief an Malina rasch und unterzeichnete ihn. Dann händigte er ihn Wilhelm aus. »Könnt Ihr dafür sorgen, dass meine Gemahlin dies erhält, wenn sie aufsteht? Ich möchte sofort aufbrechen.«

Wilhelm nahm den Brief entgegen und betrachtete ihn mit klugem Blick. »Glaubt Ihr, dass Ihr den Hersteller des Kästchens auffinden werdet?«

»Ich hoffe es.«

Wilhelm brummte. »Dann komm, Junge. Lass uns frühstücken, bevor du dich auf den Weg machst.«

§

»Er ist fort? Was soll das heißen?« Melanies Schrei hallte von den Fenstern des sonnigen Frühstückraums wider.

Wilhelm hielt ein gefaltetes Stück Papier wie einen Schild vor sich, als könne es ihn vor ihrer Panik schützen. »Er hat Euch dies dagelassen. Keine Sorge, Mädchen. Er hat lediglich etwas zu besorgen. Er hatte nicht vor, mehr als höchstens eine halbe Woche wegzubleiben.«

»Eine halbe Woche? Ich will jetzt mit ihm reden!« Sie riss Wilhelm das Papier aus der Hand, öffnete es und starrte auf Darcys schräg geneigte Unterschrift. Das letzte Mal hatte sie sie auf ihrem Ehevertrag in Steafans Amtsstube gesehen.

Ihre Augen überflogen die Worte ihres Ehemanns und verschleierten sich, als sie las, dass er ohne sie nach Inverness geritten war, um nach *deinem Mr. MacLeod* zu suchen. Er wollte sie immer noch nach Hause schicken. Selbst nach alldem, was sie letzte Nacht miteinander geteilt hatten. Und er hatte noch nicht einmal den Anstand besessen, sich von ihr zu verabschieden.

Sie hatte gedacht, sie seien in der letzten Nacht eine starke Bindung eingegangen. Sie hatte sich so sehr in ihn verliebt, dass sie sich fest dazu entschlossen hatte, nicht zu versuchen, nach Charleston zurückzukehren. Während Darcy sie eifrig von einem Höhepunkt zum nächsten gebracht hatte, hatte ihr Herz gejauchzt und gleichzeitig geweint – gejauchzt, weil sie in Darcy einen wahren Schatz gefunden hatte, und geweint, weil sie alles, was sie zu Hause liebte, verlieren würde. Sie hatte um ihre Eltern getrauert, während sie sich an ihren Ehemann klammerte, ihn küsste und ihn auf jede mögliche Weise liebte, den Geschlechtsverkehr ausgenommen.

In guten wie in schlechten Zeiten würde sie bei ihm bleiben, seine Frau sein und – schluck – im Jahr 1517 ihr Baby bekommen.

Sie hatte vorgehabt, es ihm am heutigen Abend zu sagen, und ihm zu enthüllen, dass er tatsächlich mit einer Frau schlafen konnte und keine Ausgeburt der Natur war, die sich für ihren zu groß geratenen Körper schämen musste. Doch er war fortgegangen, bevor sie Gelegenheit dazu bekam. Er hatte sich aus dem Zimmer geschlichen während sie schlief, und hatte vor, sie für immer wegzuschicken.

Ihr brach das Herz. Sie kehrte Wilhelm den Rücken zu, weil sie nicht wollte, dass er sie weinen sah.

»Hol Lady Constance«, sagte er leise zu einer Magd. »Komm, komm, Mädchen«, murmelte er, während er ihr ungeschickt auf die Schulter klopfte. »Er ist ein Mann von Wort. Das müsst Ihr doch sicherlich wissen. Er hat das Gefühl, keine Wahl zu haben und Euch in Eure Zeit zurück helfen zu müssen, weil er es Euch geschworen hat.«

»Ich weiß«, sagte sie mit tränenerstickter Stimme. »Er ist ein dickköpfiger Idiot.« Sie wandte sich um, um Wilhelm in die mitfühlenden Augen zu blicken, und schniefte. »Ich nehme an, Ihr würdet mir nicht erlauben, ihm zu folgen.«

Er lächelte, zeigte dabei jedoch warnend die Zähne. »Nein, Mädel. Das lasst Ihr lieber. Ich habe Euch in meiner Obhut und werde Euch in Sicherheit behalten, solange Euer Gemahl unterwegs ist.«

Sie schnaubte. Es war besser für sie, in Wut zu geraten, als darüber nachzudenken, wie allein sie sich auf einmal fühlte.

»So, und was werde ich jetzt mit mir anfangen, solange er weg ist? Herumsitzen und meine Nägel feilen, barfuß und schwanger?«

»Oh nein«, sagte Constance, die in den Frühstücksraum geweht kam.

Wilhelm ließ sich nicht erst bitten, sich der schwierigen, mit weiblichen Emotionen behafteten Situation zu entziehen und machte sich davon.

Constance bediente sich am Frühstücksbuffet. »Ich brauche Hilfe im Garten. Und wir müssen angemessene Kleidung für Sie finden. Außerdem gibt es haufenweise zu lernen, wenn Sie sich in diesem Jahrhundert aufhalten wollen.«

»Aber das werde ich nicht«, protestierte sie, während sie erneut gegen die Tränen ankämpfen musste – zum Teufel mit den Hormonen. »Jedenfalls nicht, wenn Darcy seinen Willen hat.« Wann war der Gedanke, nach Charleston und ins einundzwanzigste Jahrhundert zurückzukehren, ihr unerträglich geworden?

Constance warf ihr über die Schulter ein verschwörerisches Lächeln zu, während sie sich Tee einschenkte und einen Teller mit Brot, Weintrauben und Käse belegte. »Wenn ein Mann vorschnell handelt und zum Beispiel im Morgengrauen aus irgendeinem bescheuerten Grund davongaloppiert, ohne sich zu verabschieden, bedeutet das nicht unbedingt, dass er weiß, was er tut. Genaugenommen«, fügte sie hinzu, während sie sich in einen Polsterstuhl sinken ließ und sich eine Weinbeere in den Mund steckte, »bedeutet es oft, dass er vor etwas davonrennt.«

»Jawohl, und zwar vor mir,« schnaubte sie. Sie war zu

aufgewühlt, um etwas zu essen, doch ihr Baby sah das anders.

Sie konnte nicht umhin, sich einen halben Laib Brot vom Buffet zu nehmen und sich ein ordentliches Stück davon abzureißen. Es schmeckte so köstlich. Nach Stärke und Körnern und ungemein gesund. Sie nahm sich von dem Brie und legte ein großzügig bemessenes Stück auf ihre Scheibe Brot, bevor sie sie verschlang.

Während sie mit Constance frühstückte, musste sie über die vergangene Nacht nachdenken. Der arme Darcy war noch nie mit einer Frau zusammen gewesen, und plötzlich war sie da und befummelte ihn, schmiss sich ihm an den Hals und forderte ihn auf, nachsichtig an ihren sexuellen Spielen teilzunehmen.

Er hatte keinerlei Anzeichen von Bedrängnis gezeigt – wäre das der Fall gewesen, hätte sie ihn in Ruhe gelassen. Doch Leidenschaft konnte tiefere Gefühle verbergen. Vielleicht hatte er tief in seinem Inneren gegen Reue angekämpft, und als der Morgen kam und die Leidenschaft nachließ, hatte die Reue die Oberhand gewonnen.

Er hatte ihr gesagt, er beabsichtige nicht, lange verheiratet zu bleiben. Er hatte nicht vorgehabt, ihr körperlich näher zu kommen. Vielleicht war er jetzt, wo sie ihn verführt hatte, entschlossener denn je, sie in ihre Zeit zurückzubefördern, bevor sie ihre Klauen noch tiefer in ihn schlagen konnte. In Darcys Augen musste sie ein Sukkubus sein, ein weiblicher Dämon, den es nach männlicher Aufmerksamkeit dürstet – eine schamlose Frau, hatte er sie genannt. Bei der Erinnerung, wie er ihr das Wort in der Scheune vor die Füße geworfen hatte, zuckte sie zusammen.

Er dachte wahrscheinlich, dass sie versuchte, ihn zu verführen, damit er sich um sie und ihr Baby kümmerte, und dass sie ihn benutzte.

Kein Wunder, dass er es eilig hatte, sie loszuwerden. Schon wieder brannten Tränen in ihren Augen.

Constance verdrehte die Augen, während sie ihren Teller auf

den Tisch stellte. »Jetzt mal ehrlich, meine Liebe, wenn Sie nicht sehen, dass dieser Mann völlig verrückt nach Ihnen ist, sollten Sie zum Augenarzt gehen. Er rennt nicht vor ihnen davon. Er fürchtet sich höchstwahrscheinlich vor seinen eigenen Gefühlen. Männer mögen es für gewöhnlich nicht, die Kontrolle zu verlieren. Und das trifft ganz besonders auf unsere rauen Highlander zu. Sie sind Männer der Tat.«

Constance nippte an ihrem Tee. »Jagen, in Schrecken versetzen, dominieren und töten, darin sind sie gut. Und allem, was nicht gejagt, in Schrecken versetzt, dominiert oder getötet werden kann, gehen sie lieber aus dem Weg.«

»Wilhelm ist Ihnen nicht aus dem Weg gegangen«, sagte sie, mehr als eifersüchtig auf die Frau, die glücklich verheiratet war, während ihr eigener Ehemann sich meilenweit von ihr entfernt hatte, um einen Weg zu finden, sie loszuwerden.

»Nein, das hat er natürlich nicht getan. Aber er hat versucht, mich in Schrecken zu versetzen. Und als das nicht funktionierte, hat er versucht, mich zu dominieren.« Der trotzige Schimmer in ihren Augen ließ keinen Zweifel über den Erfolg dieser Versuche aufkommen. »Erst als der arme Mann erkannte, dass er mich durch Zärtlichkeit dominieren konnte und dass eine Frau, die einen Mann liebt, instinktiv Angst davor hat, ihn zu verlieren, begann er endlich, Vertrauen in unsere Beziehung zu setzen.«

»Sie sind also der Meinung, dass Darcy versucht, aus seinen Gefühlen für mich schlau zu werden, und dass er sich deshalb in die Tat gestürzt hat. Aber was wird, wenn er tatsächlich einen Weg findet, mich in meine Zeit zurückzubringen?«

»Es kann sein, dass er den Hersteller des Kästchens findet. Vielleicht deckt er sogar das Geheimnis auf, wie er Sie in ihre Zeit zurückbringen kann. Doch die Frage ist, was er mit diesen Informationen anfangen wird.« Constance lehnte sich vor und richtete ihren klugen Blick mit voller Intensität auf sie. »Man könnte die Frage auch so formulieren: Wenn er eine Entscheidung fällt, der Sie nicht zustimmen, werden Sie dann klein beigeben und sie akzeptieren, oder werden Sie für das kämpfen, was Sie wirklich wollen?«

Kapitel 16

DARCY STARRTE AUF das mit einer Schablone gemalte Fassadenschild von MacLeods Schreinerei. Er hatte beinahe gehofft, keine Spur von Malinas Kästchenhersteller zu finden. Sie wäre verzweifelt gewesen, doch er hätte sie mit Küssen und Streicheln an den Stellen, die ihr so großen Genuss verschafften, darüber hinweg getröstet. Er hätte sie in ihrer Trauer in den Armen gehalten und ihr Haar gestreichelt, und hätte ihr gesagt, wie leid es ihm für sie tat. Doch innerlich hätte er sich gefreut, dass er sie für die Zeit der Suche nach einem anderen Weg, sie in ihre Heimat zu bringen, noch bei sich behalten konnte.

Doch der erste verdammte Kerl, den er bei seiner Ankunft in Inverness gefragt hatte, kannte MacLeod und hatte ihm den Weg zu der Kopfsteinpflastergasse gezeigt, in welcher er sich jetzt befand. Jenseits des breiten Torbogens, unter dem er vor wenigen Minuten auf Rand hindurchgeritten war, stank die Gasse nach Abfall und Müll, wie es in größeren Städten oft der Fall war, doch als er in dem sonnigen Innenhof angekommen war, traten die klappernden Ponywagen und die verkrüppelten Bettler in den Hintergrund. Hier roch es aus dem Stall, wo er Rand für den Tag untergebracht hatte, nach sauberem Stroh und Pferden, und nach frisch gesägtem Holz.

Während er finster auf das aus Stein und Mörtel gebaute Möbelgeschäft blickte, trat ein Kunde aus der Eingangstür und verwahrte seinen Geldbeutel in seiner Felltasche. Der Mann stutzte, als er Darcys Größe bemerkte, doch er fasste sich rasch wieder und nickte ihm freundlich zu, bevor er seines Weges ging.

Er würde sich keinen Gefallen damit tun, den ganzen Tag die Eingangstür von MacLeods Laden zu blockieren. Mit einem resignierten Seufzer zog er die Tür auf und trat ein.

In der Mitte des Ladens stand ein großer Esstisch, wie Steafan einen oben in Schloss Ackergill hatte. Zu dem Tisch gehörten zehn Stühle mit aufwendig gearbeiteten Armlehnen und Beinen. Darcy machte sich nicht viel aus Glanz und Pracht, doch selbst er konnte erkennen, dass Tisch und Stühle gut gearbeitet waren und teuer sein mussten. Ein gutes Dutzend Kunden strichen mit den Fingern über den Tisch und die Stühle, sowie über andere Möbel, die an den Wänden aufgereiht standen: eine Kommode, zwei Lehnstühle mit dazu passenden Fußschemeln, kleinere Truhen und Tische, sowie Platten aus gebeiztem Holz, die in wohlhabenden Häusern als Umrandung für Kamine dienen mochten. An der Rückwand des Ladens stand ein Regal, auf welchem kleinere Gegenstände ausgestellt waren: Kerzenhalter, geschnitztes Kindergeschirr, Rasierutensilien und – er musste schlucken – Kästchen.

Ein weißhaariger Mann, betagt, jedoch kräftig gebaut, redete gestikulierend auf ein gut gekleidetes Paar ein, das eine Kommode begutachtete.

Darcy tat so, als interessiere er sich für einen runden Tisch mit dünnen Beinen, um sich ihnen zu nähern und sie belauschen zu können.

»Ach, das ist ein gutes Stück«, sagte der Mann mit dem weißen Haar gerade. »Ich habe es letzten Winter gefertigt. Beachten Sie die Kirschholzintarsien am Rand. Das ist eine Kunstfertigkeit, die Sie nirgendwo sonst in Scotia zu Gesicht bekommen.«

Nachdem sie die Köpfe zusammengesteckt hatten, um sich zu beraten, willigten der Mann und die Frau in den hohen Preis ein, und der weißhäuptige Mann geleitete sie zu einer Theke, wo sie die Zahlung und Lieferung des Möbels regelten. Auf einen scharfen Ruf des Weißhaarigen hin kam ein weiterer weißhaariger Mann aus einer hinter dem Regal an der Rückwand des Ladens verborgenen Tür zur Theke geeilt. Er bewegte sich mit solcher Hast, dass Darcy das Gesicht des Mannes verpasste und nur seine Rückenansicht zu sehen bekam. Der Rücken sah für das weiße Haar des Mannes viel zu kräftig, aufrecht und gesund aus. Er konnte den Blick nicht von ihm wenden. Der Gegensatz zwischen dem weißen Haar und den jugendlichen Bewegungen des Mannes faszinierte ihn.

Der neu hinzugekommene Mann nickte ernsthaft zu den verschiedenen Befehlen, die der erste ihm gab. »Gewiss, Mr. MacLeod«, sagte er mit der quietschenden Stimme eines Jungen, der noch ein Heranwachsender ist. Als er sich umdrehte und zu der verborgenen Tür zurück eilte, sah Darcy sein Gesicht. Er musste ein erschrecktes Einatmen unterdrücken, als er sah, dass er rosa Augen hatte, und seine Haut weißer als eine Wolke war.

Es handelte sich nicht um einen weiteren alten Mann, sondern um einen Jugendlichen mit milchweißer Hautfarbe.

Der junge Mann hielt die Augen gesenkt, als er zu der verborgenen Tür hastete. Von seinem Gesicht und Hals abgesehen hielt er seine Haut bedeckt. Er trug sogar Beinlinge anstelle eines Plaids, so dass die Haut seiner Beine nicht sichtbar war. Mit behandschuhten Händen drückte der Junge die Tür auf und verschwand in einem Raum, der MacLeods Werkstatt sein musste. Es musste sich um MacLeods Lehrling handeln.

Darcy wandte seine Aufmerksamkeit wieder MacLeod zu und sah dem gut gekleideten Paar nach, als es auf den Innenhof hinaustrat. Er wollte auf den Schreiner zugehen, um mit ihm zu reden, doch eine rundliche Frau in einem pfauenblauen Kleid, das seiner Ansicht nach für den Alltag zu fein war, zog den Mann am Ellenbogen. »Ich muss Euch einen Moment in Anspruch nehmen, Sir«, sagte sie, indem sie ihn mit einem Schwall von Fragen über einen gepolsterten Lehnsessel im vorderen Teil des Geschäfts mit sich zog.

Er seufzte. Es konnte eine Weile dauern, bis er mit dem Mann reden konnte. Vielleicht wäre es besser, bei Geschäftsschluss wiederzukommen. Vorläufig besah er sich die Gegenstände auf dem Regal, insbesondere die Kästchen.

Sie sahen Malinas Kästchen entfernt ähnlich, doch keines unter ihnen ähnelte ihm wirklich. Einige waren aus Rosenholz, andere aus Ahorn oder Kirsche. Die meisten hatten Intarsien aus andersfarbigem Holz oder hübsche Schnitzereien, doch keines der Kästchen war mit irgend einem Metall verziert.

Es juckte ihn in den Fingern, die Unterseiten auf der Suche nach Daten zu begutachten, doch er konnte sich nicht dazu durchringen, sie zu berühren, da er befürchtete, sie könnten Zauberkraft besitzen.

Aber war das nicht ein vollkommen törichter Gedanke? MacLeod war bestimmt nicht so dumm, gefährliche Gegenstände, die Menschen auf eine Zeitreise schicken konnten, für jedermann zugänglich in seinem Laden herumliegen zu lassen.

Er streckte die Hand aus und strich mit seinem Finger über ein Kästchen, das ungefähr die Größe von Malinas Kästchen hatte. Da es ihn weder gebissen, noch andere, unheimliche Dinge getan hatte, hob er es vom Regal, um es näher zu betrachten.

Es war leichter als Malinas Kästchen. Ein stabiles Messingschloss hielt es geschlossen. Er machte es mit einem Druck seines Fingers auf und warf einen Blick hinein. Es war mit Samt ausgekleidet. Er schloss es und drehte es um. Es trug das Datum 1517. Die dunkelbraune Tintenbeschriftung unter der Beize wirkte vertraut, doch die Schrift, in welcher *MacLeod* und Inverness als Herstellungsort angegeben waren, war größer und geneigter und stammte von einer anderen Hand.

Er stellte das Kästchen zurück und sah sich die anderen an, die durchweg in derselben Weise signiert und datiert waren, mit Ausnahme einiger Kästchen aus dem Jahr 1516, und einem von 1514. Es handelte sich um normale Schmuckkästchen, in denen

Damen ihre Juwelen oder kostbaren Gegenstände aufbewahren.

»Sucht Ihr nach einem Geschenk, vielleicht für Eure Frau Gemahlin?«

Er wandte sich um, erblickte MacLeod an seiner Seite und wurde sich mit einem Schlag bewusst, dass er keine Ahnung hatte, was er dem Mann sagen sollte. Er konnte schlecht mit der Tür ins Haus fallen und ihn fragen, ob er Zauberkästchen herstellte. Zumindest wäre es nicht ratsam, es ihn zu fragen, solange die anderen Kunden mithören konnten.

»Ich hatte gehofft, mit Euch reden zu können", sagte er. »Vielleicht nach Geschäftsschluss, im Pub unten an der Gasse?«

MacLeod verengte seine Augen zu Schlitzen. »Ich nehme keine geistigen Getränke zu mir«, sagte er kurzangebunden. Er ließ seinen Blick über Darcys mattbraunes Plaid, seine nackten Arme und seine abgestoßenen Stiefel schweifen. Im Vergleich zu der übrigen Kundschaft war er erbärmlich schlecht gekleidet, doch er hatte sich nicht so gefühlt, bis MacLeod ihn auf diese Weise gemustert hatte. »Wenn Ihr nicht hier seid, um meine Ware zu begutachten oder etwas zu kaufen, muss ich Euch bitten, den Laden zu verlassen. Ich habe keine Zeit für eitle Schwätzerei.«

Der Mann wandte sich ab und begann, davonzustolzieren. Um ihn aufzuhalten, stieß Darcy hervor: »Habt Ihr jemals eine Eurer Waren mit Zauberkraft behaftet?«

MacLeod hielt auf halbem Wege inne. Seine Schultern strafften sich. Er wandte sich langsam zu ihm um. Leise, so dass kein anderer ihn hören konnte, sagte er: »Ich dulde nicht, dass in meinem Laden über Ketzerei gesprochen wird. Raus mit Euch und eurem Teufelsgeschwätz, und lasst Euch hier nicht mehr blicken!«

Der Mann eilte davon, um sich um einen anderen Kunden zu kümmern, wobei er Darcy mit scharfen Blicken aufforderte, das Geschäft zu verlassen. Als er die Tür hinter sich schloss, rieb er sich mit der Hand über den Nacken und verfluchte sich. Wenn er

MacLeod nicht dazu brachte, mit ihm zu reden, wie sollte er dann einen Weg finden, Malina nach Hause zu bringen?

»Mein Herr?« Eine leise Stimme ließ ihn den Kopf wenden. Hinter der Ecke des Steinhauses lugten rosa Augen hervor. »Hättet Ihr einen Moment Zeit, mein Herr?«, fragte der junge Mann.

Darcy folgte ihm in eine dunkle, nach abgestandenem Wasser stinkende Gasse. Was mochte der Junge von ihm wollen? Die Gasse führte in einen kleineren Innenhof, in welchem Stapel frisch gesägter Balken, Sägemehl und Holzbeize ihren Geruch verströmten.

Die Werkstatt hinter MacLeods Laden hatte nach außen hin eine Tür, die so groß wie die Seite einer Scheune und in horizontaler Position mit Balken abgestützt war. In der Werkstatt sägten, hämmerten und scherzten drei Männer, die ihn nicht beachteten, als er dem weißhaarigen Jungen in einen schmalen, schiefen Anbau folgte.

Im mageren Licht des einzigen Fensters schwebten Staubpartikel über einer durchgebogenen Werkbank. Reste verschiedenster Materialien bedeckten ihre Oberfläche.

Der Junge hockte sich vor die Werkbank und zog eine mit einem verschlissenen Lumpen bedeckte Kiste darunter hervor. Er drückte sie an seine Brust, als er sich wieder aufrichtete.

Darcy konnte den Jungen in aller Ruhe betrachten, da dieser nicht ihn anblickte, sondern seine Umgebung hastig nach allen Richtungen absicherte. Er war nicht groß, hatte jedoch kräftige Schultern und eine breite Brust, was ihm als Lehrling eines Schreiners von Nutzen sein würde. Er wirkte allerdings schrecklich schüchtern.

Darcy wartete darauf, dass er das Wort an ihn richtete, da er befürchtete, der Junge könne in Ohnmacht fallen, wenn er als erster zu sprechen begann.

»Ve-Verzeihung, mein Herr,« sagte der Junge schließlich, »ich habe mitgehört, dass Ihr Mr. MacLeod nach Zauberkraft gefragt habt, und – « Sein Blick flitzte zur Tür, die Darcy einen Spalt offen gelassen hatte. Bei dem Wort *Zauberkraft* schloss Darcy die Tür vollständig, da ihm bewusst war, dass etwaige Mithörer für sie alle beide gefährlich sein konnten.

»Nun, da habe ich mich also gefragt, was Ihr damit meintet«, fuhr der Junge fort. Er blickte ihn mit seinen sonderbaren Augen hoffnungsvoll an. »Habt Ihr Zauberkraft erlebt, mein Herr? Wisst Ihr, wie sie funktioniert? Wie man sie … unter Kontrolle halten kann?«

»Nein. Das habe ich nicht erlebt. Aber ich kenne jemanden, der es erlebt hat. Es war die Zauberkraft eines Kästchens, das den Kästchen ähnlich sah, die Mr. MacLeod hinten in seinem Laden ausstellt.« Er ging das Risiko ein, hinzuzufügen: »Das Kästchen trug sogar den Namen deines Lehrmeisters auf der Unterseite.«

Der Junge riss die Augen auf. Er drückte die Kiste so fest an sich, dass das Holz knarrte. Er schüttelte vehement sein weißes Haupt. »Das kann nicht sein, mein Herr. Ich will Euch nicht widersprechen, aber Mr. MacLeod duldet nichts, was die Kirche als ungebührlich betrachtet.«

»Ich habe die Signatur mit eigenen Augen gesehen. MacLeod. Inverness. Es war ein Kästchen ohne Verschluss, das auf der Oberseite eingelegte Muster aus weißem Metall hatte.« Das Datum behielt er für sich, da er nicht allzu viel preisgeben wollte, bevor er verstanden hatte, worauf der Junge hinaus wollte.

Der Gesichtsausdruck des Jungen blieb unverändert. Falls er ein solches Kästchen je gesehen hatte, ließ er es sich nicht anmerken.

Darcy versuchte seine Enttäuschung im Zaum zu halten, und rief sich ins Gedächtnis, dass das Kästchen ja erst in fünfundzwanzig Jahren hergestellt werden würde.

»Seid Ihr sicher, dass es ein Zauberkästchen war?«, fragte der Junge. »Was – « Er sah zu Boden und bohrte seinen Zeh in die Erde. »Wenn ich fragen darf, mein Herr, was ... hat das Kästchen

... getan?« Das letzte Wort flüsterte er.

»Es hat ein schönes Mädchen durch die Zeit reisen lassen. Aus weiter Zukunft her.« Auf der Suche nach Anzeichen eines Wiedererkennens blickte er den Jungen aufmerksam an.

Wenn dieser noch bleicher hätte werden können, als er es schon war, dann wäre dies jetzt geschehen. »Aus der Zukunft«, flüsterte er, als sei es die Antwort auf eine Frage, die ihn schon seit langem beschäftigte. Er starrte Darcy offensichtlich erschrocken an, dann drehte er sich um, und stellte seine Kiste auf die Werkbank.

Einigen Lärm verursachend zog er den Stoff von der Kiste und packte einen Arm voll Werkzeug, Hufeisen und verschiedene Metallteile aus. Seine behandschuhten Hände hielten inne, als sie nach einem zweiten Tuch griffen, das wesentlich feiner und sauberer war als das, womit die Kiste bedeckt gewesen war. Die Kiste ähnelte einer Torte mit zwei Etagen.

Niemand würde sich um den Plunder kümmern, der auf der oberen Etage lag, welche nur dazu diente, die zweite zu verbergen.

Begierig zu sehen, was das zweite Tuch verbarg, lehnte er sich über die Schulter des Jungen.

Der Junge nahm das Tuch heraus und enthüllte eine große Anzahl von Objekten, die Darcy noch nie gesehen hatte. Da gab es ein glänzendes Ding von der Größe einer männlichen Handfläche, das Verzierungen – nein, kleine Knöpfchen besaß, auf denen die Buchstaben des Alphabets, Nummern und andere Symbole abgebildet waren.

Ein Objekt von ähnlicher Form sah aus wie ein rechteckiger Stein, der so schwarz und glänzend war, dass er sein Spiegelbild darin sehen konnte, wie in einem teuren Spiegel. Da gab es ein großes Blatt Pergament, das irgendwie steif gemacht worden war. Am oberen Rand konnte man lesen *Rise and Shine Bed & Breakfast, Inverness, im Geschäft seit 1928.* Darunter war eine

Liste von Speisen aufgeführt, von denen er einige, wie Blutpudding, Bücklinge, Eier und Räucheraal gut kannte, von vielen anderen jedoch noch nie gehört hatte. Pfannkuchen? Waffeln? Rösti-Ecken? Auf einem schweren Porzellanbecher mit Griff stand in Blockschrift SCHOTTEN MACHEN ES MIT ROLLENDEM R. Was machten sie? Und warum sollte jemand in so großen Buchstaben auf einen so guten Becher schreiben? Mehrere Löffel und löffelähnliche Gegenstände, die anstatt einer breiten Schaufelfläche Zinken wie eine Mistgabel hatten, ragten aus dem Haufen hervor. Inmitten des sonderbaren Geschirrs erkannte er die Rundung eines Dings, das ihn an die große Pendeluhr in Steafans Amtsstube erinnerte, jedoch in einen Streifen Leder eingebunden war, als sollte es am Handgelenk eines Mannes getragen werden.

Seine Finger zuckten und wollten den Inhalt der Kiste erkunden, doch er fühlte ein warnendes Prickeln im Nacken.

»Einige der Objekte haben geleuchtet, wenn man sie richtig berührte«, sagte der Junge. »Aber das Leuchten hat jedes Mal nach einigen Tagen aufgehört. Außer bei diesem hier«, sagte er, indem er eine kleine Uhr in die Hand nahm. Er berührte sie mit seinen behandschuhten Fingern und Daumen zu beiden Seiten der Vorderseite, worauf das Ding in unheimlich grünem Licht erstrahlte.

Darcy machte einen Satz zurück. »Gütiger Gott!«, stieß er hervor. Dieses Licht hatte sicherlich mit Zauberkraft zu tun. Und diese kuriosen Gegenstände waren höchstwahrscheinlich auch durch Zauberkraft erzeugt ... oder aus der Zukunft hergebracht worden. Diese Art von Zauberkraft konnte Malina helfen.

Er beugte sich näher über die Uhr. Seine anfängliche Furcht verschwand zugunsten der Hoffnung für seine Gemahlin. Der Junge strahlte vor Freude über seine Aufmerksamkeit, als er die Uhr losließ und das Licht ausging. »Diese hier habe ich jetzt schon fast sechs Monate, und sie tut dies immer noch, wenn ich sie so anfasse. Und obwohl ich sie noch nie habe aufziehen müssen, zeigt sie immer noch die richtige Zeit an.« Seine offensichtliche Freude, sein Geheimnis mit einem Fremden zu teilen, machte Darcy Sorge. War ihm nicht klar, welch schauriges Schicksal ihn ereilen konnte, wenn er seine Sammlung der falschen Person zeigte, oder jemand zufällig auf sie stieß?

»Verstecke es. Verstecke das alles. Du solltest es irgendwo vergraben. Was denkst du dir bloß dabei, solche Dinge an einem Ort aufzubewahren, wo jeder sie finden kann?«

Das Strahlen des Jungen erlosch. Seine Schultern sackten nach vor, während er das Tuch über die sonderbaren Objekte zog und begann, die Werkzeuge wieder darüber zu häufen. Mit dem Rücken zu ihm arbeitend, murmelte er: »Ich bin der Einzige, der den Schuppen benutzt, und ich halte ihn verschlossen.«

Auch er hatte Malinas Kästchen weggeschlossen, doch das hatte Steafan nicht daran gehindert, es zu finden.

Obwohl er den Jungen gerade erst kennengelernt hatte, klang seine Stimme scharf, als er erwiderte: »Jeder Narr weiß, dass Schlösser aufgebrochen werden können. Bist du verrückt, in einem so erbärmlichen Schuppen etwas aufzubewahren, das dich das Leben kosten kann?« Der Junge zuckte zusammen, wie ein Hund, der Schläge erwartet, und nahm ihm damit den Wind aus den Segeln. Sanfter gestimmt sagte er: »Du kannst mir in dieser Hinsicht Glauben schenken. Du musst dafür sorgen, dass niemand diese Objekte finden kann.«

Der Junge hockte sich vor die Werkbank und schob die Kiste in ihr Versteck zurück. »Das weiß ich selber«, sagte er ziemlich beleidigt. Immer noch am Boden hockend, wandte er sein bleiches Gesicht ab, so dass sein Profil zu sehen war. Obwohl er alt genug war, sich zu rasieren, hatten seine gerundeten Wangen immer noch etwas Kindliches. Er musste an die sechzehn sein, ein Alter, in welchem die Jungen sich für Männer halten und erwarten, von anderen Männern als solche behandelt zu werden. »Ihr werdet Mr. MacLeod doch hoffentlich nichts davon erzählen?«

Er fühlte Mitgefühl in sich aufsteigen. Er wusste nicht, welche Art von Bürde den kräftigen Rücken des Jungen so schamhaft gebeugt hielt, doch er hatte seine eigene Bürde lange genug getragen, um zu wissen, dass einzig Verständnis und Akzeptanz seine Haltung wieder gerade und stolz machen konnten. »Wie heißt du?«

Im gedämpften Licht blass lavendelfarben schimmernde Augen blickten zu ihm auf. »Timothy, mein Herr. Doch die meisten Leute nennen mich Milky.« Der Spitzname ließ ihn eine Grimasse ziehen.

»Ich werde dich Timothy nennen. Und du kannst mich Darcy nennen. Und mach dir keine Sorgen, ich werde deinem Mr. MacLeod weder über diese Kiste noch über sonst etwas berichten. Dem Mann scheint nicht an meiner Gesellschaft gelegen zu sein.«

Timothys Gesichtszüge entspannten sich. »Darcy. Ist das ein französischer Vorname?«

»Meine Mutter mochte französische Mode«, schenkte er dem Jungen eine persönliche Information, um sein Vertrauen zu gewinnen. »Arcy ist dort der Name einer Provinz, soviel ich weiß.«

»Mr. MacLeod hat für Mode jeglicher Art nichts übrig. Doch er studiert Holzverarbeitungsverfahren von überall her. Ihr dürft nicht schlecht von ihm denken, mein Herr – Darcy. Er kennt sich gut mit den Lehren der Kirche aus, doch das macht ihn gleichzeitig wohltätig. Wenn er und seine Frau mich nicht aus dem Waisenhaus in Edinburgh geholt hätten, würde ich jetzt sicherlich auf der Meile mit den lahmen Jungen betteln gehen.« Timothy zog die Augenbrauen zusammen. »Wenn er allerdings von den sonderbaren Dingen erführe, die um mich herum passieren, würde er mich als frevelhaften Mensch aus dem Haus jagen.«

»Die um dich herum passieren?« Er versuchte, nicht zu neugierig zu klingen. Er versuchte ebenfalls, nicht an die unvermeidliche Einsamkeit und das gebrochene Herz zu denken, die ihm in Aussicht standen, wenn er herausfand, wonach er suchte. »Redest du von diesen Gegenständen? Wie bist du an sie geraten?«

»Das macht mein Blut.« Timothys Augen suchten seinen Blick.

Darcy bemühte sich, weder verurteilend noch ungläubig zu wirken.

Es musste ihm gelungen sein, da der Junge fortfuhr. »Seit ich als kleiner Junge im Waisenhaus war, sind sonderbare Gegenstände aufgetaucht, sobald ich mir an einem überstehenden Nagel einen Kratzer zugezogen, oder einer der Großen mir die Nase blutig geschlagen hatte. Zuerst war es nur Spielzeug und lustiger Plunder, doch im Laufe der Jahre wurden die Objekte komplexer und ihre Funktionen schwieriger zu begreifen. Und obwohl ich so etwas nicht gerne sage, vermute ich, dass die Gegenstände vom Feenvolk geschaffen wurden, da ich keinen Handwerker kenne, zumindest nicht in und um Scotia, der in der Lage wäre, solche Dinge herzustellen.«

»Ich weiß nichts über das Feenvolk, aber ich weiß, wo solche Dinge herkommen können.« Zumindest waren ihm solche Gegenstände beschrieben worden, wundersame, aus Materialien wie »Plastik« hergestellte oder »Batterie« genannte Objekte, die in die Hand eines Mannes passten und die Welt mit ihm und ihn mit der Welt in Verbindung brachten. Er verstand nicht ganz, warum ein Mann es nötig haben sollte, die Welt in der Hand zu halten, oder warum er Lust verspüren sollte, einen Teil seiner selbst in die Luft hinaus zu senden, doch Malina schien solche »Annehmlichkeiten« zu vermissen.

Bei dem Gedanken, dass einige dieser Gegenstände, vielleicht sogar alle, aus Malinas Zeit stammten, stellten sich ihm die kleinen Härchen im Nacken auf. Doch es gab mehr Fragen als Antworten für ihn, zum Beispiel hätte er gerne gewusst, ob Timothys Blut, wenn es in der Lage war, Gegenstände herzuzaubern, diese auch zurückzaubern konnte. Kamen sie alle aus Malinas Amerika, oder stammten einige von ihnen aus Scotia, wie das steife Stück Pergament und der Becher es vermuten ließen?

War Timothy in der Lage, mit seiner Zauberkraft eine bestimmte Zeit und einen bestimmten Ort zu erreichen? Wahrscheinlich nicht, sonst hätte der Junge ihn nicht um Hilfe gebeten.

Timothy zog in verzweifeltem Wissensdurst die Augenbrauen hoch, doch bevor Darcy mehr sagen konnte, drang das Kreischen einer Frau durch die Lücken des Schuppens.

Er stieß die Tür auf und stürmte, mit Timothy auf den Fersen, in Richtung des größeren Innenhofs. Was sie erblickten, als sie aus der Gasse stürzten, war so haarsträubend, dass er nicht wusste, ob er der schreienden Frau zu Hilfe eilen, oder lachen sollte. Es handelte sich um die zu gut gekleidete Kundin aus MacLeods Laden, doch als sie sich dort nach dem Lehnsessel erkundigt hatte, war kein kreischender, mit roten Beinlingen bekleideter Affe auf ihrem Kopf herumgesprungen.

Der Hut der Frau lag zertrampelt wie ein verwundetes Federwild auf dem Kopfsteinpflaster, und dicke Strähnen ihres ergrauenden Haars hatten sich aus ihrer Frisur gelöst. Als sie mit den Armen fuchtelte, um sich von ihrer lästigen Bürde zu befreien, erinnerte sie an einen herumwirbelnden Mopp. Ihr violettgesichtiger Gatte hüpfte von einem Fuß auf den anderen, wobei er seine Geldbörse umklammert hielt, als wollte er sie als Waffe benutzen, falls er den Mut aufbringen sollte, seiner Frau zu Hilfe zu kommen.

Ein pinkrosa gestrichener Zigeunerwagen raste, von einer Horde Schaulustiger gefolgt, die wohl durch das Geschrei der Frau angezogen worden waren, durch den Torbogen in den Innenhof. Innerhalb von Sekunden war der Hof brechend voll, bis es schien, als seien die beiden weißen Zugpferde des Wagens, deren Zäume mit Federbüscheln geschmückt waren, die einzigen

Lebewesen in Inverness, die dem Spektakel nicht zuschauten.

Ein krummbeiniger Zwerg sprang von der Kutscherbank und begann, um die Frau herumzuspringen, um den Affen herunterzurufen. Der Kutscher, ein schlanker Mann in Spitzenhemd und Reiterhosen, brachte die Pferde zum Stehen und glitt von der Bank. Seine bestickten Stiefel mit hohem Absatz, die zu seiner ohnehin schon beachtlichen Größe beitrugen, landeten geschmeidig auf dem Boden.

Ohne dem Schauspiel Beachtung zu schenken, schweifte der Blick seiner onyxschwarzen Augen über die Menge, als suche er nach jemandem.

Darcy beschloss, es nicht dem kleinsten anwesenden Mann zu überlassen, der armen Frau zu helfen, und bahnte sich mit den Ellbogen einen Weg durch die Menge. Sein Arm schoss hoch, um die fröhliche Kreatur vom Kopf der Frau zu klauben. Leider musste der Gemahl der Frau vermutet haben, er wolle ihr etwas antun, denn er schlug ihm seine Geldbörse, die trotz der Bemühungen seiner Gemahlin, sie bei MacLeod zu leeren, noch bedauerlich schwer war, auf das Auge, was ihn rückwärts stolpern ließ.

Die Sternchen, die er jetzt sah, hatten mit denen, die Malina ihn letzte Nacht hatte erblicken lassen, wenig gemein. Sie lösten sich gerade noch rechtzeitig auf, dass er sehen konnte, wie der Mann mit einem seltsamen Stock, der aussah, als würde er ein Rüschenkleid tragen, auf ihn zukam. Der Mann wollte ihn damit schlagen, doch sein neuer Freund mischte sich ein.

Timothy ergriff das Ende des Stocks, als der Mann ihn über seinen Kopf hob und sagte, »Nicht doch, Sir. Der große Mann versucht bloß, Eurer Lady zu helfen.«

Der Kunde wirbelte herum und seine Augen weiteten sich in Panik, als er Timothy erblickte. »Verfluchtes Zigeunergesindel! Ein Riese, ein Zwerg, ein Roma und ein Bleichgesicht! Ihr seid nichts als Teufelsbrut! Lasst meine Frau in Ruhe!« Er riss den Stock aus den Händen des Jungen, und der Stoff seines Kleides breitete sich zwischen Fingern aus Holz aus, bis das Ding rund wie ein Wagenrad wurde, wobei der Stockstiel wie eine Achse wirkte.

Darcy blieb kaum Zeit, darüber nachzudenken, um welche Art von Waffe es sich hier handelte, da der Mann sie mit Schwung Timothy ins Gesicht schlug. Die Spitze fuhr über die Wange des Jungen und hinterließ eine Spur aufgeschlitzter Haut, aus welcher Blut hervorquoll.

Kaum war auf Timothys schneeweißer Wange grelles Rot aufgetaucht, ertönte laut ein langgezogenes Grollen. Der Boden bebte, und von einer Sekunde auf die andere erschien ein Felsbrocken aus glänzendem schwarzem Stahl und Glas auf der Straße.

Kapitel 17

EIN SOLCHES GROLLEN hatte Darcy nie zuvor gehört. Es hörte sich an wie ein Wildschwein, bevor es angreift, allerdings ein Wildschwein, das nie Atem schöpfen muss. Es war ein endloser Laut, gleichmäßig und tief, in welchem auf subtile Weise ein heller Ton mitschwang, der an das weit entfernte Klingen eines Schmiedehammers erinnerte. Das Grollen wummerte bis in seinen Bauch, und er musste grinsen, als ihm klar wurde, worum es sich bei dem großen Gegenstand handelte.

Es war ein »Automobil«, in seiner Kurzform »Auto« genannt. Malina hatte ihm lang und breit davon erzählt, insbesondere, wenn ihr Hintern und ihre Beine von dem tagelangen Ritt auf Rand genug hatten, und ihre gute Laune in leichte Reizbarkeit umschlug.

Unter all den Wunderdingen, von denen seine Frau ihm berichtet hatte, war ein Auto das Einzige, von dem er glaubte, dass es ihm hätte nützlich sein können. Er hatte sich sogar vorgestellt, auf einem Fahrersitz zu sitzen und mit windgepeitschtem Haar eine der ebenen Straßen entlangzufahren, von denen sie ihm erzählt hatte, und über hundert Meilen hinweg nicht langsamer zu werden oder anzuhalten, es sei denn, um den Bauch des Dings mit »Sprit« zu füllen. So schnell Rand auch war, Malina hatte behauptet, ein Auto sei schneller, und seitdem sie das gesagt hatte, hatte er sich danach gesehnt, es mit eigenen Augen bewiesen zu sehen.

Doch dies war keine Träumerei. Man war hier nicht in

Malinas Land, 500 Jahre in der Zukunft. Das heutige Inverness wusste mit einem solchen Ding nichts anzufangen. Und er hätte es auch nicht gewusst, wenn Timothys Kiste ihn nicht darauf vorbereitet hätte.

Das Blut des Jungen hatte es hergebracht. Und nach dem zutiefst erschrockenen Gesichtsausdruck des Jungen zu urteilen, mit dem er das Auto anstarrte, hatte er das weder beabsichtigt, noch hatte er irgendeine Kontrolle darüber.

Über all dies dachte er innerhalb eines einzigen Herzschlags nach. Mehr Zeit war ihm nicht vergönnt, da das Auto sich nicht damit begnügte, aufgetaucht zu sein. Das verfluchte Ding bewegte sich.

Obwohl es sich nur ganz langsam bewegte, und seine schwarzen Räder auf dem Kopfsteinpflaster neben dem Brummen des »Motors« kein weiteres Geräusch erzeugten, rollte es unaufhaltsam vorwärts. Auf MacLeods Laden zu. Dabei stand seine Tür weit offen, so dass man hineinsehen konnte, und abgesehen von den dunklen Ledersitzen und dem glänzendem Schalthebel die sonderbare Abwesenheit eines Fahrers auffiel.

Die Menge hielt in kollektivem Schrecken den Atem an. Dann ertönten Schreie, die das Geräusch des Autos übertönten. Über dem Tumult kreischte der Affe und hüpfte vom Kopf der Frau auf die Schulter des schlanken Mannes. Dessen onyxschwarze Augen funkelten belustigt, als sein Blick auf Timothy fiel.

Männer, Frauen und Kinder liefen auseinander, als sei der Teufel in Person in ihrer Mitte aufgetaucht, doch die Leute waren jetzt nicht das Wichtigste für ihn. Diese Rolle fiel jetzt MacLeod zu, als er aus seinem Laden trat und sich dem Auto in den Weg stellte.

Als Timothy seinen Lehrmeister erblickte, verzerrte sich angstvoll sein Gesicht. Er hielt sich mit seiner behandschuhten Hand die Wange und rannte aus dem Innenhof. Er mischte sich unter die auseinanderlaufende Menge, und Darcy verlor ihn aus den Augen.

»Timothy!«, rief er, da er sich um den Jungen sorgte, doch MacLeod, dessen Hand sich beim Anblick des Autos plötzlich auf seiner Brust in sein Hemd krallte, sorgte ihn noch mehr. Der Mann brach, wo er stand, zusammen.

Darcy musste sich entscheiden. Sollte er den alten Mann aus dem Weg des Autos ziehen, oder das Auto selbst anhalten? Bevor er sich entscheiden konnte, glitt der schlanke Mann auf MacLeod zu, hob ihn mit erstaunlicher Kraft auf seine Arme und brachte ihn blitzschnell in Sicherheit.

Demnach musste er sich um das Auto kümmern. Ohne einen Moment zu verlieren, da ansonsten MacLeods Existenzgrundlage den gleichen Weg gehen würde wie sein altersschwaches Herz, sprang er durch die offene Tür auf den engen Fahrersitz und drückte beide Füße auf die Pedale, von denen er wusste, dass sie am Boden zu finden waren.

Er erinnerte sich daran, dass eins das Auto in Bewegung setzte, und das andere es anhielt, doch er hatte keine Zeit, sie jetzt einzeln zu testen.

Das Brummen des Motors wuchs zu einem besorgniserregenden Gebrüll an, doch das Auto kam nur wenige Zentimeter vor den geöffneten Läden von MacLeods Geschäft zum Stehen.

Er konnte sich allerdings noch nicht entspannen. Solange er nicht herausgefunden hatte, wie man den Motor stoppte, wagte er nicht, die Füße von den Pedalen zu nehmen. Sein Gedächtnis nach den Einzelheiten durchsuchend, die Malina ihm über das Autofahren erzählt hatte, blickte er auf die verwirrenden Zifferblätter und Bedienungselemente. Seine Frau hatte ihm alles darüber gesagt, wie man mit einem Stock »schalten« und die Gas- und Bremspedale betätigen müsse, aber er konnte sich nicht daran erinnern, dass sie ihm gesagt hatte, wie man anhalten und ein Auto starten soll.

»Worauf wartet Ihr, *mon ami*? Fahrt uns hier raus!«

Er wandte den Kopf und sah den schlanken Mann auf den Sitz neben ihm klettern und die Tür zuschlagen. Weder MacLeod noch der Affe begleiteten ihn.

Er war so in sein Dilemma mit dem Auto vertieft gewesen, dass er nicht bemerkt hatte, wann genau sich die Schreckensschreie der Menge in wütendes Geschrei verwandelt hatten, aber im Spiegel vor sich sah er, wie die Bewohner von Inverness im Hof den Zigeunerwagen umstürzten und ihn anzündeten. Die Pferde bäumten sich auf, als ihr Geschirr unter den Schlägen von Äxten zerbrach. Eine neue Woge Stadtbewohner bewegte sich fäusteschüttelnd und mit gehobenen Waffen auf das Auto zu. Harte Aufschläge hallten im Auto wider. Die Menge warf mit Steinen.

»Wir sollten uns jetzt besser auf den Weg machen«, drängte der schlanke Mann.

»Ich weiß nicht, wie!« Er musste das wütende Geheul des Motors und das noch wütendere Geschrei der Leute übertönen, die »Verbrennt sie in ihrem Teufelswagen!« brüllten.

Das Auto begann unter den Stößen der Menge zu schwanken. Fackeln wurden sichtbar.

»Für den Anfang wäre es gut, zurückzusetzen!«

Er verschwendete seine Zeit nicht damit, den klugen Ratschlag mit einem Verdrehen der Augen zu würdigen, wie er es verdiente. Stattdessen fand er endlich den Schalthebel, von dem Malina geredet hatte. Er ragte neben seinem Knie hervor und auf seiner Basis standen unverständliche Buchstaben und Nummern, die kein Wort bildeten, dass er je gehört hatte. Ein Buchstabe fiel ihm auf, also richtete er den Stock darauf aus. Er hoffte, dass er für das Wort stand, dass er vermutete: rückwärts.

Er ging das Risiko ein, vorsichtig den linken Fuß anzuheben. Die Räder kreischten auf dem Kopfsteinpflaster. Schwarzer Rauch erstickte die Menge. Das Auto schoss nach hinten, wobei es ein paar Leute beiseite stieß.

Er verletzte nicht gerne unnötig, doch sein Leben war in

Gefahr, und das gefiel ihm auch nicht. Wenn er die Wahl zwischen sich selbst und seinem Feind hatte, vor allem, wenn dieser falsch informiert war, wählte er stets sich selbst. So hielten es die Keiths. So hielten es Krieger.

Außerdem wusste er nicht, was er sonst tun konnte, um das Auto davon abzuhalten, in den brennenden Zigeunerwagen zu krachen. Er drehte das Lenkrad in die eine und dann in die andere Richtung, um den Wagen und den Haufen Pöbel zu umfahren, und richtete das Auto mit der Vorderseite auf die Einfahrt zum Innenhof aus. Er trat auf das linke Pedal, während er den Stock in die mit der Nummer »1« markierte Position brachte, und hielt derweil das rechte Pedal voll heruntergedrückt.

Die Räder kreischten und rauchten erneut, doch das Auto bewegte sich vorwärts, bis auf die Straße. Er drehte das Lenkrad, um das Auto aus der Stadt zu fahren, doch das Ding fuhr kaum schneller, als der Pöbel rennen konnte.

Ein Stein schlug gegen die Rückscheibe, und neben ihnen erschien mit pumpenden Arm- und Beinbewegungen ein Mann, der einen Spaten schwang. Er hieb mit dem Spaten auf das Fenster ein, und Darcy hielt seinen Atem an, bis er sicher war, dass das Glas halten würde.

»Jetzt komm schon, du brüllendes Ungeheuer«, drängte er inmitten der Einschläge weiterer Steine und der Attacken mit dem Spaten. Er hatte gedacht, dass Autos viel schneller fahren konnten. Dann fiel ihm ein, dass es unter den unverständlichen Buchstaben auch die Nummer *2* gab. Er drückte den Stock in diese Position, und das Auto fuhr ein kleines bisschen schneller, während sein Brüllen sich etwas besänftigte, doch es fuhr unregelmäßig, als würde es bocken.

Da es keine *3*, oder besser noch, eine *4* gab tat er das Einzige, was ihm einfiel, um ihr Tempo zu beschleunigen. Er bewegte den Stock auf die nächste Position, die mit einem *D* markiert war. Das Brüllen des Motors verringerte sich zu einem sanften Brummen, und das Auto glitt mit einem gesegneten Zuwachs an

Geschwindigkeit vorwärts. Seine Adern pulsierten vor Aufregung, als er den Pöbel im Spiegel immer kleiner werden sah.

Er hätte sie schnurstracks aus Inverness hinaus gefahren, wenn er nicht auf einmal Timothy erblickt hätte, der die Hauptstraße hinunter rannte.

Er stampfte mit dem Fuß auf das linke Pedal, wodurch er das Auto kreischend zum Stehen brachte, und mit der Nase beinahe an das Glas vor ihm gestoßen wäre.

Sein Beifahrer warf beide Arme hoch, um sich abzustützen, und es gelang ihm, selbst diese Bewegung anmutig aussehen zu lassen. Der Mann drückte seine Tür auf. »Komm an Bord, *mon ami*! Schnell!«

Trotz seiner offensichtlichen Angst gehorchte Timothy und kletterte auf den Rücksitz.

Das Auto machte ein angenehmes, schnurrendes Geräusch, also kümmerte er sich nicht weiter um den Stock. Vielleicht stand das *D* ja für *drive.* Er konzentrierte sich darauf, die Pedale gleichmäßiger zu bedienen, und ließ das linke los, während er sanft das rechte drückte. Das Auto bewegte sich ruhig und kraftvoll vorwärts. Er grinste breit. »Ich glaube, ich weiß jetzt, wie es geht. Haltet Euch fest.«

Und los gings.

§

ES WAR BEINAHE schade, dass niemand sie aus Inverness jagte. Darcy wäre gerne mit einem Pferd um die Wette gefahren. Zumindest hätte er das Auto gerne auf den ebenen Straßen der Stadt ausprobiert. Als sich die glatten, gepflegten Straßen am Stadtrand in einen ausgefahrenen Karrenweg verwandelten, begann er jedoch, die Dinge anders zu sehen. Auf dem Gelände, über das sie jetzt holperten, bis ihnen der Rücken schmerzte, hätte ein Pferd einen klaren Vorteil gehabt.

Langsam fahrend, damit das Auto nicht in Stücke gerüttelt wurde, folgte er den Anweisungen des schlanken Mannes und bog auf einen Weg ein, der über ein Feld führte. Er fragte sich vage, wie er zurück in die Ställe kommen würde, um Rand zu holen, zumal dieser Mann ihn einen Riesen genannt und ihn beschuldigt hatte, mit den von nun an unwillkommenen Zigeunern in Verbindung zu stehen.

Diese vermutete Verbindung machte ihm nichts aus. Sie konnte ihn sogar vor Steafans Männern schützen, da alles, was man über einen ungewöhnlich großen Mann in Inverness in Erfahrung bringen konnte, jetzt mit dem Zigeunervolk in Verbindung gebracht würde, mit dem er gesehen worden war. Man würde ihn als umherreisende Besonderheit abtun und ihn nicht als den auf der Flucht befindlichen Neffen eines Lairds aus dem Norden erkennen. Er genügte jedoch, Timothys düstere Miene im Spiegel zu sehen, um mitzubekommen, dass der Junge sich keineswegs darüber freute, mit den Zigeunern in einen Sack gesteckt zu werden. Er musste sich Sorgen um sein Zuhause und seine Stelle bei MacLeod machen.

»Ich glaube nicht, dass dein Lehrmeister gesehen hat, was passiert ist«, sagte er zu dem Jungen. »Und selbst wenn er es gesehen hat, würde ihm nicht einfallen, dich für eine solche Sache verantwortlich zu machen.« Was er nicht sagte, war, dass MacLeod höchstwahrscheinlich den Mann an seiner Seite für alles verantwortlich machen würde. Die Zigeuner wurden gewöhnlich als reisende Künstler und Händler willkommen geheißen, aber dieser Zigeuner hier hatte etwas an sich, dass einen an Magie denken ließ. Es lag vielleicht an dem schelmischen Funkeln seiner Augen oder an seiner extravaganten Kleidung, die besser zu einem französischen Höfling als zu einem armen Angehörigen des fahrenden Volks passte. Wie auch immer, er war sicher, dass Timothy bereitwillig wieder aufgenommen werden würde. Solange MacLeod überlebte, und ihm seine Bereitwilligkeit zeigen konnte.

»Was ist aus dem alten Mann geworden?«, fragte er den schlanken Mann.

»Den hat ein Dokteur mir abgenommen«, antwortete er mit einem übertriebenen französischen Akzent.

Timothy streckte seinen Kopf zwischen den Vordersitzen durch. »Warum hat er einen Doktor gebraucht?«

»Hast du es nicht gesehen?«

»Was gesehen? Was ist passiert?«

»Sein Herz schien der Aufregung auf der Straße nicht ganz gewachsen zu sein«, sagte er vorsichtig, wobei er mit dem Zigeuner einen Seitenblick austauschte. Es war sonderbar: obwohl sie sich erst seit so kurzer Zeit kannten, und der Mann offensichtlich nicht halb so französisch war, wie er vorgab, vertraute Darcy ihm und mochte ihn sogar.

»Was sagt Ihr da?«, quiekte Timothy. »Ist er tot?«

»Als ich ihn das letzte Mal gesehen habe, war er noch sehr lebendig, *mon ami*. Ich bin mir sicher, dass alles gut gehen wird.«

Darcy bezweifelte dies, doch er schätzte den Optimismus des schlanken Mannes. Er hoffte, er würde den Jungen beruhigen.

»Das ist Timothy«, sagte er, indem er ein dürres, von Dickicht überwuchertes Weißdorngestrüpp umrundete. Da er inzwischen ein besseres Gefühl für das Auto hatte, bewegte er den Stock auf *1* und fuhr im Schneckentempo durch eine Pfütze unbekannter Tiefe auf dem Weg. »Ich bin Darcy Keith aus Ackergill und nur vorübergehend in Inverness«, sagte er, indem er auf *D* zurückschaltete.

Obwohl Steafans Männer das Land nach ihm durchkämmten, hatte er keine Bedenken, dem schlanken Mann seinen Namen zu nennen. *Vertrauenswürdig* hätte er ihn nicht unbedingt genannt, doch das Wort *zuverlässig* schien zu ihm zu passen. Er konnte sich bei solchen Dingen nur auf seine Instinkte eines Kriegers verlassen, doch eins war gewiss: als der schlanke Mann in das Auto geschlüpft war, hatte er sich damit zu seinem Verbündeten erklärt. Darcy drängte sich das Gefühl auf, dass er den Weg, Malina in ihre Heimat zurückzubringen, nur mit Hilfe dieses Mannes und des verängstigten Jungen auf dem Rücksitz finden würde.

»Bastien Gravois, zu Euren Diensten, Monsieur Keith.« Er sprach seinen Namen französisch aus, *Basti-öng Grawuah* und machte dabei eine weit ausschweifende Handbewegung. »Und wie lautet Euer Nachname, Master Timothy?«, fragte er, indem er sich zu ihm herumdrehte.

»Ich habe keinen, Sir. Aber Mr. MacLeod erlaubt mir, bei Bedarf seinen zu gebrauchen.«

Gravois schob überrascht die Unterlippe vor, dann blickte er wieder nach vorne auf einen Bach, der das Feld von einem felsigen Hügelzug trennte. »Unser Lager ist gleich hinter dieser Brücke.«

Er blickte in die Richtung, in die der Mann zeigte, konnte jedoch keine Anzeichen eines Lagers erkennen. Noch dazu wirkte die Brücke aus seinem Blickwinkel gefährlich schmal und baufällig. Als er das Auto näher auf sie zu lenkte, sah sie sogar noch schlimmer aus. Er hätte der bröckelnden Struktur aus Holz und Stein nicht zugetraut, das Gewicht eines Ponykarrens auszuhalten, geschweige denn das einer Maschine, die wahrscheinlich viermal so viel wog. »Wie seid Ihr mit Eurem Wagen hier herübergekommen?«, fragte er, indem er das Auto am Fuß der Brücke anhielt.

»Sie ist stabiler als sie aussieht«, sagte Gravois.

Darcy blickte ihn zweifelnd an, was ihm ein schnurrendes Lachen einhandelte.

»Habt keine Angst, *mon ami*. Die Dinge sind nicht immer so, wie sie scheinen.«

Er vermutete, dass dies sowohl für den Mann neben ihm als auch für die Brücke galt.

»Könntet Ihr etwas von einem Zauberer haben, Gravois?« Er hoffte es, sonst wäre er umsonst nach Inverness gekommen.

Der Mann antwortete mit einem zugleich verschmitzt und geheimnisvoll wirkenden Lächeln. »Fahrt zu«, sagte er. »Wir haben keine Zeit zu verlieren. Wenn wir erst drüben sind, werden wir vor Verfolgern sicher sein.«

Darcy zuckte die Schultern und fuhr mit dem Auto vorwärts. Schließlich gehörte es ihm nicht, und wenn es in den Bach fiel, würde es ihn höchstens ein Paar nasse Stiefel kosten. Als die Räder die Brücke berührten, verschleierte sich seine Sicht, dann wurde sie wieder klar, und bot ihm einen völlig neuen Anblick.

Die Brücke, die so sehr einer Ruine glich, verwandelte sich und war nun stabil und solide repariert. Auf der anderen Seite wurde das Gras grüner und erstreckte sich weiter an der felsigen Hügelkette entlang, durch die ein fruchtbares Refugium für vier farbenfroh bemalte Zigeunerwagen entstand, die im Halbkreis standen. Zwischen mehreren Bäumen, die einen Augenblick zuvor noch nicht dagewesen waren, waren Seile gespannt, an welchen acht gute Pferde angebunden standen, von denen zwei Zugpferde waren.

Im Lager ging es geschäftig zu. Da wurde Holz für ein Feuer aufgeschichtet. Ein kleines Wildschwein wurde gehäutet. Die Pferde wurden gepflegt und ihr Geschirr geputzt. Es gab aber auch Leute, die an die Felsen gelehnt saßen und sich die nackten Füße im Bach kühlten. Kein einziger der Anwesenden war von körperlicher Krankheit oder Missbildung verschont geblieben. Da gab es einen Buckligen, einen Mann, dessen Gesicht und Hände mit dichtem Haar bewachsen waren, eine dunkelhäutige Frau, der unzählige Zöpfe über die Schultern hingen, einen echten Riesen, der an die 2,40 m groß sein musste, eine alte Frau mit gebeugtem Rücken und gichtigen Händen, einen Tätowierten mit Scheiben in den Ohrläppchen, eine Frau aus dem Osten mit Schlitzaugen und Ringen um den Hals, eine Zwergin mit bleichem Haar und Holzschuhen und einen Jungen, aus dessen Beinlingen ein Schwanz hervorschaute. Als Darcy das Auto neben einem leuchtend gelb gestrichenen Wagen stoppte, kam zu seiner Überraschung der Zwerg aus Inverness auf Rand über die Brücke geritten. Auf dem Kopf des Zwergs tronte der kleine Affe, stolz wie ein Prinz, der zur Krönung reitet.

Das sah in der Tat nach Zauberei aus. Von dem versteckten Lager abgesehen, musste der Zwerg fliegen können, um auf Rands Rücken zu gelangen.

Er blickte den selbstgefälligen Gravois an. »Ihr müsst genau der Mann sein, für den ich nach Inverness gekommen bin.«

§

»ERLAUBT MIR, ZU prüfen, ob ich Euch wohl verstanden habe«, sagte Gravois mit seinem nachgemachten französischen Akzent, indem er sich mit einem bestickten Taschentuch ein wenig Fett vom Mundwinkel tupfte. »Ein Zauberkästchen hat Euch eine Ehefrau gebracht, und ihr habt versucht, es dazu zu bewegen, sie wieder mit sich fortzunehmen. Seid Ihr verrückt? Ich würde mich an meinem Glück erfreuen, und es nicht bei der ersten Gelegenheit wegwerfen.« Er verlieh seinen Worten Nachdruck, indem er seinen Holzteller zu Boden warf.

Es war Nacht geworden. Das Feuer, auf dem das Wildschwein-Stew gekocht hatte, war schon längst heruntergebrannt, doch einige Fackeln hinter ihnen warfen Darcys Schatten schräg über das Gras, auf dem sie saßen. Gravois, der eindeutig der Führer der Zigeunertruppe war, lag auf ein reich verziertes, an eine Kiste mit Kochutensilien angelehntes Kissen gestützt, und schlürfte Branntwein aus einem Zinnbecher. Darcy hatte seinen Brandy in einem Schluck hinuntergestürzt, nachdem er sich verschiedene Geschichten darüber angehört hatte, wie Gravois zu seinen Mitreisenden gekommen war. Wie sich herausstellte, war es für einen Mann, der in Gesellschaft von Außenseitern war, insbesondere von Außenseitern, die dazu neigten, magische Fähigkeiten zu besitzen, nicht ungewöhnlich, vom Pöbel aus dem Dorf gejagt zu werden.

Er hatte Gravois im Verdacht, Timothy seiner Truppe einverleiben zu wollen, doch er vermutete, dass der Junge nicht daran interessiert sein würde. Obschon Timothy von dem Wildschwein-Stew mitgegessen hatte, das der Bucklige und die Frau aus dem Osten zubereitet hatten, blickte er immer noch um sich wie ein Kaninchen, das von Füchsen umzingelt ist. So sympathisch sein Gesprächspartner ihm auch war, es wurde langsam Zeit, sich wieder darauf zu konzentrieren, seiner Frau gegenüber Wort zu halten.

»Es tut mir ja leid, dass ich es ihr so schnell geschworen habe, aber was getan ist, ist getan, und ich kann den Schwur nicht zurücknehmen.«

Er klopfte dem Kerl auf die Schulter. »Wenn man das, was Timothy mit seinem Blut zuwege bringen kann, und die Magie, die ich heute hier erlebt habe, in Betracht zieht, kann ein Mann mit Eurem Talent und Anstand sicherlich einen Weg finden, meine Frau in ihre Zeit zurückkchren zu lassen.«

Der schlanke Mann schenkte ihm der Schmeichelei wegen einen etwas tadelnden Blick, dann schwenkte er seinen Becher, während er Timothy betrachtete. »Ich fürchte, dass ich nichts für Euch tun kann, *mon ami*«, sagte er, während sein Blick auf dem Jungen verweilte. »Zumindest nicht jetzt.« Er trank sein geistiges Getränk aus und lehnte sich mit den Ellenbogen auf die Knie gestützt nach vorn, so dass er seine Rede elegant mit den Händen unterstreichen konnte. »Deine Blutmagie ist wie ein Kind, das schlecht erzogen ist«, sagte er zu Timothy. »Genaugenommen, wie ein Kind, das keinerlei Erziehung genossen hat. Der unselige Vorfall in dem Innenhof hat dies bewiesen.« Er schnalzte missbilligend mit der Zunge. »Wenn Zauberkraft jemals nützlich werden soll, muss sie während des Heranreifens Disziplin erfahren. Ich kann dir diese Disziplin beibringen, aber es wird Zeit brauchen, vielleicht sogar Jahre, den Schaden wieder gut zu machen, der dadurch entstanden ist, dass du deine Gabe vernachlässigt hast.« Er wandte sich Darcy zu. »Ich nehme an, dass Ihr nicht gewillt seid, mehrere Jahre auf die Hilfe zu warten, die Ihr braucht.«

Er fühlte das Blut aus seinem Gesicht weichen. Er würde bereits sein Herz und seine Seele verlieren, wenn er Malina wegschickte, solange die Dinge so lagen wie jetzt. Doch was würde mit ihm geschehen, wenn er sie wegschickte, nachdem er sie über Jahre hinweg hatte lieben können? Wenn überhaupt, musste es bald geschehen – doch der Punkt erübrigte sich, als Timothy plötzlich aufsprang und schrie, »Ich werde es nicht tun, das sage ich Euch! Ihr seid alle verrückt! Zauberkraft ist ein Fluch. Ich will sie nicht!« Er atmete heftig ein und aus, während seine Hände sich an seinen Seiten zu Fäusten ballten. »Ich muss zu Mr. MacLeod zurück. Er wird sich über meine Abwesenheit aufregen, und mit seinen Herzschmerzen hat er schon genug Sorgen. Es kann auch sein, dass er wütend auf mich ist. Ich muss ihn auf jeden Fall sehen.« Er wandte sich um und lief auf den Bach zu.

Darcy wollte ihn nicht in dem Glauben gehen lassen, dass sein einziges Interesse an ihm seiner *Blutmagie* galt, wie Gravois es genannt hatte. Er gab dem schlanken Mann mit einem Blick zu verstehen, dass sie ihre Unterhaltung später fortführen würden, sprang auf und setzte mit langen Schritten dem Jungen nach. »Warte, Timothy. Ich bring dich zurück.«

Der Junge wirbelte zu ihm herum. Angst und Empörung spiegelten sich in seinem Gesicht wider. »Ich steige nicht wieder in dieses Ding.« Er zeigte auf das Auto, das kalt und dunkel, wie der Felsbrocken, dem es glich, an der Brücke stand. »Ihr seid genauso verrückt wie die Zigeuner. Lasst mich in Ruhe.«

»Ich meinte, auf meinem Pferd Rand«, sagte er freundlich. »Komm. Ich bring dich zurück, damit du nach deinem Lehrmeister sehen kannst.«

Er kehrte gegen Mitternacht in das Zigeunerlager zurück. Gravois kam auf ihn zu, als er die Brücke überquerte, und half ihm, sich um Rand und Shirebrand zu kümmern. Gravois hatte Timothy für den Ritt nach Inverness einen Schimmelwallach geliehen, den Darcy an einem Seil zurückgeführt hatte. Shirebrand war hauptsächlich ein Zugpferd, doch wie Gravois und seine Mitreisenden besaß er verschiedene Fähigkeiten. Er war sowohl als Reitpferd und als auch als Voltigierpferd ausgebildet. Der Junge mit dem Schwanz machte für Geld Handstand und Salto auf seinem Rücken, hatte Gravois ihm erzählt.

Die Zigeuner nahmen für ihre einfallsreichen Kunststücke Geld von den Zuschauern entgegen. Die alte Frau war Wahrsagerin. Die Frau aus dem Osten verkaufte Tränke. Der Riese, der Bucklige und das Negermädchen standen in mit Vorhängen verschlossenen Kabinen, und Gravois ließ die Schaulustigen dafür bezahlen, einen Blick auf sie zu werfen. Der Tätowierte vollbrachte Kraftakte. Der Zwerg stellte nichts zur Schau, doch ihm war es zu verdanken, dass das Lager unsichtbar war. Er hatte die Gabe, die Wirklichkeitswahrnehmung anderer Menschen zu beeinflussen, und Gravois respektierte seine Weigerung, begafft zu werden, solange er sich auf andere Weise nützlich machte. Die Zwergin stellte ebenfalls nichts zur Schau, sondern kümmerte sich um Gravois' Buchhaltung und die Verwaltung der Truppe.

»Madame Hilda will Euch wahrsagen«, sagte Gravois zu ihm, als sie die Pferde trocken gerieben hatten. »Ihr findet sie in dem violetten Wagen. Danach könnt Ihr Euch, wenn Ihr wollt, in dem gelben Wagen mit den anderen Männern zum Schlafen legen. Ich habe noch zu tun, aber wir können morgen früh weiterreden.«

Der Mann klopfte ihm auf die Schulter. »Ich fürchte allerdings, dass ich wirklich nichts für Euch tun kann, *mon ami*. Ich rate Euch, nach Hause zu gehen und Euch an Eurer Gemahlin zu erfreuen. Ihr brecht Euer Wort nicht, wenn die Sache schlichtweg nicht durchführbar ist.«

Das konnte er nicht akzeptieren. Vielleicht konnte Gravois ihm nicht helfen, und Timothy wollte es nicht, doch er würde weiter nach einem Weg suchen. Es ging nicht nur darum, dass er ihr sein Wort gegeben hatte. Malina vermisste ihre moderne Welt. Nach der aufregenden Fahrt mit dem Auto konnte er etwas besser verstehen, wie groß die Annehmlichkeiten waren, an die sie gewöhnt war. Ihre Welt war wahrlich wundervoll. Kein Wunder, dass sie sich so verzweifelt in sie zurückwünschte. Er würde nicht ruhen, bis er sie an den Ort zurückgesandt hatte, nach dem sie sich so sehr sehnte.

Er sagte kleinlaut: »Ich kenne meine Zukunft bereits, sie ist zauberhaft und vergänglich wie ein Regenbogen. Doch ich möchte Euch für Eure Zeit danken. Ich werde Ferdinand für mein Essen entschädigen.« Er nickte zu dem Platz hinüber, wo der Zwerg neben dem Buckligen auf einem vom Mondlicht beschienenen Baumstamm saß und Pfeife rauchte.

»Ihr beleidigt mich, *mon ami*. Ihr habt mir heute das Leben gerettet. Das Mindeste, was ich für Euch tun kann, ist Euch vor Eurer Rückreise nach Hause mit Essen zu bewirten. Ich hoffe, dass Ihr morgen auch mit uns frühstücken werdet, und würde gerne alles hören, was Ihr über dieses wundersame Ding wisst.« Er bewegte sich auf das Auto zu. »Nun beleidigt die *Madame* nicht, indem Ihr ihren Rat ablehnt. Sie bietet nicht jedem unentgeltliches Wahrsagen an. Je eher sie Euch wahrsagt, desto eher kann *Madame* sich zur Ruhe begeben.«

Nur weil Gravois sein Schuldgefühl geweckt hatte, suchte er die alte Frau in ihrem violetten Wagen auf. Nur deshalb, und vielleicht auch, weil er ein wenig neugierig auf sie war, da weder sie, noch die Frau aus dem Osten mit den anderen zu Abend gegessen hatten. Er wollte zu der Frau gehen, sich ihre törichte Wahrsagerei anhören, und dann noch ein paar Stunden Schlaf abbekommen, bevor er zu Malina zurückkehrte.

Ein Tag und eine Nacht ohne sie waren schon viel zu viel. Er nahm allerdings an, dass er auf der Suche nach einem anderen

Weg, sein Wort zu halten, noch mehr Tage und Nächte ohne sie würde verbringen müssen.

Daran, dass er, nachdem er sie fortgesandt hatte, sämtliche Tage und Nächte seiner Existenz ohne sie verbringen müsste, mochte er gar nicht denken.

Aus der einen Spalt offen stehenden Tür des Wagens drang das warme Licht einer Lampe. Er klopfte zweimal.

»Kommt herein, Highlander.« Die Stimme der Frau hatte den rollenden Akzent der Roma – der Zigeuner – und war altersrau.

Er duckte sich unter der Tür hindurch und erschrak augenblicklich angesichts der Größe des Wagens, der von innen viel mehr Platz zu bieten schien, als man es von außen vermuten konnte. Sein Kopf streifte noch nicht einmal die Decke, obwohl er hätte schwören können, dass der Wagen eine gute Handbreit niedriger als seine Körpergröße war. Normalerweise hätte er sich nur halb gebeugt darin aufhalten können. Da er vermutete, dass der Wagen eine von Ferdinands Vorspiegelungen war, widerstand er dem Drang, wieder hinauszugehen und seine Außenmaße zu überprüfen, und sah sich stattdessen in dem großzügig bemessenen Raum um.

Mit Netzen gesicherte und mit Vorräten und Waren gefüllte Regale säumten die beiden unverhältnismäßig langen Seitenwände, und ein mit Frauenkleidern beladener hängender Kleiderständer nahm die Rückwand ein. Trotz des vielen Stauraums blieb noch viel Platz für zwei Kinderbetten hinten im Wagen, und einen niedrigen, auf einem Webteppich stehenden Tisch im vorderen Teil.

Hilda, die alte Frau, saß an einem Ende des Tisches auf einem dreibeinigen Hocker und bestickte einen bunten Schal mit Glasperlen. Er fragte sich, wie sie das fertigbrachte, denn jetzt, wo er ihr zum ersten Mal so nah war, konnte er sehen, dass ihre Augen milchig trüb waren, was nicht nur ihrem Alter anzulasten war. Sie war entweder völlig oder teilweise blind.

Die Frau aus dem Osten – Gravois hatte ihm ihren Namen

genannt, doch er konnte sich nicht an ihn erinnern – saß kerzengerade im Schneidersitz auf einem Kissen am anderen Ende des Tisches. Sie war dabei, Kräuter in Papier einzuschlagen, und nickte ihm höflich zu. Ihr Nicken war nur schwach, da sie Ringe um den Hals trug, die diesen verlängerten.

Er nickte zurück, erschauderte jedoch innerlich angesichts ihrer Verunstaltung.

»Nehmt Platz, Highlander«, sagte Hilda, indem sie auf ein weiteres Kissen am Boden deutete. »Ich muss Eure Aura betrachten, um Euch wahrsagen zu können.«

Er tat, wie ihm geheißen, obgleich es ihm unangenehm war, tiefer zu sitzen als die Frau. »Ich danke Euch für Eure Aufmerksamkeit, Madame Hilda«, sagte er vorsichtig, »aber warum wollt Ihr mir wahrsagen?« Er vertraute niemandem, der unentgeltlich seine Dienste anbot, insbesondere, wenn diese in irgendeiner Weise mit Zauberkraft zu tun hatten.

Ohne ihm zu antworten schloss sie die Augen. Als sie sie wieder öffnete, hatten sich ihre milchig trüben Regenbogenhäute und ihre schwarzen Pupillen grau-weiß gefärbt, wie ein bedeckter Himmel.

Er krabbelte hastig Richtung Tür. Die Frau musste von einem bösen Geist besessen sein, anders ließ sich die groteske Veränderung ihrer Erscheinung nicht erklären.

»Ich hatte Euch nicht für einen Feigling gehalten«, sagte die Frau, und hielt ihn damit vor der Schwelle auf.

Mit hämmerndem Herzen drehte er sich zu ihr um. Der Türrahmen knarrte unter seinem Griff, als er sich zwang, ihr in die Augen zu sehen. »Wenn Ihr meine Frage nicht beantwortet, verlasse ich Euer Lager noch heute Nacht und mache mich im Dunkeln auf den Weg. Ich habe für Magie nichts übrig.« Ferdinands Vorspiegelungen konnte er dulden und mit Timothy, der für seine Blutmagie nichts konnte, konnte er Mitleid haben, doch die seit seiner Kindheit tief in ihm verwurzelte Überzeugung, dass Magie auf dem Bösen beruhe, konnte er nicht so einfach aufgeben.

»Obwohl sie Euch mit einer Ehefrau gesegnet hat«, sagte Hilda. »Und Ihr habt um eurer Frau willen nach ihr gesucht, um sie Euch bei Bedarf nützlich zu machen.« Gravois musste ihr von ihrem Gespräch nach dem Abendessen berichtet haben. Es sei denn, das Gehör der Xanthippe war bei weitem schärfer als ihre Augen, und sie hatte von ihrem Wagen aus mitgehört.

»Ich versuche lediglich, die unnatürliche Sache rückgängig zu machen, die geschehen ist.« Sein Herz zog sich vor Selbstverleugnung zusammen. »Sie gehört in ihre eigene Zeit. Beantwortet jetzt meine verdammte Frage, oder ich gehe!« Er war nicht gerne unhöflich im Umgang mit Frauen, doch Hilda stellte seine Geduld auf die Probe, indem sie ihn daran erinnerte, dass er es der Magie zu verdanken hatte, einen Vorgeschmack aufs Paradies bekommen zu haben, und dass eben diese Magie ihm sein Paradies auch wieder nehmen würde.

Sie zuckte mit einer Schulter. »Da ist ein fauliger Fleck auf Eurer Aura, der Monsieur Gravois zu denken gibt.«

Demnach hatte Gravois sie auf ihn angesetzt. Das beruhigte ihn. Vielleicht versuchte sein geheimnisvoller neuer Freund auf diese Weise, ihm zu helfen. Er war zutiefst davon überzeugt, dass Gravois ihm nichts Böses wollte. Diese Überzeugung ermutigte ihn, sich wieder auf dem Kissen am Boden niederzulassen, doch er schob es einige Zentimeter nach hinten, um zu vermeiden, mit den Knien Hildas Röcke zu berühren.

»Was meint Ihr mit ›faulig‹?, fragte er misstrauisch. »Und was soll eine ›Aura‹ sein?« Sie hatte das Wort schon zum zweiten Mal benutzt.

Die Frau aus dem Osten antwortete ihm mit starkem Akzent auf Englisch. »Aura Energie von Leben. Jeder hat. Viele in Lager können sehen, aber nur Madame kann *sehen* – innen sehen. Gefahr sehen.«

»Energie von Leben« verstand er nicht. Aber Gefahr war ihm ein Begriff. »Ich bin ein Krieger meines Clans«, sagte er.

»Gefahr ist für mich nichts Ungewöhnliches.«

»Wenn Monsieur Gefahr sehen, er Madame bitten zu sehen. Du lassen Madame *sehen* oder sehr schlimm kann passieren. Lass Madame sehen.« Ihre Stimme klang freundlich, und sie wirkte besorgt.

Er grunzte. »Nun, dann bringen wir es mal hinter uns.«

»Sei ganz ruhig«, sagte die Frau aus dem Osten. »Nimm Zeit zu *sehen.*«

Er grunzte erneut.

»Ruhe«, herrschte die alte Frau ihn an.

Er knirschte erbost mit den Zähnen, saß jedoch still und widerstand dem Drang, zu brummeln.

Hilda lehnte sich nach vorn. Sie legte ihre Stirn in Falten, die tiefer wurden, je mehr sie sich konzentrierte. Ihre weiß-grauen Augen bohrten sich in seine, bis ihm ein Schauder über den Rücken lief.

Nach langem Warten sprach sie, jedoch nicht zu ihm. »Chi-Yuen.« Es war ein scharfer Befehl, mit dem sie die Hand in Richtung der Frau aus dem Osten ausstreckte, die sich von ihrem Kissen erhob, um sie zu ergreifen.

Chi-Yuen stellte sich hinter Hildas Schulter, schloss die Augen und atmete scharf ein. Sie schürzte die angemalten Lippen. Sie schüttelte den Kopf. Die alte Frau schnaubte. Chi-Yuen neigte den Kopf, als horche sie auf etwas, dann nickte sie widerwillig.

Sein Blick sprang zwischen den beiden Frauen hin und her. Waren sie in irgendeiner Art dabei, miteinander zu kommunizieren? Er war bereits an die Grenzen seiner Geduld geraten, doch von diesen beiden Frauen ignoriert zu werden, während sie in ein magisches Zwiegespräch vertieft waren, war entschieden zu viel.

Er sprang von seinem Kissen auf und blickte die beiden wütend an. »Wenn Ihr dann fertig seid, werde ich jetzt gehen.« Er wandte sich zum Gehen und wunderte sich darüber, dass keine der Frauen ihn zurückhielt.

Er entledigte sich des Gefühls, ihrer Zauberkraft ausgesetzt zu sein, indem er tief die kühle Nachtluft einsog, und schlenderte auf den gelben Wagen zu. Er bezweifelte, nach diesen aufwühlenden Minuten Schlaf finden zu können, doch er wollte Rand nicht noch in der heutigen Nacht nach Dornoch reiten. Auch wenn er selbst nicht gut schlafen würde, hatte sein Pferd es verdient, den Rest der Nacht in Ruhe zu verbringen.

Zu seinem Entsetzen wies der gelbe Wagen einen noch größeren Innenraum auf als der violette, obwohl sie von außen dieselbe Größe hatten. Er diente allen Männern der Truppe als Schlafquartier. Nicht weniger als zehn Betten standen darin, jedes mit einer Truhe am Fußende, und wie in dem violetten Wagen gab es einen Tisch am Eingang und mit Netzen gesicherte Regale an den Wänden. Er machte kehrt und stieg die Stufen hinab, um sich bei den Pferden auf den Boden zu legen.

Im Morgengrauen wachte er übernächtigt und müder auf, als er sich hingelegt hatte. Als er sich aufsetzte und seinen steifen Nacken dehnte, stand Gravois ausgeruht und energiegeladen da und reichte ihm einen Becher Tee. »Ich hoffe, Ihr habt gut geschlafen, *mon ami.*«

Er nahm den Becher mit einem Grunzen entgegen. »Was haben diese beiden Frauen da veranstaltet? Hat Eure alte Wahrsagerin bekommen, was sie wollte?«

Gravois' Lächeln erstarb. »Ich werde Euch bei einer Portion Rührei erzählen, was ich weiß. Kommt. Speist.«

Er folgte dem Mann zum Feuer, wo Ferdinand ihm mit einem Löffel Rührei aus einer Pfanne auf einen Holzteller füllte. Den sonderbaren Zwerg betrachtend schaufelte er die Nahrung in sich hinein, während Gravois irgendeinen Unsinn darüber von sich gab, dass es den Roma untersagt sei, gewisse Wahrsagungen zu enthüllen.

»Das macht nichts«, sagte Darcy. »Ich habe nicht um die Wahrsagung gebeten, also macht es mir nichts aus, sie nicht zu hören.« Er erhob sich, um Rand zu satteln.

Gravois folgte ihm händewringend. »Aber es ist von größter Wichtigkeit, *mon ami*.«

»Ihr könnt es mir sagen oder auch nicht. Es ist mir gleich. Aber macht schnell, wenn Ihr es mir sagen wollt. Ich muss nach Dornoch und zu meiner schönen Frau zurück.« Er zwinkerte seinem neuen Freund zu. Jetzt, wo er gefrühstückt hatte und wusste, dass er seine Malina nach einem Tagesritt wieder in die Arme schließen würde, war er wesentlich besser gelaunt.

Als er Rand das Gebiss ins Maul schob, gelang Gravois das Kunststück, auf elegante Weise ein frustriertes Geräusch von sich zu geben. »Madame Hilda hat Euren Tod gesehen, Monsieur Keith.«

Seine Hände, die im Begriff waren, den Gurt festzuschnallen, hielten in ihrer Bewegung inne. Nicht wissend, wie er auf eine solche Aussage reagieren sollte, wandte er sich zu Gravois um. Würde er als Held sterben? Als ehrenhaftes Mitglied des Clans der Keiths, oder als ein Geflohener, den man vergessen hat? Wie viele Jahre würde er mit dem Schmerz, von Malina getrennt zu sein, zu leben haben?

»Den Roma ist es strikt verboten, *de prophétiser la mort* – den Tod vorauszusagen. Die *Madame* konnte mir nicht genau wiedergeben, was sie gesehen hat, da sie damit ihr Augenlicht oder vielleicht sogar ihr Leben riskieren würde. Aber Chi-Yuen hat es gesehen. Sie wird die Wahrsagung ebenso wenig enthüllen, doch während die *Madame* schlief, hat sie Euch diesen Trank zubereitet.« Gravois zog ein mit einer weißlichen Flüssigkeit gefülltes Fläschchen aus einer Tasche seiner Jacke und reichte es ihm. »Tragt es ständig bei Euch. Chi Yuen glaubt, dass es Euch vor dem, was die *Madame* gesehen hat, retten kann.«

Die Flüssigkeit erinnerte ihn an die Farbe von Hildas Augen, als sie sich mit Wolken überzogen hatten. Er erschauderte und schüttelte den Kopf. »Nein. Ich will mit Zaubertränken nichts zu tun haben. Ich werde die Magie nur anwenden, weil ich dazu gezwungen bin, um meiner Frau zu helfen, und ich setze dabei meine Seele aufs Spiel.« Er verdrehte die Augen zum Himmel. »Wenn der Herr mich nicht bereits von seiner Liste gestrichen hat, dann wird er es mit Sicherheit tun, sobald ich einen Weg gefunden habe, sie in ihre Heimat zurückzubringen.«

Gravois schnalzte missbilligend mit der Zunge. »Glaubt Ihr wirklich, dass Zauberkraft etwas Böses ist? Nach allem, was Ihr bisher gesehen habt? Sie hat Euch Eure Frau gebracht. Unser guter, weißhäutiger Freund trägt sie im Blut, und viele Leute aus diesem Lager sind damit gesegnet. Kommen wir Euch denn böse vor, *mon ami*?«

Er hatte keine Lust auf ein philosophisches Gespräch. »Ich weiß nur, dass man mich dazu erzogen hat, alles, was nicht dem natürlichen Lauf der Dinge entspricht, zu verschmähen, so wie es auch die Kirche tut. Obwohl ich gegen meinen Willen mit Zauberkraft zu tun hatte, und auch in Zukunft einzig um meiner Frau willen damit zu tun haben werde, ist mir nicht wohl dabei, und ich erwarte nicht, meiner Bestrafung zu entgehen.«

»Sollte ich Eurer Ansicht nach bestraft werden? Oder Madame Hilda? Oder Timothy? Fällt es Euch so schwer zu glauben, dass der Allmächtige die Zauberkraft gutheißen könnte?«

Er gab ein unwirsches Schnauben von sich. Rand, der seine Laune spürte, stampfte ungeduldig mit dem Huf auf. »Gravois«, sagte er warnend. »Mir fehlt die Geduld für diese Debatte. Die Männer meines Clans sind mir auf den Fersen, meine Frau ist meilenweit von mir entfernt unter dem Schutz eines Mannes, den ich kaum kenne, und ich habe gestern genug schreckenerregende Dinge gesehen.«

Er schwang sich in den Sattel und nickte dem Zigeuner kurz zu.

»Wartet«, sagte Gravois schnell. »Ich vergaß, dass ich ein Geschenk für Eure liebe Frau Gemahlin habe. Einen Moment, *mon ami,* ich gehe es nur rasch holen«, rief er über die Schulter, indem er auf den grünen Wagen zulief.

Obwohl Rand und er es kaum erwarten konnten, sich endlich auf den Weg zu machen, wartete er.

Gravois kam wenige Minuten später mit einem Päckchen von der Größe einer Feuersteinschachtel zurück. Es war in Leinenstoff eingewickelt und mit einem Bindfaden verschnürt. *»S'il vous plaît,* sagt Eurer Frau, dass ich ihr alles Gute wünsche, und dass dieses Geschenk erst geöffnet werden soll, wenn, – wie sagt man noch? – wenn die Kaake am Dampfen ist. Es ist sehr wichtig, genau diese Worte zu gebrauchen, *mon ami.*«

Der sonderbare Satz ließ ihn eine Braue hochziehen, doch er nahm das Päckchen entgegen.

»Es war mir ein immenses Vergnügen, Eure Bekanntschaft zu machen.« Gravois trat von Rand zurück und verabschiedete sich mit einer ausholenden, graziösen Geste.

Darcy musste lächeln. Er nickte in Richtung des Autos. »Wenn Ihr nicht wieder Ärger mit dem Pöbel bekommen wollt, solltet Ihr dieses Ding lieber loswerden.« Sein ungeduldig tänzelndes Pferd auf die Brücke zu lenkend, rief er über die Schulter: »Passt auf Euch auf, Gravois.«

Nachdem er hinübergeritten war, blickte er zurück und sah nichts als eine zur Ruine verfallene Brücke und eine menschenleere, felsige Hügelkette.

Kapitel 18

MELANIE KNIETE IM Terrassengarten von Skibo neben Constance vor einem Beet. Unten in Dornoch ging es außerordentlich geschäftig zu. Eine sanfte Brise wehte die Geräusche fahrender Wagen und feilschender Händler und Kindergelächter zum Schloss hinauf. Milder Sonnenschein wärmte ihre Schultern, und durch die Schürze, die ihre Cotte bedeckte hindurch kühlte der frisch umgegrabene Lehmboden ihre Knie. Der Duft unzähliger Blumen und Kräuter durchzog die Luft des himmlischen Morgens.

An einem solchen Morgen sollte sie, verflixt noch mal, fröhlich sein, doch jeder Stich ihrer Schaufel in den Boden hatte eine der vielen Fragen aufgeworfen, die ihr seit gestern Morgen durch den Kopf gingen. War Darcy sicher nach Inverness gelangt? Wann würde er wieder zurück sein? Dachte er an sie? Bereute er, was sie in der letzten Nacht vor seiner Abreise getan hatten? Wie würde sie reagieren, wenn er zurückkehrte und sagte, er wisse nun, wie er sie nach Charleston zurück schicken könne? Würde sie fortgehen, damit er nach Ackergill zurückkehren konnte, oder ihm ihr Herz öffnen, und ihm unwiderruflich sagen, dass sie bei ihm bleiben wolle? Er hatte ihr gesagt, dass er sie liebe, doch was war, wenn er seine Heimat mehr liebte als sie?

»Also wirklich, meine Liebe. Ich könnte genauso gut mit einem Schaf reden.«

Constances Stimme und ihre Schaufel, die auf kompakte

Erde traf, holten sie vom Rand des Wahnsinns zurück. Sie hatte für die Jungpflanzen, die sie auspflanzten, viel zu tief gegraben. Sie sah zu ihrer Gastgeberin auf, die sie trotz ihres verdrossenen Tonfalls mitfühlend anblickte.

Sie stemmte ihre behandschuhten Hände in die Hüften und grummelte: »Hast du ein einziges Wort von dem gehört, was ich über Odermennig sagte?«

Sie duzten sich inzwichen und in den letzten zwei Tagen hatte ihre Gastgeberin alles versucht, sie von ihrer Betrübnis abzulenken.

Doch weder das Anpassen hübscher Kleider, noch schöne Spaziergänge, Gartenarbeit oder das Erlernen der medizinischen Eigenschaften der verschiedenen Kräuter, Rinden und Salben halfen ihr, ihre Betrübnis darüber zu vergessen, dass Darcy sie nicht haben wollte.

Ihr Liebeskummer schien sie daran zu hindern, sich zu konzentrieren. Sie kaute auf ihrer Lippe und schüttelte den Kopf. »Ist das das schottische Wort für eine schiefgegangene Ehe?«

Constance kicherte. »Nein, doch wenn ein Ehemann es unterlässt, das Kraut zur Verbesserung seines Atems zu benutzen, kann es passieren, dass seine Frau schreiend davonläuft. Das Kraut wirkt zusammenziehend, meine Liebe, und man kann es auch als Tee verwenden, um gewöhnliche Erkältungen und Durchfall zu behandeln.« Beim Anblick des kleinen Grabes, das Melanie ausgehoben hatte, runzelte sie die Stirn. »Aber wenn du es so tief pflanzt, gibt es in Skibo diesen Winter eine Epidemie von Mundgeruch.«

»Entschuldigung.« Sie begann, das Loch wieder zu füllen und klopfte den kühlen Lehm mit ihrer Schaufel fest.

»Mach dir nichts draus.« Constance tätschelte ihr die Schulter. »Ich weiß, wie es ist, wenn der Ehemann auf Reisen ist. Es wird auch mit der Zeit nicht besser. Doch zumindest weißt du, dass er nicht zu einem Scharmützel gerannt ist. Er ist lediglich an die dreißig Meilen nach Inverness geritten, um mit einem

Kästchenmacher zu reden.«

Melanie hockte sich auf die Fersen und wischte sich mit dem Rücken des Handgelenks eine Locke aus der Stirn. »Aber was ist, wenn er auf dem Weg Steafans Männern in die Arme läuft? Oder wenn er mit seinen Fragen an falscher Stelle Aufmerksamkeit erregt und der Hexerei bezichtigt wird? Was ist, wenn er auf dem Scheiterhaufen verbrannt wird, während wir hier reden und ich ihn nie wieder sehe?« Bei dem Gedanken fühlte sie, wie sich ihr Brustkorb schmerzhaft zusammenzog.

»Ja, der arme, hilflose Darcy«, sagte Constance. »Glaubst du wirklich, dass er sich verplappert, oder sich nicht gegen Steafans Männer wehren kann, wenn es so weit kommen sollte?«

»Du hast Recht.« Sie atmete auf. Darcy war durchaus imstande, seine Zunge zu hüten und sich zu verteidigen. »Ich mache mir über Dinge Sorgen, die nur Hirngespinste sind.«

»Das tun wir nun mal«, sagte ihre Gastgeberin mit einem Schulterzucken. »Wir Ehefrauen. Aber wenn wir schlau genug sind, umgeben wir uns mit Freunden, die uns nicht herumspinnen lassen, wenn unsere Hormone versuchen, uns in hilflose, zitternde Nervenbündel zu verwandeln.« Sie zwinkerte ihr zu, und Melanie wurde sich mit freudiger Überraschung bewusst, dass Constance ihre Freundin war.

Sie hatte im Schottland des sechzehnten Jahrhunderts einen Ehemann und eine Freundin. Und in wenigen Monaten würde sie auch ein Baby haben. Sie war noch keine Woche hier, und begann bereits, sich ein Leben aufzubauen. Mit jeder Stunde erschien ihr der Gedanke, hier zu bleiben, weniger furchterregend.

»Wo wir schon von Hormonen reden«, sagte ihre neue Freundin. »Hast du dir schon überlegt, ob du deine zukünftigen Schwangerschaften planen, oder den Dingen einfach ihren Lauf lassen willst?«

Beim Gedanken, ein Kind von Darcy zu bekommen, wurde ihr warm ums Herz. Sie hing dem Gedanken kurz nach und zog dann mit einem Blick auf Constance eine Braue hoch. »Lassen die Frauen dieser Zeit nicht einfach der Natur ihren Lauf? Ich meine, es gibt doch keine Pille, und der Coitus interruptus ist nicht sehr verlässlich.«

»Tja, Mutter Natur ist mit Sicherheit ein gemeines Miststück«, sagte Constance mit ironischem Grinsen. »Aber es gibt da ein paar Mittel, mit denen man sie etwas besänftigen kann. Bradley wurde geboren, als ich fünfundvierzig war, aber die Jahre zuvor habe ich die Samen von »Queen Anne's Lace« und hausgemachte Zäpfchen zur Geburtenkontrolle verwendet. Im Moment wird das Kraut hier natürlich noch wilde Möhre genannt, da Königin Anne erst in knapp zweihundert Jahren auf den Thron kommen wird. Aber wirken tut es allemal.«

Melanie war dem zwölfjährigen Bradley und seinem siebzehnjährigen Bruder Marcus beim Essen begegnet. Constance und Wilhelms drei älteste Söhne waren verheiratet und lebten auf Gütern, die über Wilhelms Ländereien verteilt waren, und der Neunzehnjährige war in Edinburgh auf der Universität.

»Ich habe aufgehört, mich darum zu kümmern, als ich in die Wechseljahre kam.« Sie vertiefte Ihre Stimme dramatisch. »Doch ich musste alsbald feststellen, dass älter werden und zwei Perioden nicht zu bekommen nicht hieß, dass die Eierstöcke ihren Geist aufgegeben hatten.« Sie lächelte wissend, während sie dastand und ihren Rücken streckte. »Bradley war eine schwere Geburt. Und ich habe lange gebraucht, mich davon zu erholen. Aber ich bereue es nicht. Ich bereue nicht, ihn bekommen zu haben. Er ist wundervoll. Sie sind alle wundervoll. Aber du musst bedenken, dass es hier keine Krankenhäuser gibt. Auch keine Bluttransfusionen. Keine Monitore, die anzeigen, wenn das Baby in Not ist. Und keine perfekt gesteuerten kleinen Brutkästen für Frühgeburten.«

Sie stieß einen tiefen, traurigen Seufzer aus. »Ich habe über die Jahre drei von ihnen verloren, zwei davon bei der Geburt.

Eins zwei Wochen danach. Zwei davon waren Mädchen, darunter das eine, das diese zwei kostbaren Wochen lang gelebt hat. Maryanne. Sie war einen Monat zu früh geboren. Die leichteste Entbindung, die ich jemals hatte. Und der schwerste Verlust.« In schmerzlicher Erinnerung ließ Constance ihren Blick über die Ländereien von Skibo schweifen.

»Es tut mir so leid«, sagte Melanie unbeholfen.

Constances Lippen verzogen sich zu einem kleinen Lächeln. »Selbst das lässt mich meinen Entschluss nicht bereuen. Selbst wenn ich die Wahl gehabt hätte, meine Meinung zu ändern und fortzugehen, hätte ich es nicht getan. Komm.« Sie streckte den Arm aus, um Melanie beim Aufrichten zu helfen. »Wir beenden das Auspflanzen morgen. Lass uns in die Vorratskammer gehen. Ich werde dir zeigen, wie man die Samen von Queen Anne's Lace zubereitet und die Zäpfchen herstellt, damit du sie verwenden kannst, wenn es dir irgendwann notwendig erscheint. Du kannst aber auch ganz einfach einem Duftöl Chinin beifügen. Es ist als Spermizid wirksam. Doch Wilhelm und ich haben nie gerne Öle verwendet. Wir brauchten sie nicht«, fügte sie mit einem Augenzwinkern hinzu, und unversehens war die Trauer in ihren Augen der schelmischen Freude einer sexuell zufriedenen Frau gewichen.

Würde der Gedanke an Darcy sie in dreißig Jahren aus trüben Stimmungen reißen? Ja. Dessen war sie sich sicher. Und diese Gewissheit festigte ihre Entscheidung, zu bleiben.

Sie gehörte ihm. Er gehörte ihr. Sie wollte ihn für immer haben. Wenn das hieß, dass er nie in seine Heimat zurückkehren konnte, dann würde sie dafür sorgen, dass er sich überall zu Hause fühlen würde, wo sie miteinander hingingen. Darcy war ihr Zuhause. Und sie würde seins sein.

Was auch immer er in Inverness entdeckte, sie würde nicht zulassen, dass er sie zurückschickte. Ihre Entscheidung stand so unwiderruflich fest wie ihre Liebe zu ihm. Wenn ihr dickköpfiger Highlander bloß hier wäre, damit sie es ihm sagen könnte!

§

Darcy schaukelte im Sattel, als er auf dem Rückweg nach Dornoch auf Rand in Richtung Norden galoppierte. Er hatte in Inverness nicht gefunden, wonach er gesucht hatte, aber man musste bedenken, dass es bis zu dem Datum auf Malinas Kästchen immerhin noch ein Vierteljahrhundert war. Er fragte sich, ob ein Besuch bei Timothy in MacLeods Laden in fünfundzwanzig Jahren zeigen würde, dass der Junge nicht nur körperlich gereift war, sondern auch gelernt hatte, mit seiner Blutmagie umzugehen. Doch dieser Gedanke konnte ihn nicht trösten, denn selbst wenn Timothy das Kästchen im Jahr 1547 bauen würde, stürbe er lieber, als sie nach so vielen Jahren der Liebe fortgehen zu lassen. Er musste einen anderen Weg finden.

Und zwar bald.

Da er sich vorerst wie ein Versager fühlte, war er versucht, die zehn Meilen zwischen Inverness und Dornoch langsamer zu reiten, um die Enttäuschung seiner Frau hinauszuzögern, doch da Gil, Hamish und die anderen auf der Suche nach ihm waren, hielt er es für unklug, unterwegs zu trödeln. Außerdem galoppierte Rand gerne. Wenn er dem Wallach seinen Willen gelassen hätte, befänden sie sich jetzt in vollem Galopp, doch Darcy wollte ihn nicht vorzeitig ermüden. Falls er Steafans Männern in die Arme lief, musste Rand ausgeruht sein.

Als sie in das Land der Murrays einritten, wurde er ganz aufgeregt, Malina so nahe zu wissen. Sein Zögern war vergessen. Selbst wenn er sie enttäuschte, wäre es himmlisch, sie endlich wieder in den Armen zu halten und zu küssen.

Rand spürte die Ungeduld seines Reiters, endlich in Skibo anzukommen, und zerrte am Zügel. Jetzt, nur noch eine oder zwei Meilen vor ihrem Ziel, waren sie nah genug, dass er dem Wallach nachgeben und ihn so schnell galoppieren lassen konnte, wie er wollte. Mit nach vorne gerichteten Ohren galoppierte Rand mit fröhlichen, ausgreifenden Schritten durch den Wald, der Wilhelms Ländereien südlich begrenzte.

Während sie wie ein abgeschossener Pfeil durch die Luft schnellten, dachte er grinsend an seine letzte Nacht mit Malina. Würde sie zu enttäuscht sein, ihm eine weitere Nacht dieser Art zu gewähren? War er ein Schuft, weil er noch eine solche Nacht mit ihr wollte? Und dann noch eine, und noch eine, bis er sie nicht mehr zählen konnte?

Sie war schließlich seine Frau. Und wenn ein Mann seinem Begehren nachgeben durfte, dann mit seiner Frau. Doch wenn er wusste, dass er sie nicht behalten konnte, war es bestimmt nicht richtig.

Er hatte nur einen Moment daran gedacht, Malina zu verlieren, und schon zog sich sein Magen zusammen. Im nächsten Moment flog er durch die Luft, während Rand unter ihm stolperte.

Er segelte über Rands Kopf und schlug heftig auf der Straße auf. Als er am Boden rollte, drückten sich Steine in seine Schultern und Knie. Der ohrenbetäubende Schmerzensschrei seines Pferdes ließ ihn in dem Moment, in dem er zum Halt kam, auf die Füße springen.

Rand versuchte, sich auf die Beine zu stellen, aber da stimmte etwas nicht. Darcys Brustkorb zog sich ahnungsvoll zusammen.

Ohne seine eigenen Schrammen und Prellungen zu beachten, rannte er zu seinem Pferd. An beiden Vorderbeinen des Wallachs floss Blut herunter. Inmitten des roten Bluts waren seine weißen, gebrochenen Knochen zu sehen.

»Nein. Nein!« Er fiel auf die Knie und nahm Rands Kopf, den das Pferd hin und her warf, in die Arme. Das Pferd gab seinen Kampf auf und ließ sich auf die Seite sinken. Es blähte die Nüstern und in seinen Augen blitzte das Weiße auf. »Rand, was ist passiert, Junge?« Seine Stimme war von Kummer erstickt.

Mit zwei gebrochenen Beinen war Rand so gut wie tot. Er

würde sein Schwert an seinem treuen Freund gebrauchen müssen.

»Was ist passiert?«, wiederholte er hilflos.

Die Straße war eben und an manchen Stellen ein wenig steinig, aber nicht genug, um für ein galoppierendes Pferd eine Gefahr darzustellen. Er riss seinen Blick von Rand los und blickte zurück auf die Straße, auf der Suche nach dem, was sein Pferd zum Sturz gebracht haben konnte.

Kaum sichtbar war zwischen zwei Bäumen ein Seil quer über die Straße gespannt.

»Jesus«, keuchte er. Seine Muskeln spannten sich an. »Eine Falle.«

Kaum waren die Worte über seine Lippen gekommen, hörte er hinter sich das Scharren eines Stiefels im Straßendreck. Er griff nach seinem Schwert, das immer noch an Rands Sattel befestigt war. Er zog es und wirbelte gerade noch rechtzeitig herum, um Hamishs Stoß abzuwehren. Der Schurke hatte auf seine Kehle gezielt.

»Töte ihn nicht, Hamish.« Das war Gils Stimme.

Hamish im Auge behaltend, sah er den Rothaarigen mit der Hand am Schwertgriff am Straßenrand stehen, wo eines der Seilenden befestigt war. Obwohl Gil keine Anstalten machte, ihn anzugreifen, stellte Darcy sich so, dass er beide Männer im Blick behielt.

»Warum sollte ich ihn verschonen?«, fragte Hamish grinsend, während er sich auf den nächsten Stoß vorbereitete. »Steafan hat gesagt, wir sollen ihn tot oder lebendig zurückbringen. Er will nur die Hexe lebend haben, weil er sie dann bei lebendigem Leibe brennen sehen kann.«

Als Hamish erneut zustieß, erbebte sein Arm beim Abblocken. Das lag nicht an Hamishs Kraft, die seiner nicht gewachsen war, wenn es um Schwertkampf ging, sondern an dem bitteren Verrat, der seine Muskeln lähmte. Abgesehen davon, dass sein Onkel vorhatte, Malina zu verfolgen, um ihr den

Hexengeist auszutreiben, hatte er Befehl erteilt, ihn wie den schlimmsten Verräter zu behandeln.

Wenn es noch Hoffnung auf eine Rückkehr nach Ackergill gegeben hatte, hatten Hamishs Worte sie ausgelöscht. Ein Teil seines Herzens brach weg wie eine Klippe, die in den Abgrund bröckelt.

Gil rief Hamish zu: »Der Laird hat diesen Befehl in der Eile erteilt.« Und zu Darcy gewendet: »Wehr dich nicht, Junge. Komm jetzt mit. Bis wir zurück sind, wird Steafans Wut sich gelegt haben.«

»Wird seine Wut auf meine Gemahlin sich ebenfalls gelegt haben?« Die Antwort kannte er bereits.

»Du weißt, dass sie verbrannt werden muss«, antwortete Gil. Darcy verabscheute ihn für seine Ruhe. »Es ist das Beste für ihre unsterbliche Seele.«

»Malina ist keine Hexe«, schrie er, indem er sich Hamish widersetzte, der versuchte, ihn an den Straßenrand zu drängen. »Und ich werde nicht nach Ackergill zurückkehren.« Er warf Gil einen scharfen Blick zu. »Weder lebend noch tot. Lasst mich und meine Frau in Ruhe und sagt Steafan, dass ich mich dem Murray angeschlossen habe, oder ihr werdet hier auf dieser Straße durch mein Schwert fallen. Ihr habt die Wahl.«

Er betete, dass er seine Drohung nicht wahrmachen müsse, doch er war kein Narr. Gil konnte sehr durchtrieben, und Hamish sehr grausam sein. Und von den weiteren drei Reitern, die er in jenem Tal erblickt hatte, war nichts zu sehen. Die fehlenden Keiths waren vielleicht im selben Moment auf der Suche nach Malina. Ihm war übel vor Angst um sie. Er fühlte den unwiderstehlichen Drang, sie zu sehen und sich zu vergewissern, dass sie in Sicherheit war.

»Nein«, schrie Hamish. »Du hast die Wahl. Komm mit, oder ich werde deine Frau gebrauchen, während du zuguckst. Ich werde ihr zeigen, wozu ein Mann fähig ist, der keine Angst vor seinem Schwanz hat. Die Hure wird sich bei mir dafür bedanken, dass ich sie befriedige, wie ihr Mann sie nicht befriedigen konnte, bevor sie auf den Scheiterhaufen kommt.«

Das brachte ihn in Rage. Er blockte Hamishs Schwertschlag ab und warf ihn brüllend zurück. »Du wirst meine Frau nicht anfassen! Niemals!«

Er musste all seine Ehrsamkeit aufbringen, um seine Stammesgenossen nicht mit seinem Schwert aufzuspießen, insbesondere wenn er daran dachte, wie Hamish sie geschlagen hatte.

»Dann kommst du besser mit, Junge«, zischte Gil, der schnell war wie ein Kaninchen. »Wir haben sie nämlich schon. Die anderen haben sie dem Murray für ein paar Silberlinge abgekauft. Gib Hamish keinen Grund, sie anzufassen. Leg dein Schwert auf den Boden.«

Nachdem Gil gesagt hatte, sie hätten Malina, hörte er nicht mehr zu. Er sah rot. Er stellte sich vor, wie sie auf den Rücken eines Pferdes gebunden und geknebelt nach Ackergill gebracht wurde.

Was würden Steafans Schergen ihr antun, bevor er sie fand? Was würde Steafan ihr antun, wenn er nicht rechtzeitig kam, um sie zu holen?

Er hatte noch nicht einmal mehr Rand, um ihnen nachzusetzen.

Er stieß einen frustrierten Wutschrei aus. Er konnte nicht länger auf dieser Straße verweilen. Malina brauchte ihn.

Das Bild ihres lieblichen Gesichts grub sich tief in sein Herz. Er holte mit dem Schwert aus und versetzte Hamish einen unbarmherzigen Schlag in den Bauch. Der Mann riss ungläubig die Augen auf.

Er wirbelte herum und sah, dass Gil ihn mit gleichem Entsetzen anstarrte. Doch sein Entsetzen ließ ihn nicht klein beigeben. Er nahm eine Verteidigungsstellung ein, und Darcy ließ ihn nicht warten.

Sie kämpften. Gils Klinge erwischte ihn an der Schulter und

am Schenkel, doch seine Kraft und seine Größe ließen ihn nicht im Stich, genauso wenig wie das Training, das er Aodhan zu verdanken hatte, dem einzigen Mann, der ihm mit dem Schwert überlegen war.

Als Gil schließlich fiel, und Blut aus seiner Seite floss, keuchte der Spurenleser: »Du übst einer Hexe wegen Verrat an deinen Stammesgenossen? Dafür wirst du in der Hölle brennen.« Er hustete und starb.

Das Grauen zwang ihn beinahe auf die Knie, als er nach Atem ringend über den Leichen seiner Clanmitglieder stand, doch ihm blieb keine Zeit, seine Tat zu bereuen. Sie waren vielleicht bereits dabei, Malina Leid anzutun.

Doch es gab etwas, das er tun musste, bevor er ihr zur Hilfe eilte.

Der arme Rand lag mit gebrochenen Beinen und blutend auf der Straße und zitterte vor Schmerzen. Er durfte nicht zögern. Sein lieber Freund hatte bereits zu lang gelitten. Er kniete sich vor ihn hin, zog seinen Dolch und vollzog eine festen, beherzten Schnitt unter Rands Zaumzeug entlang.

»Du bist ein guter Junge«, sagte er zu dem Wallach und rieb ihm die Ohren, während sein Lebenssaft sich über seinen Schoß und die staubige Straße ergoss. »Du bist das beste Pferd, dessen ein Mann sich rühmen kann. Möge Gott dir im Himmel endlose Wiesen bescheren, auf denen du weiden kannst.«

Als Rands Augen brachen, erhob er sich und war ein härterer Mann als noch eine Viertelstunde zuvor. Mit eisiger Entschlossenheit schnitt er das über die Straße gespannte Seil durch, sprang auf Gils gescheckten Wallach und galoppierte auf Dornoch zu.

Kapitel 19

MELANIE FOLGTE CONSTANCE in die Vorratskammer und wurde vom Geruch nach Lavendel, Thymian, Minze und unzähligen anderen Pflanzen und Blumen fast erschlagen. Es roch ähnlich wie im Yankee Candle Shop im Einkaufszentrum von Charleston. Sonderbarerweise war ihr Heimweh bei dieser Erinnerung an das moderne Leben nicht so schlimm, wie sie es erwartet hatte.

Constances Beispiel folgend erntete sie Samen von einem Korb voll zarter, filigraner, getrockneter Blumen. Als das getan war, lernte sie, wie man eine Mixtur aus Honig und dem zwar teuren, jedoch sehr wirkungsvollen Spermizid Chinin herstellte, das Constance von einem Apotheker in Edinburgh kommen ließ.

Der Gedanke, diese Dinge zu benutzen, um nicht schwanger zu werden, erschien ihr so seltsam wie die Herstellung ihrer eigenen Wurst und das Nähen von Kleidung für ihre Kinder, beides Dinge, die Constance ihr unbedingt beibringen wollte. Noch vor einer Woche wäre sie vor diesen Aufgaben zurückgeschreckt oder hätte sich gar nicht erst an sie herangetraut. Doch jetzt, wo ihre patente Freundin ihr zeigte, wie es ging, glaubte sie daran, dass sie im sechzehnten Jahrhundert nicht nur überleben, sondern ein erfolgreiches Leben haben konnte.

Als sie daran dachte, dass dieses erfolgreiche Leben sich an Darcys Seite abspielen würde, sehnte sie sich unerwartet nach Ackergill zurück. Steafan war ein paranoider Scheißkerl, und sie wünschte Hamish von ganzem Herzen, auf seinem schwarzen Pferd und mit seiner noch schwärzeren Seele von einer Klippe zu stürzen, doch sie merkte, dass Fran ihr fehlte. Genauso wie Edmund und deren beider Baby. Und Fraineach. Obwohl sie nicht mehr als ein paar wache Minuten in dem Herrenhaus verbracht hatte, sehnte sie sich nach seinen sonnigen Räumen und seiner frischen Meeresluft. Tatsächlich fehlte Fraineach ihr mehr als ihre Wohnung in Charleston.

In ihren Träumen der vergangenen Nacht hatte sie in dem staubigen Raum, den Darcy als Abstellkammer für die Dinge verwendete, die ein alleinstehender Mann nicht brauchte, ihr Baby gewiegt. In ihrem Traum war die Kinderwiege frisch gestrichen und mit flauschigen Decken ausgekleidet. Auf dem Drahtgestell hatte ein Kleid gehangen, das sie ausbessern wollte, während ihr Baby ein Schläfchen machte. Das Spinnrad, über dem ein Laken hing, würde geölt werden, und Fran würde ihr zeigen, wie man es benutzte, wenn die Wolle bereit war, zu Strängen verarbeitet zu werden.

Fraineach war nicht allein Darcys Zuhause. Es war auch das ihre.

»Ich wünschte, es gäbe einen Weg, Steafan dazu zu bringen, uns zurückkommen zu lassen«, grübelte sie laut, während Constance um das Gefäß, das sie gerade mit der Honigmixtur gefüllt hatten, ein Band schlang.

»Hier«, sagte Constance, indem sie ihr das Gefäß reichte. »Es wird sich ewig halten, aber du musst es jedes Mal, wenn du es verwendest, gut umrühren. Nimm einfach, was von dem Stöckchen tropft, um die Wolle zu benetzen, bevor du sie einführst. Sieh es als Geschenk für die Heimkehr nach Ackergill an.« Angesichts ihres skeptischen Gesichtsausdrucks reckte ihre Gastgeberin das Kinn vor. »Wir sind zwei intelligente, entschlossene Frauen, und der Laird der Keiths ist nichts als ein paranoider Kerl, der noch dazu Angst hat, seine Burg zu verlassen. Wir werden schon einen Weg finden, Darcy wieder an seinen Platz zu bringen. Schließlich ist er der Erbe des Lairds.«

»Dem bist du offensichtlich noch nie begegnet. Er wird nicht nachgeben. Er hat sich in den Kopf gesetzt, dass ich eine böse Hexe bin, und sein Neffe von mir beeinflusst wurde. Davon wird er nicht lassen.«

»Ach was«, sagte Constance und tat ihre Sorgen mit einer Handbewegung ab. »Nichts ist unmöglich. Sieh doch nur mein geheimes Badezimmer. Wir sollten uns lieber überlegen, was dem Laird der Keiths wichtig ist. Was ist ihm wichtiger als alles andere?«

»Das ist einfach«, spöttelte sie. »Macht. Er mag es, wenn alle vor ihm kuschen. Er hält sich gerne für wichtiger, als er ist.«

»Nun, wir wollen ihm gewiss nicht noch mehr Macht verleihen. Gibt es etwas, was er haben möchte, und was du ihm geben könntest?« Constance nahm sie beim Arm und geleitete sie aus der Vorratskammer.

»Mir fällt nichts ein.« Sie bezweifelte, dass Steafan mit dem Gold käuflich wäre, das Darcy ihr gegeben hatte; er schien an seinem Hass mehr Vergnügen zu haben, als an Reichtum. »Ich persönlich möchte diesem Idioten garnichts geben, außer vielleicht eine angezündete Stange Dynamit. Warum fragst du? Und wohin gehen wir?«

»In Wilhelms Büro. Wir haben in den vergangenen Jahren einige Schreiben aus Ackergill erhalten, und Wilhelm hebt alles auf, insbesondere Briefe. Und ich frage, weil kein Mann, so eigensinnig er auch sein mag, eine Entscheidung so endgültig trifft, dass die richtige Frau sie nicht ändern kann.«

»Nun, dann sollten wir einen Brief an Ginneleah schreiben. Laut Darcy ist Steafan vollkommen gaga, was seine Frau angeht.«

»Damit bist du auf einer Spur, meine liebe Malina.« Constance gebrauchte Darcys Namen für sie in liebevollem Scherz.

Sie mochte die unbeschwerte Freundschaft, die sie mit dieser

Frau gefunden hatte, auch wenn sie Constance für ein bisschen verrückt hielt, den Kommentar über Ginneleah so ernst zu nehmen. Melanie war dem Mädchen noch nicht einmal begegnet; Darcy hatte ihr erzählt, dass sie erst 17 war und Steafan zwei Jahre zuvor, im zarten Alter von 15, geheiratet hatte. Sie erschauderte. Das arme Ding.

In Wilhelms Arbeitszimmer durchsuchte Constance einen Kirschholzschrank, bis sie sich mit zwei Blatt Papier in der Hand zu ihr umwandte. »Da sind sie«, sagte sie, indem sie sie Melanie zeigte. »Das war eine sehr seltsame Sache. Wilhelm hat diese Schreiben im Abstand von einem Jahr erhalten. Das letzte kam im Juni letzten Jahres an.«

Constance schwieg, während sie die kurzen Briefe überflog. Es handelte sich im Wesentlichen um Dankesschreiben für ein parfümiertes Öl, das Wilhelm dem Paar als Hochzeitsgeschenk und dann im darauf folgenden Jahr als Jubiläumsgeschenk gesandt hatte. »Wieso seltsam?« Die Briefe machten ihr eher einen wohlüberlegten Eindruck. Wenn etwas an ihnen seltsam war, dann war es Steafans herzlicher und freundlicher Ton, der bewies, dass er sich nicht ständig wie ein Arschloch verhielt.

»Das Seltsame daran ist, dass Wilhelm nie etwas nach Ackergill geschickt hat, weder eine Geschenk noch sonst etwas. Um ehrlich zu sein, hatte er meines Wissens noch nie namentlich von dem Laird der Keiths gehört, bis wir den ersten Brief erhielten.«

»Vielleicht hat Steafan das Geschenk einer anderen Person fälschlich für ein Geschenk von Wilhelm gehalten«, sagte sie, über den Briefen die Stirn runzelnd.

»Das zweite Schreiben scheint dies zu widerlegen.« Constance zeigte auf die Zeile, deren Bedeutung sie nicht verstanden hatte. *Ginneleah und ich hoffen und beten, die Heiligen mögen uns mit Hilfe Eures freundlichen Geschenks segnen, wie sie auch Euch so reich gesegnet haben.* »Ich glaube, damit spielt er auf unsere sechs Söhne an. Er muss davon ausgegangen sein, dass das Öl die Empfängnis begünstigt und dass Wilhelm und ich es ihm zu verdanken haben, dass wir so viele gesunde Kinder bekommen haben.«

»Aber ihr habt doch nichts dergleichen benutzt! Das hast du mir heute Nachmittag gesagt.«

Constance nickte nachdrücklich.

»Warum sollte Steafan dann davon ausgehen?«

»Seit du angekommen bist, habe ich mich dasselbe gefragt. Die Annahme, dass wir die Geburt unserer Söhne einem parfümierten Öl zuschreiben, erscheint schon sehr seltsam, es sei denn, dem Geschenk war ein Brief beigelegt. Es muss einen Begleitbrief gegeben haben, sonst hätte er Wilhelm kein Dankesschreiben gesandt. Und das zweimal.« Sie kniff die Augen zusammen und tippte sich mit ihrem schlanken Finger ans Kinn. »Könnte es sein, dass jemand ihm das Öl in Wilhelms Namen geschickt hat?«

»Warum sollte jemand das getan haben?«

»Um ihn glauben zu lassen, das Öl sei ungefährlich und begünstige sogar die Empfängnis.« Constance wartete mit hochgezogenen Augenbrauen darauf, dass bei ihr der Groschen fiel.

Es dauerte einige Sekunden, doch dann hatte sie es kapiert. Sie rang nach Luft. »Du meinst, jemand hat Steafan parfümiertes Öl geschenkt und ihn absichtlich glauben lassen, es könne ihm und Ginneleah helfen, ein Kind zu bekommen?« Während sie sich in Gedanken in ekelerregenden Möglichkeiten erging, nickte Constance bestätigend. »Allerdings haben sie in den zwei Jahren, die sie verheiratet sind, noch kein Kind bekommen. Und Darcy hat mir berichtet, Steafan sei nicht mehr derselbe gewesen, seit er vor einigen Jahren bei einem schrecklichen Scharmützel seinen einzigen Sohn verloren hatte. Mehr als alles andere wünscht er sich jetzt einen Sohn, einen wahren Erben.«

»Und wenn ein Mann sich etwas so sehr wünscht ...«, begann Constance, ihren Gedanken zu spinnen und überließ es Melanie, ihn zu Ende zu bringen.

»Dann gesteht er damit eine Schwäche ein, und setzt sich bösem Spiel aus. Könnte es sein, dass dieses Öl Chinin enthält? Und dass es das Gegenteil von dem bewirkt, was er von ihm erwartet?«

Constance lächelte, doch ihr Lächeln wirkte nicht fröhlich.

»Aber damit es wirkt, müssten sie es doch jedes Mal verwenden, oder nicht? Ist das realistisch? Es könnte ja sein, dass sie es gar nicht verwenden, und wir uns etwas vormachen?«

»Kommt Steafan dir vor wie jemand, der für etwas, das er in eine Schublade wirft und nie benutzt, ein so herzliches Dankschreiben aufsetzen würde?« Constance ließ ihr keine Zeit, zu antworten. »Außerdem besitzen manche Paare im Bett wenig Einfallsreichtum. Ich könnte mir vorstellen, dass ihnen das Öl bei der ersten Benutzung gefallen hat, und sie einfach dabei geblieben sind, weil es ihnen zur Gewohnheit geworden ist. Ich bin mir keineswegs sicher, aber ich habe den starken Verdacht, dass jemand sehr viel Freude daran hat, dass es Ginneleah offensichtlich nicht gelungen ist, ihrem Mann zu geben, was er sich am meisten wünscht.«

Bei dem Gedanken bekam sie eine Gänsehaut. Sie hatte herzlich wenig für Steafan übrig, doch sie hätte ihm diese Art von Enttäuschung nicht gewünscht, zumal es ihn auch milder stimmen konnte, noch weitere Kinder zu bekommen. »Okay. Angenommen, du hast Recht. Wenn wir einen solchen Verdacht hegen, müssen wir etwas tun, um ihnen zu helfen. Aber was? Wir wissen schließlich nicht, um wen es sich handelt. Steafans Liste seiner Feinde muss einen Kilometer lang sein. Wie soll man da herausfinden, wer ihm jedes Jahr dieses Öl schickt?«

Constance zuckte die Schultern. »Ich gehe davon aus, dass wir in einem Monat, wie jedes Jahr, wieder einen solchen Brief bekommen. Es sei denn, unsere Verdächtige hat ihren Hass aufgegeben.«

»Unsere Verdächtige?«

»Ach, ich bitte dich. Sag bloß nicht, du denkst, ein Mann könnte so hinterhältig sein. Wenn wir uns in der Sache mit dem Öl nicht täuschen, kann nur eine Frau dahinterstecken.«

»Die Hölle selbst kann nicht wüten wie eine verschmähte Frau«, zitierte Melanie William Congreve, während Constance beifällig nickte.

»Steafan hält dich für eine Hexe, meine Liebe. Ich frage mich, ob er seine Meinung über die Listen einer Zauberin ändern würde, wenn sie einen »Fruchtbarkeitszauber« auf seine Frau anwenden und ihr ein Öl ihrer eigenen Herstellung schenken würde, das keine schädlichen Zutaten enthielte.«

Sie starrte ihre Freundin mit offenem Mund an. »Erstens wäre das gemein. Es würde eine Lüge aufrechterhalten. Ich will auf gar keinen Fall, dass er mich für eine Hexe hält. Und wenn du glaubst, dass er seiner geliebten Ginneleah erlauben würde, sich mir auch nur von Ferne zu nähern, dann bist du verrückt.«

»Nicht verrückt«, berichtigte Constance sie. »Eher optimistisch. Und mit Sicherheit genauso hinterhältig wie Steafans heimliche Verehrerin. Ich bin mir sicher, dass uns etwas einfallen wird, das eine Heldin aus dir macht, ohne eine Lüge aufrecht zu erhalten«, sagte sie, wobei sie die Augen verdrehte, wie Melanie es zu tun pflegte, wenn sie sich nicht einig waren. »Wenn uns nichts anderes einfällt, können wir Ginneleah unseren Verdacht einfach mitteilen. Wenn wir feststellen, dass sie das Öl regelmäßig verwendet und ihr nahelegen, damit aufzuhören, besteht die Möglichkeit, dass sie schwanger wird. Stell dir bloß vor, wie dankbar Steafan wäre. Vielleicht sogar dankbar genug, dich und Darcy einzuladen, nach Hause zurückzukehren.«

»Das wage ich zu bezweifeln«, antwortete sie, doch egal, ob Steafan dankbar sein würde oder nicht, war sie dabei, wenn es darum ging, Ginneleah über die potentielle Gefahr des geheimnisvollen Öls aufzuklären. Wenn sie an der Stelle des Mädchens wäre, hätte sie es mit Sicherheit wissen wollen. »Wie werden wir es ihr also mitteilen? Sie hat ja leider weder eine E-Mail-Adresse noch ein Handy. Sollen wir ihr einen Brief schicken?«

Constance schüttelte den Kopf. »Es funktioniert hier nicht wie bei der Post, wo der Empfänger den Brief als erster sieht. Wenn ich Ginneleah schriebe, würde Steafan den Brief als erster lesen. Und wenn er ihn unpassend fände, würde sie ihn vielleicht gar nicht zu Gesicht bekommen. Nein. Solche brisanten Neuigkeiten müssen persönlich und an Ginneleah allein übermittelt werden. Kannst du dir außerdem vorstellen, wie wütend Steafan sein würde, wenn er herausfände, das man ihn auf diesem höchst persönlichen Gebiet ausgetrickst hat? Was, wenn er seinen Ärger an seiner Frau ausließe?«

Bei dem Gedanken schrak Melanie zusammen. »Seine Sicherung würde durchknallen, das ist klar.« Sie wollte nicht für den Schaden verantwortlich sein, den er in seiner Wut anrichten konnte.

»Wir wissen noch nicht einmal, ob es stimmt«, sagte Constance. »Wir müssen mit Ginneleah allein sein, um darüber zu reden. Dann werden wir sehen, ob wir mit unseren Verdächtigungen überhaupt richtig liegen.«

»Und wie willst du das hinbekommen?«

»Ich werde Wilhelm bitten, dem Laird von Burg Ackergill und seiner Gemahlin eine Einladung nach Dornoch zu schicken. Es gibt schließlich keinen besseren Weg, dem glücklichen Paar ihre nächste Ration parfümierten Öls zu schenken, nicht wahr?«

Sie lachte ironisch. »Steafan verlässt die Burg fast nie, und noch weniger das Dorf. Laut Darcy hat er noch nicht einmal seine Männer in einem Scharmützel angeführt, seit er seinen Sohn verloren hat. Er kommt garantiert nicht nach Dornoch.«

»Das ist der Trick dabei. Der Laird selber wird bestimmt nicht kommen, doch wenn er wirklich so dankbar für das Öl ist, wie sein Brief es vermuten lässt, wird er auf die Ration für das nächste Jahr nicht verzichten wollen. Daher wird er wahrscheinlich seine Gemahlin als seine Repräsentantin schicken, anstatt die Einladung striktweg abzulehnen und zu riskieren, Wilhelm damit zu beleidigen.«

Constance freute sich strahlend über ihren Plan. Sie klatschte in die Hände und eilte aus dem Büro. »Oh, es gibt so viel zu tun. Wir müssen die schönste Gästesuite vorbereiten, und Kaviar aus Edinburgh kommen lassen.«

Melanie rannte ihr mit panisch klopfendem Herzen hinterher. »Das kannst du doch nicht ernst meinen! Wie stellst du dir das vor? Sollen wir sie herbringen und sofort nach Einzelheiten ihres Liebeslebens ausfragen? ›Hallo, schön, dich kennenzulernen, Ginneleah‹«, sagte sie spöttelnd. »›Sag mal, wie oft ölst du dich eigentlich für deinen Gemahl ein? Jedes Mal?‹«

»Ich bitte dich«, antwortete Constance tadelnd. »Du wirst die Sache viel subtiler angehen.«

»Ich? Das Ganze war doch deine Idee!«

»Aber *du* bist diejenige, die sich Ginneleahs Vertrauen erschleichen muss, wenn du und Darcy auch nur die geringste Chance haben wollt, zur Rückkehr nach Ackergill aufgefordert zu werden. Denk daran, dass Ginneleah Steafans größte Schwäche ist. Das macht sie zu deiner besten Chance.«

Eine Freundschaft als Mittel zum Zweck zu planen, erschien ihr scheußlich berechnend, doch Constance hatte nicht ganz Unrecht. Es war ja nicht so, dass ihr Freundschaftsangebot unaufrichtig wäre, und sie wollte ja dem Geheimnis um das Duftöl auf den Grund gehen. Wenn es ihr gelang, sich dabei einen Platz in Steafans Gunst zu sichern, würde sie das als Zugabe betrachten. Darcy zuliebe war sie bereit, es zu versuchen.

Constance eilte zielstrebig in die Küche und wies Schloss Skibos Küchenchef an, einige spezielle Dinge aus Edinburgh kommen zu lassen. »So, jetzt müssen wir noch meinen Mann aufsuchen und ihm sagen, dass er heute Abend einen Brief schreiben muss.«

Sie fanden Wilhelm auf dem Exerzierfeld, wo er eine

Zielscheibe, welche die Form eines Mannes hatte, mit Messern bewarf. Es erinnerte sie an einen modernen Schießstand, nur ohne Schusswaffen und Gehörschutz.

»Wilhelm, hättest du einen Moment, Liebling?«

Ihr Gemahl wandte sich ihnen mit einem so freundlichen Gesichtsausdruck zu, dass Melanie angesichts solch tiefer Zuneigung errötete.

Doch bevor Wilhelm auch nur zwei Schritte auf sie zukommen konnte, kam ein Bediensteter gerannt. Heftig nach Atem ringend, gelang es ihm, hervorzustoßen: »Der Keith. Reitet die Straße hoch. Ganz mit Blut bedeckt und kreischt wie eine Todesfee. Und er reitet ein anderes Pferd als das, auf dem er fortgeritten ist. Kommt schnell!«

Ihr blieb beinahe das Herz stehen, als Darcys hektische Schreie an ihre Ohren drangen.

»Wilhelm! Ich hoffe für dich, dass du meine Frau hast! Malina! Wo bist du, Mädel? Malina!«

Sie griff nach Constances Hand und die beiden Frauen rannten Wilhelm hinterher auf die Straße zu.

§

WÄHREND DARCY GILS Pferd nach Skibo hinauftrieb, suchte er die Burg mit Blicken nach einem Lebenszeichen von Malina ab.

Nur einen Blick auf sie!, flehte er die Heiligen an. *Bitte!*

Ein einziger Blick auf ihr silbriges Haar und ihr hübsches Gesicht würde ihn von der Angst erlösen, die ihm die Luft abschnürte. Nur ein Blick, und er könnte wieder atmen.

Niemals zuvor hatte er solche Qualen durchlitten wie die Angst, seine Frau könne verletzt sein, oder es könne ihr noch Schlimmeres zugestoßen sein.

Er verfluchte sich dafür, sie in den Händen eines Fremden zurückgelassen zu haben. Und dafür, dass er seine Pflicht ihr gegenüber vernachlässigt hatte. Es war ihm nicht gelungen, sie vor Hamishs grausamen Klauen zu schützen, und dass er sie jetzt Wilhelms Obhut anvertraut hatte, konnte ihre Gefangennahme beschleunigt haben.

Wenn Wilhelm sie an die Keiths verkauft hatte, würde er Darcy verdammt noch mal begleiten müssen, um sie wieder zu befreien, wenn er sein gebrochenes Versprechen nicht mit seinem Blut bezahlen wollte. »Wilhelm!«, schrie er erneut. »Zeig dich!«

Wilhelm und zwei seiner Wachen kamen um die Burg gerannt.

Er zügelte Gils Pferd. »Wo ist sie? Wo ist meine Frau?«

»Direkt hinter mir. Was ist passiert, Mann? Bist du verwundet?«

Jetzt kam Malina mit Constance um die Burg gerannt. Unendliche Erleichterung ergriff ihn, als er sie unverletzt sah, doch sie sah besorgt aus. Sie sorgte sich um ihn.

Er schwang sich aus dem Sattel und eilte auf sie zu. Sein verletzter Schenkel protestierte, doch er lief, ohne zu wanken. Der Schmerz war nichts im Vergleich dazu, seine süße Gemahlin in die Arme zu schließen.

Er hob sie in seine Arme und drückte sie an sich. Mit jedem Schlag suchten ihre Herzen einander. Sie klammerte sich genauso leidenschaftlich an ihn, wie er sich an sie, so dass der Schrecken der vergangenen Stunde sich teilweise von ihm löste.

»Jesses, Mädel, ich habe gedacht … ich habe geglaubt – « Er vergrub sein Gesicht in ihrem Haar.

Es roch nach Kräutern und Blumen, und unterschwellig nach süßer Eiercreme.

Sie trug eine hübsche, saphirblaue Cotte und eine Schürze, die mit Erde beschmutzt war, als sei sie bei der Gartenarbeit gewesen.

Ihr Haar floss wie Seide durch seine Finger, als er mit der Hand über ihren Kopf und ihr Gesicht strich und sich versicherte, dass sie heil war, bis auf die violetten Flecken um ihr linkes Auge, die Hamishs Hand dort hinterlassen hatte. Als er über ihre Wangen strich, benetzten Tränen seine Finger.

»Weine nicht, du meine Malina. Jetzt ist alles gut.«

»Du bist verletzt«, schluchzte sie. »Lass mich sehen. Da ist so viel Blut.«

»Was ist passiert?«, fragte Wilhelm.

»Wieviel von dem Blut ist deins?«, fragte Constance.

Er ignorierte alle außer Malina. »Es geht mir gut, Mädchen. Es geht mir gut. Nur ein paar Schrammen.« Er gestattete sich einen Seufzer der Erleichterung, als ihre Züge sich etwas entspannten, doch er weigerte sich, sie loszulassen. Er konnte sich noch nicht einmal dazu überwinden, sie wieder auf die Füße zu stellen. Wenn er Malina in seinen Armen hielt, fühlte er sich eins mit ihr. Sie war nicht nur der Gegenstand seiner Liebe und seines Schutzes, sie war ein Teil von ihm.

Das wurde ihm mit einem Schlag bewusst. »Ich kann dich nicht zurückgehen lassen«, sagte er. »Ich werde es nicht tun. Du bist die Meine, und ich werde dich nicht in deine Zeit zurück schicken.« Die Beklemmung in seiner Brust ließ nach.

Malinas Augen weiteten sich überrascht. Sie öffnete ihre Rosenblattlippen, um etwas zu sagen, doch er brachte sie mit einem Kuss zum Schweigen. Er konnte nicht anders. Dann würde sie ihn eben eine Zeit lang hassen. Er würde einen Weg finden, ihre Liebe und ihr Verzeihen zu verdienen. Darum würde er sich für den Rest seines Lebens bemühen.

Gott, es war ein herrliches Gefühl, die Entscheidung getroffen zu haben. Er zeigte ihr mit seinen Lippen, wie herrlich es sich anfühlte; er genoss sie, liebte sie und schob seine Zunge in sie hinein, wobei er sich danach sehnte, mit ihr allein zu sein und ihre Röcke auf ihre Hüften hochzuschieben.

Er hatte erwartet, dass sie ihn von sich stoßen, seine Schultern mit ihren kleinen Fäusten bearbeiten und ihn auffordern würde, sein Wort zu halten und sie in ihre Zeit zurückzubringen. Doch sie tat nichts von alledem. Stattdessen hängte sie sich an seinen Hals und küsste ihn mit der gleichen Dringlichkeit und Leidenschaft, die durch seine Adern floss. Ihre Zunge tauchte seiner entgegen, und ihre Lippen raubten ihm den Atem. Ihr Geschmack füllte seinen Mund, als sie darum kämpften, miteinander zu verschmelzen.

Was auch immer seine Malina von seiner Erklärung halten mochte, sie verspürte offensichtlich keinen Hass gegen ihn.

Er küsste sie fester, tiefer. Die Freude, wieder mit ihr zusammen zu sein, machte ihn für alles andere blind und taub.

Ihre Beine um seine Taille drückend, wandte er sich dem Schloss zu. Er würde sterben, wenn er ihr nicht auf jede mögliche körperliche Weise seine Liebe beweisen konnte.

Wilhelms Stimme drang durch die Schleier seines Begehrens zu ihm durch. Der Laird nahm ihn bei seiner unverletzten Schulter. »Dafür hast du später noch Zeit, Junge. Zuerst muss man sich um deine Wunden kümmern, und du musst mir erzählen, was vorgefallen ist.« Zu Constance gewandt sagte er: »Nimm Malina mit und bereite alles vor, ihn zu nähen.«

Constance streckte den Arm nach Malina aus, doch seine Frau weigerte sich, ihn loszulassen. Es ließ seine Brust vor Stolz schwellen, dass sie entgegen der Wünsche ihrer Gastgeber und nachdem er ihr gesagt hatte, dass er sein Wort brechen würde, immer noch an ihm klebte. Er hatte genauso wenig Lust, sie loszulassen. Er glaubte nicht, dass er nach der zweitägigen Trennung, die sich wie zwei Jahre angefühlt hatte, eine weitere Minute ohne sie überleben würde.

»Komm mit, Melanie«, sagte Constance mit fester, jedoch mitfühlender Stimme. »Es sieht so aus, als ginge es in unserer heutigen Lektion unter anderem darum, einen blutenden Ehemann zu verarzten.«

Malina blickte ihn an.

»Geh nur, Mädchen. Ich komme gleich nach.« So sehr ihn auch danach verlangte, sie in ihr Schlafgemach zu tragen, und die vergangene Stunde im Schutz ihrer Arme zu vergessen, er musste Wilhelm Recht geben. Da lagen Leichen auf der Straße, um welche man sich kümmern musste. Ein Pferd und zwei Männer, die er – wie es jetzt aussah – aus dem einfachen Grund getötet hatte, dass sie ihn hatten glauben lassen, sie hätten seine Frau in ihrer Macht. Ihn überkam tiefe Reue.

Malina löste ihre klammernden Fäuste von seinem Plaid und glitt aus seinen Armen, wobei sie Wilhelm mit einem warnenden Blick bedeutete, es solle ihn nicht zu lange festhalten. Dann zog sie ihn für einen Abschiedskuss zu sich herunter. Er ließ ihre Lippen das rasende Schuldgefühl lindern, von dem er wusste, dass es ihn ergreifen und bei lebendigem Leib auffressen würde, sobald sie sich von ihm entfernte.

Er hatte impulsiv gehandelt, und seinem Gewissen damit eine unheilbare Wunde zugefügt. Er hatte getötet, als es nicht notwendig war, zu töten. Er betete, der Herr möge ihm seine Gnade gewähren.

Als Malinas Lippen sich von seinen lösten, fühlte er sich beraubt. Während Constance sie ins Schloss geleitete, hielt sie ihn mit dem Blick fest, bis die Tür sich hinter ihr schloss.

»Wo ist dein Pferd?«, fragte Wilhelm. »Und mit wessen Blut bist du bedeckt?«

Kapitel 20

»NEIN«, SAGTE WILHELM in einem Tonfall, der keinen Widerspruch duldete. »Ich muss es aber tun«, beharrte Darcy. »Sie gehören meinem Clan an.«

Wilhelm fuhr damit fort, seinen Fuchshengst zu satteln. »Sie haben dir eine Falle gestellt und dir Angst um deine Frau gemacht. Ganz zu schweigen davon, dass dein gutes Pferd dabei umkam. Ich hätte genauso gehandelt wie du, und hätte mich deswegen nicht gegeißelt. Geh zu deiner Frau. Meine Männer und ich kümmern uns um die Straße.«

Er meinte die Leichen. Wilhelm wollte ihm die Sache ersparen, doch Darcy wollte nicht, dass man ihm etwas ersparte. Er wollte, dass Wilhelm ihn anschrie und ihn als Mörder verurteilte. Er wollte für das, was er getan hatte, bestraft werden. Und wenn niemand ihn bestrafen wollte, wollte er zumindest Hamish und Gil die Behandlung zukommen lassen, die ihnen als Mitgliedern seines Clans zustand.

»Es ist meine Verantwortung. Wenn ich sie nicht selber bestatte, werde ich keinen Trost finden.« Und wahrscheinlich auch dann nicht.

Wilhelm zog das Zaumzeug über die Ohren seines Pferdes und wandte sich zu ihm um. Obschon er einige Zentimeter kleiner war als er, hatte der Laird von Dornoch eine Art, ihn anzusehen, die bewirkte, dass er sich klein fühlte.

»Ich mache mir keine Sorgen um deinen Trost. Du blutest wie ein Schwein. Du musst genäht werden, und ich will mich nicht vor deiner Frau zu verantworten haben, wenn du es hinauszögerst, um dich um Männer zu kümmern, die bereit waren, dich dafür zu töten, dass du dein Eigentum schütztest, und dabei womöglich tot umfällst.«

Wilhelms harter Gesichtsausdruck wurde sanfter. Er sprach leiser. »Wenn du sie nicht umgebracht hättest, hätte ich es getan, Mann. Ich hätte sie aufgespürt und es eigenhändig vollbracht, und ich wäre dabei nicht so schnell vorgegangen wie du. Sie sind in meine Ländereien eingedrungen, haben Menschen bedroht, die unter meinem Schutz standen, und meinen Namen beschmutzt. Wenn sie nicht Mitglieder deines Clans wären, hätte ich ihre Leichen an Ort und Stelle verbrannt. Wir werden sie herbringen, dann kannst du morgen dafür sorgen, dass man mit ihnen verfährt, wie es ihnen zusteht. Geh jetzt zu deiner Frau, damit sie sich um dich kümmert. Ich will kein weiteres Wort darüber hören.«

Ohne ihm Zeit für eine Antwort zu lassen, führte Wilhelm sein Pferd aus dem Stall und schwang sich in den Sattel. Er wurde von fünf seiner Männer begleitet, von denen zwei einen Karren mit Decken und Schaufeln fuhren.

Als er den Staubwolken nachsah, die sie auf der Straße hinterließen, spürte er die vielen Verluste auf sich lasten, die er letztlich erlitten hatte. Rand. Gil und Hamish. Ackergill. Edmund, Fran, und der kleine Jaimie Darcy. Jetzt, nachdem er zwei Mitglieder seines Clans ins Jenseits befördert hatte, konnte kein Wunder ihm sein Zuhause zurückgeben.

Steafan würde ihn für immer und ewig als Feind betrachten, und zwar mit Recht.

Wieviel Kummer konnte ein Mann ertragen, bevor er daran zerbrach?

Er hatte mit Ausnahme von Malina alles, was ihm wichtig war, verloren, selbst einen großen Teil seines Ehrgefühls, und war dennoch nicht daran zerbrochen. Das hatte er ihr zu verdanken. Irgendwie war es dieser Frau gelungen, in der kurzen

Zeit, die sie ihm angehörte, sein Herz mit so viel Liebe und Kraft zu füllen, dass er diese schwere Prüfung überstanden hatte.

Während er sich in Richtung des Schlosses auf den Weg machte, beschloss er, ihr in Dornoch ein Zuhause zu schaffen; ein Heim, das seinem Schatz würdig war. Und damit würde er auf der Stelle beginnen.

§

WÄHREND MELANIE IN ihrem Schlafgemach auf und ab lief, balancierten ihre Gefühle wie ein gelockerter Stein über einem Abgrund. Der geringste Stoß in die eine oder die andere Richtung, und sie würde in Tränen ausbrechen. Die Erleichterung, dass Darcy nach Dornoch zurückgekehrt war, wurde von dem Schrecken, ihn blutüberströmt zu sehen, in der Waage gehalten. Ihre Freude über seine Äußerung, dass sie ihm gehöre und er sie nicht mehr gehen ließe, wurde von ihrer Bestürzung über den nackten Horror, der ihm noch ins Gesicht geschrieben stand, überschattet.

Es brachte sie um, nicht zu wissen, was ihm passiert war. War er Steafans Männern in die Arme gelaufen?

Hatte er mit ihnen gekämpft? Wie schlimm waren seine Wunden? War Rand verletzt oder sogar tot?

»Ein paar Schrammen! Verarschen kann ich mich selbst!«, brummelte sie, während sie ihre zitternden Hände wrang.

Constance schob ihr eine Knoblauchknolle zu. »Sie sind Highlander, Liebes. Selbst wenn sie noch vor dem Frühstück mit dem Dolch gestochen, durch einen Dornbusch geschleift, über eine Klippe geworfen und ins Gesicht geschlagen werden, nennen sie das Ganze ›einen recht interessanten Morgen‹. Jetzt schäl erst mal den Knoblauch und gib die Zehen in heißes Wasser.« Die ältere Frau nickte in Richtung des dampfenden Kessels, den eine Magd auf den Herd gestellt hatte.

»Knoblauchwasser ist zum Waschen von Wunden besser als einfach nur Wasser und beugt Infektionen vor.«

Sie klammerte sich an den Sachverstand, den Constance ausstrahlte. Während die ältere Frau ihr immer wieder lebhaft versicherte, dass alles gut gehen würde, betraute sie geschickt eine kleine Armee von Bediensteten der Burg mit unterschiedlichen Aufgaben, die sich auf das ›Verarzten eines dickschädeligen Ehemannes aus den Highlands‹ bezogen. Sie hatte das Küchenpersonal damit beauftragt, eimerweise Wasser zu kochen, und die Mägde waren dabei, vor dem kalten Kamin ein warmes Bad für Darcy zuzubereiten. Ein Laufbursche eilte mit einer Armladung medizinischen Zubehörs aus einem Raum hinter der Küche herbei, von dem Constance sagte, er sei das spätmittelalterliche Gegenstück eines Feldlazaretts.

Die Lady von Dornoch bereitete höchstpersönlich saubere Verbände vor und bedeckte das Bett mit Decken, um die Bettwäsche zu schützen. Melanie konzentrierte sich auf den Knoblauch. Während sie eine Zehe nach der anderen in den Kessel warf, beruhigte sich das Zittern ihrer Hände.

Nach und nach füllte Knoblauchgeruch den Raum. Noch zwei Nächte zuvor war dieser mit Laternen beleuchtete Raum für sie und ihren Ehemann ein Ort der intimen Zweisamkeit gewesen. Jetzt war der Raum in spätnachmittägliches Sonnenlicht getaucht und von den vielen geschäftigen Menschen und den Gefäßen mit dampfend heißem Wasser war es für die Jahreszeit viel zu warm in ihm. Die beißenden Gerüche von Knoblauch und Zaubernuss tilgten die Romantik der längst verflogenen Düfte von Geißblatt-Seife, Sattelleder und Sex.

Als sie mit dem Schälen des Knoblauchs fertig war und ihre inzwischen ruhigen Hände mit einem feuchten Lappen reinigte, rann ihr der Schweiß den Rücken hinunter und ließ Haarsträhnen an ihrem Gesicht kleben. Constance, deren Wangen ebenfalls gerötet waren, befahl einer Magd, das Fenster zu öffnen. Dann wandte sie sich an die Anwesenden. »Ich danke euch allen für eure Hilfe. Jetzt müsst ihr aber gehen. Hier ist ja gar kein Platz mehr für den armen Keith! Los, raus mit euch!«

Als der Raum sich leerte und sanfter Frühlingswind die Vorhänge blähte, konnte Melanie wieder besser atmen. Doch sie machte sich immer noch große Sorgen. Sie musste mit eigenen Augen gesehen haben, dass Darcy noch aufrecht gehen konnte, ehe sie sich beruhigen könnte.

Endlich lenkte das Geräusch herannahender Schritte ihre Aufmerksamkeit auf die Tür.

Ihr Herz klopfte wild. Sie wollte ihren Mann in die Arme schließen und nie wieder loslassen.

Darcy bückte sich unter der Tür hindurch. Er war von Kopf bis Fuß mit Blut und Schmutz besudelt. An seinem rechten Arm klebte geronnenes Blut, das von der Wunde an seiner Schulter stammte, und angesichts der sich kreuzenden Blutspuren, die das Haar seines Schienbeins verklebten, vermutete sie, dass auch sein linkes Bein verletzt war. Doch es war nicht sein körperlicher Zustand, der ihr einen Schrei des Mitgefühls entlockte, mit dem sie sich in seine wartenden Arme stürzte, sondern die beklemmende Müdigkeit in seinem Blick. Etwas in ihm war zerbrochen.

Etwas hatte die letzten Reste der Kindheit in ihm vertrieben.

»Oh Darcy«, seufzte sie an seinem Hals, als er sie in die Arme schloss. »Was ist geschehen?«

»Es waren Gil und Hamish«, sagte er mit schmerzerstickter Stimme. »Sie haben mir eine Falle gestellt, und Rand ist dabei umgekommen.« Er unterdrückte tief einatmend einen Schluchzer. »Ich habe mit ihnen gekämpft. Ich habe mich um dich gesorgt und bin rücksichtslos gegen sie vorgegangen. Sie sind tot. Ich habe Mitglieder meines Clans umgebracht.« Sie sah, wie er vor Schmerz und Schuldgefühlen erschauderte.

»Wie schrecklich für dich, Liebster.« Sie hätte ihm den Schmerz so gerne abgenommen. »Es tut mir so leid.« Sie strich ihm im Versuch, ihn zu trösten, über das Haar.

Constance räusperte sich. »Du hast getan, was du tun musstest.« Ihre Stimme klang gleichzeitig fest und mitfühlend, eine Kombination, die Melanie zu schätzen lernte.

Darcy nickte an ihrer Wange. Er hielt sie mit den Armen umschlossen, als könne sie ihn von dem Kummer, der ihm den Atem nahm, beschützen.

»Welche Wunden sind die schlimmsten?«, wollte Constance wissen. »Lasst uns zuerst das hier hinter uns bringen, und hinterher schicke ich euch beiden ein frühes Abendessen rauf.«

Im Schutz ihres herabfallenden Haars wischte Darcy seine Augen an ihrer Schulter trocken und richtete sich auf.

»Mein Bein und meine Schulter müssen genäht werden. Bei dem Rest handelt es sich lediglich um Beulen und Schrammen.«

In der nächsten halben Stunde tat Melanie ihr Bestes, ihre Emotionen in Schach zu halten und sich auf Constances Schnellkurs im Nähen von Schwertwunden zu konzentrieren. Die Lady von Dornoch nähte die tiefe Wunde in Darcys Schenkel, dann kümmerte Melanie sich um den blutenden Schnitt in seiner Schulter, wobei sie bei jedem Nadelstich heftiger zusammenzuckte als er selbst.

Ihre Hände sauberwischend führte Constance sie zur Tür und zeigte mit dem Kinn auf die Leinenverbände, die vor dem Waschtisch über einen Stuhl drapiert lagen. »Spül seine Wunden mit Whisky, wenn er aus der Wanne kommt. Mach ihm dann Umschläge und verbinde ihn mit den Bandagen. Ich lasse euch euer Abendessen vor die Tür stellen.« Mit einem Augenzwinkern fügte sie hinzu: »Ich weiß, dass Essen dir nicht das Wichtigste ist, Schätzchen, besonders, wenn du ihn erst mal aus seinem Plaid geschält hast, aber er wird halb verhungert sein. Geh sicher, dass er gut isst und viel Milch und Tee trinkt. Wenn er es mit dem Wein übertreibt, wird er durch den Flüssigkeitsmangel nach diesem großen Blutverlust rasende Kopfschmerzen bekommen.«

»Vielen Dank.« Sie ergriff die Hand der älteren Frau. Ihr war bewusst, dass sie die vergangene Stunde ohne die Hilfe ihrer gelassenen Freundin nicht überstanden hätte.

»Keine Ursache, Liebes. Wir sehen uns.« Constance zwinkerte ihr erneut zu und verließ den Raum.

Sie schloss leise die Tür und wandte sich zu Darcy um, der mit einem Arm über dem Gesicht auf dem Bett ausgestreckt lag. In seiner Achselhöhle war ein Büschel weichen braunen Haars zu sehen. Seine wirren Locken lagen auf den Decken ausgebreitet, die das Bett vor seinem Schmutz schützen sollten. Seine langen, muskulösen Gliedmaßen ruhten entspannt.

So etwas Schönes wie ihn hatte sie noch nie gesehen.

Sie trat ans Fußende des Bettes und begann, ihm einen staubigen Stiefel von einem der langen Füße zu ziehen.

»Ich liebe dich, Mädel«, sagte er leise. Sie blickte zu ihm auf und sah, dass er sie unter seinem Arm hindurch betrachtete. »Ich hätte es nicht für möglich gehalten, dass man jemanden so sehr lieben kann.«

Ihr Stein fiel in den Abgrund. Ihre Augen füllten sich mit heißen Tränen, die ihre Wangen benetzten, während sie ihm den zweiten Stiefel auszog und ihn zu Boden fallen ließ. Ein großes Glücksgefühl durchströmte sie und machte ihren Körper warm und schwer vor Verlangen. »Ich liebe dich auch.«

»Genug, um dein Zuhause für mich aufzugeben?« Auf ihre Antwort wartend, setzte er sich auf und schwang seine Beine über den Rand der Matratze. Sein Gesichtsausdruck wirkte weit weniger verletzlich, als sie es inzwischen von ihm gewohnt war.

Sie näherte sich ihm und löste kopfschüttelnd seinen Gürtel. »Ich werde mein Zuhause nie aufgeben.«

Als er die Augen schloss, um sich seine Enttäuschung nicht anmerken zu lassen, ließ sie den gelösten Gürtel auf die Decken fallen und umschloss sein Gesicht mit ihren Händen. »Mein Zuhause ist da, wo du bist. Ich werde bei dir bleiben. Für immer.«

Er öffnete die Augen und suchte ungläubig ihren Blick.

»Ich hätte es dir bereits gesagt, wenn du dir die Mühe gemacht hättest, mich vor deiner Abreise nach Inverness danach zu fragen.« Sie entschärfte die Zurechtweisung mit einem Lächeln. »Aber ich glaube, verstanden zu haben, warum du nach Inverness geritten bist. Du wolltest mir gegenüber Wort halten.«

Er nickte. Sie konnte sehen, dass er schluckte. Dann erdrückte er sie fast an seiner Brust. Sein Atem strich heiß über ihren Nacken, als er ihre Haut mit heißen, drängenden Küssen bedeckte.

Eine Woge der Freude rollte über sie hinweg. Zum ersten Mal in ihrem Leben fühlte sie sich vollständig. Es war ihr nicht bewusst gewesen, dass sie nicht vollständig war, doch zu spüren, wie ihr Körper mit Darcys Körper verschmolz und ihre Seele mit seiner harmonierte, erfüllte sie auf eine Weise, die sie nie für möglich gehalten hatte.

»Malina«, murmelte er, fand ihren Mund und raubte ihr mit einem verzweifelten Kuss den Atem. »Meine Malina.«

»Mein Darcy«, antwortete sie mit einem törichten Lächeln und gab sich seinem gierigen Mund und seinen wandernden Händen hin.

»Ich *gehöre* dir«, flüsterte er zwischen zwei Küssen. »Ich bin der Deine, Mädchen, jetzt und für alle Zeiten. Dein Glück wird für immer mein höchstes Ziel sein, und dir Lust zu bereiten mein größtes Verlangen.«

Es war das Schönste, das man ihr je gesagt hatte. Als er sie mit einem Schwung unter sich legte, blieb ihr nichts anderes übrig, als sich an ihm festzuklammern, als ginge es um ihr Leben, und seinen Kuss zu erwidern. Seine Berührung entführte sie an einen Ort der Lust, an dem nichts anderes wichtig war, als Begehren und Liebe.

»Was ich heute getan habe, tut mir im Herzen weh«, murmelte er, als er sich mit Küssen zum Ausschnitt ihres Kleids vorarbeitete. Er war bereits dabei, die Knöpfe ihres Mieders zu öffnen. »Deine Lustschreie allein können mir Trost spenden.«

Ja, ja! schrie ihr Körper, doch ihr Geist behielt einen Funken Vernunft bei. »Erst wird gebadet«, sagte sie, zog an seinem Kilt und enthüllte seine verschwitzte, warme Haut.

Er brummte. »Willst du mich etwa darauf warten lassen, dich zu kosten?« Schneller, als man es von einem verwundeten Mann erwartet hätte, schob er ihre Röcke hoch und vergrub sein Gesicht zwischen ihren Schenkeln.

»Oh!«, rief sie, als er begann, ihre intimste Stelle mit der gleichen verzweifelten Leidenschaft zu küssen, wie ihren Mund. Und dann fehlte ihr der Atem, um noch reden zu können.

Hitze und Begehren breiteten sich in ihr aus, als sie sich unter den gierigen Zärtlichkeiten aufbäumte, die er ihr aus leidenschaftlicher Liebe zukommen ließ. Als sei seine Motivation noch nicht ausreichend bewiesen, zeigte er mit einem Stöhnen, dass dies nicht nur für sie, sondern auch für ihn das Paradies war. Vibrationen durchdrangen ihren Bauch und versetzten sie in Ekstase. Grelle Blitze zuckten vor ihren Augen. Sie vergrub ihre Finger in sein Haar. Sie flog. Sie war angekommen.

Während sie blinzelte, um wieder zu sich zu kommen, kroch ihr Ehemann über sie, wie ein Löwe über eine frische Beute. »Ich werde jetzt unter einer Bedingung baden.«

Schlaff vor Zufriedenheit und liebestrunken nickte sie nur. Wenn sie die Stimme hätte heben können, hätte sie ihn gefragt, worin die Bedingung bestand, doch es war ihr nicht wirklich wichtig. Nach dieser enthusiastischen Leistung konnte Darcy alles von ihr haben, was er wollte. Sie hoffte, dass ihr müdes Nicken ihm das alles übermittelte.

Dem Zwinkern seiner Augen nach zu urteilen, tat es das.

»Ich stelle die Bedingung, dass du mich dies tun lässt, so oft ich will. Für den Rest unseres Lebens.«

Ein Lachen sprudelte aus ihr hervor. »Und ich dachte, du wärst hart, was Verhandlungen angeht. Du hättest von mir verlangen können, dir den Gefallen zu erwidern. Ich hätte alles getan, was du von mir verlangt hättest.« Ihr Inneres zog sich erwartungsvoll zusammen, als ihr einfiel, dass er noch gar nicht wusste, dass sie miteinander schlafen konnten. »Ich sag dir was. Da ich heute meinen großzügigen Tag habe, willige ich in deine Bedingung ein, und füge ihr sogar noch einen Bonus hinzu.«

»Ich weiß nicht, was ›Bonus‹ heißen soll.«

Nach kurzem Nachdenken antwortete sie: »Es ist eine Wohltat. Ein ganz besonderes Geschenk.«

»Nach welcher Wohltat kann ein Mann sich noch sehnen, wenn er schon alles hat, was er sich wünscht?«

Ihr Herz zog sich zusammen. »Das zeige ich dir nach deinem Bad.«

§

DARCY LEHNTE DEN Kopf an den Rand der kupfernen Sitzbadewanne. Während Malinas Hände über seine Haut strichen, wich sein Schuldgefühl, das eben noch überhand zu nehmen drohte, einem tiefen Gefühl des Friedens. Wie sollte er es bereuen, diesen kostbaren Schatz verteidigt zu haben? Sie war nie wirklich in Gefahr gewesen, doch das hatte er nicht gewusst. Gil und Hamish hatten ihn ja vom Gegenteil überzeugt.

Zu glauben, man habe seine Frau gefangengenommen und brächte sie nun zu Steafan zurück, hatte ihm so zugesetzt wie nichts anderes je zuvor. Als er dann nach Dornoch zurückgekehrt war, sie dort heil und gesund vorgefunden hatte und sie ihm gesagt hatte, dass sie ihn nie verlassen würde, hatte dies ihm eine Stärke verliehen, die er nie zuvor besessen hatte.

»Mein Zuhause ist da, wo du bist«, hatte sie gesagt. *»Ich werde bei dir bleiben. Für immer.«*

Er hatte zwar Ackergill verloren, doch er hatte ein Zuhause gewonnen. Malina war sein Zuhause, und er war ihres.

Sein Herz schwoll vor Zufriedenheit, als ihre sanften Finger warmen Seifenschaum über seine Schlüsselbeine und Schultern verteilten und dann ins Wasser tauchten, um seine Brust zu reinigen. Sie schien große Freude daran zu haben, mit den Härchen zu spielen, die in Richtung seiner unteren Region verliefen. Und als sie ihn da unten wusch, musste er sich auf die Lippen beißen, um sie nicht um mehr als diese flüchtigen, neckenden Berührungen zu bitten.

Das Weibstück wusste ganz genau, was sie ihm antat. Ihre funkelnden grünen Augen, ihre geröteten Wangen und ihr verschmitztes Lächeln ließen keinen Zweifel daran.

Sie hatte ihn verzaubert; er war vollkommen in ihrer Macht. Er würde alles tun, was sie von ihm verlangte, damit sie fortfuhr, ihn so sanft zu berühren, während sie sich in ihrem Unterkleid langsam um die Wanne bewegte, und beim Waschen ihre Brüste an seinen Nacken und seine Schultern presste.

Malina schwieg. Und sie gab ihm auch nicht das Gefühl, er müsse reden. Sie bat ihn nicht, erneut über die schrecklichen Erlebnisse des Tages zu berichten. Sie fragte ihn nicht, was er in Inverness erreicht hatte. Vielleicht würde sie es nie tun.

Er würde ihr natürlich von Gravois' merkwürdigem Zigeunerlager erzählen, und von Timothy, dessen Zauberkraft, – gesetzt den Fall, dass diese sie aus der Zukunft hergebracht hatte –, gegenwärtig längst nicht ausgereift genug war, um sie dorthin zurückzubringen.

Er hatte gedacht, diese Neuigkeiten würden sie am Boden zerstören. Aber jetzt konnte er sich darauf freuen, diese ungewöhnlichen Erlebnisse mit ihr zu teilen, wie mit einem vertrauten Freund. Doch zunächst wollte er sie lieben, dass ihr Hören und Sehen verging. Er wollte ihr zeigen, wie sehr er sie brauchte, und was für ein guter Ehemann er ihr sein würde.

Malinas Hände kneteten seinen Nacken und seine Schultern mit erstaunlicher Kraft. Der Hügel, unter welchem ihr Baby wuchs, diente seinem feuchten Kopf als Kissen. Er hob das Kinn um zu ihr aufzusehen. Sie war der Liebreiz selbst, wie sie ihn lächelnd betrachtete, ihr Haar locker um ihr Gesicht fiel, und ihre Brüste sich bei ihren zufriedenen Atemzügen hoben und senkten.

Er wollte diese Brüste wieder entblößt sehen. Er wollte sie vor Erregung zittern sehen, wenn er sie wieder mit seinem Mund liebte. Er wollte ihr seidiges Haar um seine Hände wickeln, wenn sie ihn mit ihrem Mund liebte.

»Das Wasser wird kalt«, sagte er. »Hilf mir raus, *mo gradhach.*« Das war sie wirklich: sein kostbarster Schatz. Für den er töten würde. Für den er sterben würde.

Er stieg aus der Wanne, und das Wasser lief an seinen Beinen hinunter und hinterließ Pfützen vor dem Kamin. Malina hüllte ihn in Leinentücher und trocknete ihn ab. Ihre nackten Füße hinterließen kleine, feuchte Abdrücke auf dem Steinboden. Als sie fertig war, schmiegte sie sich in seine Arme, und er drückte sie an sich. Ihre Wärme vertrieb die abendliche Kühle, die durch das offene Fenster hereinwehte. Sie protestierte nicht, als er sie hochhob und aufs Bett trug.

»Ich will dich«, sagte sie. »Ich will dich so sehr. Aber du musst hungrig sein. Du solltest vorher etwas essen.«

»Aye. Ich bin dabei, zu verhungern«, sagte er, indem er ihr das Unterkleid über den Kopf zog. Er legte sie neben sich und drückte sich an ihren nackten Körper. Seine Lippen nahmen die ihren mit einem Kuss in Besitz, der keinen Zweifel darüber ließ, dass sie die einzige Nahrung war, nach der ihm verlangte.

»Du hast sehr viel Blut verloren«, sagte sie.

Er küsste sie fester und lächelte, als sie sich ihm entgegenbäumte und nicht mehr sprach, sondern dieses leise Stöhnen von sich gab, dass ihn tief im Bauch erregte.

Seine Finger fanden ihre taufrischen Blütenblätter, und den Beweis, dass sie ihn begehrte. Das Bedürfnis, in ihr zu sein, brannte in ihm. Doch was er sich am meisten wünschte, war nicht möglich. Aber er würde mehr als zufrieden sein, ihr mit seinen Händen und seinem Mund Lust zu bereiten. Mehr konnte er nicht tun. Es war sein ganzes Anliegen.

Seine Zunge tauchte in ihren Mund, während er einen Finger in die enge Hitze seiner Frau schob.

Allmächtiger, sie so zu fühlen, Zunge an Zunge, und mit seinem harten Finger die weichen Wärme zwischen ihren Schenkeln zu spüren, war köstlich.

Himmlisch.

Sein Herz quoll vor Liebe über. Als sie sich an seinen Schultern festhielt und ihm ihre Hüften, nach mehr verlangend, entgegen schob, überflutete ihn ein Gefühl der Zusammengehörigkeit. Er gab ihr mehr. Er streichelte sie, langsam und sicher.

Er küsste sie, tief und fest.

Sie löste sich atemlos von ihm. »Setz dich auf und lehn dich an das Kopfteil.«

Er widersprach ihr nicht. In der herrlichen Nacht, die sie in diesem Bett miteinander verbracht hatten, hatte er gelernt, seiner Frau zu gehorchen, wenn ihre Stimme atemlos und fordernd wurde, da es für sie beide zu wunderbaren Dingen führte.

Welche Wunder der Lust würde sie am heutigen Abend mit ihm teilen? Würden sie wieder auf verschiedene Weisen zueinander finden, wie in jener Nacht? Sein Schwanz reckte sich hoffnungsvoll empor, doch er versuchte, nur an sie zu denken, und daran, wie er ihr dienen und ihr beweisen konnte, dass sie es nie bereuen würde, mit ihm zusammenzubleiben.

Sie krabbelte vom Bett, was ein ungeduldiges Brummen seinerseits zur Folge hatte. Nur die Freude, ihr dabei zuzusehen, wie sie sich völlig nackt durch ihr Schlafgemach bewegte, hielt ihn davon ab, von ihr zu verlangen, zu ihm zurückzukehren, damit er beenden konnte, was er mit seinem Finger begonnen hatte. Als sie eine Laterne anzündete und mit Verbänden und Zutaten für Wickel zum Bett zurückkam, wurde ihm klar, dass sie ihr Begehren verdrängte, um ihn zuerst zu verarzten.

»Ich brauche nichts als deine Lustschreie«, sagte er, indem er nach ihrem Arm griff und versuchte, sie aufs Bett zu ziehen. »Du kannst mich später verbinden.«

»Aber ich habe vielleicht Lust, nicht aufpassen zu müssen.

Du hast meinen Appetit geweckt. Ich will mich gehen lassen können. Ohne mir Sorgen um deine frisch genähten Wunden zu machen. Gib also Ruhe. Lass mich dies erledigen, und dann bekommst du deinen Bonus.«

Den hatte er ganz vergessen. Nach dem Leuchten ihrer Augen zu urteilen, würde es auch für sie ein Bonus sein. Umso besser. Ihr Vergnügen war am heutigen Abend sein einziges Ziel.

Er willigte widerstrebend ein und genoss den Anblick ihrer hellen, üppigen Formen, als sie seine Wunden pflegte. Sie verbarg keinen einzigen Teil ihres Körpers vor ihm. Es machte ihn so stolz, diese liebevolle, schöne Frau sein Eigen nennen zu können, und dass sie ihm voll und ganz vertraute, mit Körper und Herz! Die Heiligen hatten es wirklich gut mit ihm gemeint, als sie zuließen, dass Malina durch Zauberkraft zu ihm gebracht wurde.

Neben dem starken Geruch des Wickels konnte er den kaum wahrnehmbaren Duft ihres Begehrens erkennen, diesen süßen Moschusgeruch, der ihn vor Verlangen um den Verstand bringen würde, wenn er sein Gesicht wieder zwischen ihren Schenkeln vergrub.

Mit dem Blick ihre Brüste streichelnd, atmete er tief ein und stellte sich ihren Geschmack und ihre verhaltenen Schreie vor. Der sinnliche Traum war so schön, dass er die Augen schloss.

Nachdem sie den Verband um seinen Schenkel befestigt hatte, spürte er ihre Berührung nicht mehr.

Er griff nach ihr, doch seine Hände griffen ins Leere. Als er das Geräusch des Türriegels hörte, öffnete er die Augen. Jeder Muskel seines Körpers war bereit, seine Frau zu verteidigen. Doch es war nur Malina, die ein Tablett mit kaltem Fleisch, Käse und einem Laib Brot hereinbrachte.

»Ich brauche kein Essen«, sagte er. Sein Magen behauptete augenblicklich das Gegenteil, als sie das Tablett auf dem Bett abstellte und der köstliche Duft des Abendessens ihm in die Nase stieg.

»Aber ich sollte vielleicht etwas essen«, sagte sie, das

Knurren seines Innenlebens höflich überhörend.

Sie kniete sich neben ihn, belegte eine Scheibe Brot mit Brie und legte ein dünn geschnittenes Stück gepfeffertes Hammelfleisch zusammengefaltet darüber. Ihre Zähne gruben sich in das kleine Festmahl. Er hatte noch nie etwas so Sinnliches gesehen, wie seine nackte Frau, die genüsslich essend die Augen schloss.

»Jesses Maria!«, stieß er hervor. »Gib mir davon ab.« Er führte ihre Hand zu seinem Mund und biss sich ein Stück ab. Die starken Aromen von scharfem Hammelfleisch und würzigem Käse ließen ihn beim Essen verzückt aufstöhnen.

Lachend wie Kinder, die sich über einen gestohlenen Kuchen hermachen, fütterten sie einander und tranken lauwarmen Tee und Milch dazu. Als er den Wunsch äußerte, Wein zu trinken, verweigerte seine Frau es ihm.

»Du darfst heute Abend nur ein Glas Wein trinken, und erst, nachdem ich mich mit dir vergnügt habe.«

Ihre Lippen auf seiner Wange halfen ihm, sich mit Tee und Milch zu begnügen. Und als ihre Lippen erst zu seinem Hals und dann zu seiner Brust wanderten, vergaß er alles, was mit Essen und Trinken zu tun hatte. Er vergaß sogar, dass er vorgehabt hatte, sich ganz auf ihr Vergnügen zu konzentrieren. Kurz nachdem sie ihr Abendessen beendet hatten, hatte sie ihn bereits hart gemacht, und er sehnte sich nach mehr als dem netten Streicheln mit der Hand, mit dem sie ihm einheizte.

Doch er wollte sie nicht um mehr bitten. Heute Abend wollte er für sie da sein. Er würde jede Nacht für sie da sein, da sie die Seine war.

Malina setzte sich rittlings auf seine Schenkel, so dass seine Erektion zwischen ihren Körpern eingeklemmt war.

Er strich langsam mit den Händen an der kühlen, samtigen Haut ihres Rückens abwärts, umfing ihren Po mit einer Hand und griff mit der anderen um sie herum, um ihr empfindsames Knöpfchen zu streicheln. Sie troff vor Verlangen nach ihm. Er fühlte sich stolz. Ihre Begierde nach ihm befriedigte ihn mehr als alles andere auf der Welt.

»Ja, Darcy«, flüsterte sie und bewegte sich wollüstig unter seiner Berührung. Mit einer Hand spielte sie mit seinem feuchten Haar. Mit der anderen rieb sie seinen Schaft an ihrem gerundeten Bauch. Ihr Mund knabberte an seiner Brust. Er war scharf auf sie, und sie auf ihn.

Gütiger Himmel, eine Frau auf dem Schoß und ein wachsendes Baby zwischen ihm und ihr zu haben, war erotischer, als er es sich hätte träumen lassen. Er schloss hingerissen die Augen und gab sich dem Gefühl hin, mit ihr und dem Kind zusammen zu sein. Seine Familie.

»Sieh mich an«, sagte sie.

Er hob träge die Lider. Malina erhob sich auf die Knie. Ihr Griff verlagerte sich und sie ließ sich, nass vor Begierde, auf die Spitze seines Schafts sinken. Dabei sah sie ihm in die Augen und zog ihre Unterlippe durch die Zähne. Sie atmete scharf ein, doch sie schien keineswegs Schmerzen zu haben.

Er war in ihr.

Und spannte panisch seine Muskeln an.

Doch Malina wirkte nicht unglücklich. Ihre Lippen öffneten sich zu einem sanften Seufzer, als sie ihn tiefer in sich hineinließ. Zentimeter für Zentimeter füllte er sie aus, und als ihr Po seine Schenkel berührte und sie völlig miteinander verschmolzen, leuchteten ihre Augen verzückt.

Er stieß flüsternd einen Fluch aus und starrte seine Braut verwundert an.

Er wagte es nicht, dem unglaublichen Lustgefühl zu trauen, das durch seine Adern schoss. Er fürchtete sich davor, sich zu bewegen und ihr Schmerz zuzufügen. Er war vor Staunen erstarrt.

Doch Malina war alles andere als erstarrt. Sie begann, sich zu bewegen, streichelte ihn auf intimste Weise und verschmolz mit ihm.

Er vergaß seine Besorgnis und gab sich der Ekstase hin, die ihm lustvolle Höhenflüge bescherte, wie er sie sich nie hätte träumen lassen. Seine kleine Braut hatte ihn vollständig in sich aufgenommen, und mochte es sogar!

»Wie?«, fragte er, während er gegen den Drang, sich in sie zu ergießen, ankämpfte. Dafür war es zu früh. Soviel wusste er, auch wenn er nie zuvor in einer Frau gewesen war.

Sie wand ihre Arme unter seinen durch und hielt sich an seinen Schultern fest, während sie sinnliche Wellenbewegungen vollzog. »Du bist in der Tat kräftig gebaut«, keuchte sie. Ihr hübsches Gesicht war vor Lust gerötet. »Aber du wirst mir keinen Schmerz zufügen, solange ich für dich bereit bin. Du bist nicht anormal, Liebster. Du bist perfekt.« Ihre Augenlider flatterten, und ihre geöffneten Lippen stießen einen leisen Schrei aus. »Oh, Gott, du fühlst dich soo gut an! Du bist perfekt und so – oh!« Ihre Bewegungen beschleunigten sich. Sie grub ihre Finger an einer seiner Schultern in seine Haut, und an der anderen in den Verband. Sie hatte letztendlich gut daran getan, seine Wunden zu verbinden. »Du gehörst mir!«, schrie sie, als sie den Höhepunkt erreichte.

Jetzt konnte er nicht anders. Ein Blitz durchzuckte seine Wirbelsäule. Er schrie, als er seiner Frau in eine Welt reiner Glückseligkeit folgte.

Noch nie in seinem Leben hatte er eine so alles verzehrende Erfahrung gemacht. Er hätte schwören können, dass er sich für einen Moment von seinem Körper gelöst, die Erde verlassen und Sterne, Engel, und vielleicht sogar den Herrgott selbst gesehen hatte.

»Ich liebe dich, Darcy«, flüsterte Malina an seiner Brust. »Es tut mir leid, dass es so schnell ging. Wir werden es besser in den Griff bekommen, je mehr wir üben.«

»Allmächtiger«, war alles, was er dazu sagen konnte.

Kapitel 21

MELANIE WURDE DURCH den vertrauten Druck von Darcys Händen geweckt, der ihren Bauch abmaß. Die Breite seiner Finger als Maßeinheit benutzend, legte er eine Hand neben die andere, bis nur noch zwei Finger Platz fanden, wo ihr Bauch auf ihr Brustbein traf. Diese Übung war ihnen innerhalb des Monats, den sie nun schon in Skibo wohnten, zu einer sonntagmorgendlichen Gewohnheit geworden.

»Seit wir in Dornoch angekommen sind, hast du drei Finger zugenommen«, sagte er. »Dein Kind wächst gut, würde ich sagen.« Sein sanfter Blick streichelte ihr Gesicht, als er sich über sie beugte.

Sie hob die Hand, um ihm das vom Schlaf zerzauste Haar hinters Ohr zu streichen. Die weiche Haut seiner Schläfe wärmte ihre Finger, so dass sie versucht war, sie als Einleitung zu ihrer zweiten, frivoleren sonntagmorgendlichen Gewohnheit über seinen ganzen Körper wandern zu lassen.

»Du hast den falschen Beruf gewählt«, sagte sie, indem sie sich auf die Ellenbogen hochdrückte, um seine Nasenspitze zu küssen.

»Du hättest Hebamme werden sollen.«

»Och, ich gucke aber nur *dir* gerne zwischen die Beine.« Er stellte sich auf allen Vieren über sie, wie ein Hund, der einen Knochen ergattert hat. Dann küsste er sich an ihrem Körper hinab, bis er am Ziel war, wo er bei weitem nicht nur guckte.

Eine ganze Weile später wusch sie ihn mit einem

Waschlappen sauber, während er völlig entspannt und ihr gehörend auf den Kissen lag. »Ich liebe Sonntage«, sagte sie, streckte genüsslich ihre Glieder, in denen die Erregung noch abflaute, und kletterte vom Bett, um sich anzukleiden. Sie liebte eigentlich fast alles an ihrem Leben mit Darcy. Das Einzige, was sie gerne geändert hätte, war sein Heimweh. Er beklagte sich nie, doch sie hatte ihn mehrere Male dabei überrascht, wie er auf dem Dach stand und nach Norden blickend an seinem Whisky nippte. Ohne seine nicht ausgesprochene, jedoch offensichtliche Sehnsucht wäre alles wunderbar.

»Aye. Der Sonntag ist ein Tag der Verehrung«, stimmte er ihr sinnig zu. »Ein Tag, an welchem wir an den Herrgott denken, und an alles, was er für die Menschen tut, die ihn verehren.«

Sie sah das Funkeln in seinen Augen, als sie ihr Unterkleid und ihr Kleid überzog – Darcy erwähnte den Allmächtigen ausschließlich, wenn sie einander liebten und er seinen Namen keuchend wie einen Fluch ausstieß.

»Ich hatte den morgendlichen Sex gemeint«, sagte sie, womit sie ein Grinsen des Highlanders erntete.

»Nicht möglich!«

Sie knüllte den Waschlappen zusammen und warf ihn ihm ins Gesicht, doch er fing ihn geschickt ab und warf ihn zurück, während er vom Bett sprang, um sie zu sich umzudrehen. Ihre spielerische Umarmung wurde sinnlich, als er an ihrem Bauch hart wurde, und sie sich in endlosen Küssen verloren.

»Es ist mir auf einmal nicht mehr so wichtig, ob wir heute Morgen das Frühstück verpassen«, sagte er, indem er die Spangen wieder löste, die sie gerade an ihrem Kleid befestigt hatte.

Bis sie schließlich zum Frühstücksraum hinunter gingen, war eine weitere Stunde verstrichen.

Als sie näher kamen, war sie nicht überrascht, Stimmen aus dem Raum dringen zu hören, obwohl es schon beinahe Mittag war. Die sich ansonsten zügig drehenden Zahnräder des

Schlosses verlangsamten sich am Sonntagmorgen immer fast bis zum Stillstand. Es war der einzige Tag in der Woche, an dem Darcy nicht vor ihr aufstand und bis zum Abendessen verschwunden blieb, um mit Wilhelm an einem Ort flussaufwärts von Dornoch eine Wassermühle zu bauen. Es war auch der einzige Tag in der Woche, an dem man damit rechnen musste, dass Constance zu spät zum Frühstück erschien, und dann ziemlich durcheinander und noch fröhlicher als sonst war.

Doch an diesem Morgen drang Constances Stimme aus dem Frühstücksraum und sie sprach mit dem britischem Akzent, in den sie im Umgang mit geschätzten Gästen schlüpfte, die, wie sie Melanie einmal gestanden hatte, mit ihrer saloppen amerikanischen Ausdrucksweise nichts anzufangen wussten.

Da sie inzwischen daran gewöhnt war, dass ihre Gastgeberin oft Gäste hatte, ließ sie Darcys Hand los und strich ihr Kleid glatt, als sie den sonnigen, verglasten Raum betraten. Sie hatte erwartet, wieder einmal einem Kaufmann aus Inverness oder einem bedeutenden Pächter von den Ländereien des Murray vorgestellt zu werden.

Stattdessen traf ihr Blick auf eisblaue Augen, die sich vor Überraschung weiteten, als sie sie und Darcy erblickten.

Darcys Hand griff fest nach ihrer Schulter, und er stellte sich schützend vor sie. »Aodhan«, sagte er.

Aodhan sprang von seinem Polsterstuhl auf und öffnete den Mund, um etwas zu sagen, doch Constance kam ihm zuvor, klatschte in die Hände und zwitscherte »Guten Morgen, ihr zwei. Ich hoffe, ihr habt gut geschlafen.« Dabei platzierte sie sich geschickt zwischen die zwei kampferprobten Krieger, deren Körper sich in Alarmbereitschaft befanden. Zu Aodhan und ihrem anderen Gast, den Melanie nur flüchtig erblickt hatte, bevor ihr Mann sich wie ein Schutzwall vor ihr aufgebaut und ihr die Sicht versperrt hatte, sagte Constance: »Ihr beide kennt Darcy natürlich, aber habt ihr bereits Gelegenheit gehabt, seine Frau kennenzulernen? Dies ist Melanie Keith.« Constance nahm ihre

Hand und versuchte, sie hinter Darcy hervorzuziehen.

Es gab kurz eine Art Seilziehen, wobei sie das Seil war, bis Darcy sie schließlich losließ, als Constance schnaubte: »Jetzt aber wirklich, wir wollen doch nur friedlich miteinander frühstücken! Nehmt Platz. Bedient Euch an Tee und Wurst.« An Melanie gerichtet sagte sie: »Ich möchte dir Ginneleah Keith vorstellen, Liebes.« Sie geleitete sie zu der jungen Frau, die sich zögernd von ihrem Stuhl an Aodhans Seite erhob. »Sie ist Darcys angeheiratete Tante und die Lady von Ackergill.«

Sie starrte die junge Frau bewundernd an. Sie war hübsch. Sehr hübsch sogar, mit ihrer makellosen, sonnengebräunten Haut, ihren langen, goldenen, an den Seiten hochgesteckten Locken und ihrem Kleid in der Farbe von Rotkehlcheneiern, das mit einem gelben Band um ihre schlanke Taille gegürtet war. Sie behielt ihr überraschtes Staunen bei, als sie Constance anblickte.

Sie hatte sich in Skibo so wohlgefühlt, dass sie das Vorhaben ihrer Gastgeberin, Ginneleah nach Dornoch zu holen, um bezüglich des mysteriösen Rosenöls etwas zu unternehmen, ganz vergessen hatte.

Sie konnte kaum glauben, dass Constance es wirklich getan hatte. Es war ihr tatsächlich gelungen, Ginneleah ohne Steafan herzubringen.

»Mach den Mund zu, sonst kommen Fliegen rein«, sagte Constance.

Sie klappte ihren Mund augenblicklich zu. Während sie sich der jungen Frau zuwandte, sammelte sie sich und brachte ein unsicheres Lächeln zustande. »Sehr erfreut, Euch kennenzulernen.« Da Ginneleah sie lediglich misstrauisch anstarrte, musste sie sich zurückhalten, um nicht laut damit herauszuplatzen, dass sie keine Hexe sei. Stattdessen trat sie einen Schritt zurück, und versuchte, so harmlos wie möglich zu wirken.

Darcy stellte sich augenblicklich an ihre Seite, und Aodhan trat auch hinzu. Die beiden Männer wirkten immer noch angespannt, doch sie waren weder dabei, den Dolch zu ziehen, noch, einander anzufauchen. Aodhans Gesichtsausdruck war sogar freundlich geworden, als er von Darcy zu ihr blickte.

»Ihr seht gut aus, Mädel. Es tut mir leid, dass Ihr Ackergill unter solch unglücklichen Umständen verlassen musstet.« Er legte Ginneleah einen Arm um die Schultern und schob sie vor. »Ich habe nie geglaubt, dass Ihr eine Hexe seid, und vielleicht wird es mir sogar eines Tages gelingen, auch Steafan davon zu überzeugen. Ich bin sehr überrascht, Euch beide hier zu sehen«, sagte er mit einem Blick auf Darcy. »Steafan hätte Ginnie gewiss nicht erlaubt, herzukommen, wenn er gewusst hätte, dass Ihr hier seid.«

»Deshalb habe ich es in meiner Einladung auch nicht erwähnt«, sagte Constance. »Jetzt wollen wir aber essen, sonst wird der Tee noch kalt.«

§

ALS DIE BEDIENSTETEN begannen, das Frühstück abzuräumen, schlug Constance den Damen vor, von der warmen Maisonne zu profitieren und in Schloss Skibos Gärten spazieren zu gehen. Melanie hatte vor Nervosität Schmetterlinge im Bauch. Erwartete Constance etwa von ihr, gleich mit persönlichen Fragen ins Haus zu fallen? Sie hatte sich noch nicht ganz von der Überraschung erholt, dass die erste Hälfte ihres Plans geklappt hatte. Sie hatte keine Lust, dem armen Mädchen gegen ihren Willen eine Freundschaft aufzuzwingen, und Ginneleah wirkte wirklich sehr schüchtern, wenn nicht sogar vollkommen misstrauisch.

»Wo Ginneleah hingeht, gehe ich auch hin«, unterbrach Aodhan ihre Überlegungen. Er erhob sich von seinem Polsterstuhl und legte eine Hand auf die Schulter seiner Tochter. »Ich musste dem Laird schwören, das Mädchen nicht aus den

Augen zu lassen.«

Na toll. Wie sollte es ihr und Constance gelingen, mit Ginneleah allein über das Rosenöl zu sprechen, wenn der Vater des Mädchens an ihr klebte wie die Wolle am Schaf?

Doch wie üblich hatte Constance auch hier eine Lösung parat. Sie trieb die gesamte Gesellschaft aus dem Frühstücksraum und sagte: »Sehr gut, abgemacht. Aodhan wird die Damen in die Gärten begleiten und sich ihr Gerede über Kleinkinder und Gewänder anhören, während Darcy mit Wilhelm auf das Exerzierfeld gehen wird.« Darcy beim Ellenbogen ergreifend, fügte sie hinzu: »Ich meine gehört zu haben, dass Ian, der Bogenhersteller, heute Nachmittag seine neuesten Bögen vorzeigen wird. Er wird vielleicht einen Wettkampf unter den Männern veranstalten. Davon wird Aodhan beim Abendessen dann bestimmt gerne hören wollen.«

Aodhans Schultern strafften sich.

»Bist du sicher, dass du nicht mitkommen willst, Aodhan?« Darcy hatte anscheinend mitbekommen, dass Constance Ginneleah ohne ihren Vater sprechen wollte. »Wie lange hast du schon keinen neuen Bogen mehr ausprobiert? Bei mir sind es Jahre. Ich frage mich, ob ich immer noch eine Birne von einem Zaunpfahl schießen könnte.«

Aodhan gab ein sehr schottisch klingendes Grunzen von sich und zog Ginneleah beiseite.

Vater und Tochter tauschten ein paar geflüsterte Worte aus. Ginneleah verdrehte die Augen. Sie mochte die Lady von Ackergill sein, doch in diesem Moment war sie vor allem ein Teenager, dem die übertriebene Besorgnis seiner Eltern zur Last fiel.

Schließlich räusperte Aodhan sich und verkündete: »Ich werde Darcy auf das Exerzierfeld begleiten, und Ginneleah in einer Stunde in den Gärten abholen.«

Constance sagte: »Wie schade. Aber wir können es verstehen, und ich verbürge mich persönlich für die Sicherheit von Laird Steafans Lady.« Damit nahm sie Ginneleahs Arm und zwinkerte Melanie verstohlen zu, bevor sie mit dem Mädchen verschwand.

Melanie folgte ihr, doch zuvor gab Darcy ihr einen Kuss und flüsterte ihr ins Ohr: »Heute Nacht erzählst du mir aber, was Constance und du ausgeheckt habt, Mädel. Ich glaube kaum, dass ihr über Kleinkinder und Gewänder reden werdet.«

»Bis später«, hauchte sie ihm zu und ließ ihn mit dem Feldherrn der Keiths aufs Exerzierfeld gehen, damit sie mit Waffen spielen konnten.

»Es sieht so aus, als seid Ihr von Beschützern umgeben«, sagte Constance zu Ginneleah, als sie in den Küchengarten hinaus traten.

Der frische Duft von Rosmarin, Petersilie und Dill beruhigte ihre Nerven. Genau wie Constances selbstsicheres Auftreten. Wenigstens eine von ihnen schien zu wissen, wie sie sich verhalten sollte.

»Aye, aber sie meinen es gut«, antwortete Ginneleah diplomatisch. Sie hatte eine sanfte Altstimme, die sich wahrscheinlich beruhigend auf Steafan auswirkte. Welchen Einfluss mochte Steafan wohl auf Ginneleah haben?

Das Mädchen wirkte jedenfalls nicht niedergeschlagen. Vielleicht lag es daran, dass sie für eine Weile von ihm getrennt war.

»Dann darfst du dich glücklich schätzen«, sagte Constance. »Genau wie ich, meine Liebe. Ich habe auch einen Ehemann, der mich gerne beschützt. Und soweit ich weiß, ist es bei Melanie dasselbe.«

Ginneleah warf ihr einen kurzen Blick zu. Ihr Misstrauen schwand. Sie ging allerdings nicht so weit, ihr ein Lächeln zu schenken. »Ich freue mich, dass Big Darcy verheiratet ist. Und es tut mir leid, dass mein Mann so schlecht von Euch dachte, dass er seinen Neffen zwang, fortzulaufen, um Euch zu beschützen.«

Ihre Aussage hörte sich ehrlich an, obwohl Ginneleah

offensichtlich einige Vorbehalte beibehielt, was sie betraf. Sie dankte dem Mädchen und lächelte sie freundlich an, um ihr Vertrauen zu wecken. Es schien zu funktionieren, denn bald sprachen sie zwanglos darüber, wie Darcys Mühle lief und wie es Edmund und Fran in Fraineach erging.

Als sie tief in Schloss Skibos gepflegte Gärten mit ihren blühenden Büschen und Bäumen eingedrungen waren und nichts als duftende Natur und warmer Sonnenschein sie umgaben, ließ sich Constance auf einer Steinbank nieder und sagte: »Ginneleah, ich wollte Euch schon seit einiger Zeit sprechen, meine Liebe. Genau genommen, seit Wilhelm ein herzliches Dankschreiben von Steafan erhalten hatte, in welchem er sich für ein Geschenk bedankte, das aus Rosenöl bestand.«

Ginneleahs gebräunte Wangen röteten sich ein wenig. »Wir sind Euch sehr dankbar für das Geschenk.«

»Das freut mich, meine Liebe. Doch ich muss Euch etwas gestehen. Weder Wilhelm noch ich haben Euch dieses Öl gesandt, und ich habe die Befürchtung, dass, wer auch immer unseren Namen missbraucht hat, Euch schaden will.«

Constance nahm kein Blatt vor den Mund. Melanie sah Ginneleah mitfühlend an, als diese überrascht blinzelte und dann erbleichte.

»Mir schaden? Wie meint Ihr das?«, Sie riss ihre blauen Augen auf und blickte sich hilfesuchend um, als fehle ihr auf einmal der Schutz ihres Vaters, von dem sie sich kurz zuvor so selbstbewusst getrennt hatte.

Constance zog ein kleines Samtsäckchen aus einer Tasche ihres Gewands und wickelte vorsichtig zwei Glasfläschchen aus, die sie darin verwahrt hatte. Das eine hatte einen hellen Verschluss, das andere einen blauen. Der Inhalt beider Fläschchen war von blassem Goldgelb und leicht zähflüssig, und nicht von gewöhnlichem Olivenöl zu unterscheiden.

»Ich habe diese in Inverness bestellt, als ich Euch eingeladen habe«, sagte sie. »Das eine ist ein Gleitmittel, das bei der ehelichen Vereinigung helfen soll. Das andere soll verhindern, dass die Frau schwanger wird. Beide riechen nach Rosen, oder jeglichem Duft, den der Hersteller wählt, und beide machen die Vereinigung angenehmer, doch« – Constance öffnete das Fläschchen mit dem blauen Verschluss und benetzte ihren Finger.

Dann führte sie ihren Finger zu ihrer Zunge und schnitt eine Grimasse. »Das mit Chinin versetzte schmeckt bitter, während das andere nur nach dem Duftstoff und nach Öl schmeckt.«

Sie hielt Melanie die Fläschchen hin und sagte: »Koste mal. Es ist völlig ungefährlich, wenn es eingenommen wird. Es kann sogar in ziemlich hohen Dosierungen benutzt werden, um Malaria zu behandeln, und das sogar bei Schwangeren.«

Wie immer von Constance Wissen beeindruckt, zog sie die Brauen hoch. Sie inspizierte die Fläschchen unter Ginneleahs besorgtem Blick und tupfte einen Tropfen jedes Öls auf ihre Zunge, um sie miteinander zu vergleichen. Das mit dem hellen Verschluss fühlte sich auf der Zunge trocken an, und sein scharfer Rosengeruch stieg ihr direkt in die Nase. Das mit dem blauen Verschluss hatte dieselbe Wirkung, doch als sie den Mund schloss, um es hinunterzuschlucken, ließ ein bitterer Geschmack sie die Nase rümpfen.

Die Besorgnis in Ginneleahs Augen schwand, während sie zusah. Erst zog sie ihre Augenbrauen neugierig hoch, dann zog sie sie zusammen. »Wollt Ihr damit sagen, dass dieses Öl, das uns jemand gesandt hat, weniger einem Geschenk als einem Fluch gleichkommt?« Als Melanie die Fläschchen an sie weiterreichte, zögerte sie nicht, daran zu riechen und sie selbst zu kosten.

»Das fürchte ich«, sagte Constance. »Doch um Euch dessen sicher zu sein, müsst Ihr zuerst das Öl kosten, das Ihr in Ackergill habt. Deshalb habe ich Euch nach Dornoch eingeladen. Nicht, um Euch erneut Öl zu schenken, es sei denn, Ihr möchtet das behalten, das Ihr in der rechten Hand haltet.« Sie deutete mit dem Kinn auf das Fläschchen mit dem hellen Verschluss. »Es ging mir darum, Euch zu warnen. An Eurer Stelle würde ich das Öl, das ihr zu Hause habt, nicht mehr verwenden, und keinem Geschenk mehr trauen, das Euch in Wilhelms Namen gesandt wird.«

Ginneleah verzog das Gesicht und schüttelte sich, als sie das Chinin-Öl kostete. Sie sah Constance mit aufgerissenen Augen an. »Aber wer sollte uns denn so etwas antun?«, fragte sie mit herzerweichend verletzlicher Stimme. Hinter den Wimpern des Mädchens schimmerten Tränen, als sie auf die zwei Fläschchen hinabblickte. »Steafan wünscht sich so sehr einen Erben, und ich will ihm einen schenken. Wenn ich daran denke, wie viel Zeit wir bereits verloren haben!« Ginneleah liebte Steafan. Das konnte man an ihrem kummervollen Ton und ihrem enttäuschten Gesichtsausdruck erkennen.

Melanie legte eine Hand auf Ginneleahs Knie. »Da muss jemand einen Groll gegen Euren Gemahl hegen«, sagte sie freundlich. »Aber wir sind dahinter gekommen. Solange Ihr das Öl nicht mehr verwendet, ist dieser Person das Handwerk gelegt, wer immer sie auch sei.«

»Und ich habe diese ganze Zeit über geglaubt, ich sei … ich sei …«

»Ihr habt geglaubt, Ihr wärt unfruchtbar«, half Constance ihr weiter, wobei ihre Stimme so zärtlich klang, wie Melanie sie noch nie gehört hatte. »Das ist möglich. Doch an Eurer Stelle würde ich zunächst das Öl prüfen, anstatt anzunehmen, dass es an Euch liegt.«

Ginneleah schniefte. »Was soll ich jetzt ohne das Öl machen?«, fragte sie leise, als führe sie ein Selbstgespräch. Sie blickte Constance flehend an. »Ich werde mich nicht mehr trauen, irgendetwas zu gebrauchen«, sagte sie, indem sie Constance die Fläschchen in die Hand drückte. »Aber – « Sie blickte mit geröteten Wangen zu Boden.

»Ich werde mal sehen, wie es um das Mittagessen steht«, sagte Constance, wickelte die Fläschchen wieder ein und steckte sie weg. »Wenn ich Eurem Vater begegne, schicke ich ihn in diese Richtung.« Sie nickte Melanie ermutigend zu.

Während Constance sich auf dem Weg zum Schloss entfernte, fühlte sie den Drang, die arme Ginneleah in den Arm zu nehmen, um sie zu trösten. Doch sie hatten sich gerade erst kennengelernt. Stattdessen sagte sie: »So steht es also um uns beide: ich bin schwanger, ohne es gewollt zu haben, und Ihr habt es ständig versucht und seid immer wieder enttäuscht worden.« Sie lachte freudlos auf. »Meine Großmutter hat mir immer gesagt, dass man sich im Leben nicht darauf verlassen darf, dass es gerecht zugeht. Damit hatte sie wahrscheinlich Recht.«

Ginneleah versuchte zu lächeln. »Vielleicht werden sich die Dinge für Steafan und mich jetzt wenden. Oh, es wird nicht leicht sein, ihm von dieser Entdeckung zu erzählen. Es wird ihn rasend machen. Er gerät so leicht in Wut.«

Sie wusste nicht, was sie darauf erwidern sollte. Behandelte Steafan sie schlecht? Sobald ihr der Gedanke gekommen war, ließ sie ihn fallen. Ginneleah wirkte keineswegs, als würde sie in irgendeiner Weise misshandelt.

Doch aus dem leisen Hilfeschrei, den das Mädchen kurz zuvor ausgestoßen hatte, schloss sie, dass Steafan höchstwahrscheinlich kein so talentierter Liebhaber war wie Darcy. Sie beschloss, nicht um die Sache herumzureden, und hoffte, alles Nötige sagen zu können, bevor Aodhan sie finden würde.

»Findet Ihr es notwendig, Öl zu verwenden?« Die Frage war so direkt, dass sie zusammenzuckte, doch sie wusste nicht, wie sie die Sache sonst angehen sollte.

Die Wangen des Mädchens röteten sich erneut. »Aye. Ihr müsst es mit Big Darcy ja auch tun.« Sie überwand sich, ihr in die Augen zu blicken. »Ich bin zwar noch jung, doch ich habe die Gerüchte gehört. Wenn das, was die Mädchen über Euren Gemahl sagen, stimmt, ist es für Euch noch viel schlimmer als für mich.«

Sie lächelte freundlich. »Gerüchten sollte man nicht trauen. Ganz besonders, wenn sie von einer zurückgewiesenen Frau in die Welt gesetzt wurden.«

Da Ginneleah sie ungläubig ansah, erzählte sie ihr, was Darcy ihr in einer stillen Nacht berichtet hatte. Sie in den Armen haltend, hatte er ihr von Anya erzählt, der Frau, die ihn in dem Moment, wo er sich zum ersten Mal als potentieller Liebhaber sah und äußerst verwundbar war, ausgelacht und rundheraus angelogen hatte, indem sie ihn glauben machte, sein Geschlechtsteil sei zu groß geraten.

Dieses Miststück. Sie hoffte, dass sie diese Frau nie in die Hände bekommen würde.

»Oh, das war gemein.« Jetzt wirkte Ginneleah nicht mehr misstrauisch. »Es ist kaum zu glauben, dass genau *diese* Frau versucht hat, sich Steafan aufzudrängen, als er mir den Hof machte. Ich kann sie nicht leiden, und Steafan auch nicht. Sie ist zudem daran schuld, dass mein Gemahl solchen Anstoß an Euch genommen hat. Sie ist diejenige, die ihm von dem Kästchen erzählt hat. Wie Steafan erzählte, hat sie es in den Ställen gefunden und konnte es genau beschreiben. Sie hat Euch eine Hexe genannt, und sobald das Wort ausgesprochen war, hat Steafan … nun, er würde alles tun, um seinen Clan zu schützen. Vielleicht übertreibt er es zuweilen. Aber er ist ein guter Mensch. Im Grunde will er nur tun, was richtig ist.«

Das Mädchen – nein, die junge Frau, da Ginneleahs weiser Blick zeigte, dass sie kein Kind mehr war – war ihrem Ehemann ganz offensichtlich äußerst zugetan. Das war gut so. Wenn sie Angst vor ihm hätte, oder sich vor ihm ekelte, wäre ihr auch der beste Sexualkundeunterricht keine Hilfe.

Die Information in Bezug auf Anya hob sie sich auf, um später darüber nachzudenken. Jetzt ging es erst einmal darum, dass Ginneleah dringend in Sachen Intimverkehr aufgeklärt werden musste.

»Ihr liebt ihn, nicht wahr?« Überraschenderweise freute sie

sich darüber, dass Steafan jemanden hatte, der ihn so sanft stimmte und positiv beeinflusste. Ohne Ginneleah würde er wahrscheinlich noch launischer sein.

»Er ist mein Gemahl«, sagte sie bescheiden. »Es ist meine Pflicht.«

Zur Ehe gehörte nicht immer Liebe. In ihrer Zeit nicht, und noch weniger in dieser Zeit. Mit dieser Beobachtung brauchte sie Ginneleah nicht zu behelligen.

»Ihr übt Eure Pflicht aufs Beste aus«, sagte sie, indem sie sie am Arm stupste und spitzbübisch lächelte. »Ich sehe, wie gerne Ihr ihn habt, und das freut mich. Ich mag es selbst nicht eilig haben, ihn wiederzusehen, aber er ist ein gutaussehender Mann, und wenn er gut zu Euch ist, und Ihr ihn mögt, wünsche ich Euch beiden, glücklich miteinander zu sein.«

»Ich danke Euch. Ich wünsche Euch und Big Darcy das Gleiche.«

»Nennt ihn bitte nur Darcy. So »big« ist er gar nicht. Ich glaube übrigens, dass ein Mann eigentlich gar nicht so groß gebaut sein kann, dass er sich nicht mit einer Frau vereinigen kann.«

Ginneleah prustete los, dann errötete sie und hielt sich die Hand vor den Mund. »Wie wenig damenhaft von mir.« Sie lächelte schüchtern, doch dann verfinsterte sich ihr Lächeln.

»Es tut Euch weh, nicht wahr?«

Ginneleah blickte weg.

»Der Intimverkehr zwischen einem Mann und einer Frau kann wundervoll sein«, sagte sie vorsichtig, »aber es gehört Übung, etwas Geschick und Wissen dazu.«

Ginneleah wandte ihr den Blick neugierig wieder zu.

Die nächste halbe Stunde sprachen sie über weibliche Anatomie, das Vorspiel, und Vergnügen, die man auch ohne Geschlechtsverkehr haben konnte. Nach einer Weile wurde die junge Frau nicht mehr rot. Sie lachte sogar manchmal, und ihre Fröhlichkeit wetteiferte mit dem fröhlichen Zwitschern der

Vögel im Garten. Es war leicht zu verstehen, warum Steafan im Ruf stand, ganz in sie vernarrt zu sein.

Als Aodhan auf die kleine Lichtung getrampelt kam, war Ginneleah dabei, ihre Hand zu halten und ihr zu danken. »Ich werde Steafan auf sanfte Weise über die Dinge informieren, die Ihr mir heute berichtet habt. Ich glaube nicht, dass er schon jetzt bereit sein wird, Eure Rückkehr nach Ackergill zu akzeptieren, aber wenn es mir gelingen sollte, ihm ein Kind zu gebären, werde ich ihm sagen, dass Ihr und Darcy die Sache mit dem Öl aufgedeckt habt.«

»Das hat Constance herausgefunden. Nicht ich.«

»Das mag sein. Aber die Lady von Dornoch hat es nicht nötig, bei meinem Gemahl in der Gunst zu stehen.«

Ginneleah sicherte sich mit einem verschwörerischen Lächeln einen Platz in ihrem Herzen, bevor sie aufstand, um ihren Vater zu begrüßen.

Melanie wagte zu hoffen, dass sie beide sich eines Tages wiedersehen würden, dann jedoch jede mit einem Baby auf der Hüfte.

Kapitel 22

EIN WEIBLICHER FREUDENSCHREI ließ Steafan von seinem Kontenbuch aufblicken. Gebräunt und strahlend wie eine Sonnenblume, mit ihrem schimmernden Haar und ihren glänzenden, himmelblauen Augen, kam Ginneleah um seinen Schreibtisch gerannt. Sie war der Inbegriff der Unschuld, und ihr Überschwang hob seine Stimmung. Die Burg war ohne ihre warmherzige Fröhlichkeit nicht dieselbe gewesen.

»Ginnie«, hauchte er in ihr Haar, als er sie in einer innigen Umarmung in seine Arme hob. Sie umschlang seinen Hals und küsste ihn auf die Wange, direkt vor seinem Ohr. Er biss die Zähne zusammen, um nicht auf der Stelle mit einem tiefen Kuss von ihrem Mund Besitz zu nehmen. Sie hatte auf Einladung der Murrays beinahe zwei Wochen mit ihrem Vater in Dornoch verbracht. Seit sie verheiratet waren, war dies seine erste Trennung von ihr gewesen. Es verlangte ihn dringend nach ihr, doch sie sollte ihm zuerst über ihre Reise berichten.

»Bist du wohlauf?«, fragte er sie. »Kümmert dein Vater sich um die Pferde?«

Sie nickte unbestimmt und zuckte schließlich die Schultern. »Vater kümmert sich um … alles. Mir geht es gut, und ich freue mich, wieder zu Hause zu sein, aber ich habe viele Neuigkeiten zu berichten.« Finstere Gedanken umwölkten ihren Blick. »Ich möchte dafür auf Vater warten. Wir haben vereinbart, gemeinsam mit dir darüber zu sprechen. Ich gehe hoch und kleide mich um. Ich bin vom Straßenstaub ganz schmutzig.«

»Geh nur«, sagte er, und stellte sie wieder auf den Boden. Er ließ sie widerwillig aus seinen Armen. »Ich lasse dir oben ein Bad zubereiten. Wir werden heute Abend im engsten Kreis speisen. Nur wir drei.«

Ginneleah verließ ihn mit federndem Schritt, dessen jugendlicher Schwung die Traurigkeit in ihren Augen überspielte.

Zwei Stunden später sah er seine hübsche Frau im privaten Esszimmer wieder. Sie und Aodhan saßen bereits, doch sie erhoben sich, als er eintrat. Ginneleah machte einen Hofknicks, was sie nicht zu tun brauchte, und Aodhan neigte grüßend den Kopf, wie immer mit unergründlichem Blick.

Sie tauschten Höflichkeiten aus. Das Essen wurde serviert. Dann begann Aodhan zu berichten: »Hamish und Gil sind tot.«

Er starrte auf seinen gefüllten Holzteller. Von allen Neuigkeiten, die seine rechte Hand ihm aus Dornoch bringen konnte, hatte er diese äußerst unwillkommene Nachricht am wenigsten erwartet. Als der Rest des Suchtrupps zurückgekehrt war, hatte er angenommen, dass Hamish und Gil die Spur seines widerspenstigen Neffen und seinem Hexenweib aufgegriffen hatten, und immer noch hinter ihnen her waren. Er hatte seinen treuen Diener und den besten Fährtenleser des Keith-Clans nur als gewissenhafte, gehorsame Männer gekannt. Jetzt wurde er eines Besseren belehrt.

Die Wut kroch ihm im Nacken hoch und ließ sein Gesicht rot anlaufen. Zwei seiner besten Männer waren dahin. »Wie konnte das passieren?«

Aodhan hielt seinem Blick stand. »Darcy hat sie getötet.«

Ginneleah starrte ihren Vater mit offenem Mund an, als habe er sie gerade verraten, was Steafan nicht verstand. Doch er war zu erschreckt und wütend, um sich um die Gefühlsäußerungen seiner Frau zu scheren.

Er sprang zornig auf und umklammerte den Tisch, dass das Holz knirschte.

»War es nicht genug, dass er mit einer verurteilten Hexe geflohen ist, und seiner Verantwortung den Rücken gekehrt hat? Muss er mir auch noch zwei meiner besten Männer nehmen? Mitglieder seines eigenen Clans?« Sein Neffe würde für seine Sünden büßen.

»Sie haben dem Jungen auf der Straße vor Dornoch eine Falle gestellt«, sagte Aodhan. »Sie haben sein Pferd umgebracht. Du weißt, wie sehr er dieses Pferd geliebt hat. Es war ein Geschenk seines Bruders. Sie haben versucht, ihn gefangen zu nehmen, wie du es wünschtest, und sie haben miteinander gekämpft. Er hat gut gekämpft, und hat vielleicht seine Kraft unterschätzt. Vielleicht hat er sich auch um seine Frau gesorgt, die durch sie in Gefahr schwebte.«

»Versuch nicht, ihn zu entschuldigen. Er ist ein Mörder. Und seine Frau hat es verdient, in Gefahr zu sein.«

»Wir wissen nicht, was auf dieser Straße geschehen ist«, sagte Aodhan ruhig. »Vielleicht hat Darcy sie mit Absicht getötet. Vielleicht auch nicht. Es geschah lange bevor Ginnie und ich dort eintrafen. Ich kann nur berichten, dass der Junge es mir gestanden hat, sobald wir in Dornoch ankamen, und als er mir ihre Gräber zeigte, hat er bitterlich in meinen Armen um den Verlust seiner Verwandten geweint. In meinem Herzen weiß ich, dass viele dieser Tränen um Ackergill und Fraineach vergossen wurden. Er ist ein Keith, Steafan, das älteste Kind deines Bruders, und du hast dich gegen ihn gestellt.«

Der Laird brauste empört auf. »Er hat sich selbst gegen mich gestellt.« Er schlug sich mit der Faust auf die Brust. »Er hat seinem Clan und seiner Pflicht eine Hexe vorgezogen. Er war mein Erbe. Er hätte eines Tages zum Herrn von Burg Ackergill werden können, doch er hat alles weggeworfen. Und jetzt ist er noch dazu ein Mörder.«

Enttäuschung und Trauer beugten ihn, als ihm der Tod von Hamish und Gil bewusst wurde. Und Aodhan verteidigte ihren Mörder, diesen so vielversprechenden jungen Mann, der durch seine Verbindung mit einer Hexe ins Verderben gerannt war. Seit Darcy dieser verteufelten Frau begegnet war, hatte er sich geändert und war längst nicht mehr so gehorsam und so unbesonnen wie zuvor. Was für ein Narr er doch gewesen war, die beiden miteinander zu verheiraten!

Er hatte dabei ausschließlich daran gedacht, dass Darcy Kinder haben und das Blut seines Bruders weitergeben würde, und sich nicht darum gekümmert, was für ein Mensch die fremde Frau war.

Er hieb mit der Faust auf den Tisch, so dass die Teller tanzten und Ginneleah zusammenfuhr. Das arme Mädchen starrte mit ängstlichem Gesichtsausdruck auf ihren Holzteller.

Er bemühte sich, sich zu beruhigen. »Hab keine Angst vor mir, Mädel«, sagte er, indem er sich wieder setzte und ihre Hand nahm. »Meine Wut hat nichts mit dir zu tun.« Das würde nie geschehen. Sie war der Sonnenstrahl, der die Bürde seiner Pflichten leichter erscheinen ließ, und der erfrischende Frühling in der trockenen Wüste seiner Herrschaft.

Aodhan räusperte sich. »Was immer dein Neffe auch sein mag oder nicht, es gibt noch andere Neuigkeiten aus Dornoch. Ginnie?«

»Einen Moment«, unterbrach der Laird ihn. »Hat man sich um Hamish und Gil gekümmert, wie es sich gehört?«

»Aye. Der Murray und Darcy haben sich um sie gekümmert, bevor wir dort ankamen. Sie wurden auf dem Friedhof von Dornoch beerdigt, und haben Grabsteine, auf denen steht, dass sie zum Clan der Keiths gehörten.«

Er neigte im Angedenken an seine Männer den Kopf. Er hatte nicht damit gerechnet, dass sein Neffe es vorziehen würde, zu kämpfen, anstatt sich gefangen nehmen zu lassen. Bis er dieser Hexe begegnet war, war er immer so ein friedvoller Bursche gewesen. Er schüttelte den Kopf.

Sein Magen zog sich vor Reue zusammen. Er hätte Edmund zu Darcy schicken sollen, um ihn zur Vernunft zu bringen. Er hätte den Einfluss dieser Frau voraussehen sollen.

Aodhans und Ginneleahs Blicke, die auf ihm lasteten, ließen ihn schließlich aufblicken. »Mein Neffe versteckt sich also bei dem Murray«, sagte er. Er wurde von Zorn ergriffen. Wenn er vermutet hätte, dass Darcy und die Hexe in Dornoch waren, hätte er seine Frau nie dorthin gehen lassen, noch nicht einmal mit Aodhan als Eskorte. »Warum hat er es vorgezogen, dorthin zu fliehen, anstatt nach Inverness oder weiter in den Süden zu gehen?«

»Ich glaube, er ist zum Murray gegangen, weil er die Gerüchte über dessen Frau gehört hatte.«

Aodhans Worte lüfteten die Schleier seines Gedächtnisses. Vor langer Zeit, als er zu einem jungen Mann wurde, ging das Gerücht, der junge, ungestüme Nachfolger des Murray habe ein ganzes Dorf dem Erdboden gleichgemacht, um eine Frau, die er später ehelichte, von einem brennenden Scheiterhaufen zu retten. Wenn man dem Gerücht Glauben schenken durfte, hatte man die Frau bezichtigt, eine Hexe zu sein. Wie konnte er das vergessen haben? Och, sein Stolz, von diesem gefürchteten Laird bemerkt zu werden, hatte ihn für mögliche Gefahren blind gemacht. Wenn Ginneleah etwas zugestoßen wäre, hätte er es sich nie verziehen.

Er packte die Schulter seiner Frau und suchte in ihrem Gesicht nach Anzeichen von Krankheit oder, Gott bewahre, Verdorbenheit. »Mein Neffe hat also bei einer weiteren Hexe Hilfe gesucht, und meine Ginneleah war von zwei Seiten dem Bösen ausgesetzt? Warum hast du sie nicht sofort nach Hause gebracht, als du gemerkt hast, dass du von Hexen umgeben warst?« herrschte er Aodhan an.

»Die Gerüchte stimmen nicht«, unterbrach Ginneleah ihn. Ihr Gesichtsausdruck war so unschuldig wie eh und je, und ihr argloser Blick ein Balsam für seine Ängste. Dem Himmel sei gedankt, sie hatte sich nicht verändert.

Da er sie in ihrer Kühnheit nicht entmutigte, fügte sie hinzu: »Lady Constance ist eine freundliche, aufrechte Frau. Sie war uns eine wunderbare Gastgeberin und hat sich sehr gut um Vater und mich gekümmert.«

Hätte irgendein anderes siebzehnjähriges Mädchen so selbstsicher von Dingen gesprochen, von denen sie in ihrer Unschuld noch gar nichts wissen konnte, hätte er ihr noch nicht einmal zugehört. Doch die ernsthafte Fürbitte, die ihr im Gesicht geschrieben stand, konnte er nicht übersehen. Ginneleah mochte jung sein, doch er wusste, dass sie ein Geschick dafür besaß, die Charaktere anderer Menschen zu beurteilen. Es gehörte zu den Eigenschaften, die er so sehr an ihr bewunderte. Sie besaß Weisheit, von der andere Mädchen ihres Alters noch nicht einmal träumten.

Er atmete aus und ließ seinen Zorn etwas abflauen. Er küsste sie auf den Kopf, um ihr zu zeigen, dass er ihrer Rede zustimmte, und sog dabei ihren beruhigenden Duft nach Garten und Sonnenschein in seine Lungen.

Sich mit einer Hand auf Ginneleahs Stuhl stützend, blickte er seinen engsten Vertrauten an. »Und was hältst du von der Frau?«

»Du hast bereits meiner Beurteilung von Darcys Frau nicht geglaubt. Warum solltest du es bei Murrays Frau tun?«

Der Laird zeigte grinsend die Zähne. »Ich frage dich nach deiner Meinung. Was ich hinterher glauben will, geht dich nichts an.«

Aodhans Augen funkelten vor entwaffnendem Humor. Steafan hatte den Mann nie so richtig einschüchtern können, noch nicht einmal, als sie noch Kinder waren und er fünf Jahre älter als Aodhan war. Das war einer der Gründe, warum er so großen Respekt vor ihm hatte.

»Keine der beiden ist eine Hexe«, sagte sein Vertrauter. »Darcy ist nicht nach Dornoch gegangen, weil er die Hilfe einer Hexe suchte, sondern, weil er die Hilfe eines Mannes suchte, der ebenfalls eine Frau liebte, die zu Unrecht beschuldigt wurde.«

»Da war das Kästchen«, erinnerte er, als wolle er seine Taten rechtfertigen. Das verteufelte Ding aus Holz und Metall belegte

Melanies Schuld. Er nahm selbstsicher einen Schluck von seinem Wein und sah Aodhan gespannt darauf, was er diesem Beweis entgegensetzen würde, über den Rand seines Glases hinweg an.

»Das ist wahrlich ein sonderbarer Gegenstand«, gab Aodhan zu, wobei er sich zweifellos an Steafans fehlgeschlagene Versuche erinnerte, es zu verbrennen, mit einer Axt zu Kleinholz zu machen, oder es sogar von den Mühlsteinen in Darcys Mühle zermalmen zu lassen. Das verfluchte Ding hatte noch nicht einmal einen Kratzer davongetragen. Letztendlich hatte er es wutentbrannt von den Klippen geworfen, wo er zumindest nicht mit ansehen musste, wie es ihm widerstand und noch nicht einmal an den Felsen zerschellte. »Aber du hast keinen Beweis dafür, dass die Frau deines Neffen mit seiner Zauberkraft zu tun hat. Sie behauptet, dem Ding zum Opfer gefallen zu sein, und keine Ahnung zu haben, wie es funktioniert. Und ich glaube ihr.«

Ginneleah legte ihm die Hand auf den Arm, so dass er sich ihr zuwandte. Sie blickte ihn flehentlich an.

»Ich nehme an, dass du mit deinem Vater übereinstimmst«, sagte er resigniert. »Nun los. Sag, was du auf dem Herzen hast, Mädel.«

»Melanie ist keine Hexe«, sagte sie, ohne zu zögern. »Zumindest, nun ja, ich kenne mich mit Hexen gottseidank nicht aus, aber ich weiß, was einen guten Menschen ausmacht, und sowohl Melanie als auch Constance sind gutherzige, ehrliche Frauen. Ich glaube, dass Darcy seine Frau nach Dornoch gebracht hat, weil er darauf hoffte, dass Laird Murray ihnen Schutz gewähren würde. Seiner Meinung nach wurde seine Frau zu Unrecht beschuldigt, obwohl ich weiß, dass es dir einzig darum ging, Ackergill zu beschützen, als du sie festnehmen liest. Er hatte auf das Mitgefühl des Murray gesetzt, und hatte sich nicht in ihm geirrt. Was Gil und Hamish angeht, so hat er nur aus Liebe zu seiner Frau gegen sie gekämpft. Du würdest für mich dasselbe tun und genauso rücksichtslos vorgehen. Doch weil du ein so guter Mensch bist, würdest du genau wie dein Neffe sehr darunter leiden, keine andere Wahl gehabt zu haben, als Mitglieder deines eigenen Clans umzubringen.«

Sie presste ihre Lippen aufeinander und starrte auf den Tisch. Vielleicht war sie verlegen, so viel geredet zu haben. Genaugenommen hatte er sie noch nie so viel auf einmal reden hören, und sie hatte ihm auch noch nie so offen widersprochen. Ihr Mut rang ihm beinahe ein Lächeln ab, doch ihre letzten Worte erinnerten ihn daran, wie schrecklich die Dinge lagen.

Er stieß einen Seufzer aus. Das Herz war ihm schwer. Er hatte Gil und Hamish verloren. Und Darcy. Und Edmund, der einzige ihm verbleibende Neffe und derzeitige Erbe, weigerte sich, ihm in die Augen zu sehen. Waren all diese Verluste es wert, einem Übel nachzusetzen, das aus ihrer Mitte verschwunden zu sein schien?

Er sagte leise: »Ich kann Ackergill nicht aufs Spiel setzen, indem ich meinem Neffen die Rückkehr gestatte. Und ich kann ihm nicht verzeihen, Mitglieder unseres Clans umgebracht zu haben. Wenn er oder seine Frau auch nur einen Fuß auf das Land der Keiths setzen, werden sie für ihre Sünden gerecht bestraft werden. Doch ich werde sie nicht mehr verfolgen.«

Ginneleah wandte sich ihm zu. Ihr Blick drückte gleichzeitig Hoffnung und Traurigkeit aus.

Er räusperte sich. »Es wäre töricht von mir, mich gegen den Murray zu stellen, und zwei abscheulicher Sünder wegen womöglich noch weitere meiner Männer zu verlieren. Die beiden lasse ich Dornochs Sorge sein.«

Ihre Lippen lächelten, doch ihr Blick wirkte weiterhin betrübt. Er wünschte, er könne ihr die Traurigkeit nehmen, doch er konnte dem weichherzigen Mädchen nicht mehr versprechen, als seinen Neffen und dessen Frau den unvermeidlichen Konsequenzen ihrer Verdorbenheit zu überlassen.

Aodhan sagte: »Das ist ein fairer Beschluss.« Er nippte an seinem Becher und warf Ginneleah einen Blick zu. »Es gibt noch mehr Neuigkeiten aus Dornoch.« Seinem Ton nach zu urteilen, waren diese Neuigkeiten auch nicht besser als die vorherigen.

Er brummte: »Das kann bis morgen warten. Ich brauche jetzt meine Frau.« Ihr in die Augen blickend, sagte er: »Ich bin nicht daran gewöhnt, so lange von dir getrennt zu sein, und du hast mir sehr gefehlt.«

Sie erbleichte und neigte den Kopf, um auf ihre Hände zu starren.

Sein Herz wurde von Panik ergriffen. Ginneleah hatte ihm gegenüber nie zuvor Widerwillen gezeigt. Hatten die Lady von Dornoch oder Darcys Frau sie gegen ihn aufgewiegelt? Ein Anflug von Zorn ließ eine Ader an seinem Hals pochen. Er hätte sie nie aus den Augen lassen dürfen.

An Ginneleahs Wange rollte eine Träne herab, die seinen Ärger augenblicklich in Mitgefühl umschlagen ließ.

»Was ist vorgefallen, Mädel?« Er hob ihr Kinn an, um ihr in die Augen zu sehen. Ihre Züge wirkten ängstlich angespannt, doch sie blickte ihn zärtlich an. Sie wich seiner Berührung nicht aus. Er atmete erleichtert auf. »Komm, Ginnie. Ich fühle, dass du einen wahren Sturm von Worten zurückhältst. Hab keine Angst vor mir.«

Sie warf ihrem Vater einen Blick zu, den dieser mit einem ermutigenden Nicken erwiderte, und nahm einen zittrigen Atemzug.

»Laird Murray hat dir nie Rosenöl geschickt«, sagte sie. »Er hat mir sein Siegel gezeigt. Es sieht anders aus als das auf den Fläschchen, die wir erhalten haben.«

Er spannte sämtliche Muskeln an. Diese Unterhaltung barg zu viele Überraschungen. Er konnte nicht mehr stillsitzen. Ihm war danach, auf und ab zu laufen, zu brüllen und mit Dingen zu werfen, die solchen Krach machen würden, dass das Personal einen Schrecken davon tragen würde, doch er wollte seine Frau nicht noch mehr verängstigen, als sie es bereits war.

»Was sagt du da?«, fragte er so höflich wie möglich. »Wo soll es denn sonst hergekommen sein?«

Er blickte von Ginneleah zu Aodhan, der ein ernstes Gesicht machte.

»Das ist etwas, worüber wir morgen reden können«, sagte sein Vertrauter. »Lass dir für heute Abend nur gesagt sein, dass du keinem Öl trauen solltest, das man dir in der Vergangenheit zugesandt hat.« Sein Blick wanderte zu Ginneleah, und er presste seine Lippen so fest aufeinander, dass sie weiß wurden. »Es könnte gefährlich sein«, presste er hervor.

Er ballte die Hände zu Fäusten. Als er Ginneleah anblickte, sah er noch mehr Tränen aus ihren Augen rinnen.

»Auf welche Art gefährlich?«, fragte er, indem er das Kinn seiner Frau anhob, damit sie ihn anblickte. Hin- und hergerissen zwischen dem Wunsch, Aodhan zu befehlen, sich klar und deutlich auszudrücken, und dem Drang, Ginneleah zu trösten, entschied er sich für das Letztere. Er sprach mit sanfter Stimme und streichelte dabei mit dem Daumen ihre Wange.

»Es ist mit Chinin versetzt«, flüsterte sie. Er konnte ihr Kinn zittern fühlen. »Jemand wollte verhindern, dass wir ein Kind bekommen.« Sie versuchte, mehr zu sagen, wurde jedoch so von Kummer überwältigt, dass sie nur den Kopf schütteln konnte.

Er schloss sie in die Arme und strich ihr übers Haar, wobei er seine Hand zwang, nicht zu zittern. Er versuchte, über ihren Kopf hinweg Aodhans Blick zu begegnen, doch sein Vertrauter sah weg. Er warf ihm zweifellos vor, Ginneleah nicht gut genug beschützt zu haben. Das war sein gutes Recht.

Steafan hätte nie ein so persönliches Geschenk von einem Mann annehmen sollen, den er nicht kannte. Seit Willies Tod hatte er so viel daran gesetzt, Ackergill zu beschützen. Er war kaum aus der Burg gegangen, um nicht von einem vorzeitigen Tod ereilt zu werden, und seine Ländereien ohne Laird zu hinterlassen. Mit Besuchern war er unsanft umgegangen und hatte sie kaum einen Fuß auf das Territorium der Keiths setzen lassen. Doch er war nicht gewissenhaft genug gewesen.

Er machte sich große Vorwürfe.

Aodhan rückte vom Tisch ab und erhob sich. »Ich gehe jetzt. Wir sehen uns morgen. Guten Nacht, Ginnie, mein Mädchen.«

Sie nickte ihrem Vater zu, machte jedoch keine Anstalten, sich aus seiner Umarmung zu lösen. Das Mädchen suchte Trost bei ihm, obwohl er die Verantwortung dafür trug, dass sie zwei Jahre ständiger Enttäuschung hinter sich hatte. Sie hielt viel besser zu ihm, als er zu ihr. Er würde es sich nie verzeihen.

Nachdem Aodhan aus dem Raum geschlüpft war, schniefte sie und tupfte sich mit ihrer Serviette die Augen. »Ich würde dir gerne mehr zu dem Öl sagen«, sagte sie. »Aber nicht hier. Können wir uns für die Nacht zurückziehen?«

»Natürlich, meine Sonnenblume.« Er musste seine schweren Verfehlungen wettmachen. Er würde ihr für den Rest ihres gemeinsamen Lebens keinen ihrer Wünsche abschlagen.

§

DIE ARME MIT Einkäufen beladen, die sie bei ihrem Ritt nach Wick getätigt hatte, schob Anya die Tür zu ihrem Zimmer mit der Hüfte auf. Das unfreundliche Nörgeln ihres Vaters drang kaum noch durch die rohen Bretter, als sie sie hinter sich schloss. Als er sich schließlich schlurfend auf seinen allabendlichen Weg zum Pub machte, murmelte sie »Na endlich«.

Sie stellte ihren Korb auf der Werkbank ab, die eine ganze Wand des Raums einnahm, und suchte nach dem Fläschchen, das sie für Steafan gefüllt hatte. Dank ihrer Reise hatte sie jetzt das Chinin, das sie noch hinzufügen musste, und es würde noch genug davon übrigbleiben, um ihre persönlichen Bedürfnisse zu decken. Beim Gedanken an das letzte Mal, dass sie das Öl benutzt hatte, wurde ihr warm im Bauch. Sie hoffte, dass Aodhan recht bald von seiner Reise zurück sein würde. Zwei Wochen ohne ein einziges Mal zu vögeln waren entschieden zu lang.

Sie nahm das Fläschchen, das für ihren Laird bestimmt war,

und fügte das Chinin hinzu, wobei sie die Dosis verdoppelte, um sicherzugehen, dass Aodhans Balg niemals das Privileg haben würde, das Kind des Lairds zu tragen. Sie rührte kurz um, verschloss das Fläschchen mit einem Korken und griff nach dem Wachs, um es zu versiegeln. In dem Fach, in welchem der glatte Wachsstab normalerweise lag, ertastete ihre Hand jedoch nur die Feuersteinschachtel, die sie daneben aufbewahrte.

»Wo steckst du, vermaledeites Ding?« Sie durchsuchte im Licht einer Laterne ihre verschiedenen Fächer, doch sie konnte weder das Wachs, noch das gefälschte Siegel finden, das sie gekauft hatte, um Steafan glauben zu machen, das Öl sei ihm vom Murray geschickt worden.

Als sie es im Wohnraum des Cottage lärmen hörte, dachte sie zuerst, ihr Vater sei zurückgekommen, weil er seinen Geldbeutel vergessen hatte, doch ihr wurde klar, dass es nicht ihr Vater war, als die Tür aufgestoßen wurde, und Aodhans breite Schultern ihren Rahmen ausfüllten. Der Blick, den er ihr zuwarf, war scharf wie kantiges Eis.

Ihr Herz machte einen Satz. Allem Anschein nach war sein Bedürfnis, zu vögeln, noch dringender als das ihre. Sie vergaß das Wachs und das Siegel und eilte auf ihn zu, damit er sie in seine Arme hebe.

»Was machst du denn hier?«, fragte sie, und wunderte sich, warum er sie nicht in die Arme schloss und küsste. Normalerweise sandte er ihr eine Nachricht, wenn er sie treffen wollte. Er kam nie in das Cottage, das sie mit ihrem Vater teilte, und sie suchte ihn auch nie auf der Burg auf. »Es muss dir ja richtig schlecht gehen, dass du zu mir nach Hause kommst. Ich werde dafür sorgen, dass es dir besser geht, Aodhan, aber wir sollten nicht hier bleiben. Mein Vater könnte heimkommen.«

Aodhan stieß sie so heftig von sich, dass sie gegen ihre Werkbank stolperte und sich die Hüfte anstieß. Sie rang erschrocken nach Luft. Aodhan war ihr als kraftvoller Liebhaber bekannt, doch gewalttätig hatte er sich noch nie gezeigt.

Sie bekam es mit der Angst, als er sich ihr näherte wie ein gefährliches Tier, das sie jeden Moment anspringen konnte.

»Was ist denn bloß in dich gefahren, Aodhan?«

»Nenne mir einen einzigen Grund, warum ich dich nicht festnehmen und in den Kerker sperren sollte, bis Steafan sein Urteil über dich gefällt hat.« Seine Stimme grollte vor mühsam zurückgehaltener Wut.

Ihr sank das Herz. »Was redest du da?« Die Antwort kannte sie bereits. Aodhan bestätigte ihre schlimmsten Befürchtungen, indem er das Wachs und das Siegel, nach denen sie einen Augenblick zuvor noch gesucht hatte, aus seiner Felltasche zog. Er knallte sie auf ihre Werkbank. Sie fühlte sich bedrängt und er machte ihr Angst.

»Ich habe bei meiner Rückkehr dein Zimmer durchsucht, in der Hoffnung, diese Dinge nicht zu finden.« Sein Ärger verfloss, als er ihr ins Gesicht sah. »Warum hast du das getan? Was hat dich gegen deinen eigenen Laird aufgebracht?«

Sie zögerte einen Augenblick, doch dann zwang ihr Selbsterhaltungstrieb sie, die Fakten darzulegen. Aodhan war ihr auf die Schliche gekommen. Doch Aodhan war ihr in gewisser Weise zugetan. Demnach war noch nicht aller Tage Abend.

Sie fiel vor ihm auf die Knie und klammerte sich an sein Plaid. »Ich bin der Eifersucht erlegen, Aodhan. Bitte hab Gnade mit mir. Ich werde nie wieder ein Fläschchen verschicken. Es tut mir leid. Ich tue alles, was du willst, wenn du mich verschonst und es nicht Steafan sagst.« Als ihr bewusst wurde, dass der Ärger in Aodhans Blick nicht nur von seiner Treue zu seinem Laird herrührte, begann sie vor Angst zu zittern. In seinem Blick spiegelten sich der Zorn eines Vaters und vielleicht auch die Wut eines betrogenen Liebhabers.

Wie war er dahintergekommen?

Hatte ihr Vater ihre Sachen durchwühlt, während sie nicht da war? Dieser undankbare Hundesohn! Nach all der Pflege, die sie ihm hatte zukommen lassen, all den Mahlzeiten, die sie ihm zubereitet hatte, all den Parfüms, die sie mühsam hergestellt und verkauft hatte, um ihn zu unterstützen, anstatt nach Thurson zu ziehen, wo sie in dem Bordell, in dem ihre Schwester lebte und arbeitete, viermal so viel hätte verdienen können!

»Aufgestanden.« Aodhan ließ ihr keine Zeit zum Grübeln. Er packte sie grob am Arm und zog sie hoch. Er näherte sich ihrem Gesicht auf zwei Zentimeter und fauchte: »Wenn du bei Tagesanbruch nicht aus Ackergill verschwunden bist, wirst du dich vor Steafan dafür verantworten müssen, ihn zwei Jahre lang verraten zu haben.«

Er würde sie entkommen lassen. Vielleicht konnte sie aus diesem Handel sogar noch eine Eskorte für sich herausholen. Kein Gentleman würde eine Frau allein in die Welt hinaus schicken, und Aodhan war der höflichste Gentleman, bei dem sie je gelegen hatte. Er würde ihr bestimmt einen Leibwächter bereitstellen, den sie vielleicht dazu bringen konnte, den Spion für sie zu spielen, um herauszufinden, ob ihr Vater oder jemand anders für diesen Verrat an ihr zu bezahlen hatte.

Sie verzog schmerzvoll das Gesicht. »Du willst, dass ich mein Heim verlasse? Für wie lang? Wo soll ich denn hingehen? Wer wird mitkommen und mich beschützen?«

Aodhan ließ sie los. »Wo du hingehst und wie es dir ergeht, kümmert mich nicht«, sagte er mit einer Stimme, die so frostig war wie sein Blick. »Aber eins lass dir gesagt sein: Wenn ich dich jemals wieder erblicke, werde ich dich augenblicklich zum Gutsherrn bringen, damit er nach Gutdünken mit dir verfahren kann.« Er trat von ihr zurück, und sein eisiger Gesichtsausdruck taute etwas auf. »Ich werde es ihm bei Tagesanbruch sagen. Bis dahin bist du besser weg.«

Er wandte sich zum Gehen, und nahm das Wachs und das Siegel mit. Er hielt noch nicht einmal inne, um einen Blick über seine Schulter zu werfen, als sie eine Ohnmacht simulierte und sich zu Boden fallen ließ.

Sie erschauderte ungläubig, als sie sich an ihrer Werkbank

wieder hochzog. Aodhan lieferte sie der Wildnis, Dieben und womöglich Vergewaltigern aus. Wie konnte er es wagen! Er war mehr als ein Jahr lang ihr Liebhaber gewesen; da hatte sie doch mit Sicherheit mehr Rücksichtnahme verdient!

Doch sie würde es Aodhan heimzahlen, genauso wie der Person, welche die Sache mit dem Rosenöl aufgedeckt hatte.

Mit vor Empörung gerötetem Gesicht begann sie, ihre kostbarsten Habseligkeiten für den Ritt nach Thurson in einem Korb zu verstauen. Ihre Schwester würde ihr helfen. Seona schmiedete gerne Rachepläne, vielleicht sogar noch lieber, als sie selbst.

§

STEAFAN GELEITETE SEINE Frau zu ihrem Schlafgemach. Er wagte nicht, ihr in die Augen zu sehen.

Er würde es verstehen, wenn sie ihn für eine Weile aus ihrem Schlafgemach verbannte. Etwas Besseres hatte er nicht verdient.

Als sie vor ihrer Tür standen, räusperte er sich und sagte: »Ich lasse dich dann schlafen, Mädel. Ruh dich gut aus. Wenn du möchtest, frühstücken wir miteinander.«

Ihre Hand auf seinem Arm hielt ihn zurück. »Geh nicht.« Ihre sonnengebräunten Wangen röteten sich. »Wir haben so viel nachzuholen.«

Sein Herz zog sich schmerzhaft zusammen. Seine Torheit hatte seine reizende Frau zwei verdammte Jahre lang um das gebracht, was sie sich mehr als alles andere wünschte: ein Kind, einen Nachfolger für ihn.

Sie musste ihm angesehen haben, wie sehr er sich verwünschte. Sie strich ihm leicht mit dem Finger über den Bart. »Mach dir keine Vorwürfe. Bleib bei mir. Dann können wir uns gegenseitig trösten.«

Er bewunderte sie für ihre Art, mit der Sache umzugehen.

Dass sie ihn trotz seiner Verfehlung bei sich haben wollte, versetzte ihn in ehrfürchtiges Staunen. »Aber ohne das Öl – « Er blickte weg und brachte den Satz nicht zu Ende. Er wollte ihr nicht wehtun, wie er damals Darla wehgetan hatte. Auf gar keinen Fall.

Sie drückte die Tür auf und ließ ihn ein. »Was das angeht.« Ihre vollen Lippen verzogen sich zu einem Lächeln, das er von ihr nicht gewohnt war. Es war das Lächeln einer Frau, einer Verführerin.

»Ich glaube, dass ich dafür eine Lösung habe. Solange es dir nichts ausmacht, mehr Zeit als sonst im Bett zu verbringen.«

»Och, Mädel«, antwortete er, indem er die Tür schloss. »Ich könnte ganze Tage in deinem Bett verbringen, und würde nie genug davon bekommen.«

»Es müssen keine ganzen Tage sein, Liebster. Aber vielleicht ein oder zwei Stündchen.« Sie stellte sich auf die Zehenspitzen, um ihn zu küssen.

Ihre Unbefangenheit ließ ihn stutzen, dann sog er ihren Duft nach sonnengewärmten Gärten ein und schmolz dahin.

Vielleicht war sein Schuldgefühl dafür verantwortlich, dass er sanfter als gewöhnlich mit ihr umging. Vielleicht war es auch die unwiderstehliche Reinheit seiner süßen Frau. Was auch immer der Grund war, er hatte nichts dagegen, auf ihre kühnen Avancen einzugehen.

»Ich stehe zu deinen Diensten, *mo gradhaich*«, flüsterte er, als sie den Kuss beendete. Hitze floss durch seine Lenden, als sie mit den Händen über seine Brust strich und mit den Schnüren seines Hemds spielte. Das verführerische Lächeln auf ihrem hübschen Gesicht lockte ihn. »Mach mit mir, was du willst. Ganz gleich, wie lange es dauert.«

Kapitel 23

Ein Jahr später

DARCY WURDE VOM Kitzeln einer Ameise geweckt, die über sein Handgelenk kroch. Sich den Schlaf aus den Augen blinzelnd beobachtete er, wie sich die winzige schwarze Kreatur durch den Wald seiner Behaarung auf seine Armbeuge zu bewegte. Ein sanftes Schnarchen ließ ihn sich Malina zuwenden.

Sie hatten sich im Schatten eines großen Schafbaums oberhalb von Skibo ins hohe Gras gelegt, doch die Sonne war während ihres Nickerchens gewandert und schien jetzt voll auf sie. Wenn er nicht wollte, dass die helle Haut seiner Frau verbrannte, musste er sie wecken, damit sie sich wieder in den Schatten legte. Doch seine Glieder waren so wohlig entspannt und schwer, dass er sich zunächst noch ein wenig an dem Anblick ihrer nackten Gestalt erfreute.

Malina lag bäuchlings auf dem burgunderroten Murray Plaid, das er seit dem Tag getragen hatte, an dem sie ihre eigene Zeit um seinetwillen aufgegeben hatte. Ihr geschmeidiger Rücken bildete ein elfenbeinfarbenes Tal, das in die köstlichen Hügel ihres Hintern überging. Ihr Haar glänzte um ihre Schultern wie zu Fäden gesponnener Glimmer. Ihr hübsches Gesicht ruhte auf ihrem Arm, mit geöffneten Lippen, zwischen denen man ihre weißen Zähne aufblitzen sah.

Und dieser entzückende Leib gehörte einer Frau, die in jeder Hinsicht perfekt zu ihm passte.

Wie sehr er sie liebte!

Er hatte sie bereits geliebt, als er sie ehelichte. Und nun, nachdem er mehr als ein Jahr lang verheiratet war, sie durch die Geburt ihrer engelsgleichen Tochter begleitet und für alle drei in Dornoch ein Zuhause geschaffen hatte, liebte er sie mehr, als er es sich je erträumt hatte. Würde er sie in einem Jahr noch mehr lieben? Und in zehn Jahren? Wenn ihre Kinder groß wären, wie die von Wilhelm und Constance?

Aye. Er wusste, dass es so sein würde. Wie sollte es anders sein? Sie war seine Frau, seine Gefährtin.

Sie öffnete die Augen. Ihre Blicke trafen sich. Sie lächelte. »Hi«, sagte sie und gähnte.

»Du bist schön, wenn du schläfst«, sagte er.

»Nur wenn ich schlafe?«

»Aye. Die übrige Zeit bist du strahlend schön.«

Sie kuschelte sich näher an ihn, damit er sie küssen konnte. Er zog sie in seine Arme und ergötzte sich an ihrem süßen Geruch und ihrem Geschmack nach Wein und Beeren. Er murrte, als sie den Kuss abbrach und sagte: »Wir sollten uns auf den Rückweg machen. Janine wird hungrig sein.«

»Constance wird sich um sie kümmern. Ich bin noch lange nicht fertig mit dir, Mädel.« Er rollte sich auf den Rücken, so dass sie rittlings auf ihm saß. Ihr überraschter Schrei erregte ihn ebenso wie ihre üppigen Brüste vor seinem Gesicht.

Die großzügigen Kugeln waren immer noch fest, und voll mit Milch für ihre Tochter. »Und falls du Erleichterung brauchst«, sagte er, indem er diese wunderschönen Schätze mit den Händen umfasste, »kann ich dir gerne helfen.« Als sie sich mit vor Verlangen verschleiertem Blick über seinen Mund beugte, trank er gierig ihre Milch und stimmte in ihr Stöhnen ein.

Es gab nichts Schöneres, als in der Sommersonne mit seiner Frau zu schlafen. Das Einzige, was einen solchen Nachmittag noch schöner machen könnte, wäre, zurück in Ackergill zu sein, unter einem der Kirschbäume bei den Mühlen. Ein Jahr war vergangen, und sein Heimweh nach seinem früheren Zuhause war unverändert.

Er sehnte sich danach, mit Janine auf dem Arm am Rand der Klippen entlang zu gehen, und ihr das Meer und die Inseln zu zeigen, die man an klaren Tagen in der Ferne erblicken konnte. Er wünschte, er könnte diese Sehnsucht einfach vergessen. Er wünschte, er könnte mit Dornoch so zufrieden sein, wie Malina es zu sein schien.

Doch er vergaß seine Heimat nie. Und jeden Morgen, wenn er das burgunderrote Plaid des Murray anlegte, versetzte es ihm einen Stich.

»Ich liebe dich«, sagte Malina, während sie sanft auf ihm ritt. »Ich liebe dich so sehr, Darcy.« Ihre leidenschaftlichen Worte und der wundervolle Anblick, den sie bot, wärmten ihm das Herz und linderten sein vergebliches Sehnen.

»Ich liebe dich auch, Mädel. Bis ans Ende meiner Tage.«

Bis sie sich wieder angekleidet hatten und sich gemächlich auf den Rückweg nach Skibo machten, hatte der Horizont sich rosig gefärbt. Das Schloss überragte Dornoch mit seinen imposanten Türmen und Spitzen; eine Festung, die ebenso schön wie uneinnehmbar war. Sie unterschied sich so sehr von der zweckbezogenen Burg, die sich über Ackergill erhob. Letztere blieb für ihn der Inbegriff der Sicherheit und symbolisierte auf schlichte Weise den Clan.

»Du wirkst wehmütig«, sagte Malina, während sie ihre Finger mit seinen verschränkte und spielerisch die Arme mit ihm schwang.

»Kann sein, dass ich ein wenig Heimweh habe«, gab er zu. »Aber ich bin so liebestoll, dass es nichts ausmacht.«

Sie lehnte ihren Kopf an seinen Arm. Er zog sie an sich und sie gingen den Rest des Wegs eng umschlungen. Als sie den Bergfried betraten, kam ein Dienstmädchen mit einem Stapel frisch gewaschener Wäsche aus der Küche geeilt und steuerte auf den großen Saal zu. »Lady Murray hat nach Euch gesucht«, sagte sie, als sie sie erblickte. »Sie wird im Familienraum sein.«

»Oh, hoffentlich war Janine nicht zu anstrengend«, sagte Malina leicht besorgt. Sie beschleunigte ihre Schritte und zog ihren Mann in Richtung des Raumes, in welchem Constance vorzugsweise mit Janine und ihren Enkeln spielte, wenn ihre älteren Söhne mit ihren Frauen zu Besuch kamen.

Constance krabbelte auf Händen und Knien mit ihrer neun Monate alten Tochter auf dem farbenfrohen Orientteppich herum, der von Holzspielzeug übersät war.

Die Kleine quietschte vor Freude, als sie ihre Mutter sah, und öffnete und schloss ihre pummeligen Händchen, bis Malina sie in ihre Arme hob. Das hübsche kleine Mädchen hatte einen ebenso süßen Schmollmund wie ihre Mutter, und feines, silbrig blondes Haar. Das Einzige, was sie dem Mann zu verdanken hatte, den seine Frau als »Samenspender« bezeichnete, waren ihre Augen. Sie waren von sanftem Braun, und er konnte sich beinahe vorstellen, sie seien ihm zu verdanken, anstatt einem anderen.

Constance war nicht allein mit Janine.

»Aodhan«, grüßte er, während Malina mit ihrem Töchterchen gurrte.

»Darcy«, erwiderte der Feldherr mit einem respektvollen Nicken. »Schön, dich zu sehen, Junge. Du siehst gut aus, Melanie. Die Kleine habe ich bereits kennengelernt. Sie ist ein nettes kleines Mädchen, und so hübsch wie ihre Namensvetterin.«

Die Anspielung auf seine Mutter sowie die freundlichen Worten von Seiten eines Keiths, den er so sehr bewunderte, wärmten ihm das Herz. Doch er blieb vorsichtig. »Was bringt dich nach Dornoch? Sind Edmund und mein Onkel wohlauf?«

Constance erwähnte einige Dinge, die in der Küche erledigt werden mussten und bat Malina um ihre Hilfe. Die Frauen verließen den Raum; Malina mit Janine auf der Hüfte und sorgenvoll zusammengezogenen Brauen.

Aodhan sah ihnen nach und räusperte sich. »Aye, deinem

Bruder und deinem Onkel geht es gut. Sehr gut, sogar. Sie haben beide ein neues Kind.«

Sein Herz hüpfte vor Freude, als er hörte, dass Edmund und Fran ein neues Kindchen hatten. Dann fiel ihm auf, dass Aodhan *beide* gesagt hatte. Er blickte den errötenden Feldherrn verblüfft an.

»Du hast ganz richtig gehört, Junge. Ich bin Großvater. Und du hast endlich einen Cousin.«

§

»BIST DU SICHER, dass sie hier entlang kommen werden?« Anya spähte durch einen dürren Busch auf die enge Straße hinunter. Diese Straße, die sich an den mit Flechten bewachsenen Klippen von Brora entlangschlängelte, war von den zwei Wegen, die von Dornoch nach Ackergill führten, nicht nur der kürzere, sondern auch auf der ganzen Strecke breit genug für einen Wagen, und damit die wahrscheinlichere Wahl für die Karawane, die sie abzufangen hoffte.

»Aye, An«, brummte Glen. »Hör auf, dir Sorgen zu machen. Ich habe nicht umsonst die letzten Monate Kopf und Kragen riskiert, um für dich zu spionieren. Sie werden heute Morgen aufbrechen und bald hier vorbeikommen. Aber es ist noch früh.« Er zog sie von ihrem Ausguck zurück, legte sie unter sich und drängte seine Hüften zwischen ihre gespreizten Schenkel. »Wir haben Zeit, noch mal zu vögeln«, sagte er grinsend.

Sie konnte es sich nur mit Mühe verkneifen, die Augen zu verdrehen. Sie hatte sich monatelang heimlich mit dem prahlerischen Wachposten getroffen und ihn im Austausch gegen Neuigkeiten aus der Burg an sich herangelassen. Glen war nicht gerade ein erstklassiger Verbündeter, doch ihre egoistische Schwester hatte ihr keine Wahl gelassen. Einige Zeit, bevor sie nach Thurson floh, hatte Seona ihren Posten in dem Bordell verlassen. Es ging das Gerücht, sie sei mit einem Kunden auf und davon gegangen, ohne Bescheid zu sagen, wohin oder für wie lange. Da Glen der einzige Mann aus Ackergill war, der regelmäßig das Bordell besuchte, gab es keinen anderen mehr, der ihr Informationen von dort hätte liefern können.

Der geile Mistkerl hatte sich zumindest als nützlich erwiesen. Ohne ihn hätte sie nicht erfahren, dass Steafans Frau ihm einen Sohn geschenkt hatte, und er Big Darcy und dessen Frau angeboten hatte, nach Ackergill zurückzukommen.

Als sie diese Neuigkeiten vernahm, hatte sie vor Wut gekocht. Ihr Gutsherr konnte einer Hexe verzeihen, sich mit dem Bösen eingelassen, und seinem Neffen, rebelliert und gemordet zu haben, doch einem schönen Mädchen wie ihr konnte er nicht verzeihen, dass sie ihm ihr Herz geschenkt hatte, und ihm als Gemahlin dienen wollte. Er hatte noch nicht einmal Gelegenheit gehabt, ihr zu verzeihen, da Aodhan nie verraten hatte, welche Rolle sie bei der Sache mit dem Rosenöl gespielt hatte. Und was sie noch mehr aufbrachte, war, dass sich Steafan Glen zufolge nie gefragt hatte, wo sie verblieben sei. Es kam ihr vor, als wolle dieser Mann sie immer wieder enttäuschen, damit sie von ihm abhängig blieb.

Er leckte lautstark an ihrem Ohr, während er ihre Röcke hochschob, und sie musste sich sehr zusammennehmen, um nicht mit den Zähnen zu knirschen. Sie musste zugeben, dass Glen besser im Vögeln war als die meisten Männer, die sie im Bordell sah, wo sie Seonas Aufgaben übernommen hatte, aber er war seit jeher ein herzloser, gerissener Mistkerl, dem sie so weit vertraute, wie sie einen Baumstamm werfen konnte. Glen hatte sie entjungfert, nachdem Darcy sie zurückgewiesen hatte, und er hatte es auf eine unvergessliche – und unverzeihliche – Art getan. Für die Fünfzehnjährige, die sie damals war, war der Nachmittag mit ihm einfach zauberhaft gewesen, bis die anderen Jungen, die sich auf dem Dachboden von Glens Eltern versteckt gehalten hatten, bei Glens Zieleinlauf in Jubelschreie ausgebrochen waren.

Sie hatte es ihm natürlich heimgezahlt, indem sie ihm am Tag seines ersten Scharmützels als Krieger von Ackergill eine dreifache Dosis Abführmittel in seine Trinkflasche getan hatte, doch heimzahlen war nicht vergeben. Jetzt lag ihr Leben in Scherben, und Glen war ihre einzige Hoffnung, es wieder zusammenzukitten.

Darcys Frau war an allem schuld. Sie hatte Ginneleah vor dem Chinin gewarnt. Sie würde am teuersten dafür bezahlen müssen, Anyas Träume zerstört zu haben. Obwohl Seona sie ohne ein Wort allein gelassen hatte, und sie ihre Rache ohne sie hatte schmieden müssen, war sie sich ihres Vorhabens sicher. Der Gedanke, dieser Schlampe Leid zuzufügen, reichte ihr, um ein wenig Vergnügen daraus schöpfen zu können, dass Glen sich mal wieder auf ihr befriedigte.

Als er fertig war, machte sie sich eifrig daran, die Verkleidung anzulegen, die sie sich mit seiner Hilfe besorgt hatte.

»Du siehst aus wie meine Großmutter«, sagte er feixend, als sie sich ihm zuwandte, um ihm das Resultat zu zeigen.

Er lag mit im Nacken verschränkten Händen auf seinem Plaid und stellte seine muskulösen Arme und seinen kräftigen Brustkorb zur Schau. Er sah nicht schlecht aus, wenn es einer Frau nichts ausmachte, dass er überall dicht behaart war, außer im Gesicht, das so glatt war wie der Hintern eines Kleinkinds. Sie zog Männer vor, die ihre Vitalität mit einem ordentlichen Bart zeigten und sich das Symbol ihrer Männlichkeit nicht vom Gesicht schabten, und hatte es Glen so oft gesagt, dass sie ihn verdächtigte, sich – nur um sie zu ärgern – zweimal am Tag zu rasieren.

»Machst du allen Mädchen so schöne Komplimente?«, fragte sie ihn, wobei sie merkte, dass die Maske ihre Sprache verzerrte. Sie hatte sie aus Bienenwachs hergestellt und mit Talg an ihren Wangen und ihrer Stirn festgeklebt. Wenn sie ihr Gesicht zu stark bewegte, lief sie Gefahr, sie zu verlieren.

»Nein, nur dir, An. Nur dir.« Er wedelte gnädig mit der Hand. Er hielt sich für weitaus attraktiver als er war.

»Nun, ich hatte ja vor, alt zu wirken, also danke ich dir.« Sie deutete spöttisch eine Verbeugung an.

Glen setzte sich auf seinem Plaid auf und zog sich sein Hemd wieder an. Er zog sie an sich, so dass sie zwischen seinen gespreizten Schenkeln stand. Sie ließ ihn gewähren, da sie immer noch seiner Hilfe bedurfte.

»Aber du hörst dich nicht alt an«, sagte er, indem er sie musterte. »Und die Maske kann bei näherer Betrachtung nur einen Blinden täuschen. Ich sage es dir noch einmal: du setzt für deine Rache zu viel aufs Spiel.«

»Unsinn.« Sie hatte diese Begegnung bis ins Detail vorbereitet. Außerdem stand es Glen nicht zu, sich um sie zu sorgen. Angesichts seiner hochgezogenen Braue sagte sie: »Ich werde mein Plaid als Kapuze über mein Gesicht ziehen und meine Stimme verstellen. Nicht einmal Aodhan wird Verdacht schöpfen, dass ich etwas anderes bin als ein altes Dorfweib, das Frühäpfel verkauft.«

Glen schüttelte den Kopf. Er setzte offensichtlich nicht das geringste Vertrauen in sie. »Och, ich befürchte nur, dass du dir mehr zutraust, als es vernünftig wäre«, murmelte er, indem er in die Hocke ging, um sein Plaid zu falten.

Als ob Glen wüsste, was vernünftig ist.

Als er vollständig angekleidet war, schnallte er sich das kleine Waffenarsenal um, das er gerne bei sich trug. Währenddessen betrachtete er sie von Kopf bis Fuß, als sähe er sie in neuem Licht. Er strich sich nachdenklich über das nur leicht von Bartstoppeln beschattete Kinn und nickte dann, als habe er einen Entschluss gefasst.

»Ich mache dir ein Angebot. Wenn du von diesem närrischen Vorhaben ablässt und jetzt mit mir kommst, bringe ich dich nach Torroble, wo mein Cousin mit den Leuten seiner Frau lebt. Dort werde ich es auf mich nehmen, dich zu heiraten. Aber du musst mir eine treue Frau sein, und mit den Ölen aufhören, die verhindern, dass du ein Kind bekommst. Wenn du mir Hörner aufsetzt, schnüre ich dich zu einem Bündel und liefere dich persönlich Aodhan aus. Aber solange du mir eine gute Frau bist, werde ich dir ein guter Mann sein, und du kannst dieses mit Flöhen verseuchte Bordell vergessen.«

Sie lachte ironisch. Glen wollte sie mit Tischabfall füttern, wie ein Herrchen seinen räudigen Hund. »Och, von deinem honigsüßen Vorschlag werde ich ja ganz rot, Glen. Wie könnte ich ein so galantes Angebot ablehnen?«

»Das tust du besser nicht«, sagte er mit gefährlich leiser Stimme. Er hielt sie mit einer Bewegung fest, die einzig Frauen beeindrucken konnte, die nicht wussten, an welchen Stellen er kitzlig war. »Ich werde dir das Angebot nicht ein zweites Mal machen, und es ist besser als alles, was eine beinahe fünfundzwanzig Jahre alte Hure noch erwarten kann.«

Sie hielt ihre Hand nicht zurück. Sie schlug hart auf Glens Wange.

In seinen Augen blitzte Zorn auf, dann zuckte er mit der Schulter. »Nun gut. Ich werde dir nicht mehr helfen. Du bist eine zerstörerische Frau, die noch nicht einmal merkt, wie armselig sie ist.« Er begann, sein Pferd zu satteln.

»Du kannst jetzt nicht fortgehen! Du warst einverstanden, mich nach Thurson zu begleiten!«

»Einer alten Frau wie dir sollte auf der Straße nichts zustoßen«, sagte er grinsend, während er aufsaß.

»Du verdammter Mistkerl!«, schrie sie ihm hinterher, als er davonritt. »Du Memme!«

»Komm mit mir, An«, rief er zurück. »Letzte Chance.«

»Geh zur Hölle … du Deserteur! Du undankbarer Hundesohn!«

»Ich bin nicht derjenige, der in der Hölle schmoren wird.«

Vor Empörung zitternd, stopfte sie ihre Sachen in ihre

Satteltasche und wickelte sich ihr Frauenplaid so um die Schultern, dass es wie eine weite Kapuze ihren Kopf verbarg. »Ich brauche ihn nicht«, zischte sie vor sich hin, während sie ihre ausgeliehene Stute mit so heftigen Bewegungen sattelte, dass das Tier nervös reagierte.

Nachdem sie sich eine Weile ihrem Zorn hingegeben hatte, zwang sie ihre Fäuste, sich zu lösen. Sie konnte es sich erlauben, ihre Stute nervös zu machen, doch nicht ihren blinden Passagier. Mit äußerster Vorsicht hob sie die Kiste hoch, die den Schlüssel zu ihrer Rache enthielt, und zurrte sie hinter ihrem Sattel fest. In der Kiste befand sich ein Beutel mit seltenen Frühäpfeln, die sie einen ganzen Wochenlohn gekostet hatten, und am Boden des Beutels etwas, was sie in Inverness einem Turban tragenden Mann abgekauft hatte: eine Viper, die einer der giftigsten Sorten auf Gottes grüner Erde angehörte, und jetzt noch in tiefem Verdauungsschlaf lag, jedoch gegen Tagesende aufwachen würde.

§

DARCY LIEBTE DEN salzigen Geruch des Meers. Es bereitete ihm große Freude, den Wagen auf die Klippenstraße zu lenken, die sie durch das Dorf Brora führen würde. Im Grunde machte er alles mit großer Freude, seit Aodhan ihm die Nachricht überbracht hatte, dass Steafan ihn und Malina aufforderte, nach Hause zu kommen, und ihnen versprach, dass sie für ihr »unglückliches Missverständnis«, keine Konsequenzen zu fürchten hätten.

Der Feldherr ritt auf seinem grauen Schlachtross voraus, und Malina saß neben ihm auf dem Kutscherbock und ließ Janine fröhlich auf ihrem Schoß wippen. Der Wagen, den er für die Reise gekauft hatte, war mit der geringen Habe beladen, die sie sich in ihrem Jahr in Dornoch erworben hatten. Sie bestand hauptsächlich aus Gewändern für Malina, Kleidchen für Janine und Dingen, von denen Constance gesagt hatte, dass eine Frau sie in dieser Zeit brauchte.

Sie hatte bereits gelernt, Nähgarn zu spinnen, Kleider für Janine zu nähen und mit im Vergleich zum Angebot eines »Lebensmittelgeschäfts« sehr einfachen Zutaten ein köstliches Mahl zuzubereiten. Er erinnerte sich lächelnd an die Heiterkeit, die ihre ersten Versuche bei jeder dieser Aufgaben zunächst ausgelöst hatten.

»Ich bin sehr stolz auf dich, Mädchen«, sagte er, indem er sie mit dem Ellenbogen anstupste.

»Warum?« Sie wandte ihm ihr hübsches Gesicht mit neugierig aufgesperrten und vor Glück leuchtenden Augen zu. Er hatte gefürchtet, dass ihr der Abschied von Dornoch schwer fallen würde, doch sie hatte sich mit einem Jubelschrei in seine Arme geworfen, als er ihr von Steafans Sinneswandel berichtet hatte. Und während der Tage des Packens und Abschiednehmens hatte sie ohne Unterlass über ihre Pläne für das Leben in Fraineach geredet.

»Weil du so bist, wie du bist«, sagte er. »Und weil du die Meine bist.« Er wollte gerade zu einem Dutzend Komplimenten ausholen, als er sah, dass Aodhan sein Pferd zügelte und mit einem alten, gebeugten Weib sprach, das am Straßenrand stand. Er zügelte ebenfalls das Zugpferd und hielt direkt hinter Aodhan an.

» … aber vielleicht möchten meine Gefährten welche haben«, hörte er ihn sagen.

Das alte Weib wandte sich ihnen zu, doch wegen ihrer Kapuze war nicht mehr als die Spitze ihrer krummen Nase von ihr zu sehen. »Äpfel«, murmelte sie mit einer vom Alter und wenigem Gebrauch heiseren Stimme. »Frühäpfel, reif und gut zum Backen geeignet. Wär das nicht was für Eure Lady, Sir? Nur ein halber Groschen der Beutel.«

Er blickte argwöhnisch auf den Beutel, den sie mit ihrer schmutzigen, zitternden Hand am ausgestreckten Arm hielt. Da heute erst der erste Juni war, würden die Frühäpfel wahrscheinlich noch zu grün sein, um sie essen zu können. Doch wenn sie wirklich reif wären, wären sie ein willkommener Leckerbissen für seine Frau. »Lass mich die Äpfel sehen«, sagte er, indem er sich über die Armlehne des Kutscherbocks lehnte.

»Ooh, ich könnte einen Kuchen backen, den wir dann mit Fran und Edmund essen«, murmelte Malina und versuchte, an ihm vorbeizuschauen.

Das alte Weib löste die Schnur, die den Beutel geschlossen hielt, wobei ihre schmutzigen Finger so zitterten, dass es ihr schwerfiel. Schließlich zog sie den Beutel auf, und er neigte sich über ihn, um hineinzublicken. Obwohl noch hier und da etwas grün, waren die Äpfel zum größten Teil schon gelb und rotwangig. Er klaubte einen halben Groschen aus seiner Felltasche und machte sich nicht die Mühe, mit dem alten Weib zu feilschen, welches die Münze bestimmt viel nötiger brauchte als er.

»Vielen Dank, Sir«, sagte sie, als sie sie entgegennahm.

Er schloss die Finger um den grobgewebten Stoff des Beutels.

Malina setzte Janine auf seinen Schoß und griff danach, während Janine ein gurgelndes Lachen von sich gab und in die Händchen klatschte.

Das alte Weib versuchte, den Beutel wieder an sich zu ziehen, doch er ließ ihn nicht los. »Jetzt, wo ich bezahlt habe, kannst du es dir nicht anders überlegen«, sagte er scherzhaft mit einem Lächeln, das sie nicht sehen konnte, da sie nicht zu ihm aufblickte.

Mit sichtlichem Widerwillen ließ sie den Beutel los, dessen beachtliches Gewicht ihn überraschte.

Er hatte mit einer solchen Menge seltener Frühäpfel wahrscheinlich ein gutes Geschäft gemacht. Er ließ sich den Beutel von Malina aus der Hand nehmen, die in ihn hineinspähte. Ihre Begeisterung für das Obst füllte ihn mit Stolz.

»Sieh nur, mein Schätzchen«, sagte sie gurrend zu Janine. »Äpfel für Mommy! Damit kann ich leckere Apfelsoße und Kuchen für Daddy machen!«

Als er der alten Frau danken wollte, sah er, dass sie bereits davoneilte, ohne sich umzublicken. Er zuckte die Schultern und nickte Aodhan zu, der sein Pferd vorantrieb. Er trieb das Zugpferd mit den Zügeln an und dachte vage daran, dass die Frau sonderbar gerochen hatte. Mit ihrem zerlumpten Umhang und ihrem fadenscheinigen Plaid hätte sie nach Dreck und Moder riechen müssen, aber was ihm in die Nase gestiegen war, war der liebliche Duft von Rosen.

Kapitel 24

In ihrem alten Leben hätte Melanie sich nicht vorstellen können, dass ein Leinenbeutel voll Äpfel Anfang Juni sie fast zu Freudentränen rühren könnte. Die Zeiten, als sie zum Supermarkt fahren und sich zu jeder Jahreszeit einen Korb reifer Erdbeeren, eine saftige Honigmelone oder einen noch leicht grünen Bund Bananen kaufen konnte, waren vorüber. Sie vermisste diese Art von Annehmlichkeiten immer noch, doch was sie dagegen eingetauscht hatte, war es wert.

In jener Nacht in ihrem Büro im Museum hatte sie aus Spaß den Wunsch ausgesprochen, von einem Highlander im Sturm erobert zu werden. Der Wunsch war ihr erfüllt worden, und nicht nur das. Sie hatte in ihm einen kostbaren Freund, einen leidenschaftlichen Liebhaber, und, was das Beste war, einen wunderbaren Vater für ihr Kind gefunden, das er als das seine ansah.

Sie hatte, was ihr Herz begehrte. Alles war wunderbar.

Doch sie hatte sich nicht von ihren Eltern verabschieden können. Wenn es eine Sache gab, die sie hätte ändern wollen, so war es diese. Sie hätte ihnen so gerne gesagt, dass sie glücklich war, dass sie sie vermisste und so sehr liebte, dass ihr das Herz schmerzte, wann immer sie an sie denken musste. Sie hätte ihrer Mutter so gerne erzählt, wie schön sie es fand, selbst Mutter zu sein, dass es eine schreckliche Tortur gewesen war, ohne Periduralanästhesie zu gebären, doch dass der Schmerz vergessen gewesen war, sobald man ihr Janine in die Arme gelegt hatte. Sie wollte ihrem Vater sagen, dass sie einen guten Mann geheiratet hatte, der sich ihr gegenüber genauso verantwortlich und liebevoll verhielt, wie er.

Die feuchte, salzige Luft tief in ihre Lungen ziehend, lehnte sie an Darcys Schulter und streichelte über das feine Babyhaar von Janine, die in ihren Armen ihr Nachmittagsschläfchen hielt. Zu ihrer Linken erhoben sich grau-weiße Klippen, und zu ihrer Rechten erstreckte sich bis in dunstige Ferne die bewegte zinngraue See. Brora lag eine knappe Stunde geruhsamer Fahrt hinter ihnen. Während sie auf die Nordsee hinaus blickte, unternahm Darcy einen Versuch, einen Apfel aus dem Beutel zu ihren Füßen zu stibitzen.

»Untersteh dich«, sagte sie und gab ihm einen Klaps. »Ich habe mit diesen Äpfeln Großes vor.«

Er zog seine Hand zurück, als sei er gestochen worden. »Das mag sein, aber ich bin derjenige, der sie für dich gekauft hat«, antwortete er grinsend. »Ich will nur meinen gerechten Anteil.« Er angelte mit dem Fuß nach dem Beutel und zog ihn auf seine Seite des Fußbretts.

Sie versuchte, den Diebstahl zu vereiteln, indem sie ihren Fuß um sein Fußgelenk hakte. Mit einem Grinsen auf den Lippen begannen sie, mit den Füßen miteinander zu rangeln.

Plötzlich riss er sein Bein zurück. »Jesus! Weg mit dir!« Er packte sie bei der Schulter und stieß sie so vehement von sich, dass sie sich an der Seitenlehne festhalten musste, um nicht mit Janine vom Wagen zu fallen.

»Himmel, Darcy. Wenn du unbedingt einen haben willst – «

Sein Gesicht färbte sich vor ihren Augen wie rote Beete. Mit hastigen Bewegungen und schwer atmend packte er den Beutel mit den Äpfeln und warf ihn aus dem Wagen.

Die Äpfel prasselten auf die Straße und rollten in alle Himmelsrichtungen davon. Der Leinenbeutel schien sich von allein zu bewegen. Dann glitt eine große, braune Schlange aus ihm hervor und verschwand im Gebüsch am Straßenrand.

Darcy versuchte, Aodhan zu rufen, doch er musste die Zügel fahren lassen und griff sich an die Kehle. In seinen Mundwinkeln bildete sich Schaum.

Eine Welle des Grauens überflutete sie, und sie begann zu schreien. »Aodhan! Eine Schlange! Hilfe! Ich glaube, sie hat Darcy gebissen!«

Sie setzte Janine hinter sich im Wagen ab und fing ihn auf, als er zusammensackte. Mit dem Gewicht seines schlaffen Körpers kämpfend, legte sie ihn auf die Bank und brachte das Pferd zum Stehen.

»Wade«, stieß er schaumspuckend hervor.

Sie folgte seinem panischen Blick und riss ihm den lose geschnürten Stiefel vom Fuß. Sie musste alle Kraft ihrer Finger anwenden, da sein Fuß bereits angeschwollen war, und seine Haut sich darüber spannte. Es musste ihm wehtun. Aus zwei punktförmigen Wunden einige Zentimeter oberhalb seines Fußgelenks tröpfelte Blut.

»Oh Gott, Darcy!« Ihr Herz raste. Sie klammerte sich hilflos an seinen Kilt und blickte ihm verzweifelt ins Gesicht, dessen schöne Züge aufquollen, während das Gift durch seine Adern schoss. Sie warf Aodhan einen wilden Blick zu, als er auf den Wagen sprang.

Darcy versuchte, etwas zu sagen, doch sie konnte sein Keuchen nicht verstehen. Sie meinte, ihn immer wieder »Rosen« sagen zu hören. Daraus wurde sie nicht schlau, doch Aodhan stieß eine Reihe von Flüchen aus, während er seinen Dolch über Darcys Fußgelenk zog und genug dünnes, hellrotes Blut aus ihm quetschte, um einen Becher zu füllen.

»Es ist zu spät«, murmelte sie, halb im Selbstgespräch. Das Gift war in ihm, und es war stark genug, ihn innerhalb von Minuten zu töten. Sie würde ihn verlieren.

Nein! Ihre Seele rebellierte bei dem Gedanken. Sie durfte ihn nicht verlieren. Ihre Liebe würde es nicht zulassen.

Janines ängstliches Gebrüll und Aodhans eindringliche

Versuche, Darcy wach zu halten, traten in den Hintergrund. Sie konzentrierte ihre gesamte Aufmerksamkeit auf eine einzige Erinnerung. Es war am Morgen, nachdem Darcy aus Inverness zurückgekehrt war. Er hatte ihr von dem Albino Timothy erzählt, und von Gravois, dem Zigeuner mit dem nachgemachten französischen Akzent. Darcy hatte ihr ein in Tuch eingewickeltes und mit Bindfaden verschnürtes kleines Kästchen gegeben, und gesagt, es sei ein Geschenk des Zigeuners.

Als er auf Gravois' Worte verweisend gesagt hatte: *»Er hat gesagt, ich solle es nur öffnen, wenn die Kaake am Dampfen sei, was auch immer dieser Unsinn bedeuten mag«*, hatte sie ihn verblüfft angestarrt. *»Hast du eine Ahnung, was das heißen soll?«* hatte er sie gefragt und angesichts ihrer Überraschung die Stirn gerunzelt.

Ja, die hatte sie, aber sie hatte lediglich unverbindlich die Schultern gezuckt und Gravois das gleiche augenblickliche Vertrauen geschenkt, dass ihr Ehemann ihr von seiner ersten Begegnung mit dem Mann beschrieben hatte. Wenn ihr Gespür sie nicht trug, hatte Gravois von seinem Akzent Gebrauch gemacht, um die Bedeutung seiner farbig formulierten und sehr modernen Botschaft vor Darcy zu verbergen. Und wenn er sich diese Mühe gemacht hatte, würde sie sich die Mühe machen, sein Geschenk mit Respekt zu behandeln. Und mit Vorsicht.

Sie hatte das Päckchen zunächst in einer Schublade versteckt, damit es nicht in falsche Hände geriet, doch als sie für ihre Rückkehr nach Ackergill ihre Sachen packte, hatte sie den Drang verspürt, es immer bei sich zu tragen. Mit dem sicheren Gefühl, das Richtige zu tun, zog sie es aus einer Tasche in den Falten ihrer Röcke.

»Dein Dolch, Aodhan.« Sie streckte die Hand aus. Er gab ihn ihr, ohne Fragen zu stellen, und sie durchschnitt den Bindfaden.

»Was machst du?«, fragte er sie.

»Ich rette ihm das Leben. Hoffentlich.« Wenn die »Kaake« in ihrem Leben jemals am Dampfen gewesen war, dann jetzt. Sie hoffte, dass sie wirklich das Richtige tat und dass Gravois das Vertrauen wert war, das sie in ihn setzte.

In dem Kästchen lag ein birnenförmiges Fläschchen, das eine milchig weiße Flüssigkeit enthielt. Ohne zu wagen, noch lange nachzudenken, zog sie den Korken mit den Zähnen und kletterte über Darcy. »Öffne seinen Mund«, befahl sie Aodhan. Sie weigerte sich, sich der Tatsache zu stellen, dass Darcys zunächst rotes Gesicht inzwischen grau und bleich geworden war, dass seine Augen zugeschwollen waren und sein Brustkorb sich kaum noch bewegte.

Aodhan gehorchte ihr, und sie leerte den Inhalt des Fläschchens in Darcys Mund. »Setz ihn auf, damit er schlucken kann. Darcy, Baby, du musst es herunterschlucken. Bitte! Oh bitte!«, fügte sie flüsternd hinzu. Sie war am Rand des Zusammenbruchs.

Er schien besinnungslos zu sein, doch wie durch ein Wunder funktionierte sein Schluckreflex. Als Aodhan ihn wieder hinlegte und sie ihm den Schaum vom Mund wischte, flossen nur einige winzige Tropfen der milchigen Flüssigkeit aus ihm heraus.

»Was war das?«, fragte Aodhan.

Unter Tränen antwortete sie: »Ich weiß es nicht, aber ich hoffe, dass es ein Zaubertrank war.« Ein einfaches Kästchen hatte sie durch die Zeit reisen lassen, um den Mann ihrer Träume zu finden. Sie hoffte von ganzem Herzen, dass das geheimnisvolle Geschenk eines Zigeuners vor einem Schlangenbiss retten konnte.

Nach jemandem suchend, der ihre Hoffnung teilen würde, blickte sie Aodhan an. Er schüttelte nur den Kopf und wandte sich Janine zu, die sich beruhigt hatte, und ihm ihre pummeligen Ärmchen entgegenstreckte. Er nahm sie und setzte sie auf seine Hüfte, während Melanie auf dem Kutscherbock zusammensank und Darcys Kopf auf ihrem Schoß umfangen hielt. Sein feuchtes Haar klebte an ihren Fingern. Sein Gesicht glänzte vor kaltem Schweiß. Sein Brustkorb erbebte, dann erstarrte er und weigerte sich, sich für einen weiteren, mühsamen Atemzug zu heben und zu senken.

»Nein.« Ihr gefror das Blut in den Adern. Ihre Welt blieb mit kreischenden Bremsen stehen. Alle Momente ihres Lebens, Vergangenheit, Gegenwart und Zukunft, wurden von einem launischen Wind verweht und ließen sie an genau diesem Punkt ihrer Zeit allein. »Komm, Darcy. Atme für mich.« Sie beugte sich über ihn, kniff die Augen zu und betete.

»Er ist von uns gegangen, Mädchen.« Aodhans Stimme zitterte vor Kummer. Seine Hand lastete bleiern auf ihrer Schulter.

Brennende Verleugnung durchschoss sie wie Feuer, doch bevor sie ihre Seele versengen konnte, zitterte Darcys Brust unter ihrer Hand. Obwohl sein Aussehen sich nicht verändert hatte, hätte sie schwören können, dass sein Brustkorb sich kaum merklich hob und senkte.

»Aodhan, ich glaube, es wirkt.«

»Mädchen«, warnte er sie.

»Nein, sieh nur.« Sie starrte auf seine Brust, und sah ganz deutlich, dass sein Atem zwar beschwerlich, jedoch regelmäßig ging.

»Och, du hast Recht.« Ihre Blicke trafen sich. »Kannst du den Wagen lenken?«

Sie nickte und nahm die Zügel auf. Aodhans Züge zeigten die gleiche schwache Hoffnung, die auch die Stücke ihres Herzens zusammenhielt.

»Wenn dies mit Zauberkraft zu tun hat, werde ich mich nicht auf sie allein verlassen. Wir werden ihn zu einem Arzt in Brora bringen. Ich werde dein Kind tragen.« Er sprang vom Wagen und sprach mit gurrender Stimme zu Janine, während er sich mit ihr auf sein Pferd schwang.

Melanie war mit seinem Entschluss einverstanden. Darcy erholte sich beiweitem nicht so schnell, wie er dem Gift erlegen war. Er konnte zwar atmen, und sie konnte mit ihren Fingern an seinem Handgelenk einen schwachen Puls fühlen, aber noch war nicht sicher, dass er überleben würde. Was auch immer in diesem Fläschchen gewesen war, hatte seinen Tod vielleicht nur hinausgezögert.

Aodhan ließ sein Pferd eine Drehung vollführen, griff dann nach dem Geschirr des Zugpferds und half Melanie, mit dem Wagen eine Kehrtwendung zu machen.

Sie trieb das Pferd mit den Zügeln an. Während die Tränen auf ihren Wangen trockneten, rasten sie nach Brora zurück.

§

ANYA WAR NICHT zufrieden.

Ihre Mähre über die felsigen Hügel von Brora weg lenkend, versuchte sie, in dem Gedanken Frieden zu finden, dass ihre Rache nun endlich vollzogen war. Doch der Friede wollte sich nicht einstellen. Sie redete sich ein, es liege daran, dass sie nicht wusste, wie ihr Plan aufgegangen war, ob Darcy oder sein verhasstes Weib von der Schlange gebissen worden waren, oder ob die Schlange eventuell noch schlief, und noch nicht zugebissen hatte. Doch dass ihr Seelenfrieden von der Bestätigung abhinge, dass ihr Plan erfolgreich verlaufen sei, erschien ihr immer unwahrscheinlicher.

Vielmehr hatte sie das unangenehme Gefühl, ihr Gewissen sei daran schuld.

Sie hatte die Wahrheit zu ihrem Vorteil zurechtgebogen und ihr ganzes Leben lang ihre Schönheit benutzt, um Männer zu manipulieren, doch sie hatte noch nie jemandem wirklichen Schaden zugefügt. Bis jetzt. Tief in ihrem Inneren erzitterte sie bei dem Gedanken, dass sie am heutigen Tag höchstwahrscheinlich jemanden umgebracht hatte. Vielleicht war die fremde Frau gestorben, aber vielleicht hatte sie auch einen Angehörigen ihres Clans, oder sogar ein kleines Kind ermordet, dessen einziges Verbrechen darin bestand, eine Hexe zur Mutter zu haben.

Sie wünschte, sie hätte diese Skrupel gehabt, bevor sie sich als alte Frau verkleidet an die Straße gestellt und Äpfel verkauft hatte. Dann fiel ihr ein, was sie alles verloren hatte. Ihr Zuhause. Ihre Chance, oben auf der Burg zu leben und der Gegenstand von Steafans Verlangen zu sein, seine Kinder zu gebären und die Ehrerbietung des gesamten Clans zu genießen. Jetzt blieb ihr nichts als Schande, ein jämmerliches Einkommen und ab und zu das Vergnügen, im Bordell auf einen talentierten Liebhaber zu stoßen. Und Seona, falls sie je zurückkam.

Was sie heute getan hatte, war im Grunde die Schuld ihrer Schwester. Seona hätte für sie da sein und einen besseren Plan aushecken sollen. Aye. Sie war nicht für das Übel verantwortlich, das heute verursacht worden war.

Mit beruhigtem Gewissen zog sie die Schultern straff und konzentrierte sich auf den Ritt über die tückischen Felsen. Es gab hier keinen Pfad, und sie konnte auch nicht verfolgt werden, da sie in dem harten Boden keine Spuren hinterließ. Doch wenn ihr Pferd auch nur einen falschen Schritt machte, konnte sie mit ihm in eine Schlucht stürzen.

Glen war ein Hundsfott, sie allein ihren Weg zur inneren Straße finden zu lassen. Sie hatte sich nicht auf die Heirat mit ihm eingelassen, weil sie anschließend nicht mehr daraus freigekommen wäre. Glen ließ sich nicht nehmen, was ihm gehörte, und wenn sie eingewilligt hätte, die Seine zu sein, hätte sie sich daran halten müssen. Sie hatte gut daran getan, ihn zurückzuweisen. Selbst wenn sie sich dafür auf diesen verdammten einsamen Felsen ihren Hals brechen würde. Sie wäre lieber tot, als an einen hinterhältigen, gebieterischen, glattrasierten Ehemann gekettet zu sein.

Sie trieb ihr Pferd einen steilen Abhang hinunter und die schwerfällige Mähre geriet dabei ins Stolpern. Unter den Hufen des Pferdes, das sich bemühte, auf den Beinen zu bleiben, brachen lockere Felsbrocken los.

Sie klammerte sich am Sattel fest, musste ihn jedoch loslassen, als die Stute einknickte. In Erwartung, auf harten Stein zu fallen, schützte sie ihr Gesicht mit den Händen. Sie fiel mit voller Wucht zu Boden und rollte, mit den Armen ihren Kopf schützend, den Abhang hinab.

Dann war auf einmal unter ihr kein Boden mehr.

Die Zeit stand still, während sie auf der vergeblichen Suche nach Halt die Arme ausstreckte. Messerscharfe Felsen schlitzten ihre Haut auf, als sie an den Kalksteinwänden einer Spalte entlang immer weiter in die Tiefe rutschte. Sie riss sich an den Wänden die Finger blutig und die Nägel ab. Als sie am Boden aufschlug, füllte das Geräusch splitternder Knochen sie mit Grauen.

Schmerz durchzog ihren ganzen Körper. Sie schrie. Und schrie. Und schrie. Sie gab das Schreien noch nicht einmal auf, als ihre Kehle sich anfühlte, als würde sie brennen. Die Panik lag wie eine Schlinge um ihren Hals, die sich stündlich zuzog und sie erstickte.

Es wurde Nacht. Ihre Schreie waren nur noch ein heiseres Wispern.

Sie hätte dieser Qual zehn Leben mit Glen vorgezogen. Sie war eine Närrin, sein Angebot nicht angenommen zu haben.

»Es tut mir so leid«, hörte sie sich murmeln, wie ein Gebet. »Ich habe Böses getan, ich habe Böses getan. Hilf mir. Ich werde alles tun, was du willst.«

Die Gottheit musste sie erhört haben, da eine vertraute Stimme den Schleier ihres Schmerzes durchdrang.

»Meinst du das ehrlich, Anya? Wirst du alles tun, was ich will?«

»Aodhan! Hilf mir!« Seine tiefe Stimme hoch über ihr nahm ihrer Furcht das Grauen. Er hatte einst Zuneigung für sie empfunden. Er würde ihr helfen.

»Wirklich alles?«

»Aye! Aye, alles. Ich werde deine Dienerin sein! Ich werde mich vor Steafan verantworten! Alles!« Sie verrenkte sich, soweit es ihr verletzter Körper zuließ, um sein Gesicht zu sehen, doch sie sah nichts als Dunkelheit.

»Ich will Folgendes«, sagte er so ruhig, als gebe er eine Bestellung beim Fleischer auf. »Ich will, dass du alle deine Missetaten gestehst.«

»Ich sterbe, Aodhan! Ich habe mir die Beine gebrochen. Bitte! Hol mich hoch, dann werde ich alles gestehen, was du willst.«

»Jetzt, Anya. Ich will dein Geständnis jetzt hören. Und dann werde ich entscheiden, ob du meine Hilfe überhaupt verdienst.«

Ein Schluchzer entrang sich ihrer Kehle. Sie hatte solche Schmerzen, dass sie kaum denken konnte. »Ich war es«, presste sie zwischen zusammengebissenen Zähnen hervor. »Ich habe die Viper in den Beutel gesteckt. Ich wollte die Frau dafür bezahlen lassen, mich ruiniert zu haben.«

»Was hast du noch zu offenbaren?«

»Bist du ein verdammter Pfarrer?« Ihre Qual mischte sich mit Zorn, bis sie nur noch rot sah. »Soll ich hier etwa alle meine Sünden beichten? Hol mich hoch, du selbstherrlicher Narr!«

»Interessiert dich überhaupt, was mit der Viper passiert ist?« Seine Stimme klang kalt wie Eis.

Das ließ ihren Zorn verfliegen. »Natürlich«, sagte sie nach einer Weile. »Was ist geschehen?«

»Darcy wird überleben. Aber es war knapp. Und wir wissen noch nicht, ob er sein Bein behalten wird.«

Eine schwache Emotion rührte ihr ans Herz. Vielleicht war es Erleichterung, doch sie verblasste im Vergleich zu ihrem Überlebenswillen. Aodhan erwartete offensichtlich von ihr, dass es ihr leid tat. Er würde bekommen was er wollte. »Ich bin froh, dass er noch lebt«, sagte sie. »Ich bereue, was ich getan habe. Hilf mir bitte. Ich flehe dich an.«

Er erhörte ihr Flehen nicht. »Wusstest du, dass auf dem

Wagen ein Kleinkind saß? Darcy ist jetzt Vater.«

Sie lachte ironisch. Aye, sie wusste, dass er eine entehrte Frau geheiratet hatte, die sich ein uneheliches Kind hatte machen lassen. Doch selbst sie musste zugeben, dass das Kind der hübscheste Bastard war, den sie je gesehen hatte. Das Kind hatte mit seiner Krone aus glänzendem Haar so engelsgleich ausgesehen, dass sie ihren Anschlag beinahe bereut hätte. Aber nur beinahe.

»Warum erzählst du mir solche Sachen? Siehst du nicht, wie schlecht es mir geht? Bitte! Ich werde alles tun, was du von mir verlangst. Alles!«

»Du kannst aber nicht tun, was ich dich so schrecklich gerne tun sehen würde.« Seine Stimme wurde leise und traurig. »Ich hätte mir gewünscht, dass du das Wohl eines anderen Menschen über dein eigenes stellst. Doch dafür bist du inzwischen zu verdorben.« Er schwieg so lange, dass sie schon glaubte, er sei davongegangen.

»Aodhan! Lass mich nicht allein! Bitte!«

»Ich bin da, Mädchen. Ich bin da.« Obwohl sie ihn nicht sehen konnte, konnte sie deutlich fühlen, dass er enttäuscht den Kopf schüttelte.

»Aber ich sorge mich um das Wohl anderer! Ich wollte dem Kind nicht schaden. Ich habe gebetet, das Kind solle verschont bleiben«, log sie.

»Zu spät, meine Liebe. Zu spät. Ich habe bis in die Tiefen deines eigensüchtigen Herzens gesehen.« Er stieß einen tiefen Seufzer aus, der wie ein kalter Wind durch die Spalte zog. Als er wieder zu sprechen anhub, klang seine Stimme fest. »Ich werde dich jetzt allein lassen. Du wirst einen langsamen, schmerzvollen Tod sterben, doch es wird immer noch besser sein, als dich zu Steafan zurück zu bringen. Sieh es als eine Geste der Barmherzigkeit an.« Seine letzten Worte hallten mit schrecklicher Endgültigkeit von den Felswänden wider.

»Nein! Nein, du kannst mich nicht allein lassen! Aodhan!«

Die Steine, die sie unter seinen Schuhen knirschen hörte, sprachen mehr als tausend Worte. Er entfernte sich.

Sie schrie, weinte und bettelte, wobei sie darum betete, dass er nur eine Weile weggegangen sei, um ihr Angst einzujagen.

Als der Tag anbrach und Aodhan nicht wieder auftauchte, verlor sie jede Hoffnung. Sie stützte sich an die Wand der Felsspalte, starrte auf das schmale Band spöttisch blauen Himmels und wünschte sich den Tod.

Doch es war nicht der Tod, der sie holen kam.

»Guten Morgen, *ma chérie*. Es sieht so aus, als sei Eure Rettung vonnöten.«

Sie blickte blinzelnd auf seine dunkle, von Sonnenlicht umrahmte Silhouette.

»Bastien Gravois, zu Euren Diensten.«

Kapitel 25

»LEG DAS SOFORT hin, du dickschädliger alter Narr.« Ohne sich darum zu scheren, ihre südliche Herkunft zu verraten, gab Melanie Darcy einen Klaps mit dem Küchentuch.

»Och, ich bin weder alt noch närrisch, und was du mit dickschädlig meinst, weiß ich auch nicht«, antwortete er grinsend, indem er mit dem Kuchen davontänzelte, der auf der Fensterbank zum Auskühlen gestanden hatte. Der Mann hatte eine verflucht große Reichweite!

»Das stimmt nicht. Ich habe dir bereits erklärt, was ich mit dickschädlig meine, mindestens ein Dutzend Mal. Dass du immer noch darauf bestehst, es nicht zu wissen, beweist nur, dass es gut auf dich zutrifft.« Sie nahm ihm den Kuchen wieder ab, den sie mit Kirschen aus Fraineachs Obstgarten gebacken hatte, und befahl ihrem Mann, ins Bett zurückzukehren.

Nachdem sie zwei Wochen in Brora verbracht hatten, waren sie jetzt schon seit zwei Monaten in Ackergill zurück. Darcy erholte sich immer noch von dem Schlangenbiss. Er hatte fünf Tage lang im Koma gelegen – die fünf schlimmsten Tage ihres Lebens – und war krank und appetitlos wieder aufgewacht. In den darauffolgenden Wochen hatte er ihrer Schätzung nach 14 kg – seiner Schätzung nach 12 kg – verloren, und fing gerade erst an, wieder zuzunehmen. An seinem rechten Fuß, der sämtliche Schattierungen von Violett angenommen hatte, doch zum Glück nicht schwarz geworden war, was Gewebetod angezeigt hätte, hatte er alle Nägel verloren.

Seine Energie war erst vor einigen Tagen zurückgekehrt, ebenso wie sein Appetit – der außer Essen auch Dinge betraf, an die sie lieber nicht dachte, wenn sie bei der Ankunft ihrer Gäste keinen roten Kopf haben wollte – und es war schier unmöglich, ihn seitdem im Bett zu halten.

»Ich habe wochenlang im Bett gelegen«, begehrte er auf. »So gerne ich auch normalerweise auf dich höre, was das Zubettgehen betrifft, werde ich bis vor Sonnenuntergang nicht mehr ins Bett gehen, es sei denn, du kommst mit.« Dazu hob und senkte er einladend die Brauen.

Sie stieß einen schottischen Grunzer aus, wie sie es von Darcy gelernt hatte. »Nun gut, dann mach dich nützlich und sieh nach Janine.«

Es würde seinem genesenden Körper zuträglicher sein, sich um das Kind zu kümmern, anstatt sich mit Edmund um das kaputte Segel der Mühle zu kümmern, was er garantiert getan hätte, wenn sie ihn nicht beschäftigt hätte.

Sie hätte ihrem Schwager den Hals umdrehen können, als er am Morgen hereingekommen war und Darcy vorgeschlagen hatte, ihm zu helfen. Um ihren Mann von der schweren Arbeit abzuhalten, hatte sie sich gezwungen gesehen, einen Striptease zu improvisieren, der zu einer anderen Art von anstrengender Aktivität geführt hatte, aber zumindest einer, die ihn nicht fünfzehn Meter über dem Boden baumeln ließ, während er noch schwach wie ein Kätzchen war.... naja, nach seiner Leistung heute Morgen zu urteilen, war er eher ein Tiger als ein Kätzchen. Und jetzt wurde sie trotz ihrer Bemühungen doch rot.

Und natürlich klopfte es gleichzeitig an der Eingangstür

»Das wird Fran sein, aye?«, fragte Darcy, während er mit Janine, die sich an seinen Fingern hielt, im Schneckentempo in die Küche gelaufen kam.

Sie wandte sich ab, um ihre Röte zu verbergen, erwischte ihn jedoch noch dabei, begierig auf den frisch geschnittenen Kuchen auf dem Hackblock zu schielen. Im Moment musste sie wirklich mehr auf ihn als auf ihre fast einjährige Tochter aufpassen.

»Aye«, antwortete sie, »oder Ginnie. Obwohl es eigentlich noch zu früh ist.« Diesmal war sie die Gastgeberin des sonntäglichen Nachmittagstees, der den dreien zur Gewohnheit geworden war, sobald sie wieder zu Hause waren. Ginneleah hatte zu dem ersten oben auf der Burg eingeladen, und Steafan war kurz dazugekommen und hatte sich auf seine Art bei ihr entschuldigt. »Willkommen zu Hause, Mädchen«, hatte er gesagt. »Es ist schön, dich wieder hier zu haben.«

Dann hatte er sie auf die Wange geküsst und die Ladies ihren Tee trinken lassen.

Sie strich Janine liebevoll über das weiche Haar, küsste Darcy auf die Wange und ging die Tür öffnen, wobei sie zuckersüß über die Schulter rief: »Wenn bei meiner Rückkehr auch nur ein einziges Stück dieses Kuchens fehlt, wird es dich teuer zu stehen kommen, Mister.«

Sie hörte, wie er hinter ihrem Rücken mit ihrer Tochter flüsterte: »Mama hat ›ein einziges Stück‹ gesagt. Zwei dürften okay sein.«

Sie grinste, als sie seine moderne Ausdrucksweise und das piepsige Gekicher hörte, das bedeutete, dass er und Janine sich an ihrer morgendlichen Arbeit gütlich taten. Als sie die Tür öffnete, stand dort nicht Fran oder Ginneleah, sondern ein breitschultriger Mann, der einen Hut mit breiter Krempe trug, der sein Gesicht beschattete. Als er aufsah, lächelte sie überrascht.

Eine Brille mit blaugetönten Gläsern verbarg die Farbe seiner Augen, die angesichts der eierschalenweißen Haut der frischen Wangen und des energischen Kinns des etwa achtzehnjährigen jungen Manns rosa sein mussten.

»Guten Tag. Ich bin Timothy MacLeod. Ich bin aus Inverness hergekommen, um Darcy Keith zu sprechen.«

§

DARCY MACHTE SICH trotz der Schmerzen in seinem rechten Fuß gut gelaunt auf den Weg ins Empfangszimmer. Die Muskeln um den Schlangenbiss herum verkrampften sich immer noch bei jedem Schritt, doch er beklagte sich nie. Er war froh, dass er noch einen Fuß hatte, der ihm wehtun konnte.

»Du siehst aus wie ein aufgewärmter Toter«, sagte der Junge, oder vielmehr, der junge Mann. Timothy war noch eine weitere halbe Handbreit gewachsen und sein Gesicht hatte seine kindlichen Rundungen verloren. »Ist das Blut, Mann?« Er fasste an seinen eigenen Mund, während er Darcy anstarrte.

»Kirschkuchen.« Er leckte sich etwas von der Füllung aus dem Mundwinkel. »Ich würde dir ja ein Stück anbieten, aber ich fürchte jetzt schon die Bestrafung.« Er drückte Timothys Arm. »Schön, dich zu sehen. Was bringt dich nach Ackergill?«

»Monsieur Gravois machte sich Sorgen um dich«, sagte Timothy. »Wegen einer Wahrsagung, die Madame Hilda gemacht hatte. So wie du aussiehst, hatte er anscheinend Recht, sich zu sorgen. Was ist passiert?«

»Ich wurde von einer recht giftigen Schlange gebissen«, sagte er, um seine Blässe und seine Magerkeit zu rechtfertigen, die jetzt, wo er stark genug war, an die Arbeit in seiner Mühle zurückzukehren, nicht lange anhalten würden – obwohl er sich scheute, seiner Frau von seinen Plänen für den folgenden Tag zu erzählen. »Und was ist mit dir? Ich dachte, du hättest für die Roma nichts übrig, und jetzt gehst du für sie auf Reisen.« Er konnte nicht leugnen, dass er sich sehr darüber freute. Er mochte Gravois umso mehr, als Malina ihm von dem Geschenk des Mannes erzählt hatte. Wenn er das Zigeunerlager nicht besucht hätte, wäre er zweifellos auf der Straße bei Brora gestorben. Er vermutete auch, dass Gravois in der Lage war, Timothy zu helfen, und hoffte nur, der Junge würde es zulassen.

»Wir haben uns ausgesöhnt«, sagte Timothy und schnitt eine

Grimasse. »Ich hatte keine Wahl. Es hat einen weiteren, äh, Vorfall im Laden gegeben, und wenn Monsieur Gravois mich nicht im Auge behalten hätte, wäre mein Geheimnis aufgeflogen.«

»Einen weiteren Vorfall? Das hört sich nach einer Geschichte an, und ich muss aus dem Haus verschwinden, bevor die Gäste meiner Frau ankommen und mich verhätscheln wollen. Oben in der Mühle habe ich Whisky. Komm. Ich schenke ein, während du erzählst.«

§

BEI EINEM AUS Hammelfleisch, gekochten Rettichen und Butterbrötchen bestehenden Abendessen – die Rezepte stammten alle von Fran – wieherte Melanie gar nicht damenhaft vor Lachen, als Darcy erzählte, wie Timothy sich in MacLeods Laden an einem Kaufvertrag geschnitten hatte, und ein Hydrant auf dem Zeh eines Kunden gelandet war.

»Ach du lieber Himmel«, seufzte sie. »Was hast du dann getan?«

Timothy hatte sich anfangs unbehaglich gefühlt, als am Esstisch über Zauberkraft gesprochen wurde, doch nach einer Weile hatte er sich entspannt und sogar gelacht, obwohl er zurückhaltend blieb. »Nun, um ehrlich zu sein habe ich mich so über meine eigene Dummheit gewundert, dass ich wie gelähmt war. Ich hätte meine Handschuhe nie ausziehen sollen, doch die Seiten klebten aneinander, versteht ihr?« Während er sprach, zeigte er seine Hände, die in strapazierfähigen Lederhandschuhen steckten, die er noch nicht einmal zum Essen ausgezogen hatte. »Aber Monsieur Gravois war blitzschnell da, als habe er geahnt, dass etwas vorfallen würde. Dieser Zigeuner hat einen Riecher für Magie.« Er tippte sich nachdrücklich an die Nase. »Er hat so getan, als sei es ein Scherz und hat sich vor dem

Publikum verbeugt. Dann ist er mit dem Ding aus dem Laden gerannt – wie nennt ihr es noch? Einen Hydranten? Er hat ihn auf einen kleinen Wagen gepackt und hatte dabei den kreischenden Affen auf der Schulter. Die Leute im Laden wussten nicht, ob sie ihm applaudieren oder ihn aus der Stadt jagen sollten, also sind sie einfach an ihre Arbeit zurückgekehrt und haben so getan, als sei nichts gewesen.«

Sie mussten alle wieder lachen, und sie lernte die Ernsthaftigkeit des jungen Mannes kennen. Es war nicht schwer zu verstehen, warum Darcy sich so schnell mit ihm angefreundet hatte.

»Bei der Gelegenheit hast du also die Bekanntschaft mit Gravois erneuert?«, fragte sie.

»Aye. Das war letzten Winter. Seitdem hat er mir viel beigebracht, obwohl wir einander nur sehen, wenn seine Truppe in die Nähe von Inverness kommt. Übrigens …« Er räusperte sich, und blickte von ihr zu Darcy. »Ich habe deiner Frau etwas mitgebracht, von dem Gravois glaubte, dass es sie erfreuen würde. Etwas, woran wir gemeinsam gearbeitet haben.«

Sie tauschte einen Blick mit ihrem Ehemann. Nach seiner gerunzelten Stirn zu urteilen, hatte er keine Ahnung, wovon Timothy redete.

»Ein weiteres Geschenk von Gravois?«, fragte er in düsterem Tonfall. »Soll das heißen, dass jemand unter uns in Gefahr ist?«

Timothy schüttelte den Kopf. »Nein, nein. Nichts dergleichen, zumindest nicht, dass ich wüsste. Es ist nur so, dass Monsieur Gravois meinte, meine Blutmagie sei wie ein schlecht erzogenes Kind, und dass er es für nützlich befand, sie etwas zu lenken, damit sie nicht mehr so unberechenbar sei. Damit hatte er Recht.« Timothys Lächeln veränderte sein Aussehen. Zuvor hatte er schüchtern gelächelt, doch jetzt war sein Lächeln strahlend. Er wirkte erleichtert, als habe man ihm eine schwere Bürde abgenommen. »Ich weiß nicht, ob es funktionieren wird, wie es soll, doch ich nehme es an. Wir haben mehrere Tests durchgeführt, müsst ihr wissen.« Er blickte erwartungsvoll von einem zum anderen, doch sie hatten keine Ahnung, worauf er hinaus wollte.

»Was für Tests?«, fragte Darcy.

»Um zu sehen, ob man einen Gegenstand mit Zauberkraft behaften und ihn dazu bringen kann, zu tun, was man will. Ich kann es. Ich habe es getan.«

Er wiegte den Kopf, als habe er die Worte voreilig ausgesprochen. »Ich bringe euch den Gegenstand und erkläre es euch dann.« Damit schob er seinen Stuhl vom Tisch zurück und ging hinaus.

Fünf Minuten später trat er mit schweren Schritten durch die Tür, gebeugt unter der Last eines schweren Gegenstands, den er sich mit dicken Lederriemen auf den Rücken geschnürt hatte. Darcy half ihm, das Ding auf den Boden herabzulassen, und wurde ausnahmsweise nicht von seiner Gemahlin gescholten, dass er sich nicht anstrengen solle. Dafür war sie zu schockiert, da auf dem Teppich in ihrem Empfangszimmer die aus Rosenholz gefertigte Aussteuertruhe ihrer Großmutter stand.

Sie konnte die Stimmen der anderen hören, doch sie drangen nicht zu ihr durch. Sie sank vor der Truhe auf die Knie und strich mit den Fingern über das gedunkelte, polierte Holz. Die aufwendig geschnitzten Rosen an den Ecken, die eingelegten, geschwungenen Streifen aus Perlmutt - einige von ihnen waren im Laufe der Jahrhunderte abgeplatzt - und die patinierte Farbe, die mit den ausgearbeiteten Details kontrastierte, alles war da!

Sie wurde von Erinnerungen überflutet und sah sich im nach Flieder duftenden Schlafzimmer ihrer Großmutter. Sie war damals acht Jahre alt gewesen, und ihre Großmutter hatte ihr zum ersten Mal ihre Aussteuertruhe gezeigt.

»Diese Truhe ist eine ganz besondere Antiquität, mein Liebchen. Davon gibt es keine zweite. Sie wird immer an das älteste Mädchen der Familie weitergegeben. Wenn ich nicht mehr bin, geht sie an deine Mutter, und wenn sie nicht mehr ist,

wird sie dir gehören.Das war schon in alten Zeiten so.«

»Malina! Geht es dir nicht gut?« Darcy half ihr vom Boden hoch und nahm sie in die Arme. Er strich über ihr Gesicht und ihren Kopf, als wolle er nachsehen, ob sie Fieber habe. »Sag etwas.« Er schüttelte sie sanft, doch sie konnte nicht sprechen.

»Du erkennst sie wieder«, sagte Timothy staunend. »Monsieur Gravois sagte, das könne der Fall sein.«

Sie nickte, ohne die Augen von der Truhe zu wenden.

»Sag doch etwas«, drängte Darcy sie, indem er sich vor sie stellte und versuchte, ihren Blick einzufangen. Die Sorge, die in seinen dunkelbraunen Augen zu lesen war, holte sie aus ihrer Erstarrung.

»Es ist die Aussteuertruhe meiner Großmutter.« Ein zögerndes Lächeln zog ihre Lippen breit. Ein leises Lachen sprudelte aus ihr hervor. »Wie?«, fragte sie Timothy. »Warum? Ich meine, du kennst mich noch nicht einmal. Diese Truhe ist so ein schönes, kostbares Stück. Ist es wirklich die Truhe, die ich aus meiner Zeit kenne?«

»Mit welcher magischen Fähigkeit hast du sie behaftet?«, fragte Darcy geradeheraus.

Timothy strahlte. Ihre Reaktion hatte ihn gefreut. Doch als er Darcy antwortete, wurde er wieder ernst. »Bis jetzt mit noch keiner. Aber mit deiner Erlaubnis werde ich heute Abend, bevor ich gehe, versuchen, sie mit einem Zauber zu behaften.«

»Warum sollte ich wollen, dass du das tust?«

»Es wäre nicht für dich«, sagte Timothy. »Sondern für deine Frau.« Sich ihr zuwendend, sagte er: »Als ich Monsieur Gravois' Angebot, mich zu lehren, annahm, habe ich einen Entschluss gefasst. Ich beschloss, nicht mehr vor dem, was ich in mir habe, davonzulaufen. Doch Monsieur hat mich darauf hingewiesen, dass mein Entschluss mich zu dem Weg führen würde, auf dem du aus deiner Zeit in unsere herübergezogen worden bist. Weder Monsieur noch ich geben vor, zu verstehen, welche Zauberkraft dich hergebracht hat. Doch ich weiß jetzt, dass es meine

Zauberkraft war.

Bis zu dem Datum auf deinem Kästchen werde ich genug gelernt haben, um etwas zu tun, das den Verlauf deines Lebens geändert hat. Ich kann mir nicht vorstellen, dass ich, meine Blutmagie betreffend, irgendwann unlautere Absichten hegen oder einen mit solcher Macht behafteten Gegenstand auf die Menschheit loslassen werde, doch ich übernehme die Verantwortung dafür, dass du unerwartet aus deiner Zeit gerissen wurdest.

Die Truhe hat ein Geheimfach.« Timothy hob den Deckel und stellte ihn in geöffneter Position fest. Das gesamte Paneel, mit dem die Innenseite des Deckels ausgekleidet war, ließ sich öffnen und enthüllte eine Aussparung von etwa 2,5 cm Tiefe.

Sie hatte sich hundert Mal durch die Schätze ihrer Großmutter gewühlt, und nie vermutet, dass es im Deckel der Truhe ein Geheimfach gab. Sie staunte mit offenem Mund, als Timothy weitersprach.

»Ich würde die Truhe gerne so verzaubern, dass das Geheimfach sich an einem von dir gewählten Datum öffnet. Dass du sie wiedererkannt hast, ist ein gutes Zeichen. Es heißt, dass die Briefe oder Mitteilungen, die du in ihr hinterlassen möchtest, mit großer Wahrscheinlichkeit bei den Menschen, die du ungewollt verlassen hast, ankommen werden. Du kannst hineinlegen, was du möchtest, doch wenn das Geheimfach einmal geschlossen ist, wird es sich bis zu dem von dir gewählten Datum nicht wieder öffnen lassen. Das ist alles, was ich im Moment tun kann, um den Kummer, den du durch meine Schuld erleiden musst, etwas zu mildern.«

Ihr liefen Tränen über die Wangen. Sie würde jetzt vielleicht die Möglichkeit haben, sich von ihren Eltern zu verabschieden.

Timothy scharrte, verlegen zu Boden blickend, mit dem Fuß über den Teppich. »Wir haben die Magie erprobt und sie sollte funktionieren. Ich muss mir lediglich in den Finger stechen und mein Blut auf den Öffnungsmechanismus schmieren, während ich das Datum ausspreche.«

Ihr versagten beinahe die Knie. Sie wäre zu Boden gesunken, wenn Darcy sie nicht bereits in seinen starken Armen gehalten hätte. Sie beruhigte sich, indem sie seinen männlichen Geruch nach Sattelleder einatmete.

Ihr Herz platzte vor Freude und Liebe aus allen Nähten. Sie bereute kein bisschen, in die Vergangenheit gekommen zu sein. Selbst wenn sie nach Charleston zurückkehren könnte, würde sie es nicht tun. Sie würde alles wieder genauso machen, um hier in Darcys Armen zu landen, seine Frau zu sein, und die Mutter seiner kleinen Tochter – Janine würde nie einen anderen Vater als Darcy haben. Und sie hoffte, mit ihm weitere Kinder zu bekommen.

Sie würde in der Lage sein, ihrer Mutter und ihrem Vater zu schreiben, und ihnen mitzuteilen, dass sie glücklich war. Sie würde ihnen über Janine berichten, und über den wundervollen Mann, den sie gefunden hatte; über alles, was sie im vergangenen Jahr so gerne mit ihnen geteilt hätte. Es bestand die Möglichkeit, dass sie ihr nicht glauben würden, doch sie würde ihr Bestes tun, um sie zu überzeugen. Sie würde ihrer Liebe zu ihnen immer wieder in Briefen Ausdruck geben, die sie dann so oft lesen konnten, wie sie wollten, wann immer sie an sie dachten.

Die Truhe war das letzte Stück des Puzzles, das ihr zu ihrem Glück gefehlt hatte. Dieses letzte Stück war im Laufe der Zeit geschrumpft, bis es nur noch einen kleinen Platz in ihrem Herzen beanspruchte, doch so gering der Schmerz auch geworden war, das Puzzle ihres Lebens hatte ein Loch aufgewiesen. Jetzt war das Puzzle vollständig, und das Bild war schöner, als sie es sich je vorgestellt hatte.

Sie lehnte sich an ihren Ehemann und sagte mit heiserer Stimme: »Danke. Vielen, vielen Dank, Timothy. Das hier ist – « Sie schüttelte den Kopf, da ihr die Worte fehlten. »Ich danke dir.«

Epilog

Ein Jahr später

MELANIE TRAT MIT der fast zwei Jahre alten Janine auf der Hüfte durch die Tür der am nördlichsten gelegenen Mühle. »Sie haben das Baby Rosalisa genannt!«, rief sie, indem sie Janine absetzte, um sie in die Arme ihres Daddys wackeln zu lassen. Oben auf der Burg erholte Ginneleah sich davon, in der Nacht zuvor eine Tochter geboren zu haben.

Darcy beglückwünschte seine kleine Tochter mit gurrender Stimme, als er sie in die Arme schloss, die wieder so muskulös und braungebrannt waren wie zuvor. Er hatte sich von seinem Schlangenbiss vollständig erholt und seine verlorenen Muskeln nicht nur wieder aufgebaut, sondern sogar noch welche dazugewonnen, indem er seine Mühlen betrieb und mit Edmund eine Wassermühle baute, die auf dem Entwurf beruhte, den er mit Wilhelm Murray erstellt hatte.

»Das ist ein hübscher Name«, sagte er mit einem Augenzwinkern, als er zu ihr kam und sie auf die Lippen küsste. »Und habe ich dir schon gesagt, wie schön du aussiehst, wenn du schwanger bist?«

»Innerhalb der letzten acht Monate täglich«, antwortete sie, indem sie eine Hand auf ihren riesigen Bauch legte. Sie schlang ihm die andere Hand um den Nacken und zog ihn für einen längeren Kuss zu sich hinab.

Er brach den Kuss erst ab, als Janine sich zu winden begann.

»Runter, runter!«, rief sie.

»Lass mich bitte runter, Daddy«, verbesserte sie ihre Tochter, während er die Kleine auf den Boden stellte.

Seit Timothy ihr die Aussteuertruhe gebracht hatte, hatte sie jede Woche einen Brief an ihre Eltern geschrieben. Darcy hatte sich als ziemlich fähiger Künstler erwiesen, indem er erstaunlich detailgetreue Zeichnungen von Ackergill, Fraineach, ihr und Janine hinzufügte. Er hatte auf ihr Drängen sogar ein Porträt von sich selbst angefertigt.

Die Briefe zu schreiben hatte ihr gut getan, doch es gab etwas, das ihr immer noch keine Ruhe ließ. Wie würde die Aussteuertruhe in die Hände ihrer Großmutter gelangen? Obwohl sie ein Familienerbstück war, konnte sie sich nicht mit dem Gedanken anfreunden, dass ihre Großmutter eventuell ein entfernter weiblicher Nachkomme ihrer selbst war. Es war vertrackt. Sie konnte doch nicht … mit sich selbst verwandt sein, egal, wie viel Zeit vergangen war!

Doch jetzt war sie diese Sorge los.

Rosalisa war kein gewöhnlicher Name. Außer in ihrer Familie. Er war ihr zweiter Vorname. Und der Vorname ihrer Großmutter. Und davon wusste Ginneleah nichts.

Darcy schloss die Arme um sie und vergrub sein Gesicht an ihrem Nacken. »So, ich nehme an, dass du die Truhe eines Tages an meine kleine Cousine weitergeben wirst, Malina Rosalisa Keith. Bist du jetzt beruhigt?«

»Aye.« Sie rieb mit den Händen an seinem Rücken auf und ab und schob ihre Finger unter den Schulterüberwurf seines Kilts, um seine warme Haut zu streicheln. »Weißt du, was mich noch mehr beruhigen würde?«

»Was denn, *mo gradhach*?«

»Wenn du für eine ausgedehnte Mittagspause mit mir nach Hause kämst.«

»Och, ich habe heute aber so viel zu tun«, neckte er sie.

»Ganz wie du willst«, sagte sie, indem sie sich aus seiner

Umarmung löste, und auf die Tür zusteuerte. »Komm, Janine. Dein Daddy muss an die Arbeit zurück.«

Darcy lief ihr hinterher und hob sie in seine Arme, als würde sie nicht anderthalb Tonnen wiegen. Mit einer geschickten Bewegung schnappte er sich auch Janine und trug sie beide hoch nach Fraineach, ihrem Zuhause.

Ein Hinweis der Autorin

Vielen Dank, dass Sie *Ich wünsche mir einen Highlander* gelesen haben. Ich hoffe, es hat Ihnen gefallen. Dieser Roman ist der erste meiner Serie Highland-Sehnsucht. Der nächste Band heißt *Der Wolf und der Highlander*. Sie finden unten einen Auszug daraus.

Wenn Sie eine E-Mail erhalten möchten, sobald ein neues Buch von mir herauskommt, können Sie sich auf http://jessigage.com/ für meinen Newsletter eintragen oder mir auf Twitter @jessigage folgen, oder meine Facebookseite liken https://www.facebook.com/jessigageromance.

Rezensionen, egal ob positiv oder negativ, helfen einem Autoren gewaltig. Über eine ehrliche Bewertung auf der Seite Ihres bevorzugten Händlers würde ich mich sehr freuen.

Leseprobe aus *Der Wolf und der Highlander*

Anya Keith, schottische Highlands, 1518

SIE RECKTE DAS Kinn vor und zog die Schultern straff. Sie wusste aus Erfahrung, dass sie von Aodhan keine Gnade erwarten konnte, nur weil sie einst ein Liebespaar waren. Diese falsche Annahme hatte er ihr ausgetrieben, indem er sie erst ins Exil schickte und dann in dieser schrecklichen Felsspalte dem Tod überließ.

Er zog die Brauen hoch. »Gütiger Himmel, Mädel. Was ist denn mit dir passiert?«

Meinte er ihr Hinken? Oder ihre Narben? »Du weißt, was passiert ist. Ich bin gefallen.«

»Ich erinnere mich«, sagte er ernst.

Er musste sich auch daran erinnern, dass sie ihn angefleht hatte, sie zu retten, und dass er sich geweigert hatte, da sie kein Mitgefühl für die Menschen aufbrachte, denen sie mit ihrer Hinterlist Schaden zugefügt hatte. Was würde er von ihr denken, wenn er wüsste, wie sehr sie sich in den vergangenen Monaten geändert hatte? *Och*, es war nicht wichtig. Ihre Reue änderte nichts an ihren bösen Taten, außerdem war sie sich erst im Angesicht des Todes der Tiefe ihrer Verdorbenheit bewusst geworden.

»Wie bist du rausgekommen?«, fragte er.

»Ein Zigeuner hat mich gerettet.«

Als er sich leicht bewegte, reflektierte das Kästchen, das er in der Hand hielt, das Licht seiner Laterne. Es hatte in etwa die Größe eines Rasierzeugkästchens. Zwischen seinen Fingern blitzte mit weißem Metall eingelegtes, aufwendig gearbeitetes Rosenholz hervor. Das Kästchen erschien ihr bekannt, doch sie konnte sich nicht erinnern, wo sie es bereits gesehen hatte.

»Gehörte das meinem Vater? Was machst du damit?« Sie wurde hitzig vor Ärger. »Bestiehlst du ihn, jetzt, wo er dahingegangen ist? Du verdammter – «

»Es handelt sich um das Kästchen, das Steafan zu zerstören versucht hatte. Das Kästchen, von dem Darcys Frau sagte, es habe sie aus der Zukunft hergebracht.«

Der Atem gefror ihr in der Lunge. Kein Wunder, dass es ihr so bekannt vorkam. Sie hatte das vermaledeite Ding einmal in der Hand gehalten, und mit eigenen Augen das unmögliche Datum neben dem Herstellerzeichen gesehen. Sie hatte dieses Kästchen zum letzten Mal im Frühling 1517 gesehen, doch auf seiner Unterseite stand, es sei 1542 hergestellt worden.

Mit diesem Kästchen hatten alle ihre Schwierigkeiten begonnen. Wäre sie heute unversehrt, wenn sie es nie zu sehen bekommen hätte? Wäre sie oben auf der Burg, um sich inmitten ihres Clans von ihrem Vater zu verabschieden?

Sie trat einen Schritt zurück. »Komm mir nicht zu nah damit. Es ist behext.«

»Kann sein«, stimmte Aodhan zu. »Ich habe zugesehen, als Steafan mit allen Waffen aus der Waffenkammer der Burg versucht hat, es zu zerstören. Er hat es sogar in Darcys Mühle unter den Mahlstein gelegt. Noch nicht einmal das hat geholfen. Als ich es das letzte Mal sah, flog es von den Klippen herunter. Steafan kreischte wie eine Todesfee, als er es hinunterwarf. Und sieh mal.« Er drehte das Kästchen in der Hand. »Noch nicht einmal ein Kratzer.«

Anya weigerte sich, näher zu treten, um es zu bestätigen.

»Dein Vater muss es gefunden haben, als er Seetang für den Markt gesammelt hat. Deswegen stand es hier bei seinem Gerümpel.« Er zeigte auf die Regale.

»Das ist kein Gerümpel. Diese Sachen machten ihn glücklich.«

»Der Whisky machte deinen Vater glücklich. Er vertrieb sich mit diesen Sachen lediglich die Zeit, bis abends der Pub aufmachte.«

Damit hatte der verfluchte Kerl Recht. »Du solltest über den Toten nicht schlecht reden. Wie ist er dahingeschieden? Weißt du es?« Der Schmerz schwoll in ihrer Brust und trieb ihr Tränen in die Augen. Sie ließ sie nicht laufen. Sie wollte nicht, dass Aodhan sie weinen sah. Ihr Vater war in der Tat ein Trunkenbold gewesen, und noch dazu ein ziemlich gemeiner, doch er war ihr Trunkenbold gewesen, um den sie sich gekümmert hatte. Aodhan war daran schuld, dass sie ihm bei seinem Tod nicht hatte beistehen können. *Och*, nein, das stimmte nicht. Sie war selbst daran schuld. *Sie allein*. Sie war diejenige, die Böses getan hatte.

»Altersschwäche, An. Höchstwahrscheinlich.« Ihr Blick wurde sanft, als sie ihn die verkürzte Version ihres Vornamens aussprechen hörte. »Vielleicht hat er auch zu viel getrunken. Es hat ungefähr eine Woche gedauert. Er hat gelitten, doch er ist tapfer von uns gegangen, wie ein Keith. Ich bin gekommen, um das Inventar seiner Besitztümer aufzunehmen«, fuhr er ohne jede Sanftheit fort. »Da dein Vater keine überlebenden nahen Verwandten hat, gehört jetzt alles dem Laird.«

Auf sie hinunterblickend wartete er darauf, dass das Gesagte bei ihr einsank. Seitdem er sie ins Exil verbannt hatte, gehörte sie nicht mehr zum Clan. Sie zählte nicht als Erbin ihres Vaters. Sie hatte nichts anderes erwartet, doch es laut ausgesprochen zu hören, versetzte ihr immer noch einen Stich.

»Nun«, sagte sie schnippisch. »Worauf wartest du? Bring mich zu Steafan.«

Aodhan schüttelte den Kopf. »Nein. Ich glaube nicht, dass ich das tun werde. Und Darcy und Ginnie ausrichten, dass du deine Taten bereust und um Vergebung bittest, werde ich auch nicht. Wenn du dich umdrehst und zu dieser Tür hinausgehst und ich dich nie wieder sehe, werde ich mir einreden, dass dieses Kästchen mir heute Abend dein Gespenst gezeigt hat. Vielleicht werde ich morgen früh sogar daran glauben.«

Sie schüttelte den Kopf. »Ich bin aus einem bestimmten Grund hergekommen. Du musst dafür sorgen, dass ich bestraft werde. Du musst es tun.« Ihr Vater war tapfer gestorben. Sie würde es ihm gleichtun.

»Mir scheint, du hast genug gelitten. Fort mit dir, Mädel.« Er zeigte mit dem Kinn zur Tür.

Das durfte nicht wahr sein. Sie wurde ein weiteres Mal von einem Mann fortgeschickt, ohne zu wissen, wohin sie gehen sollte. Sie hatte in dem Vorhaben, nach Ackergill heimzukehren, Frieden gefunden. Ihr Gewissen hatte sie zum ersten Mal seit langer Zeit in Ruhe gelassen.

»Fort mit dir«, wiederholte Aodhan und drehte ihr den Rücken zu, während er vorgab, sich für den Krimskrams ihres Vaters zu interessieren.

Er zeigte sich gnädig, doch sie wollte keine Gnade. Sie hatte so stark gefühlt, dass sie herkommen musste! Sie hatte darauf gehofft, irgendwo hin zu gehören, und sei es auch nur für ein paar kostbare Augenblicke.

Ein Lied, das einer von Gravois' Mitreisenden immer sang, stieg in ihr auf, wie ein Gebet:

Als ich ein Heim besaß, wollte ich es verlassen.
Und als ich keins besaß, wollt' ich zu Hause sein..
Herr, wenn du siehst, dass ich mir redlich Mühe gab,
Öffne die Himmelstür, ich komme heim.

Sie war heimgekommen. Aber noch nicht ganz. Sie würde sich nicht feige drücken. »Bring mich zu Steafan«, sagte sie, doch ein schwaches klickendes Geräusch, das aus Aodhans Richtung kam, unterbrach sie. Das Cottage begann, sich um sie zu drehen, schnell und schneller, als sei sie in einen Wasserstrudel geraten. Ihr wurde so schwindlig, dass sie sich auf allen Vieren wiederfand.

»Was soll das, verdammt noch mal?«, fragte Aodhan.

Etwas fiel klappernd zu Boden. Aus dem Wirbel heraus versuchte sie auszumachen, wo das Geräusch herrührte. Das Kästchen. Obwohl es ruhig am Boden stand, zischte es an ihr vorbei und hinterließ eine Spur vor ihren Augen wie eine Sternschnuppe. Sein Deckel stand offen.

Der wirbelnde Boden bestand nicht mehr aus staubigen Holzbrettern, sondern aus trockenen Blättern. Das dämmrige Laternenlicht im Cottage wich grauem Tageslicht, das entweder Morgen- oder Abenddämmerung bedeuten konnte.

»Anya! Was ist los, Mädchen?« Aodhans Stimme klang wie aus der Ferne.

»Das verdammte Kästchen spinnt!«, schrie sie. Doch die Hütte war verschwunden. Aodhan war verschwunden. Das Wirbeln hörte so abrupt auf, wie es begonnen hatte.

Sie war von dichtem, grauem Wald umgeben. Sie setzte sich vorsichtig auf und suchte in ihrer Erinnerung nach einem Hinweis, wo sie sich befinden könnte. In der Nähe von Ackergill gab es keine so dichten Wälder. Und Efeuranken, wie sie von den bemoosten Bäumen hingen, hatte sie auch noch nie gesehen.

»Teufel noch eins!« Das vermaledeite Kästchen hatte sich wieder eingemischt. Es hatte sie Gott weiß wohin gebracht. Vielleicht über den Ozean. Vielleicht in eine andere Zeit, wie Big Darcys Frau es behauptet hatte.

Hieß das, dass sie hier festsaß? Wo immer sie auch sein mochte?

Ein krachendes Geräusch ließ sie den Kopf wenden. Ein wildes Tier brach durch das Farnkraut und rannte direkt auf sie zu. Ein Wildschwein! Aber ein riesiges! Mit großen Stoßzähnen und sabberndem Maul.

Sie schrie auf und warf sich ihm aus dem Weg.

Es raste grunzend an ihr vorbei. Seine braunen Augen glänzten in panischer Angst.

Gottseidank beachtete es sie nicht. Sie rollte sich auf die Seite und sah sein Hinterteil zwischen den Bäumen verschwinden. Sie hatte noch nie ein solches Wildschwein gesehen. Sein Fell war gesprenkelt wie das der dreifarbigen Katze, die sie und Seona als Kinder hatten. Doch *dieses* Biest hätte wohl niemand gerne am warmen Kaminfeuer auf dem Schoß gehalten.

Kaum war das Wildschwein verschwunden, erklang neues Knacken und Krachen aus der Richtung, aus der das Wildschwein gekommen war. Zwei nackte Männer kamen in voller Geschwindigkeit durch das Farnkraut gerannt. Sie waren behaarter als jeder Mann, den sie bisher gesehen hatte. Und wilder. Ihre Augen glühten gefährlich wie die von Tieren.

Als sie sie erblickten, blieben beide schlagartig stehen. Sie keuchten. Einer der beiden beugte sich vor und legte die Hände auf die Knie. Sie starrten sie lange an.

»Das Wildschwein ist da lang gelaufen«, sagte sie, in den Wald deutend. Sie waren offensichtlich hinter dem Biest her gewesen. Sie wollte sie so schnell wie möglich wieder auf ihren Weg schicken. Sie sahen nicht wie hilfreiche Menschen aus.

Einer der beiden grinste sie an. Seine Zähne hatten kaum Platz in seinem Mund, besonders die Eckzähne. Die sahen aus wie knöcherne Dolche. »Da haben wir was Besseres gefunden als geflecktes Wildschwein, was?«

Der Wolf und der Highlander

Ist jetzt auf Englisch und bald auch auf Deutsch erhältlich

Ebenfalls von Jessi Gage

Der Wolf und der Highlander
(Highland-Sehnsucht Band 2)

Ich wähle den Highlander
(Highland-Sehnsucht Band 3)

Der Highlander des Königs
(Highland-Sehnsucht Band 4)
(demnächst erhältlich)